# 鴉片戰爭（中）發端信號的引爆

陳舜臣　著
卞立強　譯

# 目錄

# 3

# 上任

這一天，他獲得皇帝的准許，不是騎馬，而是坐著肩輿進宮謁見。肩輿由八名轎夫抬著，他坐在肩輿上面的椅子上，可見是相當趾高氣揚的。

「頒給欽差大臣關防，馳驛前往廣東，查辦海口事件，該省水師兼歸節制。」

林則徐拜受了這樣的特別使命，激動得渾身顫抖。

# 1

「每黑夜潛行，躬自儆察。」《國朝先正事略》的林則徐這樣寫著。這說明他喜好微服出去視察民情。

林則徐還有其他的愛好，如「善飲喜弈（圍棋）」。不過，他的傳記上說他爲官之後就戒了，但事實上不可能完全戒掉。

——速來京見聖。

北京吏部傳旨下來，要正任職湖廣總督的林則徐立刻到北京覲見皇上，此時正是道光十八年十月七日。武昌前一天晚上就開始下雪，這一天十分寒冷。

很久以前，北京的吳鐘世就給他送來情報說：「關於鴉片問題，看來皇上已下了很大的決心。聽說要採取果斷措施，將任命足以信賴的高級官員爲欽差大臣，全權委託他去辦理。據政界消息靈通人士說，您已被列爲欽差大臣候選人之一。」

第二天——十月八日，因有「湖廣總督由伍長華暫行兼署」的命令，他把公印交給了湖北巡撫伍長華。

十日參加了慶賀皇太后萬壽的閱兵典禮，十一日在皇華館接受了文武官員盛大的歡送後，林則徐過江到漢口，在一家名叫「興隆」的旅店住了一宿。這天晚上，他帶了招綱忠和石田時之助，作了「黑夜潛行」。

省會武昌有衙門、學校，也有不少有名的庭園樓榭。但漢口純粹是個商業城市，他曾調查過漢口的商業情況。

現在每天的商品交易額爲五千兩，在二十年前爲一萬兩。所有商品平均都減少了一半的銷路。另一半的消費能力到哪裡去了呢？轉到鴉片上去了。

林則徐曾經在奏文中做過這樣的比喻：應當適時檢查河水，以了解泄於閘外的水量；不能因爲河水尚未淺到妨礙船隻航行而感到放心。鴉片的情況也是如此。

由於瑤族發生了叛亂，朝廷才知道軍隊因爲吸鴉片而不能打仗，於是急急忙忙把鴉片問題提上日程。——這時才知道河水已經淺到妨礙航行。雖然慌慌忙忙地想疏浚河底，但爲時已晚，不過仍必須要疏浚。這種活兒幹起來很困難，必須要動大手術。

如果在糧食便宜的豐收年，一個人一天的生活費有四五分銀子就夠了，一年不超過二十兩。可是吸鴉片的人，一天的鴉片費起碼要花一錢銀子。也就是說，一年要付出三十六兩鴉片費。

據戶部統計，當時的人口約四億。假定吸鴉片的人口占其中的百分之零點五，則全國用於鴉片上的錢，一年實際上高達七千萬兩。而且百分之零點五的比例是十分保守的估計。這簡直太可怕了！不僅是財富上的損失，更嚴重的是人的精神在一天一天的消耗。

必須要用「死罪」這兩個字來拯救國民免遭鴉片的禍害。林則徐對自己有點過激的奏文，抱有堅定的信念。

「你不覺得氣氛好像有點變化嗎？」林則徐對招綱忠說。

「什麼？」招綱忠一下子愣住了。

「在吸鴉片者多的地方，即使是緊閉著門戶，也會有一種陰暗的、沉悶的氣氛。可以稱之爲妖氣吧！而這一帶很少有這種妖氣。」

「是嗎？」招綱忠還沒有明白過來。

林則徐從上任以來，在禁煙的問題上花了最大的力氣。他首先在武昌和漢口命令吸鴉片的人交出煙具，對響應號召的人免其罪行，發給「戒煙藥」。對不響應號召而繼續吸食鴉片的人，則加重其罪行。他的這種做法，可以稱之爲「分階段禁煙」試驗。

湖北、湖南兩省已經交出五千支煙槍，林則徐把它們統統燒掉，拋進長江。他還命令藥店源源不斷地供應「戒煙藥」。他深信這些措施已經取得了很大效果。

他認爲這次進京，不單是因爲他的奏文打動了皇帝，恐怕皇帝也考慮到他在湖北、湖南採取的禁煙措施所得成績。

石田時之助銜著林則徐稍微攏了攏手中燈籠的光亮，燈光照出林則徐充滿自信的、嚴肅的面孔。

「感覺不到這裡的氣氛有什麼變化。」石田的心裡是這麼想的。而林則徐卻打內心裡相信是變了。看來人的信念會改變周圍的氣氛，這是一種可怕的自信。大概是這種自信在支撐著林則徐大力推行禁煙措施。

「可是，他怎麼跟王舉志這樣的人發生了關係呢？」石田心裡這麼想。他曾經答應過清琴的要求，加上又把自己放在旁觀者的立場上，所以他自認爲是從不同的角度來觀察自己的主人林則徐。只是他仍然不太了解這個人。

所謂堅定不移的信念，對石田來說是與他無緣的。正因爲如此，他十分羨慕林則徐。但是，這種信念說不定一下子就會變成笑柄。

「他跟王舉志的關係，可能是解開這個人之謎的關鍵……」好似面對著考試的答案，石田不時陷入沉思之中。

## 2

林則徐於舊曆十月十一日從武昌出發，一個月後到達北京。廣州十三行街的花園事件就發生在他進京的途中。

舊曆十一月十日，林則徐抵達北京城外的長新店[1]。他原來打算在這裡休息一天，以解除長途跋涉的疲勞。但聽說皇帝將於十二日「祈雪」，於是突然改變計畫，提前進入城內，當晚住在東華門外的關帝廟。

十一日早晨，林則徐進宮謁見皇帝。

清晨六時，紫禁城內還一片昏暗。五步一哨的御林軍的甲冑和刀槍在昏暗中閃著微光。侍衛手持帶豹尾纓的長槍，腰佩儀刀，排列在乾清門前。乾清門的侍衛規定要由鑲黃、正黃、正白三旗的人來擔任。

「湖廣總督林則徐上殿！」在莊嚴而響亮的傳喚聲中，身穿朝服的林則徐，嚴肅而緩慢地向乾清宮走去。

他朝服的長袍上有表示三品官身分的九蟒五爪的圖案，補服上繡著表示一品文官的仙鶴。同樣是一品，如果是武官，則是麒麟的圖案。文官的品級由鳥來表示，武官則由獸來表示。林則徐是湖廣總督，具有兵部尚書的兼銜。

他腰間繫的「朝帶」上有四個「鏤金玉方形版」，版上各鑲一個紅寶石，這也是一品官的標誌。如果是二品官，則不是方形版，是圓形版。

林則徐的脖子上套著珊瑚朝珠，他用右手緊緊握住胸前的朝珠。朝珠和念珠的形狀一樣，走起路來會發出喀嚓喀嚓的響聲。按照慣例，上殿時要握住朝珠，不讓它發出聲音。

林則徐走進空曠的乾清宮，一步一步地登上臺階，跪伏在寶座的下面。在寬廣的大殿內，只有皇帝和林則徐兩個人。皇帝准許林則徐坐在氈墊上，垂問達三刻多。一刻爲十五分鐘。垂問的事情幾乎全部都是有關鴉片的問題。

令人吃驚的是，皇帝竟然把林則徐的奏文默記了下來。

「你以前說過這樣的話……」皇帝引用了林則徐一段很長的奏文。每當這時候，林則徐就跪伏在地上，渾身冒汗。面對皇帝，他不由得不想到王舉志，想到山中之民。

第二天，皇帝在大高殿主持了祈求「雪澤」的儀式後，又召見了林則徐，垂問達二刻之久。

第三天，陰天，風大。這一天又召見了林則徐，垂問了二刻。道光皇帝已經被他的人品迷住了。皇帝的稟性喜怒無常，他一旦喜歡一個人，就喜歡得要命。

對於皇帝的垂問，林則徐總是奉答一些強硬的政策。在一個月的旅程中，他一直在考慮如何奉答皇帝關於鴉片問題的垂問。所以他奉答的強硬政策決不是簡單的高調，而是經過反覆思考，具有深刻內容的政策。

道光皇帝十分高興，瞇著眼睛問道：「卿能騎馬嗎？」

「是，略微會一點。」

「那麼，朕准許你在紫禁城內騎馬。」

准許在紫禁城內騎馬，是一種破格的榮譽。

林則徐為此而感激涕零，在日記中寫道：「外僚（地方官）得此，尤異數也。」

林則徐「賜紫禁城騎馬」的第二天——十四日。這天天氣晴朗。寅刻，林則徐騎馬進宮晉見道光皇帝。從天安門到午門排列著儀衛。他們打著杏黃傘，飄著青扇飛虎旗，帶著六杆旗槍、八杆青旗。有兩名前引和八名後從。所經過的路旁燃著熊熊的篝火。

林則徐騎在飾有華麗纓子的馬上，簡直有點頭暈目眩。他對騎馬實在沒有把握。他心裡想，出點小差錯還不要緊，可千萬不要從馬上摔下來。所以他很緊張，那樣子就好像緊摟著馬兒似的。

穆彰阿已經來到軍機處辦公。他從遠處望著林則徐進宮謁見，皺著眉頭說道：「林則徐這傢伙這樣下去會沖昏腦袋，不知道會幹出什麼事來！」

道光皇帝也帶著御前侍衛，面帶微笑，從殿廊裡望著林則徐走過來。

召見時道光皇帝問道：「卿是南方人吧？」談話一開始，語氣就十分親切。

「是，臣是福建人。」

「不習慣騎馬吧？」

「是。……」

「不習慣就會感到緊張。明天可以坐肩輿來。」

「是，臣謝恩。」林則徐叩頭感謝。

中國常說南船北馬。北方人善於騎馬；南方人以船作爲主要的交通工具，不太會騎馬。林則徐是南方人，而且又是文官，老實說，他對騎馬是很不擅長的。

人們都說林則徐輕巧地騎馬進入紫禁城，被皇帝任命爲欽差大臣，踴躍地奔赴廣東；把這當作美談到處談論。其實他受命爲欽差大臣是在第二天——十五日。這一天，他獲得皇帝的准許，不是騎馬，而是坐著肩輿進宮謁見。肩輿由八名轎夫抬著，他坐在肩輿上面的椅子上，可見是相當趾高氣揚的。

「頒給欽差大臣關防，馳驛前往廣東，查辦海口事件，該省水師兼歸節制。」

林則徐拜受了這樣的特別使命，激動得渾身顫抖。

所謂欽差大臣，是根據皇帝的特別派遣，就某一任務而委以全權的大臣。關防就是公印，蓋有這種關防大印的文件也稱爲關防。這種文件具有絕對的權威。

林則徐受委任對禁止鴉片採取一切措施，並被授予廣東海軍的指揮權。

「朕希望把夷商運來的鴉片統統燒掉。鴉片是天理人情均不允許的怪物，燒毀這種到處流毒的鴉片，百世之後人們也不會指責的。」在這天的召見中，道光皇帝這麼說。

「燒掉鴉片！」林則徐反覆琢磨著皇帝的話。

# 3

在受命爲欽差大臣的第二天，林則徐又被皇帝召見，他坐的仍是肩輿。召見持續達三刻之久。在回來的途中，他去了軍機處。軍機處的事大多是機密，所以記敘它的書籍很少。梁章鉅有一部著作叫《樞垣記略》，這可能是唯一記敘它的書。前面已經說過，軍機大臣具有莫大的權力。因爲他們要隨時回答皇帝的諮詢，所以在皇帝巡幸、謁陵、駐園的時候，都要跟在皇帝的身邊。軍機大臣所在的地方就是他們的辦事處，因此在圓明園、頤和園、西苑門、興隆宗門等處都有稱作「軍機直廬」的地方。

林則徐去軍機大臣那兒，是爲了領取關防大印。軍機大臣王鼎親手把大印交給了林則徐。王鼎十分偏袒林則徐，這時他的心情當然十分高興。

在當時，單憑氣節而榮升到很高的地位是非常困難的，而王鼎這個人物卻排除了這些困難。這樣的人常會給那些小人帶來很多麻煩，但可採取一些對付的辦法，反而易駕馭。慣使陰謀詭計的穆彰阿經常被王鼎咬住，但他之所以沒有施展陷害王鼎的詭計，就是這個原因。

把王鼎這個不懂策略、只會爭吵的傢伙擺在軍機大臣的位子上，反過來加以利用，能夠取得很好的效果。王鼎的「氣節」經常會成爲一種障礙，而穆彰阿只是說：「得啦得啦」，睜一眼閉一眼不加理會。有王鼎這樣一個人的存在，對於了解敵手的情況是十分重要的。王鼎已經老邁，而且愈來愈頑固。

「你就放手幹吧！要狠狠地懲罰廣東那些夷人、漢奸！」他反覆地鼓勵林則徐。

「則徐菲才，只是體會皇上的意圖，盡力爲皇上效力。」林則徐對這位老前輩深深地低下頭。

穆彰阿當然也在軍機處，他對任命林則徐爲欽差大臣雖然不高興，但這種情況下也正表現了這個傢伙的爲人。他表面上裝作和藹可親的樣子，落落大方地說道：「廣東那地方氣候很不好，您可要保重身體啊！」

「謝謝您！」林則徐正面看著穆彰阿的臉，向他表示感謝。他們倆雖然很少碰面，但彼此之間可以說太了解了。

「這次看來是叫你占了上風，可是勝負還沒有定呢！」——穆彰阿的笑臉背後，隱藏著這樣的挑釁。

從王鼎手中領來的「欽差大臣關防」，是一個很大的印章，用滿漢兩種文字各刻了六個字，是乾隆十六年刻製的。

十七、十八日兩天，林則徐又被召見入宮。從十一日以來，連續八天被召見，每次都准許坐在氈墊上。

十一月十六日領取關防的那天，正是陽曆一八三九年元旦。七天以後林則徐就離開了北京。在這期間他極其繁忙。首先是準備出發，從北京到廣東將是一次長達兩個月的旅程。在北京的志同道合好友幾乎每天都來拜訪林則徐。吳鐘世蒐集了各種情報，向他彙報。

龔定庵也來到林則徐位於燒酒胡同的住所訪問。因爲來客太多，無法細談，他又給林則徐寫了信。定庵文集中的《送欽差大臣侯官林公序》就是當時寫的信。信中提出了各種建議：要求將吸食鴉片的人處以繯首誅（絞刑），將製造和販賣者處以刎脰誅（斬刑），士兵吸食者也要斬首；要重視以武力來斷絕鴉片，把夷人全部遷往澳門，只留下夷館一處，以便於互市；甚至要把僕役、左右親信都視爲大敵，對他們嚴加注意。

十一月二十三日（陽曆一月八日），林則徐焚香九拜，開啓了嚴封的關防大印。邁開了長達兩個月的旅程的第一步。

欽差大臣一行人從正陽門出彰儀門，到長新店時，天色已經昏暗，他們仍繼續前進，抵達良鄉縣，住在東關外的卓秀書院。

道光皇帝在任命林則徐爲欽差大臣的同時，向廣東當局發出了上諭。遞送上諭的折差（傳遞奏摺或上諭的官吏）在林則徐離京的五天前，就已經從北京動身奔往南方。上諭中說：

近年來鴉片煙傳染日深，紋銀出洋消耗彌甚，屢經降旨，飭令該督等認眞查辦。……昨經降旨，特派湖廣總督林則徐馳赴粵省，查辦海口事件；並頒給欽差大臣關防，令該省水師兼歸節制。林則徐到達粵後，自必遵旨竭力查辦，以清弊源。惟該省窯口（鴉片館）、快蟹（走私小艇）以及開設煙館，販賣吃食，種種弊竇，必應隨時隨地，淨絕根株。著鄧廷楨、怡良，振刷精神，仍照舊分別查辦，毋稍鬆懈，斷不可存觀望之見，尤不可存推諉之心。再鄧廷楨統轄兩省地方，事務殷繁，如專責以查辦鴉片，以及紋銀出洋，恐顧此失彼，不能專一心力，盡絕弊端。現派林則徐前往，專辦此事。……乘此可乘之機，力挽前此之失。總期積習永除，根株斷絕。想卿等必能體朕之心，爲中國袪此一大患也。……

林則徐臨出發時，給北京至廣州沿途各州縣的官吏發出了這樣的「傳牌」：

……本部堂奉旨馳驛前往廣東，查辦海口事件，並無隨帶官員、供事書吏，惟頂馬一弁、跟丁六名、廚丁小夫共三名，俱系隨身行走，並無前站後站之人。如有借名影射，立即拿究。所坐大轎一乘，自雇轎夫十二名，所帶行李自雇大車二輛，轎車一輛，其夫價轎價，均已自行發給，足以敷其食用，不許在各驛站索取絲毫，該州縣亦不必另雇轎夫迎接。至不通車路及應行水路之處，亦皆隨地自雇船夫。本部堂系由外任出差，與部院大員稍異，且州縣驛站之累，皆已備知。……所有投宿公館，只用家常便飯，不必備辦整桌酒席，尤不得用燕窩燒烤，以節靡費。此非客氣，切勿故違。……

在當時，爲了應酬大官們奢侈的巡遊，地方官衙往往疲於奔命。通知巡遊的「傳牌」等於是催促款待；那些稱作前站的先遣小官吏，一般都帶有預先檢查款待準備工作的任務。不僅如此，這些巡遊的大官兒們一方面領取出差費用，同時又無償地隨意徵用伕役。伕役們在各個驛宿依仗大官兒們的權勢，索取錢物。這些慣例所帶來的後果，最後都落到當地的貧民身上。

林則徐這種打破慣例的「傳牌」，從另一個方面說明了當時大官兒們巡遊時胡作非爲的內情。

# 4

果然如「傳牌」中所宣布的那樣，林則徐沒有帶書吏和幕客，儘量避免巡遊的派頭。不過，他有一件重要的東西必須要保護，那就是「欽差大臣關防」。正因爲有了這顆大印，林則徐的命令才等於是聖旨。因此他悄悄地帶了保護大印的人，比如石田時之助就僞稱是轎夫，跟他同行。

十一月二十四日住在涿州南關外。

二十六日，直隸總督琦善派一位名叫周永泰的軍官到雄縣來迎接。直隸總督駐在天津，外國人逐漸稱直隸總督爲天津總督，但這是鴉片戰爭後三十年的事。總督衙門在道光年間設在保定。

琦善在當兩江總督的時候，林則徐曾任江蘇的按察使。琦善曾受他的同夥穆彰阿的委託，要求他的老部下林則徐愼重行事。

然林則徐簡短地回答他的老上司說：「我採取的措施，是爲了國家。」

林則徐離開後，琦善給他的盟友穆彰阿寫過這樣的信：

……說服和軟化林則徐，看來是辦不到的。他說話很溫和，但從他的態度來看，似乎已決心要幹到底。局面將會被他打亂，我感到我們將不得不來收拾他可能引起的麻煩。

琦善的這種預感眞猜中了。後來他擔任欽差大臣赴廣州，處理被認爲是林則徐所引起的鴉片戰爭的善後工作。

已進入舊曆臘月。十二月一日，林則徐會見在恩縣當知縣的舊友阮烜輝。這天風很大。十二月五日，大寒。河東河道總督栗毓美來訪，一起用餐，交談到很晚。

一般的總督都有管轄的地方。此外，沒有管轄地方的是擔任運輸的「漕運總督」和擔任治水的「河道總督」。後者又分河南河道總督和河東河道總督。林則徐在擔任江蘇巡撫之前，曾經擔任過河東河道總督，所以栗毓美應是他的後任。

上卷曾經說過河道官吏的舞弊，但這只限於河南河道。河東方面因爲有林則徐、栗毓美這樣優秀的官員，並沒有發生過類似的事情。尤其是栗毓美，他這個人好像生來就是爲了治水，被人稱爲「河臣之冠」。他在職期間，河堤從未潰決過。開創獨特的用磚修堤法者就是他。

林則徐看到栗毓美面容憔悴，說道：「希望您保重身體。」

「您也要保重。這次任務繁重，祝您身體健康。」

林則徐到達廣東不久，就接到栗毓美去世的訃告。他是過於勞累而倒下的，此後河東河道不斷潰決。嚴禁鴉片的奏文中強調要「得人」，不僅鴉片問題是如此，治水問題也可以說是同樣。

林則徐一行人從直隸省到安徽省的行程很快。到達江西省以後，經常因爲下雨而耽誤了。

舊曆十二月二十一日，過江到達了中路灣。這裡恰好位於北京與廣州的中間，距兩個城市的距離都是二千七百華里，所以起名爲「中路」。它坐落在安徽省與江西省的邊界上，緊靠著九江。

二十二日，因風向不順，沒有開船。

二十三日，從九江出發，經湖口，勉強抵達二郎洲。

二十四日，風向轉西南，船行遲緩。

二十五、二十六、二十七三天，天氣不好，無法開船。

林則徐的心早已飛往廣州，對行程這樣遲緩，當然感到萬分焦急。他在九江曾經接到連維材這樣一封信：……英國只要抓住一個藉口，就會把強大的軍隊開進大清國。大清國的軍隊是抵禦不住的，起碼沿岸的要地將會被他們占領。林則徐不時拿出這封信來看看，緊緊地咬著嘴唇。他的耳邊響起了龔定庵酒後說過的話：中國人如能斷絕鴉片，就算以拋棄滿洲人的王朝作爲代價，也沒有什麼可惜的。定庵還說過這樣的話：滿洲人也好，英國人也好，對我們來說同樣都是異族。

龔定庵雖是奇人，但他也不會傻到把這樣的想法留存於文字。關於他的排滿思想雖有種種的說法，但均來源於傳說。不知眞僞如何，還傳說定庵曾說過這樣的話：與其把國家給予滿人，還不如割讓給西洋人。日本是非間人所著的《清季佚聞》中也引用過這句話，但不知其根據何在。

連維材的信和龔定庵的話深深地刺激了林則徐。

石田時之助凝神注視著林則徐。「他竟然動搖了，這可不是尋常的事。」石田心裡這麼想著，感到很有意思。看來林則徐可能要採取什麼大的行動了。

石田爲了忘卻在蘇州失蹤的清琴，期待著有什麼驚人的事件發生。他從林則徐表情微妙的變化中，嗅出了將會發生驚天動地事件的預兆——這正是他所期待的。

十二月二十八日，天氣暖和，船僅開到青山。

二十九日，風大，無法開船。

道光十八年除夕，這天早晨聽到雷聲。東北風，開船前進。到達南康府時，岸上送來了酒餚。雖然已經通過「傳牌」，禁止款待。但這天是除夕，破例接受了款待。午後再次響起雷聲，下起雨來。欽差大臣一行人的船隻停泊於吳城鎮，在這裡過了年。

第二天是道光十九年元旦。清晨，船中擺設了香案，上面鋪著錦布，焚香叩拜。北風較大，但林則徐急於趕路，命令出發。

正月初二到達南昌。南昌是江西省的省會，巡撫錢寶琛等文武高級官員上船請安。林則徐上岸答謝，當晚受巡撫邀請，住在南昌的官署，飲酒至深夜。

## 5

石田時之助是作爲轎夫隨行的。他頭戴竹笠，腳穿草鞋，身著粗布衣服。

林則徐住在南昌的江西巡撫官署時，船上由安徽省派來的兩名軍士守護著關防大印。裝在錦囊中的關防大印，放置在沒有主人的欽差大臣的船艙中。兩名軍士端端正正地坐在它的兩邊，看守關防大印的不只這兩個人。林則徐悄悄帶來的石田時之助等三名會武藝的人，分別扮作廚師和轎夫，輪流擔任警衛。

丟失關防大印，比日本陸軍被奪走團旗還要嚴重。要想給欽差大臣林則徐致命的打擊，最簡便的就是盜走他的關防大印。林則徐深知自己樹敵眾多，因此帶來了石田等人。

儘管是在旅途中，正月初二還是充滿著新年的氣氛，船上的人放鬆了警惕。

船停泊在省會南昌滕王閣碼頭的長堤邊。林則徐新年准許當地的人來船上慰問，南昌當局也把豐盛的酒席送到了船上。

送酒餚的人回去後，船上擺開了酒宴。過了不一會兒，又有三個女子送酒來說：「這是布政使老爺送的酒。」

酒宴快要結束了，船上的人嬉皮笑臉地伸出酒杯，跟這些送酒的女子說：「請你們順便給我們斟斟酒吧。」

女子中有一個三十五歲左右俊俏的半老徐娘。石田一見這女人，心中猛吃了一驚。這不是蘇州清琴家的侍女嗎？這裡面一定有鬼！再一看，女人們正在給船上的每一個人斟酒。石田趕快鑽進放在船上的空轎子裡。

兩個看守關防大印的軍士中，有一個好像已經喝了女人斟的酒。只聽另一個人說：「我值夜班，不喝酒。」

「那麼，我去給你倒杯茶吧。」

「茶！……好吧，那就領受你一杯茶吧。」

石田揭開轎簾，朝外瞅了瞅。女人匆匆忙忙把茶端來了。她那慌慌張張的神情叫人感覺很不正常。

值夜班的軍士喝了女人拿來的茶。「你慢慢地歇著吧。」女人這麼說著，站起身來，朝四周掃視了一遍，好像是看看有沒有什麼漏洞。

女人們下船到岸上去了。「她們還會來的！」——石田深信。因爲船上的人大半已經橫七豎八地倒下來，開始朦朧入睡了，值夜班的也在揉眼睛。不一會兒，所有的人都進入了夢鄉。

「果然是下了蒙汗藥！」這肯定是爲盜取關防大印作準備，以便把欽差大臣搞下臺。關防大印如果在這裡被人盜走，那可是一件有趣的事。從旁觀者石田來看，對有趣的事是十分歡迎的。不，不必等到對方再來，石田自己就可以把關防大印盜走。現在船上只有他一個人還清醒。

「不過，林則徐到了廣東，還會發生更有趣的事呢！」石田走到兩個軍士呼呼大睡的地方，拿起裝在錦囊裡的關防大印，隱藏在船邊上。

果然不出所料，過了一會兒，來了一對男女。女的就是清琴的侍女，名叫美貞的半老徐娘。「沒問題了。」女的小聲跟男的這麼說。

「好像是，一點聲音也沒有。」男的聲音也很小。不過，四周寂靜無聲，石田聽得很清楚。

石田一動不動地伏在船邊，拔出「兩人奪」，屏住呼吸靜等著。

「咱們上船去拿那個東西嗎？」男人的腳已經跨上了跳板，但還有點猶豫不定。「我不是說沒問題嗎？」女人焦急地在後面催促著。

這時石田猛地跳起，刷地一下亮出白刃，大聲喝道：「對不起，還有點問題！」石田感到很痛快。湊巧碰到這樣的事情，這個世界還是有點意思！

男的猛地一驚，踏了腳，險些掉進水中。女的嚇得不知怎麼辦好。

「美貞！」石田叫著女子的名字說道，「這裡太暗，也許你看不清楚。我就是石時助。」石田左手高舉著裝有關防大印的錦囊說道：「這就是你想要的東西吧？不過，現在不能給你。你就老老實實地回去吧！」

美貞扶著男子的肩膀，說：「失敗了，回吧！」男的覺得形勢不利，拔腿就跑了。

石田衝著他們，大聲喊道：「見到清琴，替我告訴她，就說我對她毫無留戀。她大概是想耍弄我一下，我也是隨便應付應付。關於林則徐，重要的情況我一點也沒有說。」

當兩個人消失在黑暗中之後，石田才把關防大印送回原處。

天快亮時，值夜班的軍士中有一人從熟睡中醒來。他飛身撲向關防大印，證實關防大印平安無事，才放了心。接著他用腳踢著還在沉睡的同事，神氣活現地說：「喂！看你睡得像一頭死豬。關防大印要是被人盜了，看你怎麼辦！」

# 6

正月初三，北風狂吹，天氣寒冷。船上終日來客，不能出發。初四，西北風狂吼，雨中夾雪，不能出發。初五，終日暴風雪，天氣嚴寒，無法開船。

在滯留南昌期間，林則徐會見了公羊學的泰斗包世臣，聽取了他的意見。另外，還和往常一樣，進行了「黑夜潛行」。

江西省受鴉片的毒害也很嚴重。「氣氛不妙！」林則徐在街上邊走邊皺眉頭。不必去看鴉片館，只要看一看那些瘦骨嶙峋、面色青黃的人，就知道鴉片已經滲透到中國社會的每一個角落。

放任十年不管，國家必將滅亡！

假定如連維材所說的那樣，英國一旦出兵，大清國不可能取勝。但是，現在必須要明確表示反對鴉片的決心。因此，即使王朝覆滅，也應當顯示中國人的正氣。有了這樣的正氣，才能開闢新的時代。現在如果像穆彰阿、琦善那樣，一味地怕，中國就會腐爛到骨髓，喪失迎接新時代的能力。要爲反對鴉片而戰！一定要把這樣的記錄留在歷史上。即使敗了，千秋正氣也會永存。

正月初六，河岸上積雪一尺多厚，船沿和船篷上的雪都凍成了冰。林則徐命令鏟掉冰雪開船出發。

船溯贛江而上，不久就抵達十八灘的險惡地帶。此灘別名爲「惶恐灘」，由此可以想像其地形的險惡。不過，林則徐的日記上只不過輕描淡寫地列舉了所經過的地名，並未記述怎樣歷經艱險。日記中引用了蘇東坡的詩句，對十八灘的地名作了考證，並說：「……按，今之灘名，志載多有參差。……」

林則徐不滿足於學術界的主流——考證學，而走向經世濟民的公羊學。但他絕不是討厭考證，就連以公羊學派的驍將而聞名的龔定庵，也十分喜歡考證。考證似乎是中國知識份子天生的一種稟性，他們過於重視「記錄」。

林則徐要把「反對鴉片」留存於歷史的心情，也是來源於中國人這種尊重紀錄的精神。兩廣總督鄧廷楨最初傾向於弛禁鴉片，他的門生表示反對，認爲這樣會「留惡名於青史」。由此也可聯想到中國知識份子如何重視歷史紀錄。也許地名的變遷是無所謂的，重要的是紀錄。

正月十三日，過武溯灘、黃金灘、良口灘，住宿於土牆灘。廣東海關監督予厚庵派人從廣州來土牆灘迎接。

正月十五日稱作上元，在中國是節日。因天陰沒有月色，遂在舟中設便宴，慰勞同行的人。第二天，廣州府、南海縣、番禺縣當局派官員來迎接。但立即打發他們回去了。

十八日，因河淺，改乘小船。從南安府開始走陸路。

十九日，越過江西與廣東交界的梅嶺關。顧名思義，這裡以梅花而著名。唐代的柳宗元（字子厚）受左遷時，在這裡曾經吟詩：「梅嶺寒煙藏翡翠。」元朝征討南宋的將軍伯顏也在這裡吟過詩：「擔頭不帶江南物，只插梅花一兩枝。」不過，林則徐從這裡經過時，梅花還沒有開放。

終於進入了廣東省境內。過南雄關之後，乘船到達韶關。這裡的河已不是長江的支流，而是屬於直通廣州的珠江水系。下流稱爲珠江，但這裡稱作湞水。一過韶關，河流改稱爲北江，通過怪石林立的曲江，以及英德、清遠等沿岸的城市。船隻順流而下，河身愈來愈寬，所以最後的行程比以前要輕鬆得多。

正月二十四日到達荔枝園，珠江的水在這裡已經摻進了海水。經仙管開往當時的煉鐵工業城市佛山鎮——船隻繼續向廣州進發。

## 7

道光十九年正月二十五日——陽曆三月十日。林則徐乘坐的船，飄揚著「湖廣總督」、「兵部尙書」等字樣的鮮紅旗幟，到達廣州的天字碼頭。直到前一天爲止，天氣一直陰霾。這一天天氣晴朗，耀眼的紅旗映著清澄的藍天。穿著盛裝的滿洲儀仗兵排列在道路的兩旁，在迎賓樂聲中，林則徐坐著八人抬的綠呢大轎，從碼頭來到接官亭。

他一到接官亭，禮炮齊鳴。他是欽差大臣，所以要用最高的禮節，把他當作御使來迎接。接官亭的禮臺上，面朝南放著一張桌子，桌子上罩著一塊作爲皇帝象徵的黃布。林則徐坐在桌前，來迎接的高級官員全都跪伏在下面。

放了九發皇禮炮，一直到「請聖安」禮完畢，欽差大臣受到了和皇帝同等的禮遇。

兩廣總督鄧廷楨代表全體官員行了三跪九叩禮之後，奏道：「臣鄧廷楨恭請聖安！」然後抬起頭來。

林則徐答了禮。但他已看不清老前輩鄧廷楨的面孔，他的眼睛被淚水蒙住了，擺在黃布桌上的關防大印也好像在搖晃。

四周散發出一種南方特有的氣味，那大概是接官亭裡的相思樹散發出的氣味吧。林則徐是在南方長大的，打小時候他就十分熟悉相思樹、榕樹的氣味。

檯子下面還有廣東巡撫怡良、廣東水師提督關天培和廣東海關監督予厚庵。他們曾在江蘇省當過布政使、江南提督和稅吏長，輔佐過林則徐。

廣州將軍德克金布、副都統左翼公爵奕湘、右翼英隆等滿族駐軍的首腦也站列在那裡。綠旗營（漢人部隊）的將軍中有韓肇慶，他的補服上繡著象徵二品武官的獅子圖樣。他因「嚴禁鴉片」有功，已被提升爲總兵。還有廣州知府余保純，他是江蘇常州人，字冰懷，早年在家鄉以地方仕紳的身分，用捐款等方式協助政府，受到巡撫林則徐的表揚，就是因他巧妙壓下了花園事件。

大多是熟悉的面孔，林則徐不由得感慨起來：我將把這些人帶到哪裡去呢？一旦打仗，擔當軍職的關天培必然要親臨前線。要是打了敗仗，許多人將受到處分。我自己已經橫下了一條心，可是還要連累這些忠厚的老人啊！

正式的儀式一結束，林則徐一下子被熟人圍了起來。「少穆（林則徐的字），行轅決定在越華書院。」鄧廷楨眯著眼睛這麼說。他比林則徐年長十歲。

在赴任途中，林則徐曾多次派捷足（信使）與廣東當局聯繫。當時他就轉告了自己的要求，希望行轅盡可能在離夷館不遠處，越華書院最合適。

林則徐把手搭在關天培的肩上說道：「軍門，看到你很精神，我十分高興。」

「少穆，你來得太好了！」關天培的話叫人感到粗魯、生硬。他比任何人都焦急地等待著林則徐的到來，可是他不知道用什麼方法把這種喜悅的心情表達出來。他說：「不，不能叫你少穆，應當稱呼欽差大人……總而言之，我一直在等待著，你來了，一定會做點什麼事情。」

「那當然。我是打算做點什麼事情才來的。」林則徐使勁地搖了搖對方的肩膀，這麼回答說。

# 諭帖

……本大臣面承聖諭，法在必行。且既帶此關防，得以便宜行事。非尋常查辦他務可比。若鴉片一日未絕，本大臣一日不回。誓與此事相始終，斷無中止之理。……今令洋商伍紹榮等，到館開導，限三日內回稟。一面取具切實甘結，聽候會同督部堂（總督）、撫部院（巡撫）示期收繳，毋得觀望諉延，後悔無及。

## 1

連維材從雕著蓮花花紋窗框的玻璃窗裡，俯瞰著下面的廈門港。海面上風平浪靜，閃耀著早春的陽光。

連維材在望潮山房度過道光十九年的元旦。下面不斷傳來鞭炮聲，那是飛鯨書院的頑童們放的。

連維材的夫人阿婉坐在乳黃色的洋式梳妝檯前，用手攏著頭髮。

很久以前，吳鐘世來廈門遊玩的時候，曾經半開玩笑地說：「我眞幸運，能夠見到兩位絕世佳人。遺憾的是都是別人的妻子，一個是龔定庵夫人，另一個是連維材夫人。」

定庵夫人何結雲確實是一名美女，她和她的丈夫被人們頌爲「國士無雙、名姝絕世」。而定庵現在卻迷戀著李默琴。同樣，連維材雖有著漂亮的夫人，也在廣州養著西玲。

「阿婉，這次我們一塊兒去廣州吧！」維材跟妻子這麼說。

「啊？跟我……」維材夫人轉過身來。

「對。這次在廣州待的時間可能要長一些。」

「不過……」她早就知道丈夫與西玲的關係。

「得啦，去吧。」

林則徐在赴任的途中，就曾經寫信勸他來廣州。而且廣州的密探也給他打來了報告，說西玲最近經常在伍紹榮那裡出入。

西玲的面影突然映在窗玻璃上，但很快就消融在廈門港明亮的海面上。

連維材夫婦進入澳門時，欽差大臣林則徐還未到達廣州。

這時，簡誼譚早已在澳門。和保爾．休茲合股經營，專做外國水手生意的酒吧間「不死鳥」，就是他的家。

有一天晚上，店裡的客人已經散去，誼譚正在喝啤酒，一位中國人在店門口朝四面瞅了瞅，悄悄地走了進來。

「啊呀，你不是亞福嗎？」誼譚瞅了瞅這人的臉，問道：「你怎麼搞成這個樣子？」

「讓我在你這兒躲一躲吧！」這人一瘸一跛地朝誼譚走過來。這個叫李亞福的人，在做鴉片買賣的人中間還是小有名氣的。

「大概是最近禁煙熱了起來，從廣州逃出來了。」誼譚心裡這麼想著，開口問道：「你險些叫抓鴉片犯的人抓住了吧？」

「是呀。求求你，讓我躲藏幾天吧！」

「你可以到老林那兒去嘛！」

「老林也被抓起來了。」

「啊？」誼譚吃驚地站了起來。

老林名叫林第發，原來在澳門的縣衙裡工作，現在開旅館。據說他的旅館是鴉片走私的巢穴，但跟衙門的關係很密切，躲到他那兒去，首先可以保證安全。現在連這個林第發也被捕了，可見禁煙的勢頭來得十分迅猛。

「誼譚，我是豁出命從廣州逃出來的。廣州現在糟透了，大夥兒都遭了殃。與鴉片有關主要人物被一網打盡了，連王振高也被抓走了。我好不容易才逃到澳門。我去過林第發那兒，不知怎麼他也被捕了。我沒有別的地方可去。誼譚，你這兒是夷人的家，是安全的吧。」

「連王振高也被捕了？」誼譚臉上露出難以置信的神色。

王振高是鴉片走私組織的最大頭目。以前私鑄過貨幣，後來做鴉片買賣獲得巨利，通過捐款買了個「都司」的官職。這是捐職，當然僅有個名義。不過，都司是四品武官，他最有效地利用這個「虛職」，跟韓肇慶等海軍中的高級軍官拉上關係，搞鴉片走私非常保險。不管禁煙多麼嚴厲，也不會把他抓起來的。同夥的人都這麼認爲，他本人也這麼相信。現在連這個王振高也被捕了。

「是呀，咱們這一行可完啦！」李亞福說。

「唉！」誼譚嘆了一聲。姐姐曾勸他暫時不要插手鴉片，愈來愈證明姐姐說得對。

「鴉片買賣看來是完蛋啦！」李亞福把他那只跛腳放在椅子上，說：「爲什麼要胡亂抓人呀？」

「是要更多的賄賂吧？」

「好像不是。……將要從北京來的欽差大臣看來不好對付。據說他造了個名簿，下令把名簿上有名字的人統統逮捕。他是欽差大臣，行賄也不頂用。」

「這名簿是怎麼一回事？」

「上面有五、六十個人的名字。聽說也有我的名字，所以我趕快逃出了廣州。」

「有我的名字嗎？」誼譚問道。

「好像沒有你的名字。你已經好長一段時間不幹這行買賣了。所以我才跑到你這兒來。」

「是嗎？」誼譚喝了一口啤酒，擦了擦嘴巴。

二月二十四日，林則徐的日記中沒有記載，但這一天他向廣東的布政使和按察使發出了重要的指示。他下發了一個廣東有關鴉片的重要犯和次要犯約六十人的名單，下令把他們逮捕起來。名單上開列的名字，都是彙報到北京的鴉片漢奸。這是由政府的監察機關報告來的，或者通過連維材的管道得知的。他們大多是政府的低級官吏和兵營中的下級軍官。

林則徐的命令中說：……上司不得包庇，不得「化有爲無」，說自己單位的職員名簿上沒有此人，或說該人已死。其中也許有一兩個無辜之人，但一經訊問，立即眞相大白。名單上的要犯不能逃脫一人。……

名單上把姓名、原籍和現在的住址都寫得清清楚楚。如：謝安，即何老眞。是娘媽角稅口書差。——他可能就是在花園事件中已被處死的何老近。另外還寫道：李亞福，番禺人，又名跛腳福。

這道命令是林則徐還在江西省境內時發出的。由於是捷足送去的，所以比欽差大臣早十天到達廣州。因此，發生了大逮捕。

## 2

居留在廣州的外國人，對欽差大臣林則徐到廣州的反應各不相同。鴉片販子顚地仍然不改他的樂觀態度。他說：「清國的官吏不就是爲了錢？不管他們怎麼說大話，一碰到錢就變成了軟骨頭。他們這些人，沒有一個不見錢眼開的。」

「不過，這次的鎭壓與往常好像不一樣，連王振高也給抓起來了。」墨慈插嘴說。

「王振高算什麼，上面還有韓肇慶呢。你看，還沒有聽說他受到什麼處分吧。那個叫林則徐的大臣收了韓肇慶的許多賄賂，現在要往後縮啦。」

「會是這樣嗎？」墨慈表示懷疑。

「我說的沒有錯。」顛地說：「你不相信嗎？」

「我跟你的看法有點不同。」墨慈含糊其辭。

他所說的「我的看法」，嚴格地說，並不是他的推測，而是溫章的判斷。從林則徐的清廉和身體力行來看，禁煙將會是徹底的——溫章是這麼判斷的。只要是金順記的情報，那就像上帝的啓示一樣，墨慈是深信不疑的。

外國人稱欽差大臣爲「皇帝的高級專員」，歐茲拉夫翻遍了典籍，了解到清國任命欽差大臣近年來只有一個先例，那就是道光十二年臺灣叛亂時，曾任命福州將軍瑚松額爲欽差大臣。「這可是不尋常的事啊！」歐茲拉夫眨著眼睛說。

並不是所有的人都對嚴禁鴉片皺眉頭，在夷館裡也有對此表示歡迎的。美國籍傳教士裨治文就是這樣的一個人。他說：「我們外國人和基督教在中國受到尊敬，那要等到停止鴉片貿易以後。欽差大臣所採取的措施，使我們朝這種理想靠近了一步。」他在廣州的外國人之中充當了反對鴉片貿易的先鋒，當然受到鴉片商人們的冷嘲熱諷。他是美國系統歐立福特商會所招聘的傳教士。被人們稱作「西恩角」[1]的歐立福特從不做鴉片買賣，他心裡想：「我跟鴉片毫無關係。」對自己有先見之明，頗有點洋洋自得。

歐立福特用一種冷漠的表情，嘲笑鴉片商人的忽憂忽喜。而顛地心裡卻很不自在，他暗暗地罵道：「他媽的，等著瞧吧！」顛地堅信林則徐很快就會軟化。

夷館裡的外國人每天都迫不及待地聽取來自伍紹榮、盧繼光的有關欽差大臣的情報。

從事鴉片買賣的中國人已被一網打盡，在欽差大臣尚未到達之前，廣州已出現動盪不安的局面。

三月十日，「皇帝的高級專員」林則徐終於到達了廣州。

當天伍紹榮跟外國人聯繫說：「我們從事對外貿易的人，已經奉命要住在越華書院附近，以便隨時回答欽差大臣的詢問。據說欽差大臣的性格就這樣，一旦想起什麼事情，半夜裡也要把人叫去詢問。看來形勢愈來愈嚴峻。」

「我說，你們看吧！」歐立福特痛痛快快地說道：「我早就預料會有這一天。查頓先生趕在『好』時候回去了。他總算是個聰明人，這件事處理得很漂亮。」

「不過，要不了多少時間，就該輪到我來說：你們看吧！」顛地咬了咬嘴唇，這麼回答說。

「但願今天早晨的禮炮就是宣告鴉片貿易的結束。」裨治文小聲地自言自語。儘管他身邊都是鴉片商人，但他不在乎。他相信：「今後肯定會是這樣的！」

裨治文編輯的《中國叢報》，曾以一百英鎊的鉅款，在英國懸賞徵集「關於鴉片貿易的論文」。他想透過這種徵文活動來喚起英國人對鴉片危害的關心。

# 3

北京城分內城和外城，廣州也分舊城和新城。沿著珠江補建的細長新城，面積只有舊城的四分之一大小。

廣州的新舊兩城共有十五座城門。十三行街在城外西郊，從它的東端小溪館往北走二百碼左右，那裡就有城牆，最近的城門是竹欄門。伍紹榮擔任總商職務，經常往來於自己的店鋪和海關監督官署之間，所以每天要經過竹欄門好幾次。在欽差大臣到達的第二天，他受海關監督的召喚，從竹欄門進入新城。他在新城的街上看到一個人從對面走過來，不覺停下了腳步。心裡想：「他果然來了！」

這人是金順記的連維材。兩人鄭重地寒暄一番之後，伍紹榮問道：「您是什麼時候光臨廣州的啊？」

「三天前來的。本想去拜訪您，由於時間關係，我想您一定很忙，所以就免了。」

「不必客氣。隨時歡迎您光臨。不過，我目前住在越華書院旁邊。」

一看到連維材，伍紹榮就想起了西玲。在花園事件的時候，他曾主動邀請過西玲。以後西玲就經常在他的店鋪裡出入。最近西玲在長壽庵附近租了房子，住在廣州的時間比在石井橋要多。

伍紹榮經常吃連維材的虧，決心要把西玲從連維材手中奪過來。在欽差大臣到達廣州這樣重要的時刻，連維材果然來到了廣州。

「他來是要看看公行的最後收場嗎？」要是在過去，他這麼一想，一定會心頭火起。但這次因爲有西玲一事，心情能夠稍微平靜了。

海關監督予厚庵和總督、巡撫、提督等人在林則徐的住處吃了午飯，商談了工作，現在剛剛回到官署。伍紹榮已經被叫到官署，予厚庵向他詳細地詢問了鴉片躉船的情況，伍紹榮據實作了回答。

「正月二十日，十四艘鴉片躉船撤出伶仃洋，停泊在了洲洋洋面上。第二天，四艘鴉片躉船也採取了同樣的行動。了洲洋是外國船隻回國時必經的地方。」

「這麼說，船隊還在了洲洋洋面上嗎？」

「是的，沒錯。」

「眞的會回國嗎？」

「鴉片在英國和其他國家是賣不出去的，恐怕不會白白地把貨裝回去，我想很可能是在了洲洋暫時觀望一下動靜。」

「不管他們怎麼觀望，欽差大臣的決心是堅定的。要讓夷商明白這一點。」

「我將竭力說服他們。」

「你把從伶仃洋撤出去的鴉片躉船開一個名單交上來，呈送欽差大臣過目。」

伍紹榮彙報了該說的事情，走出了海關監督官署。

海關監督官署恰好位於細長的新城中央。伍紹榮回去時沒有經過竹欄門，而是從官署附近的靖海門出城，沿著城牆向西漫步回到十三行街。

回到怡和行，盧繼光的親信、公行的耳目郭青早已等在那兒。他打聽到了新的情況：「連維材會見了欽差大臣，據說是在今天早晨。」

「哦！他也見了欽差大臣？」

大概是到達的當天，不可能處理正式日程上的公務，欽差大臣就召見了連維材。這件事可非同小可，連維材受到重視，而且確實是值得重視的人物——伍紹榮早就明白了這一點。然而，欽差大臣也知道這一點，這使他大吃一驚。

當時也在場的盧繼光擔心地說道：「維材這傢伙通過什麼管道跟欽差大臣拉上了關係呀？」

林則徐在到達廣州的第二天寫道：「晴，早晨客來絡繹。鄧制軍、怡撫軍、關提軍、予椎使俱在寓便飯議事。下午答拜數客。晚回。夜作家書一封，託福州的琉球館客商信局帶閩。」在絡繹不絕的來客中，就有連維材。制軍就是總督，撫軍是巡撫，提軍是提督，椎使是管理財務的長官，這裡是指海關監督。

這一天，越華書院的門前貼出了兩張布告。一張是針對隨員的，上面寫著不得擅離崗位，對文武官員因公務而欲稟謁者，隨時接見，但不得接近「遊人術士」。公館內的一切飲食由自己準備，不得接受他人的供應；購買物品，應按時價用現金支付；因公外出，臨時雇轎，無需派轎來迎等等——這是林則徐獨特方式的布告。另一張布告上說，民間的訟詞，僅接受有關海口的事項；其形式應遵照呈遞總督或巡撫的訟訴法規，不受理違章訟訴或直接訟訴。

林則徐在鴉片問題上採取實際措施，是在到達廣州後的第九天。在這期間，他盡可能會見各式各樣的人，聽取意見。對一個名叫蔡懋的通事曾經詢問了半天的時間。

三月十八日，欽差大臣採取了第一個措施。他會同總督和巡撫，發出了兩封諭帖。一封是頒給公行的，譴責他們過去與夷人勾結的錯誤，命令三天以內，讓夷人繳出漢文和夷文的「甘結」（保證書）各一紙。甘結上應寫道：「嗣後永不敢帶鴉片。如再夾帶，查出人即正法，貨盡入官」。「正法」的意思就是處以死刑。

這封諭帖極其嚴厲，甚至把道光十年公行中的東裕行曾贈送東印度公司大班轎子作為勾結的例子舉出來，因為清政府一向禁止夷人坐轎子。

諭帖中還指責說：過去規定夷人初次正裝來訪公行各商，一般不予接見，第二次來訪時才予會見。而近年來據說公行各商中竟有人去澳門迎接夷人。爾等欲獻媚得利，廉恥何存？爾等僅知通商致富，欲勾結夷人發財。爾等豈不知夷人之利皆「天朝之所予」？去年夷人中有私售貨物者，有攜帶火藥者。而爾等竟佯言「不知」，企圖蒙混過去。如此下去，爾等公行究竟起何作用？這次如不要來保證書，可知爾等平日勾結奸夷，私心向外。本大臣將遵循王命，立即對爾等處刑，並沒收爾等財產！

另一封是《諭各國夷人》。欽差大臣和夷人之間當然不可能直接接觸，這封諭帖也交給了公行。

這封諭帖譴責夷人進行鴉片貿易說：我大皇帝一視同仁，准許爾等貿易，爾等由此而獲得利益。……爾等應感恩畏法，不應利己又害人。而爾等為何竟將汝國不吸食之鴉片帶進我國，騙人之財，害人之命？……爾等以此物蠱惑中華之民已達數十年，所得不義之財不可勝數。此乃人心之共憤，天理所不容也！

接著說：關於鴉片之禁令，大皇帝聞說未能嚴守，甚爲震怒，決心加以根除。內地人民販賣鴉片者，開設鴉片館者，自不待言，吸食者亦立即處以死罪。爾等來到天朝之地，應與內地人民同樣遵守法度。

還說：本大臣來到此地，大皇帝特頒給在平定外域中屢建奇功之「欽差大臣關防」。唯恐爾等遠人或不知此嚴禁，現明申法度。因「不忍不教而誅」也。……在此嚴禁之下，各省均嚴厲取締，鴉片已不可出售。爾等船隻長期漂流洋上，徒耗經費，且有風火之虞。……

接著命令繳出全部鴉片：「諭到該夷商等，速即遵照，將躉船鴉片，盡數繳官，不得絲毫藏匿。」

另外，也同公行的諭帖上所寫的那樣，要求夷人呈上保證書。如「悔罪畏刑，尚可不追既往」，保證進行正常的貿易。

最後說：……本大臣面承聖諭，法在必行。且既帶此關防，得以便宜行事，非尋常查辦他務可比。若鴉片一日未絕，本大臣一日不回。誓與此事相始終，斷無中止之理。……今令洋商伍紹榮等，到館開導，限三日內回稟。一面取具切實甘結，聽候會同督部堂（總督）、撫部院（巡撫）示期收繳，毋得觀望、諉延，後悔無及。

這樣的嚴厲措施是沒有先例的。

「欽差大臣關防」就是准許獨斷專行的批准書。從越華書院門前張貼的布告也可以看出林則徐不僅是清廉的，而且是嚴厲的。公行的商人們接到這道命令，個個抱著腦袋，默默無言。

伍紹榮閉上了眼睛。對於鴉片貿易，伍紹榮一向也是反對的。怡和行素來與鴉片交易沒有關係，搞鴉片買賣是不對的，但是「對外貿易」必須要保護。它不是林則徐諭帖中所說的那種「天朝之所予」，伍紹榮從來沒有像現在這樣對「父祖之家業」感到惋惜。

# 4

廣州的外商們早已習慣了清國高級官員的所謂嚴命。中央的指令雖以「諭帖」的形式發出，但一般都不了了之。只要行賄，任何嚴命都會變成一紙空文。比如像貿易季節一過、夷人必須撤離廣州的「禁止越冬」規定，早就變得有名無實了。

「不過，這次絕不會像過去那樣！」伍紹榮嚴肅地提醒外國人注意。

「將人家殺掉也行的保證書！沒收鴉片！渾蛋！」顛地鄙視地說：「這樣的事情也能同意嗎？」

在諭帖發出的第二天，海關監督予厚庵通過公行發出指令：欽差大臣正在查辦中，在判明結果之前，禁止居留廣州的外國人去澳門，但不禁止外國人到廣州來。

律勞卑事件後，英商爲了加強團結，成立了商業會議所。以後發展爲各國商人參加的商業總會議所。這個總會議所當然立即召開會議。會長是美國商人維特摩亞。

寫了保證書，今後帶進鴉片就要處斬首刑。外商們詢問會不會眞的這麼實行，伍紹榮明確地回答說：「落到欽差大臣手裡，一定會這麼做的。」

伍紹榮不是一個誇誇其談的人，這一點外商們也都很清楚。他說的話是可以相信的。

「不行！保證書絕對不能寫！」顚地叫嚷著。涉及利害關係的重大問題，顚地這些人的發言是很發揮作用的；裨治文等少數傳教士反對鴉片的呼聲，相比之下是無力的。得出的結論是：這次可能要比以前花更多的錢，但也沒有辦法。

有的人提出了這樣的意見：關於沒收鴉片，儘管他們說要沒收所有的鴉片，但我們交出相當的數量，給欽差大臣留個面子，這樣是否可以？

不過，這個意見並不是墨慈提的，他在這個問題上已處於不能說話的境地。根據溫章的建議，他把手頭的鴉片全部處理掉之後，一直沒有進貨，他現在是一身輕。他本來想說：「應該把所有的鴉片全部交出來嘛。」可是，他要這麼說的話，顚地一定會大聲訓斥他說：「你可以這麼說，因爲你一箱鴉片也沒有。」

會議沒有拿出一個明確的方針就結束了。墨慈登上了丹麥館的二樓。約翰．克羅斯一直臥病在床，哈利．維多仍跟往常一樣待在他身邊。

墨慈興沖沖地拍著哈利的肩膀說：「愈來愈有意思了！」

「兵船已經集中到這一帶來了。」哈利回答說。

墨慈走到窗邊，透過窗簾，望著珠江，江面上分布著許多載著兵員的船隻。「眞是哩！」墨慈回過頭來對病人說：「好好養病吧！只要活著，有好戲看哩！」

欽差大臣諭帖中規定的期限是陽曆三月二十一日。到了這一天，夷館方面只是通過公行，通知清國當局說「現在已召開了全體會議，任命委員研究此事。研究的結果將在一周內報告。」既未提保證書，也未提交出鴉片的事。

針對這一通知，欽差大臣表達他的態度：「如果不交出鴉片，我將於明天早晨十點鐘去十三行街。我將在那裡表明我要做什麼。」實際上這等於是把期限延長了一天。

# 包圍

哈利把水從水壺倒進杯子，回到約翰的床邊，說：「看來情況更糟了！」

「會是這樣的。」約翰顎骨高懸，眼窩深陷，有氣無力地說道：「我躺在這兒，十分清楚。不是從外面，而是裡面，內心裡面，十分清楚。做鴉片買賣怎麼能不受上帝的懲罰呢！」

不一會兒，夷館內就鬧騰起來。

# 1

林則徐作為欽差大臣到達廣州以後，仍未改他「黑夜潛行」的習慣。他身邊只帶了石田時之助，跑遍了整個廣州。

「好像有人在盯梢！」石田提醒林則徐，而林則徐只回答了一句：「我明白。」

諭帖規定的期限是三月二十一日。這一天恰好是春分，當天夜裡新城的外面發生了小火災。幸好是在城外，如果在城內，就要追究地方官的責任。舊中國的官吏對天氣、災害都要負責任的。如在城內發生火災，燒了十家以上要扣九個月的薪俸，燒了三十家以上要罰一年的年薪。

「正好是個機會。我們趁著這陣子混亂出去吧！」林則徐催促著石田，說了一聲「往舊城去」，很難得地笑了起來。

他們倆朝著與火災現場相反的方向走去，從歸德門進入舊城，直奔六榕寺的西面。林則徐在一座小小的砌有白色磚牆的宅院前停下了腳步。「我要在這座宅院裡會面一個人。可能時間長一點，你在屋子外面警戒。」他給石田留下這幾句話，就進了宅院的大門。

這座宅院以前是連維材讓給西玲住的。在一間還飄溢著閨房氣氛的房間裡，林則徐與連維材對面而坐。

「澳門的義律今天接到廣州的緊急報告，正準備出發。」連維材報告說。

「今天的事情都已經知道了，這太快了呀！」

「是信鴿帶過來的。」

「原來是這樣。那我要進行包圍的安排。」

林則徐早就預計到，夷人不僅不會同意交出鴉片，恐怕連保證書也不會交。但他早已下了決心，一定要徹底實現這兩項措施。他準備包圍夷館，不惜用武力來根除鴉片。

問題是包圍的時間，原定到期那天立即包圍夷館。可是仔細一想，最主要的商務總監督義律目前還在澳門，因此決定要等待義律進入廣州。

義律聽到廣州的情況後，準備立即從澳門動身去廣州。

「他就要來了。」連維材說。林則徐點了點頭，閉上了眼睛。

正事一談完，兩人的話就少了。期待的日子即將來臨，也確實令人感到緊張。西玲掛在牆上的鴛鴦戲水圖，還原封不動地在那兒。但是，現場的氣氛卻令人感到掛軸上那種濃豔的色彩已經消除得一乾二淨。

根除積弊！這是林則徐不可動搖的信念。不知道包圍將會帶來什麼後果。但是，已經不允許後退了。為了把膿血徹底排出去，什麼樣的痛苦也都要忍受。

透過破壞來打開突破口！連維材試圖想展開潛藏在他胸中的未來圖景。

他們倆相對而坐。兩人呼出的氣息在某些地方完全協調一致，但過了不久，就令人感到慢慢地分離了。林則徐打算用果斷的行動來結束衰世，但對連維材來說，主要還不是結束，而是要開闢一個新世界。兩人的氣息在這種地方就不一致了。

經過這天晚上的商談，在逮捕一名有勢力的英國鴉片商人的問題上，兩人達成了一致的意見。對重視僑民生命的英國來說，這將是一次重大事件。他們想先點起一把火，所以在方法上沒有多大分歧。

應當逮捕誰呢？從北京出發的時候，林則徐就打算首先把查頓拿來祭旗。因為他是鴉片貿易的巨頭。可查頓在林則徐到任的五天前，就已從澳門回國了。

查頓的名字早已列入被驅逐者的名單。他的回國，林則徐認為是畏懼天朝之法，所以也感到比較滿意。他在呈給北京的奏報中說：……在廣東夷館盤踞達二十年之久、人稱「鐵頭老鼠」的查頓，已乘船回國。

查頓回國後，就充當了提倡對清採取強硬政策的急先鋒，並最終導致了開戰。從後果上來看，驅逐他也許是下策。

由於查頓回了國，林則徐失去了打擊的目標。

「夷館裡的會議情況如何？」他問連維材。

「最強烈反對交出保證書和鴉片的，是顛地。」連維材在夷館內部也有情報網。

「那就定顛地吧。」

「是誰都沒關係。總之，是一個鴉片商人就行。」

「好，就顛地！」林則徐站起身來。

## 2

在限期的第二天——三月二十二日，林則徐說要在上午十點去十三行街，實際上他沒有露面，只派去了一個代理官員。

林則徐的日記裡寫道：「早晚俱對客，本欲出門，未果。」大概是絡繹不絕地來了許多重要的客人。

外商們協商的結果，決定不提保證書，而交出一千零三十七箱鴉片，給欽差大臣一個面子，並向公行提出了這個意見。

林則徐透過連維材和水師的報告，十分了解鴉片躉船的情況，估計積存在鴉片躉船上的鴉片約有二萬箱。因此，當場就駁回了夷館的意見。

林則徐已經發過話：「我將表明我要做什麼。」這句可怕的話籠罩在十三行街外國人的頭上。究竟要做什麼？到了下午，終於明白了。欽差大臣向廣州府和南海、番禺兩縣發出了逮捕英商顛地的命令。

「縣」是清朝地方行政區劃中的最小單位，相當於日本的「郡」；縣上面有「府」，相當於日本的縣。廣州府擁有十四個縣，廣州城西半部屬於南海縣，東半部屬於番禺縣。由於一個城市分割為兩個行政區，想在全市進行通緝，當然要向兩個縣發出命令。

府縣接到命令，再傳達給公行。凡是天朝的官吏，即使是最下級的官吏，也不得直接與夷人接觸，所以要採取這種迂迴曲折的形式。

欽差大臣的命令中說：「速交出顛地一犯！」公行通知夷館時改為「召顛地先生入城」。

「不能給其他人帶來麻煩，我願意去。」顛地準備接受這個「召」，但其他人制止了他。認為沒有欽差大臣簽名蓋章的保證書，保證他可在二十四小時以內平安回來，就絕不能去。很多人發表意見說：「事到如今，我們應當同生死、共命運。」

二十二日就這樣過去了。

二十三日早晨，廣州府的官員來到公行，譴責他們「爲什麼不交出顛地」。公行在頭天晚上召集全體成員，徹底討論了對策，因爲在他們的眼前非常現實地擺著欽差大臣的諭帖。諭帖上明文寫著：如不執行命令，將對你們處刑，沒收你們的財產。

而他們又討論了「信用」問題。外國人是他們的重要顧客，出於作爲商人應遵守的信用，他們應當堅決保護顧客的生命——有人發表了這樣悲壯的意見。不過，最後得出的結論是「只講一半信用」。

夷人遭到追究，是由於他們進行鴉片買賣。而公行的會員是官許的商人，並沒有沾手鴉片。他們只是從外商那兒購買合法進口的商品，再把茶葉、絲綢賣給外商。公行並沒有得到販賣鴉片的好處。對顧客要講信用，但應有個限度——這就是他們的根據。

於是他們決定了對付官吏的辦法。「請把鎖鏈套在我的脖子上吧！」伍紹榮對前來的官員說，「我套著鎖鏈到他們那兒去！」他的意思是要表明公行的生命也處於危險之中，以此來呼籲交出顛地。

「請把我也套起來吧！」總商輔佐盧繼光也伸長脖子說：「鎖鏈也好，首枷也好，也給我套上吧！」廣州府的差役們眞的給他們的脖子上套上了鎖鏈，拉著他們往夷館走去。

西玲正要去怡和行，剛走到美國館的前面，看到伍紹榮那一副可憐的樣子，她那發藍的眼睛一下子就閃出了淚光。

就連夷館的那些外國人，看到這兩個大富豪像罪犯似的套著鎖鏈，驚呆了。

維特摩亞會長含淚說道：「好吧，我們再商量一次，然後答覆。」

商量已經夠多了。經過翻來覆去的考慮，仍覺得如果交出顛地他會有生命危險。而且這不僅關係他個人，同樣的命運說不定什麼時候也會降臨到所有從事鴉片貿易的商人頭上。反覆商量的結果，得出的仍是這個結論：即使是應召前去，也要得到生命安全的保證。目前只有儘量拖延，以等形勢變化。

顛地商會的一名職員來到公行，要求派出四名委員就此事與清國官吏談判。四名委員很快來到城內。但與官吏們的談判依然各持己見，沒有成效，沒有一個官吏能保證顛地的生命安全。他們堅持說：「這只有欽差大臣才能做到，我們無能爲力。」而這位欽差大臣整天接見來客，根本沒有顧及這個問題。

當四名精疲力竭的委員回到夷館時，已是晚上九點。

## 3

「由我端去吧！」女僕正往主人伍紹榮的房間送茶，西玲半路上接過女僕手中的茶盤。這裡是怡和行的店鋪內。

伍家在公行商人中最富裕，堪稱世界級的富豪，但是非常樸實。在漢特的著作中，也說伍紹榮的父親極其節儉，怡和行的設備和什器都非常簡單、樸素。

伍紹榮正在房間裡對著書桌沉思。他喜歡讀書，桌上和平常一樣放著打開的書本。當然，他現在沒有讀它。

後來他編撰了嶺南耆舊遺詩，刊刻過許多先賢的著述，如《粵雅堂叢書》就多達數百種。此外還經手出版了《粵十三家集》、《輿地紀勝》等珍貴的書籍。

伍紹榮的性格主要還是傾向於幽雅的書齋，而不是商業的戰場。不過，他對「家業」仍感到眷戀。現在有多少萬人由於伍家的事業而獲得了生計，他對此感到驕傲。現在他被迫處於維護這一驕傲的境地。

「請用茶！」伍紹榮隨著聲音轉過頭來，看見了是西玲。

「啊呀！是西玲女士。您什麼時候來的？」

「剛才……」

「我忙得疏忽大意了，請原諒。」

「看您說的。今天早晨，我看到了您和盧繼光先生……」

「哦，是那個呀。」伍紹榮微笑著說：「脖子上套著鎖鏈，是一副可憐的樣子吧？」

「您眞了不起！能把這樣的事一笑了之。我聽您店裡人說，是您主動要求那麼做的，是嗎？」

「是的。」伍紹榮平靜地回答說。

西玲感到腳下搖晃起來。她過去所看到的世界都是支離破碎、不完全的世界。她看到過連維材那種深不可測、難以接近的世界的一鱗半爪，也看過像錢江、何大庚那樣簡單明瞭的男性世界片斷。而現在她看到了伍紹榮循規蹈矩、彬彬有禮的世界。他沒有慷慨之士的那種明朗豪放，也沒有激烈狂暴的精神。但是，看著伍紹榮在安詳地喝茶的側面，西玲感到很美。

這究竟是一種什麼美呢？對！這是一種秩序井然的美！是循規蹈矩、心滿意足地安居，以求得內心充實的囚徒的美！

西玲是不堪束縛的，這和伍紹榮的性格恰好相反，但這裡確確實實有著美。

西玲不能自持了，她把自己的臉埋在端坐在椅子上的伍紹榮的膝上。她感覺到這個男人的手在愛撫自己的頭髮。

「多麼相似啊！」西玲這麼想，她覺得跟連維材相似。連維材在狂暴地壓倒她身體前的那種奇妙、猶豫的感覺，在她的身上甦醒過來。

「不！比他快！」伍紹榮的氣息很快就撲到她的耳邊，男人的手從她的頭髮上撫摸到她的下巴上，火熱的手掌燙著她的下巴。

西玲抬起頭，伍紹榮卻把臉轉向一邊說：「不要看！我現在精疲力竭。我不願意你看這樣的臉！」西玲把手放到對方的面頰上，說：「看著我！我求求您。我要看您疲勞的臉！那也許是一個眞正的人的臉！」

這時，走廊裡響起了腳步聲，兩人分開了。

腳步聲在房門前停下了。只聽僕役說道：「連維材老爺求見。」

伍紹榮走到門邊說道：「請他到這裡來。」

西玲兩手捂著面頰，帶著畏怯的眼神說：「他到這兒來？我要離開這兒！」

「請您就待在這兒。」伍紹榮的聲音溫和，但他的話卻有著束縛她的力量。

她呆呆地立在那兒，迎接連維材的到來，她一時陷入了一種失魂落魄的狀態。當連維材進來時，兩人的視線雖然碰了一下，但西玲的眼神發呆，視線的接觸並沒有迸發出火花，只有連維材的視線深深地射進西玲的身體。

伍紹榮一邊勸坐，一邊問道：「大駕光臨，不知有何貴幹？」

「我今天早晨，看到您套著鎖鏈去了夷館。」連維材的話每停頓一次都要緊閉一下嘴唇，「聽說，是您自己要求這麼做的。我想，就這一點，向您進一句忠言。」

「請吧！」

「您爲什麼要做出那麼一副可憐的樣子呢？拉您去的，不過是抵不上一根毫毛的小官吏。我希望您能具有一個商人的驕傲。」

「要說商人的驕傲，我覺得我比誰都強烈。」

「那爲什麼還要套著鎖鏈去呢？」

「那是商人之道。」

「是嗎？今後我們國家要養活眾多的人口，就必須要發展生產，把貨物流通搞好。尤其是同外國的貿易，這在不遠的將來將成爲救國的大道。我們的時代就要到來，做任何事情都要依賴我們的財力，我們應當挺起胸膛走路。沒有犯罪，就不應當讓人家套著鎖鏈，拉著走。看到您的樣子，我哭了。您到底幹了什麼呀！」

「我自己把鎖鏈套在自己的脖子上，原因很簡單，那就是剛才說的商人之道。在必須要這麼做的時候，商人什麼事都要做。」

「受任何的屈辱也……？」

「是的。」

「難道您是說這裡面有著驕傲嗎？」

「有！有著鎖鏈、首枷都不能磨滅的極大驕傲。」

「是這樣嗎？我國最大的貿易家，竟然讓那些微不足道的小官兒們拖著走！」

「看來您是太拘泥於形式了！」

「……」連維材無話可說了。拘泥於形式，這應當是連維材奉獻給伍紹榮的話。可是，背負著公行這一軀殼的伍紹榮，現在卻把這句話拋向自由自在的連維材。

連維材目不轉睛地盯著伍紹榮帶著傲氣的面孔。

西玲還像虛脫了似的站在他們兩人的旁邊。伍紹榮好像把她當作自己勝利的一個證物，擺在連維材的面前。他的話之所以強有力，使得連維材感到畏縮，也許是由於把西玲當作了背景。

連維材站起身來，說：「您是我的對手。我曾經聽人說過，傑出的武將希望敵將也是出色的人物。我也是帶著這樣的心情，來說了想要說的話。好吧，再見吧！祝您頑強地奮鬥！」

「謝謝！」伍紹榮拱了拱手說：「我準備盡力去做。這幾天的事情，我總覺得是把您當作對手。這個敵將看來是太出色了！」

## 4

在清朝政府派出了欽差大臣這一重要的時期，英國商務總監督義律卻待在澳門，他有他的想法。義律是這麼想的：清國的目的是取締鴉片，它的目光將首先放在河口的鴉片躉船上。因此，欽差大臣的司令部一定會設在澳門。

可惜，義律估計錯誤了。林則徐了解鴉片貿易的巨頭們，是在廣州的夷館裡操縱著鴉片躉船。因此他把矛頭對準了廣州十三行街。

義律在澳門得到欽差大臣諭帖的抄本，這才意識到戰場不在澳門，而是在廣州。於是，匆忙溯珠江而上，到廣州。出發之前，他命令英國所有船舶齊集香港島附近，懸掛國旗，準備抵抗清國方面的一切壓力。

「你哄著他，他就驕傲自大；你嚴厲地對待他，他就會往後讓。」——義律在與清國的官吏打交道時，深信這是一條顚撲不破的眞理。義律在給外交大臣巴麥尊的報告中，也充分顯露了這種思想。他說：毫無疑問，強硬的言行將會抑制地方當局的粗暴氣勢。

義律把欽差大臣的諭帖看作不過是一般莫名其妙的逞能要強。可是，欽差大臣卻在等待著他進入廣州。

諭帖上說的期限是三月二十一日，實際上延長了一天。二十三日，伍紹榮又套著鎖鏈去了夷館，林則徐也沒採取什麼特別行動。而且二十四日是星期天，清國方面沒怎麼催促，看起來好像是棄置不管，其實一切都是爲了等待義律。

義律進入廣州十三行街的夷館，是二十四日下午六點。

商務監督官的辦事處並沒有設在過去的東印度公司，而是在法國館與美國館之間的中和行。義律一到，首先高高地掛起英國國旗。他是軍人出身，特別喜歡掛旗子。然後他給公行寫了這麼一封信：

我同意讓顛地先生進城。但是，必須附加條件，我要以商務監督的身分與他同往，而且要得到蓋有欽差大臣大印的明文保證，不得把我們二人隔離。

另一方面，林則徐一接到義律進入夷館的報告，立即發出了「包圍」的命令。其實一切早就安排妥當，只等義律的到來。

約翰・克羅斯的病情仍無好轉，曼徹斯特糟糕的環境早就把他的身體搞垮了。哈利・維多給生病的朋友倒水喝，來到窗前木架邊，不經意地朝外面看了看。

因爲禁止外國人出境，從前幾天開始，清國已經在夷館布置了少數崗哨。但這時哈利所看到的卻是另外一幅情景。一片燈籠的海洋包圍了夷館。這些燈籠上寫著南海縣、粵海關等字樣，其數達數百之多。

哈利把水從水壺倒進杯子，回到約翰的床邊，說：「看來情況更糟了！」

「會是這樣的。」約翰顎骨高懸，眼窩深陷，有氣無力地說道：「我躺在這兒，十分清楚。不是從外面，而是裡面，內心裡面。做鴉片買賣怎麼能不受上帝的懲罰呢！」

不一會兒，夷館內就鬧騰起來。

欽差大臣再次給伍紹榮下了諭帖。諭帖上說：前已說過，鴉片要全部入官，三日之內寫出保證書，但至今沒有答覆。因而，對停泊於黃埔的外國船隻實行「封艙」，停止買賣，禁止貨物的裝卸；各種工匠、船隻、房屋等，不得雇用、租借於夷人。違反者以私通外國罪懲處。夷館的買辦及雇員等，全部退出！

到晚上九時，夷館內已經沒有任何一位中國人。

義律感到這下糟了。他這才明白對方早就做好了一切準備，等著他進入廣州。以前清朝的大官受命來取締鴉片，一般都是來到澳門一帶，坐在船上，在鴉片蔓船彙集的珠江河口來回打轉。他們只是要顯示一下忠於職守，適當地上奏一下就了事。但林則徐並不是表面上取締，而是要徹底根除鴉片。他十分清楚，如以清國的海軍力量來巡查海面，費多大力氣也是白搭。辦法只有一個，包圍鴉片貿易的根據地——夷館，強制對方全面屈服，從而一舉解決問題。

義律意識到這一點時，已經晚了。他恨得咬牙切齒。

被包圍的外國人共二百七十五人。他們以義律爲中心，舉行了緊急會議。在這個會上，顛地縮在一邊。他覺得這個亂子是因爲他而引起的，垂頭喪氣。

詹姆斯．馬地臣拍著顛地的肩膀，安慰說：「也不全都是因爲你。要逮捕你，不過是把你當作代表。對他們來說，逮捕我也可以。」面臨困境時，友誼往往會加深。

馬地臣勾結查頓，正在經營「查頓馬地臣商會」。從鴉片存貨的數量來說，馬地臣遠遠超過顛地。

「馬地臣先生，我想聽聽您的高見。」義律首先徵求馬地臣的意見。

詹姆斯．馬地臣當時四十三歲，蘇格蘭人，愛丁堡大學畢業後，進入加爾各答的馬金特休商會，後來成爲在廣州開創鴉片貿易的曼益商會的大股東。一八三二年聯合查頓，開辦了龐大的鴉片公司。在居留廣州的外國人當中，他被看作是最重要的智囊人物。過去在澳門無法進行大宗的鴉片交易時，就是這位馬地臣想出了把鴉片躉船開到伶仃洋上的辦法。最初把鴉片運到南澳和福建省沿海地區，也是他的創舉。義律是想借助於這位馬地臣的「智慧」。

提起鴉片商人，人們想像一定是面目兇惡的人，其實馬地臣的外表是位完美無缺的紳士。他用一種與會場的緊張氣氛不相稱的、冷靜而穩重的聲音說道：「同外界斷絕了聯繫，那就毫無辦法了。先決條件是和往常一樣，進行收買工作，同外界取得聯繫。」

「請問怎麼聯繫呢？」義律問道。接著又補充了一句：「現在是被包圍得水洩不通呀！」

「首先得有人出去。」

「怎麼出去？」

「強行出去是不可能的，可以考慮合法出去。」馬地臣這麼說，仍然是那樣沉著冷靜。

「合法？」

「我們研究研究前些日子欽差大臣關於逮捕顛地先生的命令。」馬地臣掏出這道命令書的抄本，說，「這是從伍紹榮先生那兒拿來的。關於要逮捕顛地先生的原因，寫著這樣的事：『聞得美利堅國夷人多願繳煙，被港腳夷人顛地阻撓。』您看，欽差大臣對美國人好像還有點好感呢。」

「那麼？」義律焦急地催促馬地臣說下去。

「中國在兵法上有一條法則，叫以夷制夷。對待我們，自古以來就有分裂我們的戰術。總之，我感到欽差大臣有施展這種戰術的可能性。說不定他希望我們分裂，而把與鴉片無關的美國人放出去。比如說，放出像歐立福特這樣的人。」

「有道理。讓美國人出去，取得聯繫，是這樣嗎？」

「當前恐怕只有這個辦法。明天就請歐立福特先生去懇求，怎麼樣？」

「當然可以。」歐立福特商會的頭頭這麼回答說。但他好像沒多大信心，又說：「不知道起不起作用。」

「儘量去做吧。」馬地臣說，「我也採取了一些措施……」

「採取了措施？」義律追問。

「嗯。在撤退出去的中國人當中，我已經托了一個最能說會道的人，要他去告密，儘量誇大商館內英國人和美國人的不和。」

**5**

改名爲林九思的原絲綢商人久四郎，也從十三行街的夷館裡撤了出來。根據欽差大臣的命令，夷館內的所有中國人都必須退出來。原名叫久四郎的林九思，僞裝是澳門出生的中國人，當然要退出夷館。

他在夷館裡當印刷工人。當時廣州有兩種像簡報性質的英文報紙，一個叫《廣東報》，一個叫《廣州紀要》。另外還發行號稱是季刊、內容充實的《中國叢報》，其主編是裨治文，正式的撰稿人有歐茲拉夫等人。這個《中國叢報》，林則徐曾讓幕客加以翻譯；魏源曾作為《海國圖志》的附錄出版，於幕府末期傳到日本，題名改爲《澳門月報》。本來是經常缺期的季刊雜誌，卻變成了「月報」，實在有點兒奇怪；而且發行所也不在澳門，而是在廣州的夷館內，譯成這樣的題名，實在叫人難以信服。這些都不說了。除了這些英文的報刊外，還要印刷基督教傳教用的資料，當然需要像久四郎那樣掌握漢、英兩種文字且懂印刷技術的人。

在從夷館退出來的買辦、僕人和勤雜工當中，有相當多的人跟久四郎一樣，在廣州沒有棲身的地方。因此，伍紹榮爲這些人開放了太平門外自家的倉庫，讓他們在那兒住宿。

廣州的三月溼氣很大，整天濃霧瀰漫。不過，氣候相當暖和，在這個臨時住處可以舒舒服服地睡覺。在這個作爲臨時宿舍的倉庫裡，先燒了一陣子炭火。這並不是爲了取暖，而是爲了驅除溼氣。

第二天早晨，久四郎溜溜達達地進了城，馬地臣委託他去找總督府的一位官吏，說他要報告夷人的動向。

馬地臣果然有眼光，久四郎確實是口若懸河。他說夷館內的英國人和美國人之間發生了激烈的爭論，幾乎要互相扭打起來。

久四郎的這一情報立即傳到欽差大臣的耳朵裡，林則徐下令：「把此人叫來！」

久四郎被叫來之後，畢恭畢敬地在欽差大臣的面前裝出一副膽戰心驚的樣子。其實他心裡一點也不害怕。早在日本的時候，他就是一個精明強幹的二掌櫃。經歷了海上漂流後艱苦的異鄉生活，他對自己的才幹更增強了信心。在陌生的土地上，語言不通，無親無故，而他卻能在這樣的境遇中，一個接一個地找到可以投靠的人，連上帝也拉過來爲自己幫忙。他再一次確認了自己是個多麼聰明的人。

在久四郎的眼裡，連清國的欽差大臣也是應當爲他的舌頭所左右的人。不過，在這樣的時候，他必須畢恭畢敬。他非常懂得獲得他人好感的辦法。

林則徐問清了英國人和美國人的不和之後，又打聽夷館裡的糧食情況。

「夷人吃的東西，跟我們有些不同。蔬菜、魚蝦之類要在當地購買，能夠儲藏的東西已經帶進去了很多。」久四郎回答說。

「水怎麼樣？」林則徐問道。

「是。水好像不多。不過，走了幾百名買辦、僕役，他們的那一份留了下來。聽說好像規定了每人一天要分多少水。」

「夷人們對包圍的前景說了些什麼？」

「是。義律說最多一個月。還說軍艦最近就要從印度開來。」

久四郎是要煽動林則徐，意思就是說：「一定要快，要拉攏美國人，在軍艦從印度開來之前把問題了結。」他以爲這是一種咒術，只要他這麼一說，對方就一定會隨著他的意思轉。

連維材聽到夷館的雇員林九思向林則徐報告夷情的消息，立即找溫章問道：「你知道夷館的林九思嗎？」

「知道，在澳門的時候就知道。他是在海上漂流過的日本人。」

「哦，是日本人！是個什麼樣的人？」

「簡單地說，是個頭腦機靈、溜鬚拍馬的人。」

「是個淺薄的人嗎？」

「不，是個相當愼重的人，可以說是謀士類型的人。」溫章雖有優柔寡斷的缺點，但他看人還是很敏銳的。

連維材趕忙去見林則徐。他到達越華書院的時候，林則徐正接到公行通過海關監督呈遞上來的一份美國商人的請求書。請求書的主要內容是：我們向來與鴉片毫無關係，而且保證今後也不販賣鴉片，懇求重開貿易。呈遞人是歐立福特商會的查理．金穀。請求書的末尾爲自己辯解說：這個保證之所以在限期之後提出，是因爲想等待與其他的商人一起提出。

林則徐絕不是受了久四郎的舌頭的左右。在這次赴任之前，他盡一切力量研究了外國的情況。他對國際形勢的認識，基本跟魏源一致。他們所獲得的資料來源也大體相似。

魏源根據歷史的事實，在《海國圖志》中指出英美兩國的矛盾說：

過去佛蘭西開墾彌利堅之東北地，置城邑，設市埠，英夷突攻奪之。佛夷與英夷在此成爲深仇。及後，英夷橫徵暴斂，彌利堅十三部起義驅逐之時，曾求援於佛蘭西。

林則徐的腦子裡早就有過什麼時候要利用這種矛盾的想法。久四郎的供述只不過成爲旁證林則徐有關外國情況的一個事例。

「把美國人從夷館裡解放出來，暫時讓他們住到別的地方去，英夷可能會感到更加孤立。」林則徐看了金穀的請求書，產生了這樣的想法。恰好這時連維材來訪，林則徐向他透露了這樣的想法。

「不行！不能批准！」連維材幾乎要抓住林則徐的袖子，表示堅決反對。

「爲什麼不行？對方有矛盾可利用，那就要利用，這不是兵法的常規嗎？我聽說美國這個國家是造了英國的反而建立起來的。」

「對商人來說，本來就沒有國境。」

林則徐看著連維材認眞的面孔。二十年來，連維材提供了政治資金，但一次也沒有提出過強加於自己的意見和要求。

林則徐只是偶爾想過自己是被當作象棋上的「車」來利用，但他從未覺得自己的行動受到限制。

「國境？」林則徐還是有一點國際知識的，這個詞兒還是懂得的。如果是其他的清朝大官兒，恐怕連這個詞兒也不懂得。他們不知道天朝之外還有其他的國家，也不知道國境究竟在哪兒。他們認爲中國本身就是一個世界。

「義律現在猜不透欽差大臣究竟有多大決心，他所希望的是您的決心動搖。現在如果可憐美國人，就有可能被他誤解爲您的決心產生了動搖。義律就會因此而得到鼓舞，說不定眞的會堅持一個月。現在如果採取堅決的態度，也許幾天之內他們就會舉手投降。」在林則徐的記憶中，連維材這麼侃侃而談還是第一次。

「也許是爲了今天，他才對我寄予期望吧。」林則徐這麼想。他想到二十年的交往，覺得不必再講什麼道理了。

「好，駁回美國人的請求！」林則徐拿起朱筆，在紙上寫道：

該夷一面之詞，恐不足據。一時開艙等事，尚難准行。

# 屈服

夷館裡外國人的生命危在旦夕。除非全面接受欽差大臣的要求，別無解圍的辦法。連智囊人物詹姆斯·馬地臣也縮著肩膀，一味地搖著腦袋。

義律終於屈服了。他爲了推行外交大臣巴麥尊的強硬政策而竄進廣州以來，僅僅過了四十八小時。

## 1

美國商人的請求被無情地駁回了，再加上總兵韓肇慶又被欽差大臣革職和逮捕。義律聽到這些消息，才眞正領會了林則徐不是一般的「清國大官兒」。

上千名包圍的官兵，通宵吹著喇叭，敲著銅鑼。館內夷人連覺也睡不好，而儲存的糧食和飲水也不多了。

義律辦事處的牆上，張掛著欽差大臣的四條諭帖：

一、論天理……爾等離家數萬里，一船來去，大海茫茫，如雷霆風暴之災，蛟鱷鯨鯢之厄，刻刻危機，天譴可畏。我大皇帝威德同天，今聖意要絕鴉片，是即天意要絕鴉片也。天之所厭，誰能違之？如英國之犯內地禁者，前在大班喇弗圖占澳門，隨即在澳身死。道光十四年，律勞卑闖進虎門，旋即憂懼而死。馬里臣（馬禮遜）暗中播弄，是年亦死，而慣賣鴉片之曼益（丹尼爾·曼益），死於自刎。……天朝之不可違如是，爾等可不懍懼乎？

二、論國法……今則大皇帝深惡而痛絕之（鴉片），嗣後內地民人，不特賣鴉片者要死，吸鴉片者也要死。恭查《大清律例》內載：化外人有犯，並依律擬斷等語。……若販賣鴉片，直是謀財害命。況所謀所害，何止一人一家？此罪該死乎？不該死乎？爾等細思之。

三、論人情……爾等來廣東通商，利市三倍，即斷了鴉片一物，而別項買賣正多。要做鴉片生意，必至斷爾貿易。且無論大黃、茶葉不得即無以爲生，各種絲斤，不得即無以爲織。即如食物中之白糖、冰糖、桂皮、桂子，用物中之銀硃、滕黃、白礬、樟腦等類，豈爾各國所能無者？而中原百產充盈，盡可不需外洋貨物。

四、論事勢……爾等遠涉大洋，來此經營貿易，全賴與人和睦，安分保身，乃可避害得利。爾等售賣鴉片……即里閭小民，亦多抱不平之氣。眾怒難犯，甚可慮也。出外之人，所恃者信義耳。現在各官皆示爾等以信義，而爾等轉毫無信義。……況以本不應賣之物，當此斷不許賣之時，爾等有何爲難，有何靳惜？且爾國不食，勢難帶回，若不繳官，留之何用？至既繳之後，貿易愈旺……本大臣與督、撫兩院，皆有不忍人之心，故不憚如此苦口勸諭，禍福榮辱，皆由自取，毋謂言之不早也！

夷館裡外國人的生命危在旦夕。除非全面接受欽差大臣的要求，別無解圍的辦法。連智囊人物詹姆斯·馬地臣也縮著肩膀，一味地搖著腦袋。

義律終於屈服了。他爲了推行外交大臣巴麥尊的強硬政策而竄進廣州以來，僅僅過了四十八小時。

三月二十七日，刮起了大風。懸掛在夷館旗杆上的英國國旗，從早晨起就呼啦啦地飄揚著。義律默默地站在窗邊，長時間地仰望著國旗。過了一會兒，他狠勁地關上窗戶，大聲喊道：「諸位，在英國的國旗下面，英國的臣民遭到監禁！財產遭到搶奪！」一時間沒有人答話。這時他決定屈服，繳出鴉片。

中國的雇員全部撤走了，商館正遭到武裝士兵的包圍，糧食和飲用水都儲存不多了。從印度召軍艦來爲時已晚，軍艦要一個月才能到。那時，夷館裡的人恐怕早就餓死了。

「義律大校閣下，這不是您的責任！」馬地臣終於開口說話了。

「中了他們的奸計啦！」

「不，這種計策也不高明。這是恐嚇！是搶劫！」

「不管怎麼說，生命是最寶貴的呀！」商人們小聲地在議論著。

「諸位！」義律突然高聲喊道：「事情並沒就此結束，只不過是迎來了新的局面。用屈服來結束——大英帝國是絕不能忍受的。即使出現更困難的局面，還得要求諸位協助。這並不是我在要求，是光榮的英國國旗在向諸位要求！」義律眼露凶光，緊攥的拳頭在顫抖。

接著，墨慈自作聰明地說道：「追根究柢，都因爲對方是不明事理的狗官。」可是，沒有一個人給他幫腔。他這種空洞的即興發言，跟現場被義律製造出的氣氛一點也不相稱。

有的年輕職員渾身顫抖，有的人用手絹捂著眼睛。

馬地臣掃視了大家一眼，說道：「諸位，我希望大家要做好準備。只是接受要求，對方還不會解除包圍的。很可能是把我們關在這兒當作人質，在這樣的情況下沒收鴉片。我希望大家了解，被包圍的痛苦，還要繼續下去。」

義律閉上眼睛，聽著馬地臣的發言。他把嘴巴咬得發痛。

當天，林則徐一早就接待總督鄧廷楨的來訪，兩人密談了很長時間。

總督回去之後，上午十點前，伍紹榮和盧繼光送來了義律的稟（請求書）。稟上說：全部繳出英國人手中的鴉片。希望明示裝載鴉片的英國船隻應開往何處。關於鴉片的清單，等我查清後，立即呈閱。

林則徐不禁產生一種勝利的喜悅。儘管他抑制著自己，想到「大事還在後頭」，但他的臉上還是露出了笑容。自到任以來，他第一次在公行的商人面前露出溫和的笑臉。然後他上了轎子，去往舊城。

天氣突然熱起來，市民們都換上了單衣。

他來到巡撫官署，把義律的屈服告訴了怡良，商談了善後，跟怡良共進午餐。林則徐很久沒有這種舒暢的心情了。但這樣的時間也很短，今後的事情開始占據了他的腦子。

第二天早晨，伍紹榮又帶來了義律的信。信上說英國人所有的鴉片共計兩萬二百八十三箱。

「先給夷人送點牛羊肉去。」林則徐這麼吩咐伍紹榮說。

「他們最希望的是先讓僕役回去。」伍紹榮說。

林則徐考慮了一會兒，說：「這個放後一點吧。」

傍晚，北風狂吹，天氣突然變冷，昨天以來的悶熱好像根本沒有發生過似的。

## 2

關於鴉片戰爭，除了像《籌辦夷務始末》、《宣宗實錄》等，以及留下的奏文、諭文、地方誌之類的所謂官方資料外，還有不少私人的著述。在小說方面，以程道一的《鴉片之戰演義》爲代表。他採取的是中國傳統章回小說的形式，讀起來很有趣，但內容有些是杜撰的。如好幾年前已經去世的曹振鏞，卻在道光十八年作爲軍機大臣在小說中出現。

另外著者不明的《夷艘入寇記》、《英夷入粵記略》和夏燮的《中西紀事》、李圭的《鴉片事略》等，作爲私人著作也頗有名。這些書都是作者根據資料或傳聞而寫的。在這方面，作爲目擊者記錄的《夷氛記聞》[1]，似乎最爲精彩。

《夷氛記聞》的作者梁廷枏，廣東順德人，當時供職於越華書院，碩學之士，尤其熱心於外域史的研究。越華書院正是欽差大臣的行轅，林則徐經常去拜訪他，聽取他的意見。

這部《夷氛記聞》有些記述很有趣。

據說有一天晚上，林則徐把伍紹榮叫去說：「你是官商，今後如果要向夷人賠償鴉片款，那可不是一件小事啊！」當時廣州的街頭巷尾正流傳著一種謠言，說伍紹榮私下對義律作了保證，將分年償還沒收的鴉片款。

兩萬多箱鴉片是一個龐大的數字。包圍了幾天，義律就痛痛快快地把它交出來了。因此造出了這樣的流言。關於這一點，梁廷枏寫道：「無明顯證據。」

在沒收的兩萬多箱鴉片中，查頓馬地臣商會占七千箱，顛地商會占一千七百箱，這兩家公司就將近占了總數的一半。

當時廣州的鴉片批發價格，一箱爲七八百元，所以總額達一千五百萬元。不過，在印度購進的原價爲每箱二百元，因此，實際損失包括運費在內，估計爲五百萬元左右。

義律呈報的是兩萬二百八十三箱。其實帕斯人公司的四百零六箱和另外一百一十七箱是重複的，所以鴉片躉船上存放的鴉片實際是一萬九千七百六十箱。但是，一旦上報，也就沒法更改了。義律因此決定以每箱五百元的價格，從顛地商會購買五百二十三箱，以供清國政府沒收。

顚地小看了林則徐，直到最近他還在印度收購鴉片，幾天之後即將到達的船中就有他的鴉片。美國領事皮塔·斯諾報告說：美國商人根本沒有鴉片，只爲英國人代賣一千五百四十箱，已退還給義律。

義律說他已同意繳出鴉片，因此要求恢復行動的自由。

欽差大臣採取了這樣的對策：各個商人如繳出表冊上數量的四分之一，允許歸還買辦和僕役；繳出一半，允許坐舢板船往來；繳出四分之三，允許重開貿易；全部繳完，一切恢復正常。

林則徐過去禁煙也是採取這個辦法。他是一個講究實際的政治家，遇事喜歡分階段進行。

另外，當時對沒收的鴉片，每一箱換給茶葉五斤，以示嘉獎。

義律之所以屈服，是因爲他看到了林則徐的決心沒有動搖。如果在欽差大臣的措施中讓他看出有絲毫妥協的可能，也許他還要堅持下去。從這個意義上來說，韓肇慶的革職有重要的意義。

義律最初還抱有一線希望，認爲林則徐的「查辦」比別人唱的調子雖然高一些，但這裡面恐怕仍然有清國官吏之間的「串通合謀」。

當時的鴉片走私，可以說是在韓肇慶的默許下進行的。嚴重的時候，甚至由清國海軍的舟艇來運輸鴉片。

由於林則徐在江西發出了要求逮捕的信，擁有都司官職的王振高被捕，在有關鴉片的人們當中引起了恐慌。但是，就是在這樣的時候，顚地等人仍然冷笑著說：「也不過是王振高嘛，還沒聽說韓肇慶被捕呀！」

說是要嚴厲禁煙，最多也不過處分一下用錢買了個四品官的王振高，法官的手恐怕不敢動比他更大的人物。因爲他們之間有著「串通合謀」——夷人有這樣的想法。

可是，現在連韓肇慶也受處分了。韓是左翼總兵，二品官，指揮的兵員達萬人，是武官僅次於提督的要職。據說他通過默許鴉片走私而撈到的錢達數百萬兩。他有這樣的官位和財富也逃脫不了處分，這哪裡還有什麼串通合謀呢？那些抱有一線希望的人們，一聽到這件事，當然完全絕望了。

關於韓肇慶的革職，《夷氛記聞》中寫得相當詳細。

林則徐說要檢查學政，從越華、粵秀、羊城三家書院挑出數百名學生，進行考試。他從江蘇時代就致力於學政，喜歡爲各個書院出考題。這一類的記載，在他的日記中到處可見。

「啊，又來這一手啦！」幕客們都這麼想。

在考試的頭天晚上，林則徐把印刷工人叫來刻印考題。這個印刷工人在宿舍裡待到第二天。

當天的試題有四道：

一、寫出大窯口（鴉片批發商）的地址和開設者姓名。

二、寫出鴉片零售商販。

三、寫出有關鴉片的見聞。答案上可以不寫自己的姓名。

四、斷絕鴉片的方法。

林則徐到任以來，會見了各種人，進行「黑夜潛行」，視察了民情。現在他又想喚起純眞的學生們的正義感。這就是林則徐的「觀風試」。觀看風景，叫觀光；視察當地的風俗民情，稱爲觀風。爲此而舉行的考試，就是「觀風試」。

很多學生在第三道題的答案中舉出韓肇慶的名字。韓肇慶用官位和金錢控制了許多要害部門，唯有學生的正義感，他控制不了。林則徐立即革了韓肇慶的職。據梁廷柟的書中說，最初林則徐準備判韓肇慶死刑，由於總督鄧廷楨說情，才給予革職的處分。

韓肇慶把作爲默許費獲得的鴉片的一半，作爲沒收品繳公，鄧廷楨對他的「禁煙成績」很滿意，曾在給皇帝的奏文中特別提到韓肇慶的名字，報告了他的「成績」。現在如果讓皇帝知道這位禁煙有功的人實際上是走私鴉片的元兇，鄧廷楨的處境就不好辦了。林則徐爲了照顧這位老前輩的面子，才打消了處死韓肇慶的念頭。不過，革了韓肇慶的職，在人們的心理上也起了很大的作用。

## 3

四月九日，林則徐接到駐紮在虎門的水師提督關天培的一封信。信中報告：「鴉片蠆船已從了洲洋開來，並開始繳出鴉片。」

第二天——十日下午，林則徐與鄧廷楨、予厚庵一起，從靖海門上船，開往虎門。十一日，到達虎門，受到關天培的歡迎。這天沒收鴉片五十箱。十二日，沒收六百箱。十三日，一千一百五十箱。十四日，八百五十二箱，外加二百袋。林則徐坐在新會一號兵船上，監督鴉片蠆船繳出鴉片。這樣，到四月二十二日爲止，共接收了一萬一千七百多箱鴉片。爲了進行清理，決定暫時停止接收。

二十六日，再次開始接收鴉片。但由於天氣的關係，進展不夠順利。像大虎島、小虎島這些地核隆起的島嶼，形狀看起來確實像趴伏的老虎，那些深綠的樹陰和褐色的岩石，一會兒沐浴著初夏的陽光，一會兒籠罩在雨雲之下，幾乎每天都在變化。有時潮溼，有時乾燥，忽而陽光閃爍，忽而陰雲密布。

五月五日的晚上，林則徐與鄧廷楨在船上暫時把公務丟在一邊，作詩唱和。鄧廷楨的詩集《雙硯齋詩鈔》中的《虎門雨泊呈少穆尙書》，就是這時寫的。詩曰：

戈船橫跨海門東，蒼莽坤維積氣通。
萬里潮生龍穴雨，四周山響虎門風。
長旗拂斷垂天翼，飛炮驚回飲澗虹。
誰與滄溟淨塵塊，直從呼吸見神工。

林則徐也和總督的詩韻，寫了一首。這就是林則徐的詩集《雲左山房詩鈔》中的《和鄧嶰筠虎門即事原韻》：

五嶺峰回東複東，煙深海國百蠻通。
靈旗一洗招搖焰，畫艦雙恬舶風。
弭節總憑心似水，聯檣都負氣如虹。
牙璋不動琛航肅，始信神謨協化工。

欽差大臣所乘的船上，掛著一塊「煙深海國」的匾額。他把這塊匾額寫進了詩中。

關於如何將沒收的鴉片運往北京的問題，林則徐幾乎每天都與鄧廷楨商談。兩人一致的意見，認為海路運送可能較陸路安全。於是決定將此意見與巡撫商量。但北京的御史鄧瀛反對，認為這麼多的鴉片在途中有被「偷漏抽換」的危險。

五月九日，道光皇帝下了裁決：「……斷不疑其（林則徐）稍有欺飾。且長途轉運，不無借資民力……即交林（則徐）、鄧（廷楨）、怡（良）於收繳完竣後，即在該處督率文武官弁，共同查核，目擊銷毀。俾沿海居民及在粵夷人，共見共聞，鹹知震讋。」

到了陰曆四月，虎門收繳鴉片也大體完成。

五月十六日，鄧廷楨給林則徐送了十八個青荔枝。林則徐難得地作了一首幽默詩，表示感謝。詩曰：

蠻洋煙雨暗伶仃，忽捧雕盤顆顆星。

十八娘來齊一笑，承恩眞及荔枝青。

不久前去世的英國著名的東方學家、《源氏物語》的翻譯者亞瑟·維里，曾把林則徐的這首詩譯成英文。

鴉片全部收繳完畢，是五月十八日。總數爲一萬九千一百八十七箱和二千一百一十九袋。除去包裝的重量，淨重二百三十七萬六千二百五十四斤，合一千四百零二十五噸。

這天，連維材來到虎門，登上了林則徐的船。「終於大功告成了。」連維材說。

「收繳完了。」欽差大臣回答說：「但是，下面的工作即將開始。」

「我得先向您道賀。」

「謝謝。由於您的協助，總算走到了目前這一步。」

這時，廣州派來了巡撫的急使，傳達了上諭：任命林則徐爲兩江總督。到任前由陳鑾代理。「今後該是江甯（兩江總督的駐在地，現在的南京）啦！」林則徐仰首朝天說。

「再一次向您祝賀！」連維材說。

一般的總督管轄兩省或一省的地方，唯有直隸和兩江總督管轄三省的地方。前者是皇城所在地，後者是長江下游的富庶地區，一般都認爲比他處的總督地位要高。就日本來說，大概相當於東京和大阪。連維材向他祝賀是理所當然的。

「不過，這件工作還不知道什麼時候能完。一時恐怕還不能赴任。」林則徐低聲說。

「我剛才雖然向您道賀。」連維材說：「其實我還是希望您能在這裡多留些時候，處理對外工作。」

十二天之後，北京傳來了命令：鴉片就地處理。

## 4

據說一箱鴉片淨重一百斤。其實瑪律瓦產的鴉片在孟買裝運時一箱是一百零一斤。這是考慮到乾燥之後，重量會減輕，因此多裝了一斤。

瓦臘納西一帶產的鴉片品質低劣，價錢僅爲公班土的一半。而且損耗大，所以在裝運時一箱爲一百六十磅，即一百二十斤。在運輸途中及在伶仃洋上存庫期間，經過乾燥，大約變爲一百斤。箱子的表面上向來都印著1331/3磅（一百斤）。由於以上原因，淨重一般都不太準確。

裝鴉片的容器因產地而異。一般都是裝在長一米、寬五十公分、高五十公分的芒果樹木材的箱子裡。所以，即使是相當大的房間，最多也只能裝進四、五十箱。像虎門這樣偏僻的地方，可以用作儲藏的民房或寺廟是很少的。因此，在處理之前，林則徐建造了臨時儲藏所。這種儲藏所是在廣場上圍起結實的木柵，上面蓋著塗漆的屋頂。有監督的文官十二人、武官十人和一百名士兵，在它的周圍晝夜巡邏，擔任警戒。

關於處理的方法——根據試驗的結果，了解到如果用簡單的焚燒法，比如澆上桐油，點火焚燒，鴉片的「殘膏餘瀝」將滲入地中，過後把土挖起來熬煮，仍可得到二、三成鴉片。因此，不能採取這種方法。

研究了鴉片的性質，發現它最忌的是食鹽和石灰。因此，林則徐令人在虎門鎮口海邊較高的地方挖了兩個池子。據說池子縱橫十五丈餘。大約是五十米見方的池子。爲了防止鴉片滲透，在池子的四邊釘上木板，池底鋪上石板。臨海的一面安上涵洞（閘門），相反的一面挖有溝道。池子的四周圍著高高的木柵，木柵裡設有監督官等的席位。

首先從後面的溝道把水引進池中，撒下大量食鹽，然後從木箱中取出成球狀的鴉片塊，每塊切成四半，投進池中鹽水裡。就這樣讓鴉片在鹽水中浸泡半天。然後投進生石灰塊。於是逐漸地冒煙，最後沸騰起來。池子的上面搭著跳板，許多小工站在跳板上，用長木棒和鐵鋤攪拌，加快鴉片融解。

到了退潮的時刻，打開海岸邊的閘門，把融解了的鴉片放入海中。以後，用水清洗池底和四邊的木板，使其不留鴉片的殘渣。

另外，在現場處理鴉片的正式命令，是五月三十日到達的。而林則徐早在這之前就知道了。北京的吳鐘世，把道光皇帝五月九日的裁決意見，用不到十天的時間就送到廣東林則徐的手中。當然是通過金順記的信鴿傳遞的。

開始銷毀鴉片是六月三日（農曆四月二十二日）。在兩天前，林則徐就設祭壇，祭告海神。

實際祭海神是農曆四月二十日。而作爲《鴉片奏案》的附錄留存下來的祭文寫作日期是四月七日，而且陰曆四月七日的林則徐日記也明確寫著「作祭海神文一篇」。當時還準備把鴉片運往北京。但林則徐通過吳鐘世的快速情報，已經知道了要在現場處理。

祭文的開頭是這樣寫的：「惟道光十九年歲次己亥，孟夏之月，丙寅朔，越七日，欽差大臣調任兩江總督林，謹以剛鬣、柔毛、清酒、庶羞，敢昭告於南海之神曰：……」

這種難懂的古文，要逐字翻譯幾乎是不可能的。大意是這樣：首先歌頌了神德，然後陳述鴉片的弊害，因而要嚴禁，要沒收。關於沒收的上萬箱鴉片的處理，如果用火燒的話，則有被人拾去殘膏的危險，因而不如投之深淵，「長淪巨浸」。這樣，就會有「蜃蜃氣滅淩雲之幻」。……所以希望水族們暫且到什麼地方去躲避一下這種毒氣。我的本意是爲了除害群之馬，而不是殃及魚類。

六月三日，雨過天晴，初夏的陽光灑在虎門的海濱。從這天開始處理鴉片。

高級官員輪流擔任這一工作的監督。這天從廣州來了巡撫怡良、海關監督予厚庵和布政使熊聲穀。另外，早就駐在虎門的關天培以及餘保純也來到了現場。

因爲是頭一天，到天黑只處理了一百七十箱。以後技術更加熟練，因而效率不斷提高。六月四日處理了二百三十箱，五日一千四百袋，六日九百箱，七日九百五十箱，八日一千五百箱。……

## 5

「又少了一箱！」簡誼譚嘻嘻哈哈地嚷著。他夾在許多起哄的人當中，從鴉片處理所外面的木柵欄縫裡，瞅著銷毀鴉片。

他接受了姐姐的忠告，暫時停下了鴉片買賣。現在禁令愈來愈嚴，大頭頭基本上被一網打盡，看來再沒有人插手鴉片了。「這可是千載難逢的大好時機啊！」他心裡這麼想。其實他這麼想也不是沒有道理。即使沒有賣鴉片的人，但並不是表示鴉片不需要了。鴉片癮不是那麼容易戒掉的。鴉片鬼還在尋找鴉片，供應一少，價格肯定會上漲。

誼譚認爲這是個好機會，於是在澳門拼命地收羅鴉片。死刑是可怕的，那些擁有鴉片的人，用最低的價格把沒有登上表冊的鴉片拋售出去。

他撬開「不死鳥」酒吧間的鋪地石，在下面挖了一個洞，洞裡塡上稻皮防潮，埋進三百斤鴉片。另外還在他情婦賣淫的一間空房子的地板下埋了近千斤鴉片。這是冒著生命危險的勾當，它比僞造冒牌鴉片更加危險。

他深信鴉片一定會漲價。果然不錯，鴉片黑市的價格一下子猛漲了一倍。他認爲漲得還遠遠不夠，收藏的鴉片仍不出手。

今後私賣鴉片，如不小心注意，腦袋瓜子可要搬家啊！澳門抓了一個叫紀亞九的傢伙，他坦白鴉片是從葡萄牙人安東尼奧那兒買來的，安東尼奧嚇得逃跑了。清國的澳門同知一向對此是不聞不問的，這次也大肆抓起鴉片犯來了。

「很快就會鬆弛下來的。只是林則徐這老小子在這兒的時候緊一陣子。聽說他已經當上了兩江總督，遲早會離開廣東的。不過，等鬆了之後再出手可就晚了，價格肯定會下跌的。要在價格最高的時候賣。當然囉，這也會帶來危險。」誼譚眼睛看著鴉片銷毀，腦子裡卻一直在轉這些事。每投下一箱鴉片，他就想到價格又提高了一點，心裡高興得不得了。

六月三日開始的銷毀工作，到六月十五日休息了一天。因爲這天是陰曆五月五日端午節。

誼譚第三次來看熱鬧是六月十七日。

「啊呀！不好！」誼譚發現了連維材，趕快低下頭。

連維材好像不是來看熱鬧的，他只在四周踱來踱去，還不時仰首望著天空。

這一天，夷人也難得地來看熱鬧。他們是歐立福特商會的金谷夫婦、裨治文和本遜，四位都是美國人。

他們向欽差大臣打了招呼，領取了禮品。

林則徐讀過《中國叢報》的譯文，他以爲此舉足以禁絕鴉片貿易。道光皇帝的上諭裡說，不僅要讓中國人來看看，也要讓英國人來看看。但是英國人到底沒有來。目睹苦心經營的鴉片被銷毀，那當然不會是愉快的事情。他們只是在廣州開往澳門的船上，遠遠地望著在虎門冒起的銷毀鴉片的濃煙。

林則徐在給北京的報告中說：「察其情狀，似有羞惡之良心。」

# 鴉片東流

義律帶著挑釁的目光望著虎門的群山。在虎門鎮口那邊，一度熄滅了的鴉片的濃煙，又重新冒了起來。

「五百萬元化成的煙啊！清國對此要付出更大的代價。」馬地臣不知什麼時候來到他的身邊，跟他這麼說。

「是呀。你看那煙冒得多高呀！」

## 1

林則徐「燒毀鴉片兩萬箱」，在歷史上是十分著名的。其實，正如前面所說的那樣，並不是點火燒毀的。不過，向浸泡在鹽水裡的鴉片投進生石灰，立即冒起濃煙，這種情景說它是「燒毀」大概也是可以的。

一般的民眾是從柵欄外面觀看。他們每天都來。官方也鼓勵他們來看。因爲考慮到這樣會使人們留下對禁煙政策的深刻印象。

有一天，連維材帶著夫人來到了虎門鎮口銷毀鴉片的地方。由於林則徐的特別照顧，他們進入了木柵欄裡面。

這時正好向池子投擲鴉片。身體健壯的士兵們，只穿著一條短褲，正用斧子劈鴉片箱。芒果樹的木箱子，兩三下就劈開了。皮球大小的黑鴉片膏子，骨碌碌從裡面滾出來。士兵用刀砍成四半，扔進池子裡。

池子裡的水已經摻進了食鹽。池子上搭上木板當踏腳板。小工們也只穿著一條褲，站在木板上用長木棒攪和著。

廣東南部的六月已經很熱了。但讓他們脫光衣服，還不僅是由於天氣的原因，也有防止他們盜竊鴉片的目的。

士兵也好，小工也好，都是經過挑選的體格健壯的人。大概因為這也是一種帶有顯示政策性質的儀式吧！這些人都大汗淋漓，陽光一照，油光閃亮。

「體格健壯的男子漢，我們國家也很多啊！」連維材跟夫人說。

連夫人阿婉瞇著眼睛望著這些光脊背的男人，點了點頭說：「是呀！」

「熱心的人們都在議論，如果不趁著還剩下這些健壯的漢子禁絕鴉片，那就晚了。」

阿婉沒有幫腔，仔細瞅著丈夫說：「你這個人好像生下來就是為了議論似的。」

「這是什麼意思？」

「這個世上還會生出像你這樣的人嗎？」

「如果時代需要這樣的人，恐怕還會生出來的。」

「第二個連維材？」

「這個暫且不說了！」連維材改變了話題，「來廣州已經快半年了，我打算在這兒繼續待下去。」

「我明白了，你是要我回廈門吧？」

「如果你願意回去的話……」

阿婉沒有答話。

開始往池子裡投生石灰了。飽吸著鴉片的鹽水，像發狂似的開始冒泡、冒煙。

「你帶我上廣州來的目的，就是要我來看冒煙的吧？」

「是這個目的。」

「我在仔細地看著哩！」阿婉入神地注視著那冒起的白煙。

柵欄的外面響起了一片歡呼聲。

一般人都由於鴉片而吃了各式各樣的苦頭。由於父親、丈夫、兒子、兄弟、叔伯們吸上了鴉片而弄得傾家蕩產。

「這煙是你使它冒起來的啊！」阿婉小聲地說：「爲了冒這股煙，你付出了金錢，四處奔忙。這煙冒得好高呀！」

「我不只是想讓你看看我所做的事情。」

「那麼，還有別的？」

「這煙不是戲的結束，而是開幕的信號。」

「好戲還在後頭嗎？」

「戲的內容，我不太願意讓你看，所以只讓你看看開幕，同時也希望你有所準備。」

「要說準備，我早就……」阿婉盡量壓低自己的聲音，但她的臉上仍然掩飾不住憂慮的神情。

由罌粟製成的鴉片，正被食鹽和石灰分解而化爲漿狀。不一會兒，臨海的閘門打開了，融化了的鴉片，迅猛地流進了大海，大海的顏色比平時顯得更藍了。

只見一艘舢板船正從虎門水道開出來。「英國人坐在那艘船上去澳門。」連維材指著那艘舢板船，跟妻子解釋說。

「那也是戲的情節之一吧？」

「是不太好的情節。」

沒收英國人的鴉片，現在正在銷毀。

從連維材的座位上，可以看到欽差大臣在遮陽的傘下盯視著那升起的濃煙。化爲煙——他會不會認爲這意味著一切的結束呢？不會的。像林則徐這樣的人物，不可能認爲把鴉片化爲煙就萬事大吉了。

無數人被這可怕的鴉片所吸引，其根源尚未消除；還有因此而帶來的生活貧困、道德淪喪……陷進鴉片裡的人大多是由於絕望，覺得四面八方都被堵塞，沒有一條活路。他們在限定的狹窄的地方出生，受窮，年老，最後死去。為了尋求暫時的陶醉，他們把手伸向煙槍，誰又能責怪他們呢？

乾隆盛世之後，藝術已一蹶不振；既未能給民眾帶來歡快的娛樂，也沒有值得一看的東西。在禁閉人們的灰色牆壁上，沒有塗上一點可以愉悅人們的色彩。所有這一切都沒有著手解決，卻突然把鴉片化為一股煙。這確實存在著問題。

被沒收了鴉片的英國方面，當然不會就這麼老老實實地退走。他們很快就要打破中國的壁壘。確實好戲還在後頭。

連夫人沉默了一會兒之後，突然說道：「我要回廈門去！」

## 2

從往來於虎門水道的船上，也可以看到鎮口銷毀鴉片的地方冒起的濃煙。英國人正坐在這些船上。

儲存的鴉片已經全部繳出了，所以商館的包圍解除了，中國的買辦、僕役也回來了。由於重開了貿易，當然可以直接在商館裡繼續進行交易。

但是，只是繳出鴉片，問題還不能解決，還留下另一個困難的問題，那就是保證書的問題。要英國人保證今後不從事任何鴉片買賣，如果發現帶進鴉片，便處以死刑。

義律不准英國人在保證書上簽字。另外，對以包圍商館這一強制手段，剝奪了英國人的財產（即鴉片）一事，也表示強烈的抗議。英國人要全部從廣州撤出。

義律勸說居留廣州的全部英國人一起撤走。他說：「這是爲了對欽差大臣進行抗議而採取的抵制行動。爲了使抗議增添威力，我不希望有任何人留下來。」與其說這是勸說，不如說是命令。

義律的官職名稱是商務總監督官，也稱作領事。他是本國派來的官吏，有權代表政府向英國人發號施令。當然，對英國人以外的外國人，他是不能命令的。

居住在廣州十三行街商館中的外國商人，絕大多數是英國人，但也有少數是其他國家的，美國商人多達二十餘人。爲了徹底進行抵制，義律要求美國人也撤出廣州。

「我們有買賣要做。」歐立福特代表美國商人回答說：「而且，要是實行抵制，爲難的只是伍紹榮他們公行，欽差大臣是滿不在乎的。」

「但是，現在採取強硬態度，不僅對英國，就是對各國將來的貿易也是必要的。我希望你們能好好地考慮一下這個問題，一定給予協助。」義律鼓動說。

「讓我跟大家商量商量吧！」歐立福特避開義律的熱勁，這麼敷衍著回答。

美國商人商量的結果是，拒絕義律的要求。目前情況對他們來說是一個機會。英國人一向占據廣州對外貿易的第一把交椅。現在他們要全部撤出，美國人就可以不費吹灰之力掌握廣州貿易的主導權。

「協商的結果，十分遺憾，我們美國商人決定不同貴國商人採取共同步驟。」義律接到這一無情的回答，氣憤地說：「這些傢伙一點都不明白事理。我要再一次說服他們。從長遠眼光來看，這種行動對他們也是有利的。」

但是，充當參謀的鴉片販子馬地臣制止他說：「不用去了。美國人只有二十幾個。廣州留下這麼點外國人也好嘛！」

「不，抵制行動愈徹底愈有效。」

「義律大校，你忘記了最近商館遭包圍時的教訓了吧？」

「教訓？」

「我們不得不屈服，是由於孤立無援。欽差大臣不大恨美國人，當時我們想讓美國人出去，在外面進行活動。結果他們也未能出商館，如果他們成功了，說不定就不是現在這樣的形勢了。」

經馬地臣這麼一說，義律也認眞地考慮起來。要是在五年前，還是跟隨律勞卑的青年軍官義律，一定不顧馬地臣的制止，再次跑到美國人那兒去爭辯。但他現在已有了五年的經驗，年紀已快四十歲了，每天接觸的又都是商人，他已經懂得自己必須要保護的，除了居留在這裡的同胞的生命財產外，還包括關係到國家利益的貿易。所謂抵制，也不過是爲了將來能更順利地進行貿易所採取的手段。

「對！與其拉美國人一塊兒走，還不如讓他們留在廣州作耳目。」義律終於改變了主意。

於是，英國人絡繹不絕地離開廣州，前往澳門。他們穿過虎門水道時，當然要咬緊嘴唇，遠遠地望著在銷毀曾是他們所持有的鴉片時所冒起的濃煙。

「等著瞧吧！」義律和所有的英國人都衝著這股濃煙，低聲說。也有人大聲發誓詛咒決心要報仇。

「想不到有這麼大的勁頭！」義律高興地看著這些人。他心裡想：「還是讓美國人留下來好。」儘管發生了這樣悲慘的總撤退，但英國人並沒有意志消沉，原因就是廣州還有美國人。今後還希望透過美國人，繼續進行對廣州的貿易。只要有希望，人就不會消沉。

義律在船上同馬地臣商談了今後的對策。「美國人已經提交了保證書，他們將獲得自由貿易的權利。我們當前只能暗暗地透過他們的管道，搞不自由的買賣。我們首先要以一年的時間爲目標，研究對付的辦法。」馬地臣這麼說。他的態度始終是冷靜的。義律對這位智囊人物的沉著冷靜，不得不感到敬畏。

「一年啊！」義律好似在自言自語：「是呀，太長了不行呀。不能讓美國人的勢力擴張得太大。」

「正是這樣。儘管是暫時的，一旦形成美國人壟斷對清貿易的局面，說不定大批美國商人就會從加利福尼亞過來。我們首先要考慮防止這種情況出現。」

「哦，有什麼辦法可以使得這些貪婪的傢伙不來嗎？」

「把這個地區弄成不穩定的狀態。美國人是喜歡冒險的，但是，一談到做買賣，恐怕還是會考慮安全問題。」

「馬地臣先生，我明白了。就是說，要把這一帶弄成一觸即發的危險地區。」

義律來到船尾，望著周圍的海面。他心裡在琢磨：把軍艦從印度叫來吧！經常製造一點小衝突。這樣，加利福尼亞的冒險家們就會猶豫了。不過，這不過是臨時性的保衛商權的策略。要想求得問題的根本解決和爭取將來的發展，恐怕只有動用大規模的武力。一年期間，在最近一年期間……

義律帶著挑釁的目光望著虎門的群山。在虎門鎮口那邊，一度熄滅了的鴉片的濃煙，又重新冒了起來。

「五百萬元化成的煙啊！清國對此要付出更大的代價。」馬地臣不知什麼時候來到他的身邊，跟他這麼說。

「是呀。你看那煙冒得多高呀！」

## 3

公行總商伍紹榮和盧繼光來到了虎門，報告英國人的動靜。這一天恰好連維材也帶著妻子來觀看銷毀鴉片。

海關監督予厚庵是外商工作的負責人。他因視察鴉片的銷毀工作，暫時住在虎門。伍紹榮和盧繼光要見海關監督，進了木柵欄裡面。

「留下的夷人只有二十五個，全部是美國人。英國人撤走的意圖還不清楚，正在設法探聽。」他倆這麼報告之後，坐在欄內的特別觀看席上。這個席位正好隔著池子與連維材夫婦相對。

盧繼光首先發現了連維材，扯了扯伍紹榮的袖子說：「那傢伙也來了。是夫妻倆……」

伍紹榮瞇著眼睛看了看前方。池子裡尚未投進生石灰，還沒有冒煙。連維材的樣子是看清楚了，但隔得遠，兩人的視線沒有碰在一起。不過，伍紹榮還是感到很緊張。

「發生了這樣的事情，我總覺得跟那個傢伙有關係。」盧繼光小聲說。

「咳喲！」伴隨著這種威武的吆喝聲，砍成四半的鴉片塊被不停地扔進池中。其中還夾雜著劈木箱的聲音。

盧繼光洩氣地望著現場的情景。扔進池中的鴉片，在一分鐘之前還是可以挽救公行的商品。只要實行弛禁，可以撈取大批利潤。在公行的成員中，已有幾家店鋪面臨破產倒閉的危險。這些店鋪也將會因鴉片而得救。

多麼可恨啊！弄到這種地步，當然是由於欽差大臣採取的措施。大臣是政治家，他提倡嚴禁鴉片，那也是出於他的政治信念。可是，同是商人的連維材，卻與公行爲敵，到處進行種種陰謀活動。這樣的人是不能寬恕的！盧繼光心裡想。

帶著夫人來看熱鬧的連維材，那樣子叫人感到他好似在幸災樂禍地說：「你們看，可以成爲公行救世主的鴉片，就這麼付諸東流，消失到大海裡去了。」

坐在盧繼光旁邊的伍紹榮也在考慮公行的事情。不過，他並沒有把已經從手裡漏掉的鴉片利益同公行聯繫起來，這種已經過去的事情想它也沒有用。他也跟連維材一樣，感到這次銷毀鴉片不是戲的結束，而是戲的開始，他感到公行滅亡的戲就要開始了。公行雖是他背負的沉重的包袱，但是，一想到要在連維材的面前來演這場滅亡的戲，他感到實在受不了。

生石灰塊從四面八方投入池中。不一會兒，池上籠罩著一片白茫茫的濃煙。

柵欄的外面又響起一片歡呼聲。

柵欄外面的榕樹下，坐著一大堆人。他們在一邊喝酒一邊看熱鬧。「吸盡天下蒼生血淚的鴉片，現在也要被大海吸走啦！」何大庚吟詩般地說。

錢江好像跟他唱和似的，捲起白色長衫的下擺，用嘶啞的聲音喊道：「對！中華億萬人民的千仇萬恨，在這裡煙消雲散啦！」

「怎麼樣？西玲女士也來一杯？」何大庚舉起酒杯跟西玲說。

是他們把西玲請到虎門來的。這些慷慨之士正在唾沫飛濺地談論鴉片的危害和根除鴉片的辦法。他們直截了當的理論和慷慨激昂的情緒，確實令人感到痛快。西玲一度也曾在這種痛快中發現了生活的意義。但是，現在她的想法不能那麼簡單了。「血也好，淚也好，這升起的煙中不也包含著伍紹榮的血淚嗎！」她想到這裡，閉上了眼睛，腦海裡浮現出伍紹榮脖子上套著鎖鏈的形象。她剛才還看到伍紹榮帶著沉痛的面孔，走進了木柵欄。

現在她想到的是另一個世界的痛苦。這個世界同在這裡高呼痛快的世界不一樣，是一個複雜的世界，是大多數同胞所不理解的世界。

「雖然不太清楚，但問題肯定不是在這兒拍手稱快就能解決的。」儘管是漠然的，但她也感到這不是事情的結束，而是開始。

那些慷慨之士好像認爲事情已經徹底了結了。他們興高采烈，對著濃煙不停地拍手鼓掌。

「啊？」西玲在看熱鬧的人群中發現了一個笑嘻嘻的小夥子。她踮起腳一看，果然是弟弟誼譚。

西玲正想喊，小夥子已擠進人群中看不見了。

「不過，他的臉色好像還不錯。」西玲朝著弟弟消失的方向看了一會兒，自言自語地說。

## 4

一個老頭兩手舉在前面，搖搖晃晃地朝柵欄走來。他那伸出的胳膊瘦得可怕，從褲腳下露出的兩條腿，也瘦得像枯樹枝。尖削的下巴，瘦得皮包骨頭的面頰，失神的帶著淚花的眼睛，鉛也似的臉色——這樣鬼魂一般的人，當時是到處可見的，人們稱他們爲「大煙鬼」。

這就是已變成廢人的鴉片中毒者。看起來是個老頭，實際年歲也許並沒有那麼大。據說這些人不到四十歲，臉色和身體就已經像六十歲的老頭。這個「老頭」顯然是個大煙鬼。他抓住木柵欄，把臉擠在柵欄的縫隙裡，嘴巴開始蠕動。

看熱鬧的人把他圍了起來。大煙鬼把他的兩條瘦胳膊伸進柵欄，好似不停地在哀求著什麼。也許他本人自以爲在叫喊著什麼。但誰也聽不出是什麼意思。

在反覆嘟囔了多少次之後，突然冒出一句清晰的話：「賞我這個可憐的老頭一塊鴉片吧！」

人們屏息斂聲地看著這幅情景。各種各樣的感慨掠過圍觀者的心頭，一種淒涼的氣氛籠罩著他們。四周寂靜無聲，連樹葉被風吹動、互相摩擦的聲音也能聽到。

突然一個聲音，打破了這種寂靜。「諸位同胞！」慷慨之士錢江站在路旁的石頭上，指著那個大煙鬼，大聲地說：「你們已經看到了。在廣州的街頭，諸位看到過多少這樣可憐的人啊！那些已經沒有氣力出外晃晃、像死屍似的躺在破屋子裡的大煙鬼，爲數更多，而且愈來愈多。諸位的父母兄弟，不，諸位自己說不定也會很快變成這個模樣；變成像這個人這樣，不顧廉恥地伸出雙手，向人乞求恩賜。說什麼賞給我一點鴉片吧！向誰去乞求呢？還不是去向紅毛夷人？你獻上國土，他們就會賞賜給你鴉片。那不就是我們中國滅亡的日子嗎？……」

圍觀的人嘰嘰喳喳地議論起來。有的人朝自己的周圍看了看，他們的眼睛裡充滿著不安的神情。

錢江的臉孔通紅。這不只是激動的原因，他剛才大口大口地喝了許多酒，出氣很粗。

旁邊的何大庚跳上同一塊石頭，接著說道：「吸鴉片的人傾家蕩產，摧毀身體，一天天窮下去。現在有多少這樣的大煙鬼啊！是什麼人從他們那兒攫取大量錢財而肥了自己呢？是有錢的大商人，同夷人勾結、吸同胞血的大商人，就是公行的那些大財主！」何大庚也滿臉通紅，不亞於錢江。他喝的酒當然也不少於錢江。觀眾中議論的聲音更大了。他覺察到這種情況，滿意地點了點頭。然後揮舞起緊攥著的拳頭，補了一句：「讓那些同夷人勾結、吸窮人血的公行商人見鬼去吧！」

公行是官商，把茶葉、絲綢賣給外商，從外商那裡買進棉花、毛織品。它是國家正式的貿易機構，不經手國家禁止的鴉片。其中雖有人偷偷地把資金借給鴉片走私商，跟鴉片交易有間接的聯繫，但公行本身跟鴉片並無關係。可是，一經這位傑出的鼓動家的嘴巴，「公行——鴉片商人吸血鬼」這一公式，就輕輕巧巧地灌進了聽眾的耳朵。

有錢人剝削窮人——這也是簡單易懂的公式。要說廣州的有錢人，那就是公行、鹽商和地主三種人。其中鹽商與地主跟外國人沒有直接關係。因此，公行當然就成了吸血鬼的代表。

群眾愈來愈激動，他們不僅在竊竊議論，還不時發出附和幫腔的喊聲：「對，揍死他們！」「不能饒了他們！」

當然不是所有人都被煽動了起來，像簡誼譚就在離人群稍遠的地方，把身子靠在松樹幹上，聽了兩個人的演說，冷笑著說：「說話的口氣好大呀。是老酒喝多了吧！」

不過，絕大多數的人還是由於他們倆的鼓動演說而激動起來。

「打倒公行！」「燒毀十三行街！」正當這樣的喊聲沸騰起來的時候，伍紹榮和盧繼光從柵欄裡走了出來。他們報告了英國人的動靜，觀看鴉片的銷毀，準備回廣州去。他們乘的是怡和行的船。六名船員一直在柵欄外等著。

伍紹榮是公行的總商，是廣州屈指可數的大富翁，很多人都認識他。廣利行的盧繼光也是人們所熟悉的人物。

「看，怡和行的伍紹榮！」人群中發出了喊聲。

「盧繼光也來了！」「吸血鬼！」「揍他！」群眾最初是遠遠地圍住他們。隨著後面發出的喊聲，包圍的圈子愈來愈小。在柵欄出口等著的船員們，已經聽到鼓動性的演說，早就感覺到了情勢十分險惡。

「這究竟是怎麼一回事？」伍紹榮的臉上露出迷惑不解的神情。一名船員衝到他的耳邊小聲地說道：「是一些無賴在煽動民眾，說公行是走私鴉片的元兇……」船員們也嚇得面色蒼白。遭到這麼多人的包圍，是無法逃出去的。

並不是所有看熱鬧的人都包圍上來，但人數也不下三四十。而且大多是紅著眼睛的青年人。

「打！」隨著一聲高喊，包圍的群眾好像把它當作信號似的，吶喊著猛衝過來。六名船員把身子靠在一起，想把伍紹榮和盧繼光保護在中間。但怎麼也抵擋不住。船員們一個個被拉出去，兩個公行商人被包圍在狂叫著的群眾之中。

# 5

幸虧這是偶然發生的事情，群眾還沒有準備木棒、石塊之類。這是一場敵我糾纏在一起的亂鬥，一場徒手戰鬥。

事情已經到了這種地步，被拉出去的船員們也只好揮拳迎戰了。

盧繼光揮動雙手，進行抵抗，但很快就被打倒在地。

伍紹榮一開始就聽憑群眾的擺布。他的右頰首先挨了一拳，在他覺得整個臉部像火燒似地發熱的剎那間，後腦勺上又挨了第二下。他已站不穩腳跟，東搖西晃起來，這時左邊脖子上又狠狠地挨了一擊。他的眼睛發眩，向前打了個趔趄。看來打他的人還會點拳術。

他正要倒下的時候，脖子被人一把抓住，又揪了起來。另一個漢子轉到他的面前，左右開弓打他的耳光。他的臉已經麻木，感覺不到疼痛了。他看了看面前的那個漢子，那漢子來回打了他幾個耳光之後，用充滿憎恨的眼睛瞪著他，大眼珠子上布滿了血絲。

盧繼光被打倒之後就趴在地上。人們踏在他的背上，扯住他的辮子，當他仰起因痛苦扭曲了的臉時，赤腳板子就踢他的下巴，揚起的塵土進入了他的眼睛。

船員們畢竟比這兩個商人會打架。他們挨的揍也不輕，但他們經過海風鍛鍊的鐵拳也叫對方吃了很大的苦頭。不過，到底還是寡不敵眾。

沒有參加的觀眾，也拼命地吶喊著表示支援：「喂！狠勁地揍！」「啊呀，逃啦！抓住他！」「對！把這個鴉片大王撕成八塊！」「叫怡和行姓伍的小子把吸進的血吐出來！」

連維材一出木柵欄，就聽到這些怒吼聲。他一眼就看清了現場的狀況。他平靜地回頭望著妻子說：「你先待在柵欄邊，把身子轉過去，不要朝這邊看！」

「你？」

「挨打去！」連維材走了幾步，回頭這麼回答說，只見他像脫兔似的朝亂鬥的現場跑去。

另一個女人——西玲，一看這情況，面色刷白。

連維材顯然是衝著伍紹榮跑去的。伍紹榮已經被打倒在地，背上還踏著幾隻泥腳。連維材突然朝他的身上撲去。

「你他媽的想來阻攔！」一個漢子揪住連維材的領口，把他拉起來，攥緊的拳頭打向他的心窩。

連維材捂著胸口，踉蹌了一下，但未馬上倒下。他的臉孔、腹部、背上挨著來自前後左右的亂打，他朝著伍紹榮喊道：「紹榮，閉上眼睛，挺住！」

這時，簡誼譚離開他靠著的松樹。他看到有人跑進了人群，但不知道是連維材。「有意思！要打伍紹榮的嘴巴，只有這次機會啦！」他摩拳擦掌地朝亂鬥的現場跑去。

挨打的幾乎都已倒在地上，分辨不出誰跟誰。

誼譚擠進人群，順手揪住倒在旁邊的一個人的辮子，把他提了起來。「喂，掌嘴！」他猛地打了對方一個耳光，但接著就「啊」地一聲，再也不敢吱聲了。

對方的臉已經腫得像紫茄子。他既不是伍紹榮，也不是盧繼光，而是連維材！誼譚松了手，趕忙往後退，連維材又落到沙土地上。

「糟了！」誼譚拔腿就跑，邊跑邊想：「他眼睛是閉著的，不會看到我的臉。」

風向變了，銷毀鴉片的煙像追趕他似的，從他背後罩過來。

這時，響起了一片銅鑼聲——聽到柵欄外的鬧騰，在池邊幹活的士兵們，遵照上頭的命令，跑了出來。

群眾一下子散開了。剩下五個人躺倒在地上，兩個人蹲在那兒，一個人坐在地上，仰面望著天空。後面一個人跌跌撞撞地爬了起來。

「你！……」連維材的妻子比士兵還快地跑到站起來的人身邊，連維材癱軟地伏在妻子的肩上。

一陣煙把他們籠罩起來。

在不遠的一棵榕樹下，西玲的眼睛一眨也不眨地看著這幅情景。她的臉色慘白，像化石似的一動也不動，只有嘴唇不時地抽搐著。在她的身後，錢江和何大庚正在碰杯暢飲。他們只發表了演說，並沒有參加亂鬥。

「哈哈！這場熱鬧眞痛快！」「發洩了胸中的一點悶氣！」

他們的談話聲在西玲的耳邊發出空洞的響聲。

負傷的人被送到附近的居民家去治療。

伍紹榮眼圈烏黑，渾身是血。他忍著藥物滲進傷口的疼痛，喘息著問連維材說：「你爲什麼要跑到那樣的地方去？」

「你們只因爲是有錢的商人，才受到那樣的制裁。我也是有錢人，而且也是商人，我不能逃走。」連維材用布擦著唇邊的血，這麼回答說。白布一下子就染成鮮紅。他的妻子默默地遞給他一塊乾淨白布。

根據林則徐的奏文，六月二十五日，將沒收的鴉片全部銷毀。但他日記上的記載，到六月二十一日應當全部完畢。二十二日以後的日記根本沒有觸及銷毀問題，只寫著觀看火箭，跟鄧廷楨、關天培飲酒之類的事情。可能這幾天是處理善後工作。

六月二十五日，林則徐於上午九點上船，在關天培的歡送下，踏上了去廣州的歸途。他懷著無限的感慨，告別虎門翠綠的群山，仰望著獅子洋山上的寶塔。河道彎彎曲曲，風向不時發生變化。第二天早晨到了廣州。

林則徐在迎賓館同官員們歡談之後，回到住所。午飯之後，突然下起了大雨。這場爽快的大雨好似是要爲他洗塵。雨過天晴之後，仍把涼爽留在人間。

一件重大的工作終於結束了。

「不過，我並沒有結束了的感覺。我只覺得一切就要開始。」林則徐躺在越華書院的床上，這麼自言自語地說。

# 皇城初夏

# 1

從廣州把奏文送到北京，需要二十天左右。這在當時是相當快的。

十八世紀末，去北京的馬戛爾尼使節團的一名成員，在他的見聞記中說，清國的郵政在速度上，是英國遠遠無法相比的。

普通郵件是裝在一個用藤條裹著的四方大竹籠子裡，信使用皮帶把它綁在背上，那樣子就好像小學生背後背著書包般。信使就這樣騎在馬上，在官道上疾馳，每到一個驛站都要更換坐騎。中國是一個重視文字和信件的國家，把郵政當作一件大事；這種郵政信使要由五名輕騎兵保護。郵囊上繫著鈴鐺，信使一跑起來，鈴鐺就發出叮鈴叮鈴的響聲，一聽到這響聲，人們都要讓道。它的作用大概就像現在的員警巡邏車或消防車的警報器。

奏文和普通郵件不放在一起。奏文要裹在防水的竹皮裡，捆綁在背上，十分輕便，而且要由特別挑選的騎手承擔這一任務，所以非常快。

正因爲這樣，林則徐在廣州的行動，不到二十天北京就知道了。

軍機大臣穆彰阿整天提心吊膽。吸食鴉片的人也要判處死罪──這也會打亂現狀，當然是他所不高興的。不過，瘦弱的大煙鬼起來造反是不可能的；再說，即使形成了法律，他也可以把法律弄成有名無實。但是，跟外國發生事端可就麻煩了。滿州八旗軍已經腐朽透頂，各地雖然配備了滿族駐軍的將軍，但根本發揮不了作用。

拿廣州來說，廣州將軍指揮的滿洲駐軍擔任城內警備，而《中國叢報》上卻刊載過這樣的文章：據說有稱作騎兵和炮兵的部隊擔任保衛市內的任務。但我們卻很少聽說過，而且也未見過。八旗軍中有二百人的精銳部隊，在舉行儀式時身著漂亮的服裝，看起來很威武，但一般士兵的裝備很差，而且缺乏訓練。這份雜誌上還有一段這樣幽默的記載：大部分堡壘都沒有武裝，缺乏防禦能力，叫人害怕的是擋住炮口的木板上畫著的猛虎頭。

以上的文章都是同情中國的裨治文執筆的，情況如何就可想而知了。

不僅構成滿族王朝統治前景的八旗營是這樣，漢人部隊綠旗營的士氣也不振。一旦發生戰爭怎麼辦？

在皇帝召見時，向皇帝進行說服工作，本來就不是穆彰阿所擅長的。尤其是在皇帝「發情」期間，他的影響力更是大大地打了折扣。他能夠做的是在背地裡玩弄陰謀詭計。這是他最拿手的好戲。

他跟剛到達北京的直隸總督琦善商談了很長時間。他們已獲得了情報，知道由於林則徐採取包圍措施，英國領事義律已經屈服，開始上繳鴉片。

「看來你的做法是行不通的。」琦善說。

「嗯，不太妙。」

「你性急了。」

「我？」穆彰阿自以爲在忍耐方面是毫不遜色的。他頻頻地望著對方的臉。

「是呀。你想一舉除掉林則徐。奪關防失敗了。現在安下了密探，打探他身邊的情況。怎麼樣，弄出了能夠使他致罪的事實了嗎？」

「弄不出可以編造嘛！」

「捏造也不那麼容易吧？」

「是嗎？」

「現在皇上對他很信任，是不會輕易懷疑他的。而且他得民心，給他加上罪名，人民是不會相信的。」

「民心沒什麼要緊的……」對於專搞宮廷陰謀權術的大官兒來說，民心當然算不了什麼。

「你用的是歪門邪道。」

「歪門邪道就不好嗎？」

「不是不好。不能只是用歪門邪道，可不可以也配合著用一點正道？」

「你所說的正道是……」

「以前，林則徐在赴任途中，我受你的委託，曾經想抑制抑制他。但是，沒有做好。現在回想起來，想在幾個小時內說服他，那是根本辦不到的。我如果能多花一些時間，或許也能打動他。」

「那麼……？」

「廣州只派了打探他行動的人。我覺得這不行。要有能抑制他的人。」

「林則徐恐怕是不會受人抑制的吧！」

「一概地這麼認爲，也不一定正確。如果下一點功夫，我想會有一點效果——當然囉，重要的還是人。」

「在廣州可以抑制他的人……」穆彰阿首先舉出了幾個人的名字。兩廣總督鄧廷楨——他不行。自從林則徐赴任以來，他明顯地靠近了強硬派。廣東巡撫怡良——他跟林則徐很親密。但是，不管怎麼說，這個人長於世故，極力迎合上司，恐怕沒有勇氣提出反對意見。

「對，我看予厚庵還可以。」穆彰阿說。

「厚庵似乎缺乏口才。」琦善有點不信服，這麼回答說。

「這好呀，要想打動他，不是靠口才，而是靠人。跟他關係好的人，口才都不行。」

予厚庵和林則徐從江蘇以來就是好朋友。林則徐之所以看中予厚庵，不就是因爲他工作踏實、拙嘴笨舌嗎？

在人事關係上，穆彰阿是頗有信心的。決定利用予厚庵來牽制林則徐，他立即想起了予厚庵的人事關係。

就同是滿洲旗人的身分來說，把予厚庵誘進自己這邊來，看來並不是什麼難事。不過由誰去說最有效？穆彰阿認爲自己處理這個問題最合適。

穆彰阿的頭腦裡早已想好了大體的辦法。「對！」他拍著大腿說：「厚庵還有個叔父哩！……」

## 2

琦善回去後，僕人告訴穆彰阿，昌安藥鋪的藩耕時來了。「哦，來了嗎？」穆彰阿走進藩耕時等候的那個房間。

這位藥鋪老闆看到穆彰阿走進來，把腦袋低了低。

「怎麼樣？」穆彰阿往椅子那邊走去的途中，停了停腳步，這麼問道。藩耕時的樣子有點兒奇怪，好像有點膽怯。

「今天早晨廣州來了信。」藩耕時回答說。

「哦，說了些什麼？」穆彰阿一屁股坐在鋪著綴錦墊的椅子上，伸出雙腳放在腳踏上。

「欽差大臣好像很忙。」

「這麼說，沒有什麼特別的事嗎？」

「沒有什麼特別值得一提的事，目前他好像是埋頭工作。」

像包圍夷館、沒收鴉片，這些都是相當特別的事。但這些事都已經從奏文中了解了。藩耕時應傳達的情報，主要是關於林則徐身邊私生活上的事。

穆彰阿是想從這些方面找出敵手的空子。用琦善的話說，這就是「歪門邪道」。對方公務繁忙，私生活上也無懈可擊，當然不會有什麼可鑽的空子。

「關防一事，已經不成了嗎？」

「恐怕有困難。在南昌已經失敗了，我想警戒可能更嚴了。」

「一點兒辦法也沒有了嗎？」穆彰阿盯著對方，他心裡想：「這傢伙今天有點兒怪！」

「是，……」藩耕時低下頭，用上眼梢瞅了瞅軍機大臣的臉。

「那麼，你是說，沒有什麼可報告的囉？」

「不，有一點兒……」

「什麼！快說！」穆彰阿摸了摸膝頭，開始抖起腿來。

「連維材已經公開地同林則徐會面了。」

「不久以前的報告裡還說是偷偷地會面呀。」

「據說是要聽取外國的情況，還說這樣的人現在已經大批在越華書院進進出出，所以連維材也就不顯得太引人注目了。」

「好啦好啦。那件事你給傳達了嗎？」

「是。不過……」

「什麼不過？」

「廣州方面說，可能效果不大。」

「工作還沒做，怎麼就知道有沒有效果？」

「是的。不過，欽差大臣的名聲太好，放出他私吞鴉片的流言，恐怕也只是叫人付之一笑。」

「工作還沒做，你胡說什麼？」穆彰阿顯得很不高興。

「不，這不是我說的，是廣州那個人的意見。」

「你跟他說，這種事不必他擔心，要開展散布流言的工作。」

「是！」藩耕時又低下頭。

穆彰阿盯著藩耕時新剃的青頭皮。當藩耕時要抬頭時，穆彰阿問道：「除了廣州的消息外，還有什麼要說的嗎？」

「是……」藩耕時咽了一口唾沫之後，又猶豫起來。

「什麼事呀？」

叫穆彰阿這麼一催促，他好像才下了決心，開口說道：「默琴小姐不見了。昨天夜裡沒有回來。」

「什麼！默琴怎麼啦？」軍機大臣那威嚴的大鼻子抽動了一下。

「昨天深夜，那邊的侍女來到我那兒，說默琴小姐還沒有回家，我趕快找了各種線索……」

「沒有找到？」

「是的。我實在很抱歉。」藩耕時膽怯地看著穆彰阿的那張大扁臉。他那浮腫的小眼睛一眨也不眨。

「不准看我的臉！」穆彰阿大聲地斥責說。

藩耕時慌忙轉過臉，等待著下面的訓話。但是，穆彰阿一言不發。過了好一會兒，他才像嘴裡含著什麼東西似的說道：「滾吧！」

藩耕時弓著腰，逃也似的走出了房間，穆彰阿狠勁朝腳下的腳踏子踢了一腳。腳踏子在大理石地上咕咚咕咚地滾出了好遠。

## 3

好多年沒有這麼笑過了。「你別說了。再笑我的腸子都要斷了。」默琴這麼說。她確實有點受不了了。

丁守存一邊摸著長下巴頦，一邊給她講了自己多次失戀的往事。這些往事都能叫人笑破肚皮。

「不，你最缺少的就是笑。好久沒有笑過了吧。你就盡情地笑吧！腸子受點委屈那算什麼呀。」丁守存一本正經地說。

「在這樣的時刻，我竟然能笑……」默琴心裡這麼想，連自己也感到奇怪。她在右安門外的一戶農家——丁守存說是他自己隱居的地方——住了一宿。

丁守存帶著夫人也住在這裡。他當著夫人的面，詳詳細細地談了自己過去怎樣遭到許多異性無情拒絕的事。默琴心裡很清楚，這一定是丁守存為了安慰自己，解除自己害怕的情緒，但她終於還是笑了。

「那麼，我們就要分別了。轎子已經準備好了，你就請上吧。行嗎？你在下一個住宿地等著定庵先生，再忍耐兩天吧！」

「謝謝你。眞不知道怎麼謝謝你才好。」

「不，我喜歡做這種事情。我最討厭平平凡凡、沒有意義的事情。我問定庵先生有沒有什麼新奇的事情，他就把這件事情交給我來幫忙了。最近實在太無聊了，連私奔的事兒也很少有了。」

默琴羞得滿臉通紅。

扔掉纏住自己的魔鬼，像眞正的人那樣活下去！——她早已下定了決心。從軍機大臣那兒逃走，而且也離開定庵。她認為只有這條路。反覆考慮了好久，終於得出了這樣的結論。

她跟定庵說：「你給我帶來一個人的心，所以我決心要作為一個人活下去，我希望在新的土地上作為一個新人活下去。因此，也必須要跟你分手。」

「好！」定庵不愧是個詩人，他這麼回答說，「也讓我作為一個人吧！」

「你從來就是人。」但是，定庵直搖頭。

默琴為了今天的到來，早已偷偷地攢了錢。要想在新的土地上過新人的生活，沒有經濟基礎是不行的。她決定去上海，她覺得上海才是新的土地。

「跟你分手是很難受的。不過，想到你是去開闢新的道路，我也就想通了。希望你能讓我把你送到上海，作爲你我之間最後的回憶。」定庵說。這是他的眞心話。只要能把默琴從穆彰阿的手中奪過來，他就心滿意足了。把她奪過來，放她到燦爛的陽光中去。

龔定庵於這一年的四月，辭去了禮部主客司主事的職務。

他的叔父龔子正去年當上了禮部尚書。在中國的官僚界一向認爲，有血緣關係的人應當避免在同一個部門工作。尚書是長官，在直屬於他的處長級的幹部中有一個侄兒，那是很不方便的。另外，出於同樣的想法，高級官僚應當避免在自己的故鄉當官。叔父當了尚書，這成了定庵辭官的藉口。

有人勸他換個部門工作，他又拿出父親年邁的理由，堅決要求辭職。定庵的父親暗齋已年過七十，他要求回浙江奉養老父，這條理由可謂合情合理。

他決定把默琴送到上海，但離開北京時必須避人耳目。因此，他拜託丁守存，讓默琴先走一步。他跟家裡人說：「我先回鄉，然後再來接你們。」

龔定庵的夥伴中，同年進士劉良駒、桂文耀、黃伯西等人、衙門的同僚和親朋好友連日爲他舉行餞別宴會。詩人定庵的靈魂又在不尋常的預感中戰慄了。

他回故鄉浙江而走出首都北京的城門，是四月二十三日，陽曆六月四日，也就是林則徐在虎門開始銷毀鴉片的第二天。

《己亥雜詩》中收錄了幾首定庵離開北京的詩：

浩蕩離愁白日斜，吟鞭東指即天涯。
落紅不是無情物，化作春泥更護花。
太行一脈走蝹蜿，莽莽畿西虎氣蹲。
送我搖鞭竟東去，此山不語看中原。

## 4

一到陰曆四月，北京城內外的綠樹像水洗過似的，鮮豔欲滴。人們都脫去了重裘，勞動的人們已經穿著一件單衣在幹活了。整個城市叫人感到好似換上了輕裝。紫禁城裡的色瓦，一天比一天光豔；黃色和藍色的琉璃瓦，在落日的餘暉中閃閃發亮。

千代田城裡將軍府的內院跟吉原的妓院[1]很相似。同樣，紫禁城裡的內廷，那些飄溢著脂粉氣的狹窄的石鋪的道路，也跟妓院差不多。所不同的是只有皇帝到任何地方才可以暢行無阻。

道光皇帝走在夕陽斜照的內廷小道上。今天他又到那個女人那兒去。

在去年新進宮的宮女當中，有一個女人很合皇帝的意。據說她是一位貧窮旗人的女兒，她本人是抱著苦熬十年的決心而自願申請入宮的。但是，只要看過她一眼，誰都可預言她決不會以一個普通宮女的身分而終身。

果然不出所料，她很快就當上了「貴人」。一般的侍女是沒有身分的，一旦受到皇帝的寵幸，馬上就成爲貴人。貴人的上面是「嬪」。誰都可以看出她很快就會成爲「嬪」。她就是這樣受到皇帝的寵愛。

她端正的容貌，總叫人感到帶有一種頹廢的情調。臉蛋是下巴頦稍尖的瓜子臉，薄嘴唇，細腰肢，長得婀娜多姿，像畫上畫的。道光皇帝就喜歡這樣的女人。

「朕來了，爲什麼不高興呀？」

叫皇帝這麼一問，女的用袖子掩住臉。

「你這個女孩兒眞怪。」

「妾誠惶誠恐！」

「你的臉上有悲哀的樣子。」

女的慌忙低下臉，細聲地說：「皇上已經知道了吧？」

「朕什麼都知道。上次我問過你，你說沒什麼。我早就知道不是這樣。」

「妾誠惶誠恐！」

「光說誠惶誠恐也不解決問題呀！今天你把原因說給朕聽聽。」

女的戰戰兢兢地抬起臉，眼睛裡噙著淚水。

擺在房角的鼎裡，飄溢出麝香的香氣。

道光皇帝背朝著鑲有瑪瑙、珊瑚、象牙的山水屛風，坐在那裡。

「妾爲父親擔心。」女的說。

「是生病了嗎？」

「不是。」

「那擔心什麼呀？你已經升爲貴人，內務府會給你家裡送去賞賜。」

「不是這種事。是……」她吞吞吐吐地說不出口。

「什麼都可以說！不要對朕隱瞞。」

「是……」她猶猶豫豫地說：「鴉片……聽說吸鴉片的人要判死罪。」

「涉及鴉片的罪現在要重判了。」

「我父親……吸，吸鴉片。」

「啊！你父親……」

「他沒有別的嗜好，又上了年歲了。我媽媽說，要他戒掉也不忍心……」

「是嘛！」

「父親從年輕時候起就當小官，一向是勤勤懇懇的。只爲了吸鴉片，要是判了個死罪……」

「你就是擔心這個呀。躲在家裡面吸，就不會被發現。」

「家裡房子窄，很快就被發現了。」

「那可麻煩了。」

「而且還會有人告密。父親腦子頑固，經常跟左右鄰居鬧點糾紛，遭到人們的忌恨。所以，一定會叫人家告密的。妾就是爲這件事擔心得夜裡都睡不好覺。」

「告密可叫人討厭。」道光皇帝轉過臉去。他的視線投向床上。床前垂掛的簾子是幾天前剛剛換上的夏季羅紗。透過羅紗可以看到裡面的臥床。一隻黃底金絲鳳凰枕頭和一隻淡紅底五色鴛鴦圖案的枕頭，並排擺在床頭。床邊的小桌是紫檀木的，上面也並排扣著兩隻水晶杯。

道光皇帝收回視線，看了看女子。她的黛眉是緊鎖著的。竟然有這樣討厭的問題，使得這樣美麗的女人被愁雲籠罩。他對此感到氣憤起來。

## 5

在廟堂之上進行正面的議論，穆彰阿連頭腦簡單的王鼎還不如。可是，要搞歪門邪道，他可是個行家。

在絕對專制的時代，暗地搞陰謀活動是很重要的。尤其是針對皇帝個人進行工作，需要使用各種各樣的方法。要打動皇帝，並不一定要在政策上多發議論。

穆彰阿連宮女也使用上了。政策上發議論的事，穆彰阿交給他的同夥琦善去做。

關於鴉片問題，直隸總督琦善在他的奏文中竟表達了所謂「不應視民命爲草菅」的觀點。他認爲，如把吸食鴉片者判處死刑，像苗族、壯族這樣兇悍的民族，就會「不肯俯首受縛，勢必聚眾抗拒」。

福建沿海喜歡「械鬥」（同姓的人結成一夥，與外姓人進行決鬥）、打架的人很多，而這些人當中吸食鴉片者也不少。如以死罪相迫，他們可能會逃遁海島，與外國人勾結。剿滅普通的叛亂，殺一萬、八千之叛徒即可，如判處吸食鴉片者死刑，將會殺戮幾十萬人，此乃「率土普天之大獄」，斷不可興。

道光皇帝正在「發情」期，這些觀點當然不能正面提出。但琦善委婉提到，禁煙過嚴會帶來天下大亂。他要耐心地做說服工作，使皇帝的頭腦冷靜下來。

七月十五日公布了禁煙章程三十九條。這一天恰好是陰曆五月五日端午節，林則徐讓虎門的銷毀鴉片工作停止一天。

這個章程是很嚴厲的，基本是根據黃爵滋的奏文和林則徐的嚴禁法制定的。章程規定，沿海奸徒凡開設窯口（鴉片商行）、儲存鴉片者，首犯斬首示眾；共謀者、中間人、運送者以及知情而受雇的船主，處以絞刑。給吸煙犯一年零六個月限期，期滿仍不知改悛者，不論官民，處以絞刑。

但在這三十九條章程中有一條說，有關吸食鴉片的案件，只能由官府取締，不准民間揭發。看來這裡留了一條逃路，宮女哭求戰術終於發生了作用。

「應當留兩、三個漏洞。」穆彰阿了解到他的歪門邪道起了作用，感到很得意。

「不，正道也要同時並用。」琦善說。直隸總督琦善因事入宮。穆彰阿等著琦善從乾清宮出來，兩人邊走邊交換意見。

他們的右邊排列著保和殿、中保殿、太和殿等龐大的建築物，左邊可以看到新左門，向前走不遠就是體仁閣。在收藏《四庫全書》的文淵閣的東邊、古柏遮天的東華門附近，有國史館。龔定庵曾在這裡工作，編纂《大清一統志》。

廣闊的紫禁城內，大風把翠綠的樹木刮得來回搖晃。

他們都戴著玉草編的夏帽。兩人都是一品官，補服上的圖案都是仙鶴，繡著波浪花紋的長袍衣擺被風刮得呼啦啦地飄動。

「正道是你的事。」穆彰阿說。

「皇上現在一心撲在嚴禁論上，主張弛禁恐怕是通不過的。當前應當對準林則徐，恐怕也只能先議論議論他的做法。」

「是嗎？就像不久前步際桐的那種奏文吧！」「對，這樣可能還起一點作用。」

河南道監察御史步際桐曾經上奏說，僅憑林則徐的措施，很難期望可以根除鴉片。他認爲銷毀了鴉片，要夷人具結，單憑這些還不能保證根除鴉片，要考慮另外的辦法——這是一種無理苛求。

林則徐在六月一日祭海神那天獲悉了步際桐的奏文。他心裡想：「在鴉片問題上，還有什麼周全切實的辦法嗎？」沒有理睬這些干擾。但是，不准民間揭發這一條章程，看來已給未來的前途投下了暗影。北京的反對派並不是在袖手旁觀啊！

# 甘米力治號

六月七日，甘米力治號威風凜凜地出現在澳門的海面上。這時林則徐正在虎門用鹽水和石灰大量地銷毀鴉片。

「我願意協助保護英國商船。」道格拉斯毛遂自薦向義律建議說。

當時中國的沿海沒有一艘英國軍艦，義律十分高興。

## 1

廣東省境內有許多花崗岩，所以廣州的街道大多鋪有石板。但是，除了主要街道外，都非常狹窄，而且彎彎曲曲。

挑擔子的商販特別多，他們大聲叫喊著，沿途叫賣。好像跟他們比賽似的，那些在路旁擺貨品的攤販也在聲嘶力竭地叫賣，在叫賣聲中還可以聽到乞丐帶著哭音的哀乞聲。

廣州是個嘈雜而擁擠的城市。擠在街道兩側的房屋，磚瓦大多是暗灰色的；狹窄的街道上面又蓋著遮太陽的茅草簾子，所以顯得非常陰暗。

一到夏天，勞動的人都不穿上衣。苦力、商販、轎夫們帶著汗味的體臭，同街上的食物氣味混合在一起，瀰漫在空氣中。

在貧民窟較多的舊城北部，房屋很少是磚砌的，絕大部分是塗著泥巴的平房，街道上也沒有東西遮蔽陽光。

簡誼譚從舊城西邊可以看到懷聖寺白塔的地方走過，那裡行人很少。他的那身打扮，看起來就好像是哪家商店的小夥計。他一隻手提著一只塗漆的圓竹籃，竹籃裡裝著約七斤鴉片。

禁煙一嚴，確實是賺錢的好機會。只是做買賣的方式必須要有所改變。這是要豁出命來的黑市買賣，涉及的人愈少愈好。否則一旦被破獲，順藤摸瓜，一網打盡，那可不得了。

手不能太敞開，而且選擇物件要愼重，因此要盡量減少交易量。反正這時價格已猛漲數倍，交易量也不可能增加。

不要給買賣造成麻煩，帶來牽累，要用積少成多的辦法取勝——由於採取的是這種打游擊戰式的方式，運送的任務當然也就要由自己來承擔。他就這樣親自當運送小工來運送自己的商品，買主是一個堅定可信的人，再沒有比這更安全保險了，他正朝指定的地方走去。

俗話說禍從天降，誰也不知道災禍會在什麼時候降臨。

簡誼譚悠然地走著，他那副沉著的樣子倒不是故意裝出來的，而是打從心眼裡就沒感到害怕。作爲一個運送禁品的人，他的態度可以說是挑不出一點兒漏洞。他既無膽怯害怕的樣子，連周圍的情況也不太小心留意。

爲了僞裝，這個帶提手的竹籃裡裝了許多油炸點心，所以相當沉。因此他要經常換手，但他換手的動作也非常自然。

在廣州將軍府不遠的街角上，他突然停下腳步，微微地彎了彎身子，想把竹籃子換個手。這時，連他自己也不知道發生了什麼事情。總之是跟誰撞了個正著，自己被撞翻在地。

在街角上頭碰頭撞倒在地上，這樣的事是很少見的。這是因爲對方不是正常地走路，而是飛奔著跑過來的。對方是飛跑時向前俯衝的姿勢，誼譚爲了換手，也是微俯著身子，因此兩人的額頭迎面撞在一起。

誼譚的眉梢上給撞了一下，痛得受不了。他「哎喲」一聲，一屁股坐在地上，竹籃子脫離了他正換著的手滾了兩米多遠。

「他媽的！」誼譚斜眼看著竹籃子裡滾出來的東西，哼哼唧唧地罵道：「你小心一點！」這時，被撞倒的那個人正要站起來，但他朝四周看了看，又癱倒在地上。

正支著腿要站起來的誼譚，也終於明白了是怎麼一回事——四周已被軍隊包圍了起來。

那人是被軍隊追趕、逃跑時撞上誼譚的。當他倒在地上時，追他的五名士兵趕了上來，把他包圍起來。

一個好像是小頭頭的士兵，踢著滾在地上的竹籃子問道：「這籃子是誰的？」

「這小子逃跑的時候沒拿籃子。」一個士兵回答說。

「這麼說，這個竹籃子是撞倒的那個傢伙的囉！」小頭頭高興地笑起來。他用腳尖撥弄著夾在從竹籃中滾出來的點心包裡的黑圓球。

瓦臘納西出產的鴉片，一般都捏成球狀，外面裹著一層用鴉片渣子做的膠狀殼。用芒果樹木材做的百斤裝的鴉片箱子，裡面分成兩層，各隔成二十格，共有四十個格子。所以一個鴉片丸子的重量是二斤半。

小頭頭用腳尖數了數鴉片丸子說：「三個……追小偷沒想到交了好運，偶爾也眞能白撿到這樣的好東西啊！」

誼譚沮喪地耷拉下腦袋，歪歪晃晃地往前爬。士兵從左右抓住他的胳膊，把他拖了起來。

## 2

沒收鴉片開始的時候，原來在澳門海面上的拉呢號軍艦（艦長布萊依克）已經返航去印度，所以當時在中國的沿海沒有一隻英國軍艦。

廣東南部的形勢雖說緊張，但還未到一觸即發的程度。撤退到澳門的英國商人，透過仍留在廣州的美國商人，繼續做自己的買賣。

一八三九年六月出版的《中國叢報》上談到中國沿海重開鴉片貿易的情況。這當然不是正式貿易，而是要豁出命來的黑市買賣。

也有的記載說，鴉片每百斤原來是八百元，廣州一度漲到三千元。鴉片的價格在十月是一千六百元，年底落到一千二百元。這說明在嚴禁之下，仍有人在大做鴉片買賣。價格的下跌，當然是由於供給增多。

同月的《中國叢報》上刊登了一篇報導說，對沒收的鴉片實行賠償，似不確實。義律曾對英國商人這麼說過：「我代表英國政府，沒收居留廣州的英國人的所有鴉片，把它交給中國政府。」並給繳出鴉片的商人開了收據，說是回到倫敦，拿出收據，就可領到現款，看來這個保證有點靠不住了。

義律逐漸遭到本國商人的怨恨。商人們不滿地說：「領事軟弱！」義律快快不樂。

鴉片全部繳出後，義律又禁止所有英國商人提交保證書。說是保證書關係本國臣民的生命安全，絕不能交。於是這次英國商人說：「領事頑固！」指責他腦袋瓜子不靈活。

這時林則徐把給在澳門的英國商人的諭帖交給了公行。褒獎義律如約繳出了全部鴉片：「該領事誠實居心，深明大義，恪守天朝之禁令，保全夷眾身家，恭順勤勞，洵堪嘉尚。」並勸他將卸掉鴉片的空船開至黃埔，載中國的貨物回去。

對此，義律回答說：「我國船隻去黃埔，需得女皇之許可。目前準備在澳門載貨。」這一年的六月，實際上只有十一艘美國船去廣州黃埔裝卸貨物。

在中國的沿海有六十三艘英國船，這些船都停泊在澳門和香港的海面。當時的香港島只有一些小小的漁村。

美國商船把英國船上的貨物從香港海面運往廣州，反過來又把中國的茶葉、絲綢等，從廣州運到香港的英國船上，這種「海運業」十分繁榮。

這樣近在咫尺的短距離海上運輸費用，美國船卻要三十至四十西班牙元。這種價格比當時從三藩市至廣州的運費還要高。

從倫敦繞非洲到廣州這樣遠距離的海上運費，每噸爲十二英鎊，按當時的比率合五十五西班牙元，由此可以了解香港與廣州之間的運費高得多麼出奇。

顛地、墨慈等英國商人當然爲此而恨得咬牙切齒，他們愈來愈怨恨義律。

但義律爲了大英帝國的榮譽，仍要堅持抵制林則徐。

這一年的二月，一艘名叫甘米力治號[1]的英國商船，滿載著鴉片、棉花和其他商品，從孟買啓航來中國。這艘一千零八十噸的商船的名字，帶有一點學院的味道，但它的船長約瑟夫·阿布拉罕姆·道格拉斯，卻是一個典型的海盜式人物。

船停靠麻六甲的時候，他聽到了廣州鴉片動亂的消息。在通訊機構不發達的時代，傳出的消息往往是被誇大了的。

「聽說要是帶著鴉片去，當場就被拉上絞首台！」道格拉斯跟他的老婆說。他的老婆把一張床放在甲板上，正在舒舒服服地打盹兒。因爲是長期航海，當時的高級船員一般都帶著夫人同行。

「你那張臉就配上絞首台。每次看到你的臉，我都是這麼想的。」道格拉斯夫人邊打呵欠邊這麼說。

「你瞎說什麼呀！我還捨不得這條命哩！」

「那就夾起尾巴返回去啊！」

「我不甘心！」

「那怎麼辦？」

「已經到了這裡了……眞叫人火大！」

「你不是捨不得命嗎？」

「在新加坡把鴉片換成別的商品吧！……可是，現在鴉片是一文不值呀！」

「返回去火大，又捨不得一條命，那也只好這樣囉！」道格拉斯夫人話還未說完，就開始打起微微的鼾聲，海盜的老婆大概都是這個德行。

「該怎麼辦呀？」道格拉斯摸著海盜鬍子，心裡在琢磨：「看來好像要打仗呀！」

五月四日到達新加坡，他用極賤的價格拋售掉鴉片。他並未用這筆款子購買香辣調味料等南洋的土特產，而是購買了二十一門十八磅炮、四門遠端炮和許多炮彈、彈藥，另外還雇了十名兇猛的水手。

爲了防禦海盜的襲擊，當時的商船都是武裝起來的。甘米力治號本來就有六門十八磅炮，現在又在新加坡買足了武器彈藥，完全變成了一艘臨時改裝的巡洋艦。

六月七日，甘米力治號威風凜凜地出現在澳門的海面上。這時林則徐正在虎門用鹽水和石灰大量地銷毀鴉片。

「我願意協助保護英國商船。」道格拉斯毛遂自薦向義律建議說。

當時中國的沿海沒有一艘英國軍艦，義律十分高興。

「我願花一萬四千英鎊租用甘米力治號八個月。」

「這條船的老本，我花了一萬五千六百英鎊。好吧，我同意。」

六月十日，道格拉斯被義律任命爲「中國派遣艦隊」司令。

這個契約只是口頭訂的，並沒有在正式的文件上簽名畫押，這是這位海盜船長一輩子最大的疏忽。

八月底，斯密士艦長指揮的英艦窩拉疑號到達澳門，接著黑雅辛斯號也開到這裡。這一來，「中國派遣艦隊」司令道格拉斯的地位就懸空了。

義律跟他宣布說：「已經開來了兩艘女皇陛下的軍艦，甘米力治號的任務已經結束。該船兩個月的租用費，我準備付兩千一百英鎊。」

道格拉斯勃然大怒。最初答應八個月給一萬四千英鎊，現在義律單方面通知廢除契約，因此道格拉斯堅持要他付給全部款項。

「我要跟他爭到底！」道格拉斯在老婆的面前說。

「這種扯皮的事就算了吧！現在恐怕沒有比做軍艦買賣更賺錢的了。」海盜的老婆說：「與其讓人家捆綁八個月，還不如把船賣給美國人！」

香港與廣州之間的航線現在已成爲美國船的搖錢樹，美國人正需要更多的船隻。

「你說的也有道理。不過，只給兩千一百英鎊太欺侮人了。」

道格拉斯原則上堅決要求付給一萬四千英鎊，目前暫時要求按八個月一萬四千英鎊的比例計算，以預支的形式先付甘米力治號擔任保護英船任務，實際日數的費用三千六百英鎊。

「我不能這樣支付。」義律拒絕了這個要求。

道格拉斯原本打算再堅持下去，但出售甘米力治號的談判早已在進行，必須要趕快解決。海盜船長只好同意了義律的意見，收下了兩千一百英鎊。另外義律給他寫了一張字據：關於甘米力治號契約的金額，將極力說服本國政府支付全額。

船賣給了美國商人戴拉羅，價錢是一萬零七百英鎊。

下面說一點後話。這艘甘米力治號飄揚著星條旗，踏上了香港與廣州之間的搖錢樹航線。第二年四月，林則徐買下了這條船，中國海軍的第一艘洋式軍艦就是這艘甘米力治號。林則徐命令關天培把這艘船當作假想敵，研究進攻洋艦的方法，並作爲造船技術的參考。

道格拉斯回國後，最終也沒有領到這筆契約金。據說他寫了一本題名爲《個人的犧牲與國家的忘恩》的小冊子，把自己的餘生浪費在迫使英國政府實施與義律訂的契約上，最後在失意中窮困而死。

甘米力治號成爲大清國的軍艦後，在鴉片戰爭中被英軍俘獲、炸毀。最後這條命運悲慘的船在離廣州二十公里的烏浦，被烈火包圍，隨著轟隆一聲巨響沉沒於水底。

## 3

林則徐准許英船來廣州，義律拒絕了這個建議，聲言希望在澳門進行貿易，但這個意見也為林則徐所拒絕。

大清國只開放廣州的港口。

葡萄牙人在澳門擁有特殊的居住權，與清國共同管理這塊地方，所以清國官吏對這裡的統治力量並不強。如果准許在這樣的地方進行貿易，這裡有可能立即變為鴉片基地，林則徐加以拒絕是理所當然的。

這樣，英國方面只好仍舊依賴美國船。

在當時的情況下，除了美國的船主外，澳門的酒店也發了大財。廣州全部的英國人都遷居過去，而且他們變得十分自暴自棄。那些在香港海面上整天與波濤為伍、過著寂寞單調生活的海員們，偶爾也來到澳門，大喝大玩一氣。

「不死鳥」酒吧間的老闆保爾·休茲，整天喜笑顏開，洋洋得意。廣東當地產的酒也十分暢銷。船員們臨上船之前，都要買上許多酒，準備在船上喝到下一個登岸地點。

人一發了財，似乎也變得慈祥起來。令人感動的是保爾也經常去看望生病的約翰·克羅斯。在約翰的身旁，仍然是哈利·維多在看護他。在從廣州向澳門轉移的船中，約翰的病情更加惡化了。

「振作起來！年底我陪你一起回曼徹斯特去！」保爾這麼鼓勵病人說。

「我恐怕是回不去了！」約翰已經完全喪失了信心。

保爾回來時路過公司館，朝客廳裡一看，只見顛地和墨慈在議論義律。

「他應當考慮考慮商人的立場，立個保證書也沒有什麼關係嘛！」

「就是嘛！現在淨讓美國人賺錢。」

「要是圖個痛快，轟地開它一炮也可以。現在簡直是半死不活。」

保爾回到「不死鳥」酒吧間一看，那裡和往常一樣，仍是顧客滿座。一個大鬍子傲慢地坐在角落的椅子上。

「怎麼樣！司令官。」保爾跟這個漢子打招呼說。

「保護商船這玩意兒可不能小看了，眞夠忙的哩！」艦隊司令道格拉斯挺著胸膛，這麼回答說。

名義上說是艦隊，其實是安裝了幾門大炮的甘米力治號。這時是道格拉斯一生中最光輝燦爛的時期。

保爾向司令說了一氣恭維話，然後回到櫃檯。

「啊？」他看到誼譚正在他跟前喝啤酒，大吃了一驚，問道：「你什麼時候回來的？」

「今天。」誼譚回答說。

「聽說你被抓起來了？」

「笑話！我能叫人抓住？」

「是呀。」合夥經營者的歸來，對保爾來說，不知是喜還是悲。

「生意很不錯呀！」誼譚朝店堂裡掃視了一眼，這麼說。

誼譚在廣州被捕的第二天，連維材到林則徐那裡去提供英國人轉移到澳門後的情報。「表面的現象比較容易了解，內部微妙的情況，現在很難獲得情報了，他們好像有所警惕了。」連維材說。

「對付夷人，我一向認爲你是神通廣大的。」

「自從我公開出入越華書院以來，他們也對我抱有戒心了。我曾經想過把熟悉澳門情況的溫章派去。但是，只要是與金順記有關係的人，他們恐怕都同樣抱有戒心。」

「有沒有適當的人，接近他們而又不被他們懷疑的？」

兩人正談到這裡，副都統右翼英隆走了進來。

大清國的國防當時已經幾乎全部依靠漢人部隊綠旗營的兵力，但各要地還配備有滿洲八旗的駐軍。駐軍的長官冠以該地地名的「將軍」稱呼，如廣州就稱作廣州將軍。駐軍的副長官爲「副都統」，設左翼和右翼兩人。當時廣州駐軍的副都統左翼奕湘是宗室（皇族，而且是公爵）。八旗軍不擅長打仗，但出身門第很高。副都統右翼英隆是一個熱心於職務的人。這一天他爲了一件不太重要的公務來拜訪欽差大臣。

連維材正準備離座，英隆制止他說：「不，坐下，坐下！要談的並不是非要把人攆走的話。」談完公事，開始閒談的時候，英隆談起昨天抓住了一個鴉片犯的事：「這是一個少見的倔強小伙子。不管怎麼拷問，就是不說同夥的名字，就連他自己的姓名也不說。」

滿洲八旗戰鬥力不強，可拷打起人來幹得並不比別人差。

「除了拷打，還有別的辦法嗎？」林則徐問道。

「有。這小子的長相有點與眾不同，大眼睛，勾鼻子，相貌有點像夷人。找人當面一對證，一下子就可以了解他的身分。」

「像夷人」這句話吸引住了連維材的耳朵。他說：「這青年可能我認識。」

「哦……」英隆注視著連維材。

「如果我猜想沒錯的話，他可能是在墨慈商會當見習買辦的一個混血兒。」連維材說到這裡，拍了一下膝頭，接著說道：「如果是他，也許能打進澳門的英國人當中去，而不會遭到懷疑。」

「如果他能做到，可以饒他一命，讓他打進去。」林則徐十分想得到英方的情報，對連維材的話很感興趣，「不過，這個人怎麼樣？」

「剛才英隆將軍已經說了，是一個挨了拷打也不開口的傢伙。只要我們充分控制住他，我想可能沒有問題。」連維材回答說。

連維材猜想得完全對，這傢伙果然是簡誼譚。作爲偵探打進英國人當中去，這是一件驚險的工作，並不亞於做鴉片生意，誼譚當然滿口答應了。

那天和誼譚接頭的那個人，怎麼等也不見他到約定的地方來，因此深信他是被捕了，這樣就傳開了誼譚被捕的消息。

爲了消除這樣的傳聞，誼譚在廣州住了幾天，裝出一副若無其事的樣子，到各種場合去露面。當人家問到他被捕的傳聞時，他回答說：「哪有這回事！那天我是因爲突然肚子痛，才沒有去送鴉片。我這個人能叫人家給抓住嗎？」

之後他來到了澳門。一到澳門，他當然首先要去看一看「不死鳥」酒吧間。

「保爾，你曾經勸我到墨慈那兒去工作，你還記得吧？」誼譚說。

「是呀！現在到處都缺買辦，他們很不方便啊！」

對保爾來說，讓這樣一個令人發怵的合夥人永遠盤踞在這裡，他是受不了的。

英國系統的各個商館都因缺少買辦而面臨很大的困難，有的買辦已被當作漢奸逮捕起來；也有像顚地商會的鮑鵬那樣逃跑到遙遠的北方山東省去了。

「我想再回商館去幹一番！」誼譚站起身來，在座位的四周踱來踱去。在鋪地的石板下面，有趁保爾不在家時埋下的鴉片。他開心地微微一笑。

# 4

越華書院裡欽差大臣的住所是寬敞的，但室內極其簡樸。

在作爲書齋的房間裡，書桌前的牆壁上貼著一張紙條，上面寫著自我警惕的話：「制一怒字。」意思說要抑制怒氣。林則徐很少在別人面前發怒。但他確實生來愛生氣，尤其是在青年時代，由於憤怒而有過多次失敗的教訓。最近由於自我克制，這樣的事才逐漸少了。但有時候——比如像在下圍棋的時候——偶爾還會露出這種脾氣。

客廳裡沒有什麼裝飾。在空曠的客廳裡，他跟從虎門來的關天培對面而坐。

——解除左營游擊謝國泰的職務。

——南澳總兵沈鎭邦降級爲遊擊。

林則徐以欽差大臣的身分，掌握著廣東水師的指揮權。他向提督關天培宣布了以上的人事變動。

「謝國泰年紀太大了，沈鎭邦沒有積極性。」林則徐耐心地說明變動的原因。

關天培一聲不吭，只是點頭。他是一員猛將，但卻是一個笨拙的溫情主義者，對於無能的部下也不忍心採取果斷的措施。林則徐不得不越俎代庖，介入人事。

「處理了鴉片，接著可能就是戰爭。我們需要的是有力的武器、勇敢的士兵和有才能的指揮官。」林則徐這麼說，關天培仍然是默默地點頭。

關天培來廣東已快四年。他改善了練兵的方法，大力整頓和充實了炮臺、兵船和武器。林則徐赴任以來，又從葡萄牙增購了五千斤乃至九千斤的重炮，其數量已達三百門，尤其是虎門的防守已經面目一新。

「軍隊沒問題吧？」林則徐問道。

「跟我到任時相比，已經好多了。但我還不敢說沒有問題。」

「人數夠不夠？」

「不夠。不只是人數，素質也不好。因爲吃不上飯的人才當兵。」

「是呀，好男不當兵嘛！……」林則徐仰視著天花板說：「沒有保衛國家的熱忱，起碼有一點保衛家鄉的心情也行呀！」

「不好辦呀！」關天培畢竟是關天培，終於老實地說出了洩氣話。

「軍門，對民間的青年進行訓練，你看怎麼樣？」

「他們也有自己的生業呀！」

「咱們發薪餉。那些水性好的漁民、蜑民會成爲很好的水兵。再說，他們的家就在這附近，他們會拼死參加保衛戰的。」

林則徐從桌子上一束文件中抽出一張紙片，遞給關天培看。紙片上寫著：「水勇五千。每人月薪六元、安家費六元，總共月額六萬元。」如果給本人月薪六元，家屬撫養費六元，支出十二元，每月共付出六萬元，就可以培養優秀的水勇——即水兵五千人。

關天培了解了林則徐的這一計畫，喜笑顏開地說：「對這些人的操練，我希望一定由我來擔任。」

關天培走之後，林則徐瀏覽了一會兒書桌上的文件，其中有廣州附近民情的報告。新來的幕客何大庚和金順記方面的人，詳細地報告了廣州附近農村的情況。

「王舉志一類的人，將會在我國到處出現啊！」林則徐看完報告，小聲地說。

民眾正在組織起來，他們採取的形式比過去的保甲制又前進了一步。這並不是由於同外國的關係日益緊張，而是有著更深刻的原因。

人口異乎尋常地增長——農村養不活的人口，變成危險的流民，向各方面流溢，最糟糕的是變成盜賊。農村對此不能不實行自衛，要自衛就必須要有組織，於是各地出現了組織的領導人。群小組織像毛細血管似的互相聯繫，逐漸形成龐大的組織。

農村的自衛組織大多是以「社學」爲中心而發展起來的。社學是依靠地方豪紳的捐募而建立的教育機關，是當地子弟們的私塾，同時也是民眾的集會場所和防範盜賊而訓練壯丁的地方。

林則徐好像在下圍棋一樣，一步一步地考慮著社學的未來——目前對流賊最有自衛必要的，是那些財主。社學也是在他們的經濟援助下建立起來的。可是，接受訓練的大部分壯丁，都是極貧農家的子弟，他們沒有什麼東西需要保護。如果他們失去了一切，他們就會依靠自己的武術和所在的組織而想得到一點什麼。在這樣的時候，如果有王舉志那樣的人物爲他們搖旗吶喊，那將會出現什麼樣的局面呢？這對國家是否是值得高興的事呢？但就目前的狀況來看，當政的人還是可以對它加以利用，使它成爲增強國家軍隊實力的一股力量。

「這些姑且不想它。石田時之助現在情況怎樣呀？」他派石田時之助去調查沿海漁民和疍民的情況，但至今還沒有得到報告。

石田時之助正沿著虎門以南的珠江東岸旅行。他從新安經官浦，足跡一直到達九龍，對岸就是香港島。當時這一帶當然還沒有任何城市的痕跡，海面上排列著被義律禁止開往廣州的英國商船隊，呈現出帆檣林立的熱鬧景象。

石田住在九龍尖沙咀一戶姓林的漁民家中。

林家的主人林維喜是個酒鬼，但卻是個很爽快的漢子，一喝醉了酒，就自吹他打架鬥毆的「光榮史」。

林維喜坐在海岸邊的岩石上，伸出拳頭說道：「這拳頭呀，不是我吹牛，它可喝了好多人的血！」他的年紀剛到四十，但頭髮已經花白。漁民從事劇烈的體力勞動，骨骼看起來很壯實，但衰老得早。

「啊，眞了不起！」石田給他捧場說。他裝作是廣州海味行的老闆，說是到這裡來看看漁家的捕撈情況。

這時，林維喜的老婆背著一個裝乾魚的大竹筐，正好從這裡經過。她大聲地說：「客人，這人一灌了黃湯就胡說八道，你別信他的。」

「說什麼呀，你這個醜八怪！」

「拳頭喝了血！哼，我一聽就膩了。」她老頂他說，「你白活了這麼大年紀，打架鬥毆倒是蠻喜歡的。可是，最近頭上不是打開了裂口，就是打出了包。」

「瞎說！快給我晒魚乾去！」

「你也該去補補漁網了好不好？」

「補漁網？有意思！我已經不幹漁夫，要當水兵啦，你知道不知道？關將軍正在招收壯丁哩！」

「你是當壯丁的年歲嗎？」

「你少說什麼年歲、年歲的。我這身子骨是硬的。五個、十個洋鬼子，我隨時都能把他們捏成泥。」

「看你神氣的。如今打仗可是用大炮！」

跟平常一樣，老婆跟他隨便地鬥幾句嘴就走開了。

石田重新端詳了一下林維喜的身體，可憐他那古銅色的肌膚上已經露出衰弱的徵兆。

林維喜彎起胳膊，使勁使臂上的肌肉隆起疙瘩，說道：「怎麼樣？很有勁吧？」

石田站起身來說道：「咱們上那邊的小酒鋪去喝一杯吧！」

「喝一杯嗎，那……」林維喜是個見酒不要命的人。

這個寒傖的小酒鋪，是這一帶唯一集會和娛樂的場所。兩根彎彎扭扭向相反方向傾斜的柱子上，貼著紅紙條。唯有這紅紙條上寫的對聯顯得十分堂皇：

花映玉壺蕩紅影
月窺銀甕浮紫光

聚集在裡面的年輕人，情緒高昂，正在大聲談論：「你去參加水師訓練嗎？」

「那當然囉！一月有十二元呀！」

「待遇不錯嘛！」

「而且打死了洋鬼子，還能得到獎賞。」

「這些兔崽子洋鬼子！」

對於貧窮的漁村青年來說，每月能拿到十二元，那可是一筆不小的收入；而且他們對外國人都懷有仇恨。

尖沙咀的海面是英國商人船隊停泊的地區。英國人經常上岸來購買食物，那些船員，大多態度粗暴。

「前些天來了十個洋鬼子，說是要買十甕酒。」酒鋪的老闆說：「要每人先嘗一杯。讓他們嘗了，又說酒不好，不買了，酒錢也不給。是每人一杯呀！喝掉了我十杯！眞他媽見鬼！」老闆懊惱地吐了一口唾沫。

「大叔，你就這麼忍氣吞聲了嗎？」

「那時恰好沒有客人。我已經這麼一大把年歲了，對方是十個人，其中六個是紅毛，四個是黑鬼。眞叫人可恨！」酒鋪老闆說後，緊咬著他的厚嘴唇。

林維喜一聽這話，揮動著拳頭，大聲地說：「當時我要是在場的話，絕不會白饒了他們。眞可惜！」

年輕人當中有人失聲笑起來。不過，林維喜已經喝醉，沒有聽到人們笑話他。「紅毛也好，黑鬼也好，我要讓我的拳頭喝一喝他們的血！」他再一次掄起他那乾枯的拳頭，這麼說。他的舌頭已經打卷，不聽使喚了。

石田定神地注視著遠處的英國商船隊。商船隊的背後就是香港島。「正在進行準備啊！……」石田心想。他暗暗地把這裡的情景同日本的漁村作了一番比較。

## 5

西玲從廣州又回到石井橋。

她受過各式各樣人的影響。外國公司的買辦、慷慨激昂的攘夷志士、連維材和伍紹榮。她對這些影響缺乏選擇的能力。可以說她是用她那流動著奔放的血液的身體來承接這些影響，用她最大的努力來表示她的反應。

「不知爲什麼，我愈來愈糊塗了。」她懷著這樣的想法，回到了石井橋。一接觸到田園的清新空氣，她很自然地感覺到可以找出最根本的原因了。

而這裡有一個人對她不會產生任何影響。這人是個病人，名叫李芳。他出身於地方的名門，雖然只有三十多歲，但也許由於體弱多病的緣故，使人感到他已經老了。西玲每當爲自己周圍劇烈的變化而感到精疲力竭的時候，就到李芳那裡去尋求平靜。

走下李芳家門前的石臺階，有一片小小的空場地。一天，西玲拜訪過李芳預備出門時，發現了目前人們正在議論的「團練」（壯丁訓練）。三十多名頭戴斗笠的年輕人，光著脊背，在強烈的陽光下踢腿揮拳。

「嗨——」隨著這一聲好似猛獸咆哮的吆喝聲，指揮人向前伸出雙拳。他兩臂上隆起的肌肉，帶著汗水，在陽光下發光。

「啊呀，是余太玄！」西玲看了看指揮人的臉，縮了縮肩頭。拳術大師余太玄在給壯丁們作動作示範。

李芳把西玲送到空場地，正要轉身回去的時候，這麼說道：「有錢的財主出錢訓練窮人，因爲他們要保護自己的財產。可是，訓練出來的力量，是無法從窮人身上收回去的。不久的將來，有錢的財主們將會爲窮人的力量感到苦惱。」李芳爽朗地笑了笑，說了一聲「妳路上小心」，就轉身向家裡走去。

在空場地上，余太玄的右腿向空中猛踢了一腳，於是三十來名壯丁的腳也跟著一齊向空中踢去。但踢得不太高明，有的人竟錯踢上左腳。「再來一次！」余太玄放開公鴨嗓子，大聲喊道。

西玲轉過視線，定神地目送著李芳的背影，他正緩緩地向石臺階上走去。

他兩肩瘦削，連穿在身上的那件薄薄的白長衫，對他那瘦弱的身軀也似乎過於沉重。病弱的李芳不時地停下腳步，好似略微喘一口氣。

石臺階的下面，壯丁們發達的肌肉有規律地躍動。

在同樣的陽光下，強壯與孱弱如此分明！想到這裡，西玲感到不可思議。

當虎門銷毀鴉片的工作結束的時候，離開北京南下的龔定庵，已經穿過淮浦，到達了揚州。旅途中他和默琴有時同行，有時稍微離開一點。因爲沿途府縣的地方官，有的是他同年的進士。他們要招待定庵，他不得不避諱跟一個不是自己夫人的女人結伴同行。

在揚州，定庵會見了闊別多年的魏源。魏源一直在揚州埋頭於經世濟民的著述。敘過闊別的寒暄話之後，魏源帶著火熱的激情，滔滔不絕地談論起海防、鹽政、河運、鴉片等等具體的現實問題。定庵作爲一個公羊學者，對這些問題當然也頗有興趣。但一涉及具體問題，就不如魏源研究得深入。定庵不是博聞強記型的學者，而是多半憑直覺——不，甚至是憑預感——來觸及現實的詩人。

話題很自然地涉及他們志同道合的朋友、正在廣州的林則徐。銷毀鴉片的消息早已傳到了揚州。

「英夷將採取什麼態度，這要看他們對林尚書的決心能忍受到何種程度……」魏源咬著嘴唇說。

定庵心靈深處痛感到的是一個「時代的核心」問題，這個問題遠遠超過了繼銷毀鴉片之後種種外交上的交涉。

「衝擊了衰世啊！」他小聲說。

「你說什麼？」魏源不理解定庵的低語是什麼意思，定庵自己也很難解釋清楚。

「總之，一個很艱難的時代已經到來了。」

「那當然囉！」

「林尚書能成爲時代的救星嗎？」

「來，咱們喝一杯，遙祝他健康。」

於是喝起酒來，兩人都盡情地痛飲了一番。

在這次旅行中，定庵耳聞目睹了衰世的詳細情況。民力的疲弊遠遠超出了想像。百姓已經精疲力竭，現實社會好似一座活地獄。在這樣的社會中，怎能過於指責鴉片呢？人們只能在鴉片中尋求解脫啊！

不應只是用禁止鴉片來恢復民力；只有喚醒人民，才能根除鴉片。定庵慨嘆地賦了一首詩：

不論鹽鐵不籌河，獨倚東南涕淚多。

國賦三升民一鬥，屠牛那不勝栽禾。

「你住些時候再走吧！」魏源說。

定庵不顧魏源的挽留，匆匆離開了揚州。在橫渡長江的船中，他又與默琴會合，踏上了江南的土地。對岸鎮江是個熱鬧的城市。

這一天恰好是祭祀道教之神玉皇和風神、雷神的節日，有數萬人來參加祭祀。定庵帶著默琴，走在熙熙攘攘的人群之中。到處是人山人海，但惹人注目的大多是窮人。

突然有人抓住定庵的衣袖。定庵回頭一看，原來是一個彎腰駝背的老道士。道士瘦得皮包骨頭，樣子十分可憐。

「您是個讀書人吧？」道士用嘶啞的嗓子問道。

「讀過一點書，會寫幾個字。」定庵回答說。

「那麼，您能爲我寫篇青詞（祈禱文）嗎？」

「你自己寫吧！」

「我不太會寫字。」

老道士遞上一張青紙，一隻手拿著墨水匣和毛筆。

「那我就給你寫一篇吧！到底要祈求什麼呢？」

「我也不知道該祈求什麼好。」

「這可就不像話了。」

「寫上你的祈求就行了。」

「這可不好辦呀！」定庵苦笑了笑。不過，他很快就露出了嚴肅的神情。祈求什麼好呢？要祈求的事情太多了，定庵的眼裡溢出了淚水。他揮筆疾書：

九州生氣恃風雷，萬馬齊喑究可哀。
我勸天公重抖擻，不拘一格降人材。

這首詩充分表達了衰世之民的痛切願望。這一年定庵寫了三百多首詩，彙集成爲著名的《己亥雜詩》，這首詩在這些詩中也被認爲是最優秀的詩篇之一。

定庵和默琴在水鄉蘇州分了手。默琴的妹妹清琴在蘇州，只要想，馬上就可以找到。但默琴也想擺脫妹妹，遂沒有去找她。要想作爲一個新人活下去，那就必須孤身奮戰。定庵說要把她送到上海，但默琴不願意。她像潛逃似的隻身從蘇州奔赴上海。

默琴走後，定庵冒著火燒般的暑熱，朝著故鄉杭州，繼續他傷心的旅程。

他辜負了鄉親的期待，官職未超過六品，在中央政界未能成名。他把自己的這種狀況稱作「蒼涼」——凄涼地回到故鄉。

不過，一到杭州，就發現有人在傳誦他離開北京時所寫的詩。他的詩比他本人先回到故鄉。在《己亥雜詩》中就有「流傳鄉里只詩名」的詩句。他懷有經世濟民之志，卻唯有詩名獨高，這恐怕不是出自他的本意。

# 發端

「老好人林維喜的死，一定會被提得很高，成爲一個很大的事件——比他平常吹的牛皮要大得多的事件！」石田抱著胳膊，繼續在想著。

在他腳邊的地面上，還鮮明地留下了林維喜老婆的手指頭抓過的痕跡。石田定神地望著這些手指印。連這屋子裡的魚腥味，也使他感到十分淒涼。

果然如石田所預想的那樣，這裡的場面終於變成了鴉片戰爭的發端。

# 1

廣東海口的形勢早就孕育著危機。英國商人根據義律的命令，全部從廣州撤退到澳門；英國商船隊奉命不准開往廣州，停泊在九龍尖沙咀的海面上。這些商船的船員們爲獲取食物，在九龍和香港島上岸，經常同居民發生糾紛。

六月十九日，義律向澳門的清國當局呈遞了一封書信。收信人寫的是林則徐特派到澳門擔任禁煙工作的佛山府同知劉開域，和澳門同知蔣立昂兩人的姓名。信上說：

……尖沙咀海面聚集了清國兵船三、四十艘，使我國商船難以得到食物。饑餓的人有可能冒險去尋求食物。貴國的兵船如長期停留於本海面，也許會引起不幸的事態，那時我將不負責任……

跑到別國的海域，說別國的兵船礙事，這種理怎麼也說不通！

欽差大臣林則徐和兩廣總督鄧廷楨透過劉、蔣二人，作了以下的反駁：

……停泊在尖沙咀的外國商船有三類：

（一）繳完鴉片的空船。

（二）從外洋載貨來的船隻。

（三）從廣州黃埔載貨走的船隻。

如果是（一）與（三）類船隻，已經無事，應立即回國；如果是（二）類船隻，應迅速進入廣州。

所謂久泊尖沙咀，船員饑餓，乃是你們隨意所爲，我方並未禁止開進廣州，也未禁止居民出售食物。兵船在那裡負有取締鴉片走私的任務，你們沒有理由說三道四。自本日起，限五天之內，回國的船隻要迅速撤走；來廣州的船隻要立即申請入港。

這道命令是六月二十日（陰曆五月十日）發出的。但五天的限期已過，英國的船隻既未開進廣州，也不準備回國——都是義律命令這麼做的。

當時停泊在尖沙咀的英國商船的船主們，當然希望開進廣州去做買賣。但義律不准他們這樣做，因此才不得已委託美國船。但就連這種經過中間人的貿易，義律也感到不高興。

義律甚至想扼殺這種經過中間人的貿易，他鄭重地向英國商人說：「我要向本國政府建議，暫停中國茶葉的進口。」

義律雖是政府任命的官吏，但政府並不一定會完全採納他的建議。商人也可以向政府進行活動，而且茶葉又是生活必需品。

商人們在這個問題上的態度很強硬。他們說：「不管他說得多麼厲害，義律的建議是絕不能採納的。」

不過，唯有禁止商船開進廣州一事，義律認爲關係到自己的面子，一定要商人嚴格遵守，幾個月之後才打破了這條禁令。

義律看來有點頭腦發脹了。他想在對清貿易上採取抵制行動，認爲清國的對外貿易主要是以英國爲對象，如果英國採取徹底抵制行動，清國將面臨困難。可是，清國當局一向把對外貿易看作是對外夷施加的恩惠。他們對義律的做法感到不可理解。

「英國人是抱著什麼打算在堅持著呢？」他們考慮來考慮去，只能解釋爲在等待禁令鬆弛，重開鴉片貿易。

另外，義律還嚴厲禁止本國國民提交林則徐所要求的保證書，清國當局也以迷惑不解的眼光看待這一問題。

林則徐到虎門監督銷毀鴉片的時候，曾經多次坐著兵船，巡視珠江的河口。當時他曾瞪視著停泊在尖沙咀的英國船隊，皺著眉頭，小聲說道：「那裡漂浮著三十顆大鴉片！」

由於英國人全部退出廣州和銷毀鴉片完畢，形勢迎來了新的局面。清、英雙方都在愼重地窺伺著對方新的態度。

## 2

義律看到林則徐不斷地增強軍備，心裡暗暗地想：「如果只是顯示一下自己的強大，會不會在什麼地方妥協呢？」

對方如果是井底之蛙，問題當然就簡單得多了。可是，據公行方面的人說，林則徐十分了解英國的軍事力量；從公行以外的管道也獲得了同樣的情報。既然了解英國的實力，欽差大臣的強硬措施自然就會有個限度。

「戲演得相當不錯。但到攤牌的時刻，他會妥協的。」義律心裡這麼想。他因襲了律勞卑的強硬路線，爲了保護和擴大貿易，主張不必僅靠和平的手段。既然認識了英國的力量，不論發生什麼事情，對方一定會避免武力衝突。林則徐一定是在窺測著這個限度。在澳門商館的一間屋子裡，義律咬著嘴唇在默默沉思。不一會兒，他自言自語地說：「欽差大臣呀，你應當知道，當你認爲適可而止的時候，那已經超過限度了。」

林則徐在往廣州赴任的途中，確實還未打定主意。一想到和英國開戰的後果，他的心就感到一陣戰慄。赴任以後，由於接連採取了包圍商館、沒收鴉片等一系列措施，已經無暇顧及精神上的戰慄。但是，從虎門回來稍一喘息之後，壓在心中的戰慄又重新甦醒過來。

已經走到這種地步，再也無法後退了。只能一直走下去。他並不像義律所推測的那樣，在窺測限度，而是認爲只有前進。

派到沿海去的石田時之助送來了第一份報告：

——總的來說，當地居民對英國水手的印象極壞。

——但也有一部分人或高價出售食物，或暗中做鴉片買賣而大發其財。對這些人來說，英國人是他們的衣食父母。

石田詳細地報告了這方面的事例。

林則徐認眞地閱讀了這份報告。

這時連維材來訪。一見到連維材，林則徐突然產生一種奇怪的念頭：「是不是他拖著我走到現在這種地步呢？」

兩人雖然見了面，但彼此都不願觸及關鍵性的問題。「這會使國家滅亡啊！」——他們都有這樣的擔心，兩人的談話十分自然地作了很多省略。

「沿海的居民，看來石井橋一帶的情況似乎有些不一樣。」林則徐對連維材說。

「當然囉，大概有不少趨利附勢的人吧！除了公行之外，要數他們和外國人接觸最多了！」

「我總的想法是，即使打仗，也要打得很漂亮。我希望私通敵人者愈少愈好。」

「這將會成爲今後的一個問題。」

「要打得很漂亮。」林則徐又重複說了一遍。

要打得很漂亮——林則徐的努力都集中在這一點上。他並未說要在戰爭中取勝。

同一個時間，在澳門的商館裡，義律也在考慮打仗的事。英國方面如果要首開戰端，有一個最大的弱點——那就是道義的問題。

爲了鴉片的戰爭，爲了大英帝國的擴張，應當奉獻一切。但是，這個帽子是不敢領受的。爲了打破頑固的清國的中華思想——應當把問題從「鴉片」轉移到這方面來。

義律把傳教士歐茲拉夫叫來，說：「在虎門上空升起的銷毀鴉片的濃煙，已經讓鴉片問題告一段落。今後我希望擺脫鴉片問題，討論清國的唯我獨尊和傲慢自大。」

「確實應當這樣。」歐茲拉夫帶著《聖經》上鴉片船，也從來不感到有什麼矛盾。他眨著小眼睛這麼回答說。

「可是，裨治文這些傢伙很討厭。」義律把《中國叢報》五月號遞到歐茲拉夫的面前這麼說。傳教士裨治文在一篇題爲《談目前鴉片貿易危機》的短論中，談到希望清國禁煙政策成功，批評印度孟加拉政廳公開承認製造鴉片的合法性，譴責英國商人傾銷鴉片是道德上不可寬恕的行爲。

「我們作爲傳教士，也認爲清國的閉關自守政策是個大問題。」歐茲拉夫的話中帶有諂媚的味道。

「我希望能大提特提這個問題。」義律迫不及待地說道：「如果不把清國的門戶開得更大一些，棉花、呢絨的出口就不會增加。」

「如果能打開清國的門戶，那將是一件大好事。《聖經》也將會隨著棉花包深入到這個廣闊的國家內地。」

「在這一點上，貿易與傳教的利害關係是一致的。我希望你能在這方面進行大力宣傳。」

「我的力量雖然微薄，但我願意向教會方面強調這個問題。」

「教會方面的人士往往有一種感傷情緒，這樣的人一多就麻煩了。」義律就這樣首先轉換了話題。

從廣州全部撤退到澳門的英國人，當然情緒消沉，這也許是由於他們存在著一種失敗感。當時來到中國的英國商人，在氣質上跟一八三四年以前東印度公司壟斷時代的英國人有很大的不同。東印度公司的職員大多是國教派的教徒，也許是反映了英國國教具有妥協性的緣故，他們雖然有點粗暴，但都是吊兒郎當的樂天派。他們很像海盜，大口吃肉，大碗喝酒，抓起帶肉的棒子骨就啃，任何事情都嘻嘻哈哈了事，性格極其豪爽。對於鴉片貿易，他們恐怕絲毫也未受到良心的譴責，首先就沒有思考這種問題的思想。這種說法也許令人感到奇怪，但當時有一種與鴉片貿易十分相稱的氣氛。

進入自由貿易時代以後，來到中國的鴉片商人幾乎全是蘇格蘭的新教徒。像查頓、馬地臣、顛地等人都是新教徒，而且是虔誠的新教徒。他們是帶著一種嚴格戒律和反省精神的宗教思想來從事鴉片貿易的。東印度公司時代那種快活的氣氛早已無影無蹤，現在是在宗教的氣氛中進行鴉片買賣。既沒有用手抓著吃的帶肉的棒子骨，也沒有爽朗快活的歌聲。

新教徒還有一種思想，認爲獻身於職業是遵從上帝的聖命。鴉片貿易與新教徒的職業聖命觀的融合，確實是一個很有趣的問題。

本來就陰沉的英國人，現在被流放到澳門來了，當然更加陰鬱起來。這種陰沉的氣氛簡直叫人難以忍受。義律想消除這種令人窒息的氣氛。一談起可以大發其財的戰爭，如果是海盜，一定會齊聲歡呼，可是，這些蘇格蘭的新教徒們卻情緒消沉。

「商務監督官！」他們用一種簡直像在講述《聖經》的聲音喊道。但是，說出的卻不是《聖經》，「爲什麼不償付我們繳出鴉片的代價呢？」

「這些傢伙是些什麼人呀！」義律內心裡在責罵他們，他跟這些商人總是不對勁。

## 3

保爾．休茲辭去墨慈商會的工作，當了酒店的老闆，其原因之一，就是因爲商館裡沉悶的新教徒氣氛跟他的性格不協調。

陸地上的英國商人性格陰鬱，但海上的水手還保持著船員特有的爽朗快活的氣質。所以保爾經常藉口「慰問」，到香港海面上的商船去遊玩。從營業來說，他也可借此機會去送訂購的酒。

「酒在海上喝沒有勁，咱們還是坐在地上喝吧。」

「對對，咱們上岸去痛快地喝一頓吧！」

「看不到女人的臉，咱們簡直要變成野獸了。」

船上的生活往往是寂寞無聊的，船員們經常一起上岸去散心解悶。

七月七日下午，爲了痛快地喝一頓，保爾和幾名船員一起坐著小艇，在九龍的尖沙咀登了岸。這一帶漁村的副業是種蔬菜和養雞鴨。

一名水手悄悄地走近一隻在路旁啄食的雞，把它活捉過來。雞拚命地叫著，撲打著翅膀，捏住它的脖子才老實下來。

「咱們用它來喝一杯。」「一隻不夠呀。」「先將就著，咱們再捉。」

他們在棕櫚樹蔭下，就地圍坐成一個圓圈，打開了酒瓶。一席鬧鬧嚷嚷的酒宴開始了，歌聲也飛揚起來。酒是保爾從澳門帶來推銷的，他們在賣主面前大量地消費著。

「太少了，馬上就要喝完啦！」保爾逗樂說，眨了一下眼睛。

「咱們已付了錢，這是咱們的酒。保爾老爺，咱們請客，你就喝吧。」

「好，我喝。」保爾並不是不喜歡喝酒的人，他也高高興興地陪起席來。拾來枯樹枝，點起火，把雞烤熟了。到底是人多，抓來的雞一眨眼工夫就變成了一堆骨頭。帶來的火腿、乳酪很快地吃光了。最重要的酒也剩下不多了。

「眞叫人洩氣呀！」

「酒沒了，咱們去買當地的酒吧！」「味道不佳，將就將就吧！」

酒眞的喝光了。一個把最後一瓶酒對著嘴巴喝的人，倒著搖了搖，大聲說道：「一滴也沒有啦！」把酒瓶扔了出去。扔出的空酒瓶，滾進草叢中。棕櫚樹下，雜草叢生。蟻群在草叢中匆忙地爬動。

「咱們走吧！」保爾站了起來，他的腳踩死了兩隻螞蟻。「這次我請客。酒店在什麼地方？」

「不太遠。」

船員們胳膊套著胳膊，胡唱著下流的歌曲，開始向酒店進軍。他們在半路上同五名同樣爲了散心而上岸來的印度水手會合在一起。

在這群人後面很遠的地方，一個女人在拚命地奔跑著，她是在追趕他們。她是一個漁夫家的姑娘，尋找丟掉的一隻雞，在棕櫚樹下的幾個空酒瓶子中間發現了雞骨頭，同時看到遠遠的前方有一群醉漢。

「等一等，偷雞賊！」她邊跑邊大聲地喊著。

有幾個人聽到她的喊聲，回頭看了看。

「那姑娘發了歇斯底里症了。」

「是個漂亮的姑娘嗎？」

「臉蛋兒看不清。」

「看那樣子，也許是發瘋了。」他們繼續往前走，還是酒的吸引力大。

廣東的海口地方，女人比男人強，這是自古以來有名的。據說女人比男人還會勞動，當然不興纏足。

在小酒店的面前，姑娘好不容易才趕上了他們。「喂！偷雞的洋鬼子！」姑娘指著他們，尖聲地喊道。這位追上來的姑娘確實很勇敢。從她的嘴中迸出了尖酸刻薄的罵人話，但是洋鬼子聽不懂。

「那個小娘們在叫喚什麼呀！」

「生得黑一點，臉蛋兒還不賴。」

從小酒店裡出來了幾個顧客，老闆也膽戰心驚地跟在後面瞅著。

顧客中有個聰明人，連比帶劃地跟洋鬼子說明情況。他首先撲打著雙手，學捉雞的樣子，又做出狼吞虎嚥地吃雞的模樣，然後用手指比劃一個圓圈。說明這樣做，是不對的。他是想讓對方理解他們是不花錢白吃了雞。可是水手們喝了酒，有幾個人已經近於爛醉。

「說什麼！」有的人用英語大聲嚷著，揮動著拳頭。

「你長得黑，還怪可愛的，肉緊綳綳的哩！」一個喝醉了的水手，把手放在姑娘的肩上。

「你這個短命鬼！」姑娘放聲痛罵，想推開水手。但這個紅毛大漢力氣大。他那只連手背都長著毛的大手，抓住姑娘的肩頭不鬆手。

「你要幹什麼！」酒店的顧客中跳出兩個年輕人，從兩邊抓住紅毛大漢的手腕子，把他從姑娘的身邊拖開。

「好哇，來吧！」紅毛心頭火起，攥緊了拳頭。

## 4

這時林維喜正在小酒店裡。跟往常一樣，他大談了一氣打架鬥毆的「光榮歷史」。可是人們都不愛聽，他乾生氣，喝起了悶酒，喝得爛醉。門外的吵鬧聲使他睜開了眼睛。他朝四周一看，只剩下一個白髮蒼蒼的楊大爺。

「這是怎麼搞的？剛才在這兒熱熱鬧鬧喝酒的人呢？」他問楊大爺。

「到門外去了。」楊大爺不耐煩地回答說。

「哦……」林維喜渾濁的眼睛朝門外看了看，說：「門外怎麼怪鬧騰的呀？」

「當然鬧騰囉！在吵架哩！」

「吵架？」林維喜一聽說吵架，儘管已喝得爛醉，還是坐不住，「誰跟誰吵架？」

「跟洋鬼子。洋鬼子偷了雞，還調戲劉家姑娘。正在吵著哩！」

「什麼！洋鬼子調戲中國姑娘？」林維喜站了起來，踉踉蹌蹌地朝門口走去。邊走邊喊著說：「好哇，這場架由老子來包打吧！」

門外已經開始了亂鬥。當然，誰也不會讓林維喜來包打架，於是他搖搖晃晃地擠進了亂鬥的人群。

身體互相衝撞著，然後又扭打在一起。一場中國拳術與西洋拳擊比賽似的鬥毆開始了，而且愈打愈精彩，怒吼聲夾雜著咒罵聲，塵土滾滾。

自從英國商船隊集結在香港和尖沙咀海面上以來，岸上就經常發生這樣小規模的鬥毆。不過，今天的鬥毆跟往常情況有點不一樣。原因是半路上加入了五名印度水手，他們對打架鬥毆還不習慣，可以說是受白人水手的牽累而被捲進來的。

那些慣於打架鬥毆的人，知道適可而止，懂得借個適當的時機就收場。這些印度水手由於還不習慣打架，因此產生了一種被趕上戰場的悲壯的情緒。他們深信一定會遭到群眾的圍攻，說不定會被眾人打死。

糟糕的是小酒店裡來了許多挑運貨物的顧客，他們把扁擔靠在門口。白人是赤手空拳在搏鬥，而恐懼的印度水手們卻操起門前的扁擔，開始胡亂地揮舞起來。扭在一起，互相毆打，還有一定的限度。可是，當扁擔呼嘯起來，那就帶有拼死決鬥的樣子了。從小酒店裡出來的人，慌忙躲閃到扁擔掃不到的地方。

「停下！」白人水手發出了這樣的喊聲。

但是，揮舞扁擔的人已經瘋狂地在拼命決鬥。

「這不成！快跑！」保爾在善於打架和見機行事方面從不落在人後。他一看這種情況，大聲喊道。

白人水手撒腿朝海邊的小艇跑去。印度水手已用扁擔把對手趕跑，乘此機會也拋下手中的武器，尾隨白人水手跑了。

「兔崽子溜啦！」「滾蛋！」

由於敵人的退卻，小酒店一方的陣營發出了一片歡呼聲。但是，在敵人逃跑後，他們發現地上躺著一個人。「啊呀，誰給打倒了！」

這人肯定是自己人。他的臉伏貼在地上，後腦勺上紮著辮子，剃光的前腦殼往外冒血。人們跑過去，把他抱起來。他的臉也被打壞了，鼻子被打破了，嘴巴也歪了，滿臉是血。不過，還能認出他是誰。

「這不是林維喜嗎！」「叫扁擔打得眞慘啊！」「這可糟啦！」「先把他抬回家吧！」

能夠氣勢洶洶地跳出來打架的人，一般都有迅速躲開的本領。可憐林維喜已經喝得爛醉，他連正常走路都不可能，哪裡還有躲開扁擔的本領。他的條件反射神經早已喪失了機能。

「洋鬼子渾蛋！」他用捲曲的舌頭這麼喊著，呆立在那兒，悲慘地變成了扁擔下的屈死鬼。

## 5

石田時之助正在他借宿的林維喜家給林則徐寫報告。天熱得出奇，寫一行就必須用芭蕉扇扇一扇身子。他的上衣早就脫掉了，上半身是光著的。

據說英國商船的乘員和一部分沿海居民之間的黑市交易方法愈來愈巧妙，規模愈來愈大。有跡象表明廣州的高利貸正在暗暗地借貸走私販私的資金——石田想把自己的這些見聞寫出來。

可是，因爲天氣太熱，怎麼也歸納整理不好。他感到寫起來很費勁，擦汗的手又弄汙了紙張，愈來愈提不起寫的勁頭。再加上在補破蓆子的林維喜的老婆不時跟他搭話，石田終於放下了筆。

「那個人能把一說成十，你可要小心在意啊！」林維喜的老婆笑著這麼說。

「這麼說，你從來就把丈夫的話打折扣來聽嗎？」石田決心放下報告，當上了林維喜老婆聊天的對象。

「這是我長年的經驗得出的體會呀。」

「不過，老林說話只是誇大一點，還不至於無中生有、說謊話。」

「這也算是他的長處吧。他只是把事情誇大，還從沒有編造過沒有的事情來嚼舌頭。我看，他恐怕也沒有這個才能。」她在說丈夫的短處，但話縫裡還是流露出對丈夫的感情。

這時，一個人氣吁吁地跑了進來。「維喜嫂！」這人邊用舌頭舔著嘴唇邊說，「你可不要受驚啊！你要冷靜一點！」

「你怎麼沒頭沒腦說這樣的話。我看還是你先冷靜一點吧！」

「維喜哥……他叫人家給打壞了！」

「什麼？」林維喜的老婆扔下手中的破蓆子，問道：「他怎麼啦？」

那人呑呑吐吐地說不出口。其實也無需加以說明。不一會兒，擁進了一大幫子人。重傷的林維喜躺在門板上，人們把門板放在裝著各種漁具的櫃子上。

「啊喲！」林維喜老婆一看丈夫被打壞了的臉，哇的一聲哭了起來。儘管她很堅強，也經受不住這樣的打擊。

「你這是怎麼搞的呀！……」她一下子癱軟了，趴伏在林維喜的胸前，邊哭邊搖晃著丈夫完全變了樣的身體。

「不要動他。醫生馬上就來。」人們趕忙把她拉開。

石田從旁一看，心裡想：「恐怕沒有救了！」

林維喜頭上的傷就像裂開的石榴，張開很大的口子，黏糊糊的血不停地從傷口往外流，他的臉簡直叫人不忍看。林維喜的老婆掙脫開拉她的人，一下子躺倒在地上。她的手指紮進地下的泥土，憋著一口氣，哭不出聲來。

過了好一會兒，她才抬起被淚水打溼的臉，問道：「到底是怎麼弄成這個樣子的呀？」

人們七嘴八舌地說：「在小酒店前面跟夷人打架了。」「洋鬼子用扁擔打的。」「維喜哥多喝了一點酒。」

一個窮漁夫跟外國水手鬥毆，負了致命的重傷。地點是在漁村的一間破爛的民房中。在這四壁是泥牆的家中，地面是裸露的泥土，而圍著犧牲者的都是無名的平民。「可是，這將會成為一件大事！」石田直覺地這麼想。

林則徐在對英關係上一直在探索，想抓住一個什麼時機。這件事說不定就可成爲這樣的時機。林則徐內心描繪的局面，也許將從這裡展開。從石田所觀察的林則徐來推測，這個事件當然不是一件小事。

面對眼前的這副情景，石田不僅身體，連心都顫抖起來。

醫生來了，作了一些搶救性的治療，但他不時搖著頭。

林維喜不時地發出微弱的呻吟聲，他的妻子在哭喊著，但她的聲音愈來愈沒有氣力了。官吏們也來了。尖沙咀村屬於新安縣。

「已經報告了縣衙門。據說知縣老爺馬上就到。」一個官吏用莊嚴的聲調這麼說。

「嗨，知縣老爺要來？」「這可是一件大事呀！」

這件事大大地出乎人們的意料。

林維喜看來是沒有救了。在這個村子裡確實是一件大事。可是，它會大到使縣太爺大駕光臨嗎？他們自認爲很了解自己的身分，沒想到縣太爺竟然會到他們這兒來。

在現場的人當中，唯有一個人在想像著比七品知縣大駕光臨更嚴重的場面。不消說，這個人就是石田時之助。「皇帝親自授給關防大印的欽差大臣不會放過這個事件的！」石田心裡這麼想。

斷斷續續可以聽到撕人肺腑的呻吟聲和哭泣聲。

「老好人林維喜的死，一定會被提得很高，成爲一個很大的事件——比他平常吹的牛皮要大得多的事件！」石田抱著胳膊，繼續在想著。

在他腳邊的地面上，還鮮明地留下了林維喜老婆的手指頭抓過的痕跡。石田定神地望著這些手指印。連這屋子裡的魚腥味也使他感到十分淒涼。

果然如石田所預想的那樣，這裡的場面終於變成了鴉片戰爭的發端。

一八三九年七月七日——林維喜好容易熬過了這一天。然而，次日他就死了。

# 退出澳門

糧道斷了，雇傭人員走了。這一次比在廣州受圍時的情況更糟。清國禁止外國婦女進入廣州，外國商人一向把家屬留在澳門。在廣州，只是男人們遭到圍困；在澳門，家屬也面臨著同樣艱難的局面。

「爲了我國在清國未來的利益，我向諸位提出了許多勉爲其難的要求。坦率地說，這一次我希望諸位能再加一把勁。……不過，婦女兒童跟我們在一起……」義律長嘆了一口氣，他的眼睛裡布滿血絲，說起話來也粗聲粗氣。

# 1

想抓住一個時機的人，並不只是林則徐。在澳門的義律也有同樣的想法。不過，林維喜事件當然不可能成爲對英國方面有利的「時機」；相反，它意味著給了清國方面一張王牌。

「糟啦！」義律聽到消息，敲著桌子說。

他早就預料到遲早都有可能發生這樣的事件。所以他早就向林則徐說過：「那時，我將不負責任。」但他的這種說法已經遭到駁斥，因爲清國政府並未禁止英國船開進廣州，購買食物。

「不管怎樣，要趕快處理。」充當軍師角色的馬地臣在一旁建議說。

「由我們來處理，還是……」

「按常規，應當把犯人引渡給清國當局。不過……」

「引渡！」義律不以爲然地說：「怎麼能把英國的臣民交給那群狼！」自從發生包圍商館的事件以來，他的肝火一直很旺。

「我看還是儘快同死者家屬、村裡人商談商談爲好。」馬地臣一直很冷靜。

「是呀……」

七月十日，義律組織了「查問會」來處理這個事件。

尖沙咀的漁民都很窮，林維喜家也窮。他家失去了頂樑柱，五個孩子都丟給了他的妻子。最大的孩子十三歲，最小的只有三歲。這一家今後怎麼過下去呢？村子裡的頭面人物都聚集在尖沙咀的文昌祠裡開會商量。

「不過，羅亞三說的事，大家看怎麼辦？」村裡的長老掃視了大家一眼，這麼問道。

「羅亞三說得也有道理，咱們恐怕也得考慮考慮維喜嫂今後的日子呀！」一個五十來歲的男人，做出一副通情達理的樣子，好像代表大家似的回答說。

「不過，年輕人恐怕不會答應吧！」楊大爺小聲說。

「聽說羅亞三正在說服那些年輕人哩！」

「那些血氣方剛的年輕人，能老老實實聽他的勸說嗎？」

「不，那傢伙也許能成功。我有生以來還未見過這麼能說會道的人。」

受義律派遣的羅亞三，帶著兩名幫手，在事件發生的小酒店前面，被村子裡的年輕人團團圍住。

「我說諸位，要報仇也是應該的。拿我來說，我是滿心想把這個可恨的傢伙的腦袋砍下來的。可是，大家把手放在胸口想一想，光是報仇，老林的靈魂就能升天嗎？老林放心不下他的老婆和五個孩子，不會去西天成佛啊！大家想一想，是不是這個道理？可以把那個揮舞扁擔的傢伙的腦袋砍下來。可是，以後的事情怎麼辦？老林丟下的一家人會不會餓死？問題是在這兒啊！大傢伙兒明白我的意思了吧！還有人想不通嗎？」

羅亞三是個老練的買辦，口才超群，態度和藹，圓臉上經常帶著柔和的微笑。語氣雖然溫和，但他深入淺出的講話很具有說服力。

「我還是想不通！」一個青年鼓起勇氣說道。

「爲什麼呢？」羅亞三笑嘻嘻地反問說。

「不管怎麼說，維喜哥的仇不報，我心裡這口氣就咽不下去。」

「那麼，我請問，」羅亞三的一個幫手，用不亞於他師傅的那種溫和的、跟這種場合不相稱的緩慢語調說：「你能負責撫養六名家屬嗎？」

「就是說，」羅亞三好像是補充幫手的話說：「你能出得起這一筆錢嗎？」

「這、這……」青年支支吾吾答不上話來。他滿臉通紅，撅著嘴巴。

「現在已經不是感情用事的時候了。我們要冷靜地考慮一下他家屬的問題。」剛才的那個幫手這麼說。這傢伙很像他的師傅，很適合當一名說客。他長著一張扁平的大臉——他就是在歐茲拉夫那兒工作的林九思，也就是日本的漂流民、開過綢緞鋪的久四郎。

另一名幫手不但不怎麼說話，還好像怕被人看見似的，不時低下頭，微微地笑著。他的笑並不是柔和的。他那雙大眼睛是凹下去的，鼻子是尖的——他是墨慈商會的簡誼譚。

表示想不通的那個青年，嘴唇在微微地顫動著，但他已經不說話了，不過臉上還殘留著懊恨的表情。

「我想大家一定會明白，我們一定要考慮死者最樂意的辦法。」羅亞三好像不放心似的，又叮囑了一句，他已經把這些血氣方剛的青年說得啞口無言了。

他說，只要村子裡的人能證明「林維喜的死是偶然的事故」，就會給林維喜的家屬一千五百元的撫恤金；另外還準備給村子裡一些捐款。

窮人是軟弱的，他們敵不過金錢的力量。村子裡的人誰也沒有經濟力量來照顧林維喜的家屬。也許少數跟英國船做黑市買賣的人稍微寬裕些，但他們早就站到英國人一邊去了。

到了傍晚，羅亞三終於能跟村子裡的頭面人物協商具體的辦法了。

「你們眞的能出這麼多錢嗎？若我們出面證明，事後你們會不會不認帳？」

對於這樣樸素的疑問，羅亞三認眞地回答說：「如果我們這邊不遵守信約，你們方面可以收回證明嘛！」

「這話也有道理……」村裡人的頭腦是簡單的。

## 2

英國人撤走後的廣州，變成了美國商人壟斷的地盤。不僅是商人，就連醫療傳教會的醫院也由美國醫生彼得·伯駕一手經營了。這位伯駕原是眼科醫生，但在醫院裡他什麼病都看。

附在醫療傳教會一八三九年七月報告書後面的病歷卡中，診號六五六號病歷卡上可以看到林則徐的名字。上面寫著：

職業：欽差大臣
症狀：疝氣

不過，林則徐只是口頭上問了問治療疝氣的藥物，並沒有眞正看病。彼得·伯駕回答說，疝氣用藥治不好，應當帶疝氣帶。

其實林則徐去醫院並不是爲了治病。他是帶著瑞士法律學家埃梅利克・得・瓦台爾的《國際法》，去請伯駕翻譯的。

林則徐的幕客中有好幾個人會英文，連維材那裡也有這方面的人才，但這些人都很忙。因爲欽差大臣吸收外國情況的知識欲很強烈，這些人必須翻譯各種文獻來滿足他的欲望。身邊的翻譯已經開足馬力工作，因此想把外國人當中會漢文的人也利用起來。

林則徐特別希望伯駕幫助翻譯的，是有關外國人犯罪的條款。顯然他想根據《國際法》來處理林維喜事件。

在一國領土內犯罪的外國人，應引渡給該國，根據該國的法律制裁，——這是《國際法》的基本準則。林則徐了解了這一準則，感到很滿意。

英國方面說是因偶然發生的事故致死，林則徐對這一說詞付之一笑。尖沙咀的村民在被新安縣知縣傳訊時，不知爲什麼竟採取了曖昧態度。但是，林則徐對情況瞭若指掌。

當時在尖沙咀的石田時之助早已給他送來了報告。另外簡誼譚在獲釋之後被放到澳門的英國人當中充當間諜，他也偷偷地報告了義律收買村民的活動。

誼譚現在正被義律派去實施收買活動，這是千眞萬確的事實。他作爲羅亞三的幫手被派往尖沙咀時，不時露出會心的微笑，他在考慮怎樣給林則徐寫報告。

由於這些原因，林則徐懷著絕對的自信來對待林維喜事件。由於有了自信，他採取的態度就強硬起來了——堅決要求引渡犯人。

義律已經感情用事了。他想的只是：「不能把英國的臣民交給狼。」

「七月七日在九龍上岸的不只是英國船員，也有美國船員。爲什麼欽差大臣只對英國如此強硬？」義律反駁說。

「據美國領事斯諾說，當天沒有美國船員上岸。」

林則徐一想到英美兩國領事態度的不同，就無條件地相信美國方面說的話。

主張反對鴉片貿易的外國人，幾乎全是美國方面的傳教士。林則徐經常閱讀《中國叢報》的譯文，當然對美國方面抱有好感。而且英國人傲慢地退出廣州，擺出一副抵制的架勢；而美國商人卻交出了保證書，老老實實地在廣州做買賣。

此外，林則徐還沒有丟棄中國傳統「以夷制夷」的設想。他希望能促使美英反目，起碼不能使英美兩國聯合。因此他對美國特別表示了好感。

「時局一天比一天嚴峻，希望僑民進一步團結起來。」義律向澳門的英國人提出這樣的要求。

八月五日，義律宣布，要把拘留在船上的五名印度水手作爲林維喜事件的嫌疑犯開庭審判。

八月十二日，在船上設立了由十二名陪審員組成的法庭。這確實是爲了避開在中國領土上進行審判。五名嫌疑犯被判「有罪」，但否認是「故意殺人罪」。量刑很輕：三人禁閉六個月，罰款二十英鎊；二人禁閉三個月，罰款十五英鎊。

八月十五日，義律通知澳門同知蔣立昂說：

……查五月二十七日尖沙咀村居民一名，被毆傷斃命，遠職（指義律）遵國主（指英國女皇）之明諭，不准交罪犯者，按照本國之律例，加意徹底細查情由，秉公審辦。倘若查出實在死罪之兇犯，亦擬誅死。……

# 3

八月十六日，林則徐與兩廣總督鄧廷楨一起進入香山縣縣城。澳門原來屬香山縣管轄，縣城距澳門四十公里。欽差大臣住在縣城的豐山書院。

第二天——十七日，林則徐的日記中寫道：「晴。早晨對客，遂赴嶰筠制軍（指鄧廷楨）處，即回，批夷稟。」所謂「批」，是指上對下的複書。

這一天的批也是由林、鄧二人聯名發出的。主要內容是這樣：

——在英國，赴某國貿易，應遵守該國之法律，這已經成為慣例。

（伯駕已將瓦台爾的《國際法》的主要部分題為《各國禁律》譯出。所以林則徐了解了英國在其他地方尊重《國際法》有關裁判權的原則。）

所謂國主不准引渡這次的犯人。英國女皇在數萬里之外，事件發生不到月餘，試問義律如何把這次事件報告給女皇，又如何接到命令？這顯然是義律庇匿凶夷，將其責任推給女皇，應當說極其不忠。

這樣的人竟說什麼「查出兇犯，亦擬誅死」，這話誰能相信？

所謂「該犯罪不發覺」，更是欺人之談。自此事件發生後，義律兩次親自赴尖沙咀調查。如果無法查出罪犯，應當說他是笨蛋。其實犯人已經查清楚，是把他們私自關押在船中。

如果不引渡犯人，將根據庇匿犯人罪，問義律同罪，本大臣與本總督將不得不執法！

林則徐所採取的措施，與沒收鴉片時所採取的辦法相同——禁止向澳門的英國人供給食品，命令中國的買辦、雜役退出商館。

林則徐赴香山縣不單是爲了林維喜事件，還因爲接到當地又運進鴉片的情報。一度猛漲的鴉片價格開始下跌了，這說明通過走私販私的供應又恢復了。

廣州附近禁煙十分嚴厲，於是運用舢板船把鴉片運往潮州、南澳和海南島一帶。而鴉片的來源無疑是新到達尖沙咀的躉船，指揮這一行動的當然是居留在澳門的英國商人。

義律接到林則徐措詞嚴厲的「批」後，召開居留澳門的英國人大會，討論打開時局的對策。大家議論紛紛，提不出決定性的對策。唯一的解決辦法當然是引渡林維喜事件的犯人，但唯獨在這個問題上義律頑固地不予採納。

糧道斷了，雇傭人員走了，這一次比在廣州受圍時的情況更糟。清國禁止外國婦女進入廣州，外國商人一向把家屬留在澳門。在廣州，只是男人們遭到圍困，在澳門，家屬也面臨著同樣艱難的局面。

「爲了我國在清國未來的利益，我向諸位提出了許多勉爲其難的要求。坦率地說，這一次我希望諸位能再加一把勁。……不過，婦女兒童跟我們在一起……」義律長嘆了一口氣，他的眼睛裡布滿血絲，說起話來也粗聲粗氣。

「有人會有各種各樣的議論。不過，你的心情大家還是理解的。」馬地臣反過來安慰義律。

林則徐方面也有苦惱。關於英國的強大，他早就有所了解。透過來到廣州以後的見聞，他了解到英國比預想的還要強大。

他訪問伯駕醫生的時候，也問了情況。伯駕毫不猶豫地回答說：「就海軍力量來說，英國無疑是世界最強大的。」

同這樣的國家作戰，要打得很漂亮，那是需要作充分準備的。可是，沒有預算——道光皇帝提出了種種要求。但他是清朝最吝嗇的皇帝，並沒有拿出與他的要求相適應的預算。

可以作爲依靠的是海關監督予厚庵。在籌措金錢方面，恐怕再沒有比他更可依賴的人了。從江蘇時代予厚庵就是徵稅的能手，爲林則徐盡過力。必要的政治資金，只要提出要求，他肯定會給籌畫齊全。

可是，這一次卻有點不一樣。他說：「海關是新工作，情況還不摸底。」這話的意思就是委婉地想推脫籌款的責任。

「他怎麼啦？」林則徐感到奇怪。

林則徐對自己的影響力是有信心的。就連比他年長十歲的兩廣總督鄧廷楨，也好像迷戀上他似的，對他崇拜得五體投地；現在如果沒有林則徐，那簡直就好像天也不會亮似的。

巡撫衙門的官吏也在底下流傳著這樣的笑談：「巡撫愈來愈像欽差大臣啦！」廣州巡撫怡良是一位有才能的官吏，但有時顯得優柔寡斷，說得不好聽一點，他往往犯有官吏特有的那種大事化小、小事化無的毛病。可是，自從林則徐到任以後，不論是談話還是下命令，他也逐漸使用十分果斷的語氣了，看來好像是林則徐的性格影響了他。後來林則徐被罷官，對中央派來的反戰派的高級官員抵抗最強烈的，就是這位怡良。

林則徐就是這樣爲總督和巡撫等人帶來了決定性的影響，這種影響是來自他的誠心誠意和大公無私的精神，他自己也認爲產生這種影響是理所當然的。可是，不知什麼原因，和他交往時間最長的予厚庵卻好像在擺脫他的影響——而且是在這種最需要籌措資金的時候。

林則徐來到香山縣城，正在注視著澳門義律的動向。在他的心裡產生了一絲陰霾：「予厚庵能爲我好好地籌措資金嗎？」

構築炮臺、購買大炮、建造兵船、鄉勇的薪餉和訓練……一切都需要錢啊！

## 4

「這我明白。其他官員恐怕是難以理解的。」予厚庵附和著伍紹榮的話說。

這裡是公行總商伍紹榮府宅的一間房間。伍紹榮正在解釋說明外國貿易的情況——英國之所以成爲世界最強大的國家，那是依靠它的經濟力量。國家的財富是通過工商業與對外貿易積累起來的。可是，清國政府卻把對外貿易單純看作是對夷人的恩惠，沒有積極推進的願望。這恐怕是很大的錯誤。伍紹榮談了這些意見，詳細地說明了英國對外貿易的情況。

予厚庵自從踏入仕途以來，一直擔任經濟方面的官員，他完全理解伍紹榮所說的話。在有關財政的問題上，他是備嘗甘苦的。如果能仿效英國的做法，許多問題都可以立即解決。聽了伍紹榮這一番話，他心想：「他可是我們陣營中的人啊！」

他稍一疏忽，不覺發起了牢騷：「欽差大臣確是好人。但在理財上，認識還是不足的。不，他這種人一向所處的地位，就無需理解這些事情……」

「你不能跟他解釋解釋，讓他更好地理解嗎？」伍紹榮說。

「不，沒有用。不同領域的人，你就是把嘴皮子說破了，他也不會理解的。」

予厚庵覺得伍紹榮是「我們陣營中的人」。這個詞是突然在他腦子裡浮現出來的。使用這種用語雖然不太妥當，但用這個詞來表達是可以的。「對，叔父的信中就使用了這個詞！」予厚庵想起了叔父給他的信。

他受到叔父的照顧比受到自己父親的照顧還要多。在踏入仕途之後，也是他的叔父在幕後爲他進行官位提升的活動。這位叔父最近給他來了一封密信。

信的內容是這樣：對廣東海口的局勢，不勝憂慮。皇上派遣林則徐爲欽差大臣，對他表示了極大的信賴。但他所採取的政策，絕不會對我們有利。北京我們陣營中的權威人士，懷著恐懼的疑慮，注視著林則徐過激的措施，結果很可能引發不幸的戰爭。那將是我們毀滅的第一步，一定要對他進行掣肘。軍機大臣穆彰阿和直隸總督琦善閣下也深感這樣做的必要，但廣東沒有人能抑制林則徐的行動。聽說總督和巡撫現在反而受林則徐的影響，明確地說，林則徐不是我們陣營中的人，他的一切措施均將對我們不利。現在總督和巡撫已經不足以信賴。除賢侄之外，恐怕已無別人。尤其賢侄曾與林則徐長期交往，較他人條件方便，希能竭盡全力，阻止他的意圖實現。……

叔父的心情是很可以理解的。清國軍隊的軟弱乃是天下共知的事實，一旦發生戰爭，事態將不可收拾。

予厚庵來到廣州後，聽了伍紹榮等人的談話，了解到英國的強大，覺得不可能戰勝對方，認爲軍機大臣和直隸總督的擔心是有道理的。不過，他對叔父密信中的「我們」、「我們的陣營」這類詞的含義產生了一些誤解。

戰爭會導致清朝滅亡。清朝如果覆滅，滿族就會被漢族趕出關外，就會從現在的寶座上跌落下來——他的叔父是站在穆彰阿和琦善這種種族主義的立場上，希望自己的侄兒來抑制林則徐。

予厚庵雖是滿族，但他已經完全漢化。他簡單地理解把人分爲主戰派和反戰派兩個陣營。他是經濟方面的官僚，是個和平主義者。簡單地說，他錯誤地認爲：凡是重視理財的人都屬於自己的陣營；而那些不顧經濟，大唱高調，給皇帝寫官樣文章的政治家、軍人，則屬於對方的陣營。所以，在他的眼裡把漢人伍紹榮也看作是跟自己同一個陣營的人。

「總之，我只是希望避免戰爭。如果發生戰爭，那可就糟糕了。」予厚庵說。

「我同意你的看法。」伍紹榮說：「我希望能設法阻止戰爭的發生。」

「我也在考慮這個問題。不過，我剛才已說了，要說服欽差大臣是不太可能的。」

「那就不能想點什麼辦法嗎？」

「我有個辦法。」予厚庵不覺很有信心地說道：「這是我最近想出來的。如果我不籌措資金，恐怕欽差大臣也會束手無策的。我也是國家的官吏，規定的預算額當然要給他，但是，欽差大臣要的預算以外的軍費，我還是可以控制的。」

「有道理。沒有錢就打不了仗。」

兩人之間產生了同志般的感情。

予厚庵喝了一口茶，茶是珠蘭茶。這種茶葉卷成小球狀，用金粟蘭花薰上香氣，所以叫作珠蘭茶。這是一種高級茶，產量少，保存難，所以不出口。

予厚庵的口中充滿著金粟蘭的香氣。這種香氣帶來一種令人舒服的刺激，透過舌頭，輕撫著鼻腔的後側。

「好，我準備盡力去做！」予厚庵反覆這麼說。

送走予厚庵，伍紹榮又喝了一杯珠蘭茶。予厚庵的話叫他大大地放了心。但是，喝完茶，他又感到不安起來。海關監督不出錢，但是林則徐不一定不能通過另外的管道籌措資金。伍紹榮想起了連維材。

## 5

在細長、突出的澳門市南端，有一座媽閣廟。外國人稱澳門爲Macao，就是來源於這座廟的名稱。據說這廟建於明朝萬曆年間，所以它是澳門最古老的廟宇，祭祀的是媽祖。

據傳說，福建某富豪的船隻在這裡的海面上遇到風暴，即將沉沒，突然媽祖顯靈，立即風平浪靜，於是在這裡建立廟宇，祭祀媽祖。

在舊曆三月二十三日的祭祀日，數萬名善男信女來這裡參拜媽祖，熱鬧非凡。就是在平常的日子也有不少人來參拜。

簡誼譚提著一只塗漆的淺底圓籃，登上了石臺階。他那樣子很像在廣州運送鴉片時的模樣。只是現在籃子裡裝的不是鴉片，而是作爲供品的雞和豬肉。長長的線香不能完全放進籃子，好長一節露在籃口外面，在外人眼裡他完全是一個燒香參拜的人。

走進廟門，他微微露出笑容，心裡想：「據說今天的對手是個女的……」

廟裡很廣闊，到處是石碑。碑上刻有來訪的名士的詩文。大多是這樣的詩句：

萬里帆檣仗神力，洪波到處穩乘風。

有一位名叫張玉堂的文人，歌頌這一詩碑林立的情況說：

誰向名山留妙筆，淋漓潑墨破蒼苔。

這兩句名詩也刻在石碑上，留傳至今。不過這詩作於一八五八年，當時還沒有。

誼譚的步伐完全像個來參拜的人，但是眼睛卻不停地左顧右盼。

他曾在廈門的飛鯨書院學習過，但是一向疏懶，所以文章寫得不高明。現在，他作爲販運鴉片的現行犯被捕，免除處罰，充當間諜。但他的情報不是通過書信，而是口頭向林則徐派遣的密探報告。爲了愼重，情報聯絡地點隨時變更。今天的地點是指定在媽閣廟山路旁的賴布衣的詩碑前。據說對方是一個手拿黑摺扇的女人。

「那個叫賴什麼的傢伙的詩碑在哪兒呀？」誼譚心裡這麼想。他是大概估計著時間來的，說不定對方還沒有到。他朝周圍掃視了一眼，終於發現一個女的背靠著石碑，一把黑摺扇放在胸前。

「啊呀，是個美人兒！」誼譚看到對方是一個比自己想像的還要漂亮的年輕姑娘，不由得高興起來，心裡想：「沒想到欽差大臣的腦子也這麼靈活！」

他走近姑娘的身邊，跟姑娘說：「蓮花開世界。」——這是一句暗語。

「煙霞遍南冥。」姑娘面帶緊張神色，這麼回答說。

這些暗語其實是刻在姑娘背後碑上的最後兩句詩。

誼譚簡直不敢正視對方。姑娘長得太美了——她的年紀約莫十七八歲。她的美並不豔麗，而是給人一種颯爽英姿的感覺。

「誼譚，你現在幹得很不錯呀！」姑娘說。

「啊！你？」誼譚仔細打量著姑娘的臉。

從對方的話來聽，像一個熟人，可是怎麼也想不起來。他心想：「這樣的美人兒，見過一次也不會忘記呀！……」

「我是彩蘭，溫章的女兒。你還記得嗎？在廈門的連家……」

「啊，是嘛！太失敬了！」

誼譚是七年前離開廈門來到廣州的。當時他十六歲，彩蘭還只有十一歲。在廈門的時候，誼譚住在飛鯨書院，必須經常到連家去請安問候。溫章的女兒一向寄養在連家，誼譚去連家的時候，他們碰過面。

在誼譚的印象中，彩蘭是一個可愛的女孩子。當年十一歲的女孩子，現在已長成十八歲的妙齡姑娘，一時想不起來也不是沒有道理的。

至於彩蘭，她早就知道對方是誼譚。

「先聽你說說情況吧！我們邊走邊談。」

「好吧。」

誼譚跟她並肩走起來。彩蘭穿著短袖粗布白上衣和深藍色的褲子，完全是平民的打扮，顯得乾淨俐落。

「看起來我們像一對情人。」誼譚一邊這麼說，一邊打量著彩蘭的臉。

「就讓人家這麼看吧。」

誼譚開始小聲談起來。他說得很慢，好讓對方準確地記住。「這一次義律好像一開始就不抱任何希望。英國人已經開始收拾東西，是義律建議他們這麼做的。我是買辦，根據欽差大臣的命令，也退出了商館。不過，我跟那裡的人隨時都可以聯繫，他們現在正匆匆忙忙地準備到船上去。」

「是要回國嗎？」彩蘭插話說。

「不，不是回國。義律還很強硬，看來是上船之後，在香港一帶等待時機，等待軍艦開過來。窩拉疑號軍艦就要來了。現在有一個叫道格拉斯的傢伙，自稱是艦隊司令，做出一副不可一世的樣子，其實並沒有眞正的軍艦，誰也不指靠他。總之，義律是在等待軍艦。」

「軍艦什麼時候到？」

「再過十天左右大概就會到……已經知道艦長的名字叫斯密士。不過，從目前的情況來看，好像只是義律一個人在硬挺著，其他的英國人都很消沉。因爲帶著婦女兒童的五十七個家庭就要開始過海上生活了，這令他們感到膽怯。」

## 6

誼譚還詳細地談了英國人的情況。

「現在我傳達廣州方面的指示。」彩蘭說。

「哦，下一步我該幹什麼呀？」誼譚把籃子換隻手提著，這麼問道。

「你要回到商館去。」

「這麼做不是違反命令嗎？抓住了會被關進牢房的。」

「這一點你不必擔心。因爲是廣州方面指示你這麼做的。」

「眞的不要緊嗎？當然，坐監獄對我也沒有什麼。」

「如果英國人決定撤到船上，而不回國，希望你也到他們的船上去。」

「不過，義律能讓我上船嗎？」

「英國人現在迫不及待地需要買辦。」

「需要是需要。可是，義律也害怕欽差大臣呀。」

「在那種場合，你要好好地想辦法，甚至可以對他們說，你不喜歡清國……」

「是嗎？我也許能辦得到，因爲我畢竟是混血兒嘛。」誼譚說後，笑了起來。

「今後的聯絡方法，要隨機應變地考慮。廣州方面認爲，即使斷了聯繫，只要把你安插在他們當中，什麼時候能發揮作用就行。另外，還有你當前需要做的工作。」

「什麼工作呀？」

「要散布流言。」

「哈哈，是擾亂人心吧！」

「是的。英國人如果上船而不回國，停泊在香港海面，他們人多，食物、飲水很快就會用完。這樣，一定會在戒備不嚴的海島或海岸登陸，以得到補給。因此要求你散布流言，說清國方面已在英國人可能登陸的海岸一帶，往水井裡投了毒藥。」

「是眞的要放毒嗎？」

「這個我不知道。我只了解要在英國人當中引起一種動搖的情緒。」

「是不讓他們逃到海上去吧？」誼譚苦笑了一下。

「這些不說了。我說誼譚，你現在蠻高興的吧？」

彩蘭這話說到誼譚的心裡去了。

兩人走進光線暗淡的廟中，把帶來的雞和豬肉供在航海女神的面前，點起了線香。這種做樣子的參拜一結束，彩蘭就說道：「到洋船石那兒，我們就分手吧。」

在媽閣廟的左邊，有一塊兩米來高的石頭，上面刻著一艘船，船尾的旗子上還刻著四個字：「利涉山川」。這就是「洋船石」，傳說也是萬曆年間刻造的。

彩蘭穿的那條深藍褲子的褲腳，卷到離腳脖子十來公分的地方，腳下穿的是黑色布鞋。在藍、黑兩色之間，露出她的一小部分雪白的腿。這從一開始就引起了誼譚的注目，他的視線不由自主地低了下去。

彩蘭對此毫不在意。她說：「承文哥現在也很精神。」

「啊！承文？」誼譚不覺抬起頭來，問道：「承文現在怎麼樣了？」

「在監獄裡呆著。」

「啊呀！沒有聽說過他被抓呀！……不過，他倒是突然不見了……」

「他被抓住了。不過，不是被官府，而是被他的父親。」

「這麼說，是私設的監獄囉？」

「是的。他的鴉片癮已經戒了。他父親把他關進監獄，就是要把他的煙癮戒掉。」

「是嘛，原來是這樣……」誼譚聽到他過去的好朋友的消息，好像放了心似的，他說：「我一直在爲他擔心，不知道他怎麼樣了。」

「最近他在監獄裡可眞用心學習哩。」

「眞的嗎？他過去可是個不愛學習的人啊！」

「可是，在監獄裡沒有別的事可做呀！」

「你見過他嗎？」

「嗯，經常見。」

「下次見到他，請你告訴他，我也很好。」

「噯，下次見到承文哥，我一定給你轉告。不過，承文哥對你的情況很了解，包括你現在做的工作。」

「是你告訴他的吧？」

「是的。」

兩人在洋船石的前面停下了腳步。「那我就先走一步了。」彩蘭低頭行了一個禮，邁開了腳步。誼譚目送著她的背影，一直到她兩隻露在褲腳下面的白腿消失在樹木叢中。

一八三九年七月的《中國叢報》上有這樣的報導：「目前時局日益險惡。澳門的葡萄牙當局對英國人表示了好感。」不過，當林則徐禁止向澳門的英國人供給食物時，葡萄牙的總督也無法爲英國人做什麼事情了。

葡萄牙人在澳門的「特殊居住權」一向很微妙，並不怎麼鞏固。如果把事情鬧大，說不定會產生什麼嚴重的後果。葡萄牙當局不願多管閒事，自尋苦惱。總的來說，他們是希望維持現狀。

八月二十一日，義律勸說英國人退出澳門。

八月二十四日，林則徐命令葡萄牙當局驅逐英國商人和他們的家屬。葡萄牙總督通知英國人說：

「我們已經不能保證諸位的安全。」這時英國人已經開始從澳門撤退。

八月二十六日，居留澳門的英國人——男女老幼全部撤退完畢。

# 九龍炮火

英國方面在其前方排列開五艘大小不一的船隻，再來從其中一艘船上放下的小艇去遞交抗議信。五小時一過，義律舉起右手，五艘英國船一齊拉開了炮門。

在第一次炮擊中，清軍兵船上的水兵歐仕乾就中彈陣亡。由於遭到突然襲擊，賴恩爵趕忙命令岸上的炮臺應戰。清英兩國的炮戰就這樣開始了。

## 1

《中國叢報》報導當時英國人從澳門撤退的情況說：「男人、女人、兒童們，全都從他們的住房匆匆忙忙地往本國的船隻上安全撤退。由小艇、帆船、洋式的中國船所組成的小船隊，滿載著人群，離開港口，緩緩地開走。」

英國商館（舊東印度公司）位於澳門的東海岸——現在的南灣街。這一帶叫作大碼頭。現在來往於香港之間的船隻，在西海岸帶有號碼的防波堤前離岸、登岸。這一帶稱作小碼頭，當時海關監督在澳門的派出機構就設在這裡。清國當局的強硬命令就是從西海岸的海關派出機構發出，對東海岸的英國商館施加壓力。

義律的心情十分暗淡。本國的輿論如何還不太清楚，英國政府尚未決心對清國採取強硬政策；來自本國的訓令仍然要求避免刺激清國，禁止接近虎門水道。雖然已把英國人全部收容到船上，可是並不知道今後該怎麼辦。他還沒有想出什麼高明的辦法。

「一切由我來解決！」「艦隊司令」道格拉斯在甘米力治號的甲板上，拍著他的厚胸脯，耀武揚威地這麼說。但義律本來是海軍軍人，他對道格拉斯的這副無賴相很不滿意，一看到他那海盜鬍子就討厭。

「窩拉疑號一到，就把道格拉斯解雇」——義律從這時起就打好了主意。

船上的英國人被謠言弄得心驚膽戰。

還不僅僅是謠言。在撤退尚未完畢的八月二十四日，發生了布拉克・焦克號在澳門與香港之間遭到海盜襲擊的事情。

這艘船遭到三艘中國帆船的包圍，被投進火罐，搶走十幾箱銀元和金銀器皿，一名船員耳部受傷。義律向正在巡邏的大鵬營的清軍兵船發出抗議，說一名英國人被削去了耳朵。英國方面懷疑是清國官員爲了擾亂人心，在幕後製造了這次襲擊事件。

另一方面，清國當局則推測事件是義律捏造的，目的是爲了抵消林維喜事件。因爲清國官吏詢問被割掉耳朵的船員的姓名，並要求驗傷，被義律拒絕了。

義律把船員的耳部受傷加以誇張，說成是割掉了耳朵。而且如果同意「驗傷」，那就等於是把審判中的一個階段交給清國政府來處理。這與義律在林維喜事件中所規定的「不讓清國審判英國臣民」的原則是相牴觸的。

從清國的官員來看，則認爲：「什麼夷人被割掉耳朵，壓根兒就沒有這回事。」

在這樣的狀況下，珠江河口充滿了緊張氣氛。

「求你們也把我帶走吧！我是混血兒，除了當買辦，什麼工作也不會做。我希望跟大家一起到船上去，不願在這兒受清國人的欺侮。」誼譚在義律和墨慈的面前懇切地哀求著。

英國人即將開始令人膽怯的船上生活，很希望有人能爲他們和島上或沿海的居民打交道。義律非常高興。他說：「不過，你現在不能在這兒上船。你一個人先到香港島去。在那兒我會把你搞上船，我有事情要你辦。」

「什麼事情？」

「購買食物，弄到保險的飲水。關於飲水，現在有不少謠言。」義律說。

「我明白了，那我馬上就到香港島去。」

於是登上英國船的買辦，除了誼譚外，還有好幾個人。久四郎——林九思也是其中一個。

「那傢伙可靠嗎？」充當軍師的馬地臣追問義律說。

「不會有問題吧？他是個混血兒……」

對於清國當局可能放進來的間諜，英國方面也是神經過敏的。對一般的人並不輕率地留下來使用。誼譚是憑他那鷹鉤鼻子和發藍的眼睛而受到信任的。住在澳門的混血兒，一般都缺乏對國家的忠誠。

林九思不是中國人，是日本的漂流民，而且跟教會有關係，當然同樣受到信任。

「清國的軍隊已開進前山，人數是二百。」爲了進一步鞏固義律對他的信任，誼譚經常報告清軍方面的動態。

前山是與澳門毗連的一個鄉間小鎮，葡萄牙人稱它爲「卡薩布蘭卡」。那裡有一個小城寨。軍隊開進那裡，發揮著似把匕首放在澳門咽喉上的作用。

義律日夜盼望的窩拉疑號軍艦，終於在英國人全部撤退後的第四天出現在澳門的海面上。

眞正的軍艦終於到來了，它和甘米力治號可不一樣。艦長是斯密士大校，他是老練的軍人，當然比海盜道格拉斯値得信賴。義律感到好像得到了千百萬援軍。

九月一日，義律依仗這艘窩拉疑號的威力，向葡萄牙的澳門總督建議說：「如果同意英國人返回澳門，我們可以負起保衛澳門的責任。」

澳門總督說了「許多遺憾之辭」，婉言拒絕了義律的建議。

原因很簡單。前面已經說過，由於葡萄牙人在澳門有特殊居住權，他們不願引起爭端；另外，如果接受英國人的建議，澳門本身也有被英國奪走的危險。

九月三日，林則徐來到澳門，葡萄牙的澳門總督以儀仗隊出迎。

林則徐贈給總督色綾、摺扇、茶葉、冰砂糖等；並用牛肉、羊肉、麵包和四百枚洋銀犒賞了葡萄牙士兵。這是對他們謹遵天朝命令、驅逐英夷的褒獎。

## 2

「夷人好治宅。」——林則徐在進入澳門那天的日記上這麼寫道。可見他對葡萄牙人的「重樓疊屋」的住宅很感興趣，但對他們的服裝則作了嚴厲的批評。

葡萄牙的男人穿的是緊身的衣服，當時中國紳士的服裝是「寬衣」。這種不適合勞動的服裝正是紳士的象徵。穿上這種寬大的衣服，不便做出粗野的行動，更不能打架鬥毆。

而葡萄牙人卻穿著裹在腿上的細筒褲，和束在身上的西服背心。這是既能跑又能跳的匹夫野人的服裝。

林則徐譏諷地在日記上寫道：「如演劇扮作狐兔等獸之形。」意思是說，夷人的衣服就好像是扮演滑稽的狐狸所著的服裝。

從「朝廷」、「朝政」等這些詞中可以了解，當時的政治活動是在早晨進行的，中國的官吏起床起得特別早。

這天林則徐上午五點剛過，就從前山出發去澳門，上午九點多就踏上了歸途。午飯是回到前山吃的，下午三點到達距前山北面二十多公里的雍陌，在這裡遇上暴雨，和兩廣總督鄧廷楨一起宿於鄭氏祠。

碰巧遇上從廣州去澳門的海關監督，晚飯是三人一塊吃的。予厚庵去澳門的目的，據說是視察海關的澳門派出機構。

「貿易不能正常化，關稅收入日益減少。這可是一個棘手問題啊！」在吃飯間，予厚庵談出了這樣的話。

「不過，爲了永久禁除鴉片，這不過是大問題中的一個小問題。我們暫且忍耐一下吧！」林則徐這麼說。但他突然感到奇怪，心裡想：「這是很簡單明瞭的事，厚庵應當完全理解。可是他爲什麼現在又說出這樣的話呢？」

林則徐雖努力了解外國的情況，但他還沒有完全擺脫傳統的中華思想和蔑視外夷的觀點。他在澳門看到葡萄牙人的情況，就得出「眞夷俗也」這樣一個輕蔑的結論，由此也可看出他的思想。英國人把貿易視如性命，但天朝並未把每年區區幾十萬兩的關稅收入當作回事。他還沒有改變這樣的想法。

「時局是這樣，北京不會因爲關稅收入減少而責備你。」鄧廷楨從旁安慰予厚庵說。

「問題不僅是關稅啊！」予厚庵結結巴巴地說：「公行和茶商的買賣不振，茶場的工人和搬運的伕子一旦失業，民力的損傷就會擴大。」

林則徐更加感到奇怪了，厚庵最近的態度與以前不一樣了，叫人難以理解。在籌措軍費上使人感到他正在採取不合作的態度。

這不能不令人思想，「是什麼人——反戰或希望維持現狀的什麼人——影響了眼前的厚庵」。就近處來說，這些人可能是公行的商人。

是伍紹榮影響了他嗎？最近予厚庵經常與伍紹榮會面，林則徐對此已有所耳聞。不過，厚庵所處的地位是監督公行；而且目前是問題成堆的時期，從職責上來說，和公行的總商經常碰頭也是無可厚非。

是不是受比伍紹榮更大的人物影響呢？林則徐的腦子裡浮現出北京的大官兒們的面影，穆章阿和琦善等人對他的行動是不會袖手旁觀的。他不由想到這些人正在搞什麼詭計：「是他們在包圍著予厚庵吧？」如果他們想要在當地拉攏什麼人，恐怕再沒有比掌握財政大權的予厚庵更有用的人了。

這天晚上，厚庵與林、鄧兩人分散住在另外的地方。

第二天——九月四日，林則徐凌晨四點從雍陌出發，黎明過平逕嶺，上午九點到達香山縣。從香山坐船赴虎門。他一整天坐在船上，巡視了海面。

船溯珠江而上。而在相反方向的九龍，響起了可以稱之爲鴉片戰爭前哨戰的炮聲。

## 3

在英國人退出澳門的同時，欽差大臣與兩廣總督向沿海村民發出了命令，禁止給英國人提供食物，阻止他們登陸。

任何命令在剛發布時都有很大的約束力。

「最近剛發出命令，這個命令有點太過分了。不過，過些日子也許還可以想點什麼辦法。」誼譚在九龍購買食物，村民們都感到害怕，不敢同意；提出「只要用小船把食物送到夷船就按時價加倍付款」的條件也不起作用。

「這可不好辦了！」誼譚抱著胳膊沉思起來。他的口袋裡裝有從墨慈那兒領來的洋銀。

「這可是發財的好機會啊！」誼譚的腦袋瓜子飛快地轉動起來。

這不是跟開店的商人做買賣，而是和從不相識、毫無關係的村民打交道。就說對方要求預付貨款，因此把錢付給了對方；然後說對方可能是害怕欽差大臣，收了預付款而不送食物來，於是把貨款昧下來——嗯，這個主意不錯！這樣一來，口袋裡的洋銀就變爲自己所有了。誼譚臉上露出了微笑。

他乘著黑夜，駕著小船，來到英國船上，向墨慈報告說：「他們說明天拂曉把東西給我們送來。我可費了好大的勁啊！死乞白賴地懇求，好不容易才以預付貨款的條件把買賣談妥了。」

「是嗎？肯定會送來嗎？」

「我想不會有錯。」

「是嗎？這次你辛苦了。」

誼譚內心裡暗暗好笑，心裡想：「大洋八百塊！這買賣不錯啊！」

英國船撤離澳門的時候，儘量往船上裝食物。但是，生鮮食品很快就感到不足了。誼譚出去採購的也是蔬菜和水果，肉食眼看也快完了。

誼譚回到英國船上是九月三日。第二天——四日的早晨，應當送來的食品卻沒有送來。本來就沒有做這筆買賣，當然不會有人送東西來。誼譚表面上裝作極其憤慨的樣子說：「是叫人家給騙了嗎？他媽的！這怎麼辦？」

英國難民團的頭頭們聚集在窩拉疑號軍艦的船艙裡。誼譚在他們面前故意做出一副咬牙切齒的樣子，墨慈看到他這麼生氣，反而安慰他說：「得啦，附近有這麼多的兵船，那些傢伙雖然答應了，也會有所顧忌，不是沒有原因的。」

「不！按照約定好的辦法，在拂曉前送來，是不會被發現的。這些鄉巴佬一定是一開始就打定了主意，要詐騙預付款。」道格拉斯在一旁大發雷霆說。甘米力治號的船長道格拉斯故意大唱高調。由於正規軍艦窩拉疑號的到來，他的地位被架空，所以氣勢洶洶地大唱高調，以顯示自己的存在。

「放他幾炮，這樣就會老實了。」道格拉斯敲著桌子說。

「只要有義律先生的命令，任何事情我都可以做。」窩拉疑號艦長斯密士剛來不久，對情況還不太了解，他這麼有節制地說。他具有典型的軍人素質，很少說話，表面上雖不像道格拉斯那樣活躍，卻反而叫人感到可以信賴。

義律的心在唾沫飛濺的道格拉斯與沉著寡言的斯密士之間搖來晃去，拿不定主意。

「怎麼辦？」義律情緒焦躁。他認眞地考慮了買不到生鮮食品的問題，覺得「一開始就是這樣的狀況，將來更叫人擔憂。」

其實正因爲是剛剛開頭，所以才這麼困難；隨著時間的推移，命令的威力就會逐漸削弱，弄到食品的可能性就會增大。可是義律卻擔心現在如不立即採取什麼措施，將來會更加麻煩。

「好吧，試一試吧！」他小聲地這麼說。

「不這麼幹就是失策！」道格拉斯說。他把手指關節扳得咯咯地響。一旦開炮，就可以發揮他海盜的才能。由於正規軍艦的到來，他在人們心目中的地位已經開始削弱，透過開炮，將會重新恢復他的地位。

「等一等。開炮威嚇威嚇也未嘗不可。不過，我們要考慮一下後果。」軍師馬地臣插話說。

「以後的事以後再考慮吧！」道格拉斯不服氣地說。

「不，還是應當事先考慮。」

「馬地臣先生，這是爲什麼？」義律問道。

「你也知道，清國的官吏最看重形式和體面。開炮之後，我方不留個臺階下是不行的，對方同樣也是如此。所以念點咒文，使雙方都能巧妙地下臺階，這樣不是更高明嗎？」

「咒文？」

「就是說，事先要遞交一封抗議信。如果五小時之後不予答覆，我們就開炮威嚇。以後我們就有了理由，說是因爲遞交了抗議信而沒有得到答覆。對方也可以找到一個藉口，說是由於下級官吏的怠慢，沒有把抗議信呈報上級，這樣就保住了面子，彼此都有臺階可下。」

「有道理……」

義律聽了馬地臣的建議，寫了這樣的抗議信：數千英國臣民的食品正常供給在這裡遭到了阻撓。如果這種狀況繼續下去，今後必然會不斷發生糾紛。那時，貴方應對其後果負責。我們完全是「爲了和平與正義」而發此信。

歐茲拉夫把抗議信譯成了漢文。英國人乘小艇靠近正在海上巡邏的清軍兵船，遞交了抗議信。

## 4

發出這封抗議信本來就不期望得到回音。

清國官吏原則上不准和夷人直接交涉，當然也不能隨意地答覆。事情十分明顯，如果是重大問題，將會向廣州請示；至於像兵船影響購買食物之類的抗議信，當然不會予以重視。

義律是紳士，只是漫不經心地不時地看一看錶，而道格拉斯則公開地眼瞪著錶，等待著戰鬥開始。

五小時過去了。一小時以前，各船已經做好了開炮的準備。地點是在九龍洋面，距英國船停泊地尖沙咀約十公里。清軍的三艘兵船正在那裡遊弋，指揮官是大鵬營的參將賴恩爵。

英國方面在其前方排列開五艘大小不一的船隻，再來從其中一艘船上放下的小艇去遞交抗議信。

五小時一過，義律舉起右手，五艘英國船一齊拉開了炮門。

在第一次炮擊中，清軍兵船上的水兵歐仕乾就中彈陣亡。由於遭到突然襲擊，賴恩爵趕忙命令岸上的炮臺應戰。清英兩國的炮戰就這樣開始了。

英國人有一種蔑視對方的心理，認爲清國的海軍連大炮也不會開。其實當時沿海的水師因受過提督關天培的嚴格訓練，已經不像過去那樣孱弱，早就能夠相當準確地操縱炮臺的大炮了。

「嗨——！嗨——！」在甘米力治號的甲板上，道格拉斯像猛獸般咆哮著，指揮著炮戰。現在是他顯示自己的絕好機會，所以他儘量擺出一副引人注目的架勢。他傲慢地認爲清軍炮臺的炮彈不會打準。可是卻大出他的意料，炮彈在英國船周圍很近的地方落下來，激起沖天的水柱。

「敵人的炮彈不會打中我們！落在附近的炮彈是偶然的！」道格拉斯揮舞著雙手，聲嘶力竭地斥責著部下。這時，一顆炮彈在他的身邊開了花，把一部分船的欄杆炸飛了。

「嗨——！」道格拉斯狂吼了一聲，倒在甲板上。

「沒什麼！」接著他又這麼大喊了一聲，咬緊牙關站了起來。從手腕上流下的血，吧嗒吧嗒地滴落在甲板上。

「司令官！」水手們喊叫著跑到他的身邊。道格拉斯喜歡人家叫他司令官，而不願別人叫他船長。

「司令官，到船艙裡去吧！」水手們把他抱進了船艙。他在進船艙之前，一直瞪著眼睛盯著九龍的炮臺。

這次炮戰是從午時開始的。英國支援的船隻很快就從尖沙咀開來，增強了進攻的力量。

清軍兵船一邊開炮，一邊向海岸撤退。兵船上拉著鐵絲網，以防被炮彈命中。但是，看來沒有多大作用。

據說英國船隊停止炮擊、開始撤退是在戌時。就是說相互炮擊是從中午一直持續到日落。聽起來好像是展開了一場壯烈的海戰。其實它跟現代戰爭不一樣，戰鬥的速度相當緩慢。而且英國方面雖開出一艘軍艦和十多只武裝商船，但其主要目的還在於威嚇，所以並沒有出現拼死決鬥的狀況。

清軍方面除了前面說的歐仕乾在戰鬥開始時陣亡外，水兵陳瑞龍在用步槍狙擊敵船時，反而被敵彈打中，當場死亡。陣亡的只有兩個人。另外向上的報告中說：重傷二人，輕傷二人，但並無生命危險；兵船也有損壞，因中彈而進水，或部分破損，但能很快修復。

據記載，英國船隊方面雖有折斷桅杆之類的部分損壞，但無人死亡，僅有四人負傷。手腕受傷的道格拉斯當然是其中之一，看來他的運氣是夠糟的。

幸而事先發出了一封抗議信，這次炮戰並沒有成爲構成重大衝突的直接原因。由於馬地臣的出謀獻策，在九龍炮戰之後，義律立即透過澳門的葡萄牙當局，向清國官吏解釋說：這是爲了生存而不得已採取的行動。我方現在仍然唯求和平。

應該說這次九龍洋面威嚇性的開炮，還是收到了一些效果。這次事件確實刺激了廣州的上層，也給基層的戰鬥部隊帶來了動搖。在炮戰中可能丟掉性命的，畢竟是第一線的士兵。「由於得不到食物而產生的仇恨是可怕的，食物的交易就睜一眼閉一眼吧！」終於有人說出了這樣的話。以後去向英國船兜售食品的小船，等於是免驗放行了。

英國方面的紀錄也記載說，食品的價格比時價略高。這意味著向英國船提供食品的危險已經大大地減少了，可以想像沿海鄉村的居民和水兵之間已經達成了默契。由於這種默契，雙方都可獲得利益，一方可以不必打仗，另一方可以透過兜售食品而獲利。

九龍洋面發生衝突的九月四日，正是前面所說的林則徐訪問澳門的第二天。他在這一天乘船巡視了海面，但他是朝著與九龍相反方向巡航的。

這次發生的衝突，林則徐在九月十八日——即事件發生的兩周之後才向北京報告。在這篇奏文中，寫著因我方炮彈命中敵船，「夷人紛紛落水」，「漁舟迭見夷屍隨潮漂淌」，並引述新安縣知縣梁星源的報告，據說夷人從海中撈起屍首，悄悄地掩埋了十七具。

向上級報告戰況，一般都要把自己一方的傷亡縮小，對敵人的損失加以誇大。九龍的指揮官賴恩爵給林則徐的報告也是經過了一番粉飾的。

不過，林則徐早就知道了事實眞相。他已派石田時之助再次前往九龍，同時又和打進英國船隊的簡誼譚保持聯繫，雙方的實際損失情況早已原原本本地傳到欽差大臣的耳朵裡。

應當向朝廷奏報到什麼程度呢？來自現場的正式報告，根本沒有證據加以證實。看到敵兵紛紛落水，畢竟只是看到；據說漁船上的人親自看到敵屍漂淌，只不過是聽說看到了；聽說掩埋了十七具屍體，也只是風聞，無法確定其地點，把屍體挖掘出來看看。

賴恩爵送來三頂英國水兵的帽子作爲證物，說是淹死的敵兵的遺物。戰鬥時，在甲板上被風刮走帽子，乃是常有的事；很可能是戰鬥之後，有兩三頂帽子漂流到岸邊。

林則徐在心裡暗暗地笑起來，但他還是煞費苦心地考慮了給北京的報告。關於英國船開炮的動機，簡誼譚作爲一個當事人，早已送來了一份充滿自信的報告——不過是英國人爲了便於獲得食物而進行的威嚇，並不是有預謀的，而是臨時決定的。

「時機尚不成熟！」林則徐這麼認爲。海陸兩方面的志願兵剛剛開始訓練；爲了把仗打得出色，當前他最需要的是時間；如果對方並無眞正要打仗的意思，現在就不應該深究這次事件。

「要更加嚴厲地禁止鴉片走私！」林則徐首先向海口的各部隊重申了這道命令。這道命令帶有微妙的含義。從表面上看，不過是過去命令的重申。但是，再一次發出了這樣的命令，是強調首先要嚴禁鴉片，因而也可以解釋爲把監視英國人購買食物之事放在次要地位。

九月十五日，接到澳門的諜報，說義律偷偷進入了澳門。第二天——十六日，收到澳門同知蔣立昂同樣內容的正式報告，說義律通過葡萄牙當局（西洋夷目）「乞誠」。所謂乞誠，就是要進行辯解，乞求重新和好。

「看來誼譚的情報還是正確的。」

林則徐摸清了英國方面的想法，與十七日來到虎門的鄧廷楨商量之後，草擬了奏摺，十八日呈送北京。奏摺中關於九龍炮擊事件的部分，原封不動地抄錄了賴恩爵的粉飾報告。他認爲報告打了勝仗，皇帝就不會發脾氣了。

「限定的時間一天一天地少了！」林則徐仰望夜空，低聲地這麼說。他在這一天的日記上寫道：

「……時見月華。」

## 5

由於林則徐下了帶有暗示性的命令，再加上與第一線官兵及沿海居民的利益一致，英國船隊購買食品比以前容易多了。

「好不容易輕鬆一點啦！還是因爲放了大炮啊！」哈利·維多首先爲他臥病在床的好友約翰·克羅斯高興。

「不過，我討厭大炮的聲音。」約翰用微弱的聲音說。

這裡雖是尖沙咀的海面，但九龍洋面的炮聲還是聽得很清楚。約翰的病情一直沒有好轉。從廣州撤到澳門，又由澳門被趕到海上，這樣急劇的變化當然對病人沒有什麼好處。

「我願意以自己的身子來爲大夥兒贖罪。這也許是我的使命，我感到還是在人世好……」約翰經常這麼說。哈利每聽到這樣的話，總感到一陣淒涼。

《孫子兵法》上寫道：「圍師必闕」。完全斷絕了退路的軍隊，就會拼死決鬥。所以包圍了敵軍，一定要給敵軍留出一條退路，這是一種戰略。《六韜》上也有同樣的說法，認爲窮寇一定會死戰，因此要「置遺欠之道」。

英國船隊已從澳門被趕出來，如果在海上又得不到食物，那就保不定會成爲「窮寇」。九龍炮擊也許就是這種窮寇的表現。

林則徐決定在這裡「置遺欠之道」。他遵照「窮寇勿追」這一傳統的兵法原理，開了一條獲得食物的道。但另一方面，他決定更加嚴厲地禁止鴉片走私。

對於惡劣的鴉片走私船，清國方面早已記錄在冊，密切注視。記載在冊的鴉片船中，行爲最惡劣的要數英國船巴基尼亞號。有情報說，巴基尼亞號於九月十一日晚開進了譚仔洋。這是附近的漁民向官吏報告的。

守備黃琮率領兵船趕赴譚仔洋海面，於九月十二日上午四時左右發現了一艘好似巴基尼亞號的大船，船旁靠著一艘小艇。悄悄地近前一看，大概是鴉片交易已經完畢，從大船上垂下一個繩梯，三、四個黑影溜進了小艇。接著小艇就飛速地划走了。

黃琮立即下了決心：「好，小傢伙不管它，乾巴基尼亞號！」

四周一片漆黑，要追小艇的話很容易迷失方向，對付巴基尼亞號這樣的大船，不需要這樣的擔心。

兵船中有一個人略懂一點洋文。

「怎麼樣？肯定是那艘船嗎？」兵船悄悄地靠近商船，黃琮問這個人說。這個懂洋文的人辨認了一下船尾浮現在黑暗中的白色文字，回答說：「嗯，看來不會有錯。」

於是兵船上點起幾個燈籠，突然鼓噪起來。大船上的人以爲有什麼事情，兩、三個水手來到甲板，瞅著下面問道：「這樣深更半夜，有什麼事嗎？」

因爲說的是外國話，兵船上的人不知道對方在說什麼。那個勉強認識一點洋文的人，卻根本不會外國話。

「搜查船艙！」黃琮大聲地喊道。可是對方也不懂他的中國話。

商船上另一個水手來到甲板上，想探身往下瞅一瞅。這時，他把手放在旁邊大炮的炮身上。當時是海盜橫行的時代，貿易商船也是武裝的。但黃琮一看甲板上的水手把手放在炮身上，就認爲要開炮。於是他毫不猶豫地下令：「投擲火罐！」

所謂「火罐」是一種投擲武器，大概像原始的火焰瓶。兵船上準備了很多火罐，水兵們抓起來使勁地投向商船。

清代有一種噴射毒焰的武器，叫做「噴筒」。筒內安一個齒輪狀的物件，上面帶有小瑪瑙石，向軸頭衝擊，立即像打火機那樣發火，點燃充塞在筒內的硫磺等各種藥粉，噴射出劇烈的毒氣。據說藥粉的調配始終是保密的。不過，火罐並不是用毒焰來消滅敵人，目的只是引起火災。

來。

接連不斷地投進商船的火門火罐，打在桅杆上，像焰火似的火花四射，在甲板上爆炸的也燃燒起

「起火啦！」船上一片混亂。

「到處都起火啦！」「這是怎麼搞的？」「不行啦！」「快跳海吧！」

從睡夢中被叫起來的船員們，一點也摸不著頭腦。總之，船被大火包圍了，船員們慌忙朝海裡跳。好在離岸近，還可以游水逃命。

這是一場意想不到的大火，誰也不知道是什麼原因。

「怎麼弄成這個樣子呀？是遭到了大規模的海盜襲擊嗎？」

連船長也不知道是怎麼一回事，不知道也是有原因的。這艘船並不是巴基尼亞號，而且不是英國船。它是在馬尼拉航線上航行的西班牙貿易船，名字叫畢爾巴羅號，它遭到了從未經歷過的襲擊。

最先是沿海漁民聽到這艘船的名字，認爲它就是巴基尼亞號，報告了官吏；接著是兵船上唯一一個能辨認一點洋文的傢伙也認爲如此。畢爾巴羅和巴基尼亞兩字相差雖然很大，但發音有點相似。這給它帶來了厄運。

黃琮活捉了兩名尚未來得及逃跑的水手，洋洋得意地凱旋而歸，向上級報告他進攻並燒毀了鴉片走私船巴基尼亞號。

林則徐在九月十八日的奏摺中當然也寫進了這一「輝煌的戰果」。

關於這次「巴基尼亞號事件」，第二年二月，馬尼拉政廳派遣了使節哈爾貢去澳門，與清國當局

進行了談判，好不容易才得到解決。大概由於沒有鬧出人命，僅是賠償問題，所以比較順利地達成了協定。

另外，九月十二日拂曉急忙離開畢爾巴羅號划走的小艇，並不是鴉片走私船，而是出售生鮮食品的小船。

# 部署

穆彰阿集團藉此機會，按自己的意圖，一舉發起了人事調動活動。林則徐被取消了兩江總督的任命，改任爲兩廣總督。兩廣與兩江相比，級別就降低了一等。

關鍵的兩江總督一職一度曾任命鄧廷楨擔任，但擔心他受過林則徐的巨大影響，立即改變主意，派他當雲貴總督，接著又發生變化，最後讓他當閩浙（福建、浙江）總督。兩江總督決定由雲貴總督伊里布擔任，他是穆彰阿打了三個圓圈的人物。

## 1

外國船與中國船連氣味也不一樣。附著在甲板、船具上的氣味、食品與調料，以及外國人的體臭，人們稱之爲夷臭或魔臭。它給人們帶來的那種不協調的、不舒服的感覺，近似於迷信深的人對待魔性事物所懷有的那種原始的畏懼感。在人們的眼中，往往把未知的世界看作是另外一個世界。

當時很少人對另外的世界感到憧憬和嚮往，一般人都懷著一種蔑視而又恐懼的心理。對於未知的事物，像對無底的深淵那樣，有一種莫名的恐懼。

從未接觸過夷人和夷船的人，並沒有這種可怕的恐懼感，只是在概念上把它們當作應當憎惡的異物。對夷人或夷船，廣東人也認爲是來自另一世界的異物，但有著立體的、實際的感受；而北京方面只從平面來考慮，並無立體感，所以往往認爲可以簡單地把他們收拾掉。

「這些帶進鴉片的不逞之徒，把他們趕走！」

對深居在紫禁城裡的道光皇帝來說，一提起夷人，不過是向中國輸入鴉片、削弱民力、流出財貨，使清王室貧困、像狐狸般狡猾的商人集團。他知道他們有軍艦，但那是保護商業的可鄙的武裝；這種軍事力量並不是爲了正義和統治，而是爲了賺錢——他們口頭上大談正義時，一定是摻雜著商業利益。過去來朝見的夷人，如馬戛爾尼、阿美士德、律勞卑，都是爲了商業談判而來的。

道光皇帝只往來於北京和避暑地熱河之間，對其他世界一無所知。乾隆皇帝多次游江南，道光皇帝認爲祖父大規模「南巡」浪費了大量經費，是清王室財富減少的一大原因，至今他還爲祖父的虧空擦屁股，所以他從未想過要外出巡遊。

每天都有全國各地的奏摺送到他的面前，他可以從文章中了解全國的情況，但那只是通過文字而獲得的知識。這些文字是寫在紙上的，這些知識也像紙一樣平板而單調。他不知道使奏摺內容充實的方法，不能夠掌握有血有肉的眞實情況。可是，正是由他來決定一切。

對於廣州九月十八日上報九龍事件、巴基尼亞號事件等的奏摺，道光皇帝作了這樣的朱批：

「……朕不慮卿等孟浪，但誡卿等不可畏葸。」

「孟浪」是草率從事、胡作非爲的意思。這個朱批的意思是：「我不擔心你們胡作非爲，只是警誡你們不要害怕。」就是說，出一點差錯沒有關係，關於鴉片和夷人的問題，你們不要害怕，要大膽放手地幹，這實際上帶有挑唆的意思。

林則徐認爲準備不足，因而儘量避免大規模的衝突。在道光十九年的秋天，北京的皇帝比廣州當局要過激得多。

來自各地的奏摺，爲了避免皇帝的斥責，都是巧妙地作過一番粉飾的。拿九龍事件來說，就奏報什麼敵人掩埋了十七具屍體，屍體在海上漂淌。其實英方實際負傷的，包括道格拉斯在內僅有四人。有的報告上還寫道：「由於我方的炮擊，義律的帽帶被打斷了。」僅看這些奏摺的表面文章，當然會感到英國人不足爲懼。

穆彰阿這些人一直在揑著一把汗。同樣是在北京，他們能從廣州的密探那兒接到事實眞相的報告，比皇帝知道的事情更多，所以提心吊膽。而且皇帝的「發情期」似乎還沒有過去。

跟往常一樣，穆彰阿與來京的直隸總督琦善在家中密談。

「皇上什麼也不知道，卻大發雷霆，說什麼過火一點也沒關係，要大膽放手地幹。眞要這麼幹的話，可要出大亂子啊！」軍機大臣抱著胳膊說。

「予厚庵那邊情況怎麼樣？」直隸總督擔心地問道。

「根據廣州的報告，據說林則徐警誡部下不要輕舉妄動，看來厚庵還比較順利吧？」

「眞的能順利就好了。不過……」

「目前來看，廣州的事件是極力往小裡收拾。不過，這種事積累下去，老是發生糾紛，說不定會發生什麼大事。眞叫人擔心啊！」

「是呀，皇上是那樣氣勢洶洶嘛。廣州方面完全交給予厚庵一個人行嗎？」

「當前除此沒有別的辦法。要想抑制林則徐，光靠厚庵確實顯得弱一點。不過，林則徐目前需要的恐怕主要還是錢，而不是人，厚庵畢竟是掌握著財政。」

「不過，還得小心謹愼。厚庵有可能被捲進去。」

「當然囉，對林則徐，恐怕還得要用更大的力量，用天下的聲音來對他施加壓力，關於這方面，我已經採取了種種措施。」

所謂天下的聲音，並不是指國民的輿論。穆彰阿雖然冠冕堂皇地這麼說，但他所說的天下的聲音，是指身居要位的大官意見。他早已拉攏了一些顯要人物，形成了派閥。但他認爲還有進一步加強和擴大的必要。

「林則徐就任兩江總督，這可很不妙。」琦善小聲地這麼說，穆彰阿頻頻地點著腦袋。

## 2

琦善回去之後，穆彰阿在桌上鋪開紙，手拿著朱筆，陷入了沉思。紙上開列著有幾十個人名字的名單，這是剛才跟琦善邊商量邊寫下來的。

穆彰阿用朱筆在這些人名上面打上圓圈、雙圓圈、三角等記號。雙圓圈表示特別值得信賴的心腹；僅畫一個圓圈表示雖是同夥，但需要做進一步工作，拉得更近一點；打三角的表示既不是自己人，也不是敵人，今後應當努力把他拉進自己的陣營——穆彰阿是這麼分類的。

在這個名單中，也包含了與以後鴉片戰爭有關的人物。

伊里布，字莘農，鑲黃旗人。嘉慶六年進士，歷任陝西巡撫、雲南巡撫，現爲雲貴總督。因鎭撫邊境有功，授予協辦大學士的榮譽職位。

宗室耆英，宗室是與皇室有密切關係的貴族。耆英字介春，正藍旗人。擔任過熱河都統，現爲盛京（瀋陽）將軍，統率東北的滿洲八旗軍。

這兩個人後來都曾作爲欽差大臣參與了鴉片戰爭，名單中這兩個人的名字上都打了雙圓圈。

朱筆還停在「伊里布」這個名字上沒有離去。過了一會兒，穆彰阿在這個名字上又加了一個圓圈——打了三個圓圈。

軍機大臣終於放下了朱筆，眼睛凝視著前方的牆壁，嘴巴撇成「八」字形。

「需要幹的事情太多啦！」

他的腦海裡浮現出名單上人物的面孔，和圍繞這些人物的種種人事關係的漩流。這些人事關係的漩流漸漸放慢了旋轉的速度，在那裡明顯地表露出他們各自的強處和弱點——穆彰阿立即理解到應當瞄準什麼人的什麼地方了。

牆上掛著高南村的「指畫」掛軸。畫的是山水。清初的畫家高南村用手指頭和指甲畫畫。他自稱用筆拙劣，因此用指頭和指甲來畫畫藏拙，其實他用筆畫畫並不壞。

穆彰阿在廟堂之上搞正大光明的政治很蹩腳，所以專門依靠走後門、拉關係，搞陰謀詭計。他覺得自己的這些手法和高南村搞「指頭畫」的歪門邪道有相通之處，所以他露出了苦笑。

「只要達到目的就行。這幅畫不是用筆畫的，不也表現出了山水的美嗎？」他正想到這裡，僕役報告藩耕時來訪。

「好吧，帶他到那間屋子裡去。」軍機大臣站起身子，疊起名單。

藩耕時在那間屋子裡一見穆彰阿進來，趕忙彎腰行了個拱手禮。

「稟告大人，今天廣州沒有報告送來。」藩耕時預先說了這句帶辯解的話，低下了腦袋。

「那麼，爲什麼事？」

「關於默琴小姐的事。」

「哦，默琴的下落弄清楚了嗎？」

「明確的下落還不清楚。不過，和定庵先生一塊兒南下是肯定無疑的。」

「定庵要去的地方，那當然是他的故鄉浙江的仁和囉！」

「不過，定庵先生是一個人回浙江的。到達蘇州之前確實是跟默琴小姐在一起的，估計在這之後就分手了。」

「就是說，默琴又下落不明了。」

「是……」藩耕時又低下腦袋，「這是跟蹤的人疏忽大意了。他們准是認爲她一定會跟定庵先生一起去浙江……」

「眼睛只盯著定庵，讓默琴逃脫了。是這樣嗎？」

「是，是這樣的。」

「什麼定庵，我不管。我只要找到默琴的下落。」

「明白了。」藩耕時頭也不抬地回答說。

穆彰阿的太陽穴上隆起了青色的血管。但他很快好像改變了主意，問了一句：「是在蘇州迷失的嗎？」

「是……」

「清琴在蘇州，是不是投靠她妹妹去了？」

「我也這麼想過才和清琴小姐進行了聯繫。可是……」

「不在清琴那兒嗎？」

「是的。目前……」

「你來就是爲了說這些嗎？」軍機大臣很不高興地說。

「是的。我想先報告一下……」

「得啦！」穆彰阿說後就站起身來。

他說他不管定庵的事。可是，事到如今，已經不能不管了，他是不會饒恕從他手裡奪走女人的那個男人。

「要報復！」他朝房外走去，內心忿忿地這麼說。他穿的是上等緞靴，在光滑的大理石地板上沒有腳步聲，但他那走路的樣子氣勢洶洶。

廣州的事件與默琴的失蹤，在穆彰阿的腦子裡是同等重要的，說不上哪個高哪個低，分不清表和裡。廣東海口和外國人發生衝突，會引發國家大亂，其結果將會奪走他許多東西，所以他感到害怕；默琴也是他的東西，跟這個府宅、庭園裡儲藏的金銀財寶、古董字畫並沒有什麼兩樣。現在不是要不要和外國打仗，而是被一個處長級的芝麻大的官兒給奪走了。在被人奪走東西這一點上也是相同的。他當然無法忍受。

「我們和蘇州的清琴小姐保持密切的聯繫，一旦找到默琴小姐，立即向大人報告。」藩耕時沖著穆彰阿的背影，急得直搓手。

穆彰阿的步伐，顯得稍微平穩了一些，看來是怒氣消了。不，只不過是憤怒暫時給向定庵報仇的想法讓了位。他一步一步走著，每跨出一步，腦子裡就冒出一條拿手的詭計。

「用哪個辦法幹他呢？」

## 3

清琴在哲文的身邊。

哲文現在在研究西洋畫。自從明末利瑪竇傳來西洋畫的技巧以後，中國也出現了像焦秉貞那樣吸取西洋畫技巧的畫家。不過，哲文還想從這裡尋求更新的東西。西洋畫在中國畫論中所謂的「應物象形」——即寫實方面，確實是傑出的。但是，從中國藝術要求畫出事物內在精神這一理想來看，人們感到西洋畫可吸取的只有表面的技巧。不過，哲文認爲西洋繪畫中也有所謂「氣韻生動」的內在美，他一直在苦心研究如何吸收這一精髓。

江南是中國藝術的中心，清代著名畫家十之八九都是江南人。所以哲文才不願放棄這種地利而回廈門。可是，從清琴來看，她想進入廈門、蒐集連維材身邊情報的指望是落空了。而且北京又來了指示，說連維材那邊已配備了其他的密探，要她留在蘇州休息。

「我要工作！」奉命休養的清琴，最近確實是這麼想的。過去她一直「工作」，工作使她著了迷，休息反而使她感到痛苦。

她跟哲文的結合也並不是出於愛情，而是爲了工作。如果抽掉工作，她跟哲文的生活也就等於零了。

「畫有什麼用！」她側眼瞅著提起畫筆的哲文。心想，她過去一直幹著關係到「國家大事」的工作，一向以此爲榮。她的行動是爲了支援軍機大臣推行的政治，她的「力量」已經深入到有朱漆圓柱和黃色琉璃瓦、金碧輝煌的紫禁城內部。

「我不是普通的女人！」她一向這麼深信，而現在她即將變成普通的女人，這是她難以忍受的。她整天焦躁不安，惶惶不定。

「什麼線條粗呀細呀，什麼光線濃呀淡呀，這些玩意兒有什麼用！」她把那些被墨和石青弄汙了的畫紙揉成一團，朝著哲文的身上亂扔。每當這樣的時候，哲文總是用悲傷的眼神凝視著她。

清琴確實惶惶不安了。當她幹著穆彰阿指定她幹的工作時，她覺得自己是一個齒輪，在推動著什麼，感到一種滿足，其他什麼也不想。現在這種滿足感沒有了，相反，自我思考的時間增多了，她惶惶不安的原因正在這裡。她有了考慮自己的時間，她才感到事情的可怕。

「我什麼也不願想！」

當她面對著自己的時候，她感到害怕，就好似面臨著深淵一樣。她覺得與其受這種痛苦的折磨，還不如像從前那樣，腦袋空空地拼命幹工作。

當她精神亢奮時，曾經撕毀過哲文的畫稿。但她馬上又突然可憐起自己，啜泣了起來，對哲文說：「原諒我吧！原諒我吧！」

「好啦，你太激動了。」

「我是一個壞女人！」

她擦去了眼淚，簡直像換了一個人，侍候哲文，柔聲蜜語地安慰他，給他洗畫筆，調配顏料，準備金泥。

在飯後閒談的時候，清琴經常談起政府大官兒們的調動和宮廷的傳聞。而哲文對這些似乎不太感興趣，隨便地應酬兩句。相反，哲文對廣州的鴉片事件異常關心，而清琴除了對林則徐的消息外，幾乎毫無興趣。這樣，不知不覺地又不協調起來，清琴又開始歇斯底里。過一會兒，她又流著眼淚向哲文道歉……這已變成了兩人生活的規律。

這時，她聽到了姐姐默琴從穆彰阿那裡逃到本地的消息。

「姐姐爲什麼要從軍機大臣那裡逃出來呀？」她感到迷惑不解。

再一打聽，看來是因爲默琴與定庵先生一時鍾情的關係，已經變成眞正的夫妻了。

「是我做錯了嗎？」清琴也曾這麼想過，但她是個不喜歡自我反省的女人。

「那是姐姐自己願意這麼做的，不是我的責任。」她是這麼認爲的。不過，聽到姐姐來到本地的消息已經好久了，卻沒有跟她發生任何聯繫。她認爲姐姐既然來到本地，應當到她這兒來。

「姐姐到底怎麼啦？」正當她這麼想著的時候，北京終於來了指令：「接近上海金順記的溫翰，通過他調查連維材。」

清琴鬆快地吸了一口氣，這是她引頸期盼的工作。可是，不知道爲什麼，她感到渾身沒有一絲兒力氣。這或許是新的指令意味著要同哲文分別吧？可是她同哲文之間並沒有愛情。那麼，爲什麼她會產生這樣的情緒呢？

接到指令的第二天，她跟哲文說：「我在你身邊會妨礙你鑽研繪畫。再說，我對蘇州已經膩味了，我想到上海去待一些時候。」

「換個地方，也許心情會好起來，而且上海也很近。好吧，我給溫老寫封推薦信吧！」哲文考慮了一會兒，這麼回答說。

# 4

吳淞江又名蘇州河，它注入長江支流黃浦江的地方，古代稱作「滬」。滬是上海的古名。廣州停泊外國船隻的地方也叫黃埔，容易混淆。所以上海黃浦的「浦」字偏旁是三點水，廣州的黃埔是土字旁。滬字的意思是用竹子編的捕魚的竹柵，可見這裡過去是漁村。

長江上游帶來的大量泥沙，慢慢堆積成陸地。據歷史學家推斷，上海形成陸地是西周時代，距今已三千多年。

春秋時代這裡屬吳國，但吳被越滅而亡；戰國時代越又被楚所滅，上海變為楚的貴族春申君黃歇的封地。黃浦的名字就是來源於這個人物的姓。黃浦江別名春申江或申江，也是取名自這個人物的號。上海的另外一個別名爲「申」，過去上海最大的報紙叫《申報》。

在十三世紀的宋代，這裡設市舶司的分所，可見它早就是貿易港。設置上海縣是在十三世紀的元代。

鴉片戰爭時，上海市街的四周還圍著城牆。那是明代建造的，因爲當時經常遭到日本海盜「倭寇」的襲擊。城牆高約八米，長達三點九公里，城外掘有又寬又深的壕溝。傳說是利用倭寇襲擊的間隙，僅花費三個月建成的，到了二十世紀才把城牆拆除。

金順記的上海分店是在城外，靠近帆船聚集的碼頭。李默琴帶著龔定庵和吳鐘世所寫的介紹信來到金順記的上海分店，溫翰最初讓她住在店內。

「我想工作。」默琴說：「掃地做飯都可以。」

溫翰捋著白鬍子，瞅著這位新女性，掃地做飯本來是女子的傳統職業。但他不想把這樣平凡的工作，讓這個爭取新生的女子去做。要把婦女的新職業給新女性去做——溫翰是這麼想的，決定讓默琴協助金順記的工作。

默琴本來就受過教育，加上受了定庵先生的指點，所以很有文才，在記帳的方法和來往信函的寫法上略爲教導，很快就能領會，在金順記起了不小的作用。

可是，麻煩的事情發生了。蘇州的哲文來信說，讓清琴暫時到上海來，要求給予照顧。

「目前我不想見妹妹。」默琴說。

「可是，她就要到這裡來了。」溫翰兩手撐在腰上，在屋子裡踱來踱去。該怎麼辦呢？

「我離開這裡，感謝您給了我很多照顧。」

「出去打算怎麼辦？一個婦道人家……」

「我本來就打算一個人去尋求新生。在溫先生這裡受到這樣的照顧，但我並不想嬌慣自己。」

「不過，人是要在社會中生活的，眞正到一個人的時候還是有困難的。」

「可是，我想盡可能靠自己。幸好我還準備了租房子的錢。」

「你說過要工作。」

「是的，我想找另外的工作。」

「你是一個來歷不明的外鄉人，又無保證人，恐怕不容易找到工作。還是由我來介紹吧！」溫翰這麼說，仍在房間裡踱來踱去。

「謝謝您！」默琴低頭行了個禮。

她必須離開這裡。如果會見妹妹，除了意味著不能一個人獨立之外，還有可能讓穆彰阿知道。妹妹清琴幹的是女人很少幹的密探工作。希望工作的願望，姐妹倆是共同的，但默琴一直懷疑妹妹對工作是否有「自覺性」。

妹妹生性不愛動腦筋，恐怕只是無意識地在拼命工作。不管怎麼勸告，也很難保證她不會把姐姐的情況向北京報告。她可能還認爲這是讓姐姐再次獲得幸福哩！

因爲要進行聯繫，妹妹的身邊還可能有其他的密探，說不定其中就有認識默琴的人。一定要離開金順記，除此之外沒有別的辦法。

溫翰停下腳步，拍了一下大腿說：「對，可以上斯文堂去。」

「斯文堂？是書店嗎？」

「是的。在小東門內。老闆魏啓剛老頭是我的朋友，前些時要找一個幫忙校訂書籍的人。老魏夫婦都是好人，我可以推薦你去。」

「是校訂的工作嗎？」

「對，你有這個能力，而且不必到店鋪露面。」

溫翰知道默琴不願意惹人注目。默琴就這樣離開了金順記，住進了城裡的斯文堂。

跟溫翰告別的時候，默琴把妹妹的情況告訴了溫翰。

「妹妹是軍機大臣穆彰阿的密探。我雖然不知道她來上海的目的，但恐怕還是幹這類工作……溫先生和這些事情並無關係，但我還是希望您了解爲好。」

「明白了。」溫翰微微一笑的回答說，並不是沒有關係，穆彰阿在上海要刺探的正是金順記，這一點溫翰早就知道。

小東門夾著護城河，與後來的法租界東南角相對。那裡有通向黃浦江的小河，河上架著十六鋪橋、陸家石橋。小東門外有潮州會館，是相當熱鬧的地方。默琴走上護城河上的橋，突然感到一陣淒涼，她想起了定庵。

「聽說妹妹要來……多麼想見一面啊！可是不能見。」她心裡這麼想。

進了小東門就是嘈雜的市街。

斯文堂的門面很大，但店裡光線暗淡，陳列書籍的地方只是一個小小的角落。看來書店的主要業務是刊刻書籍，而不是出售。

「哦，這麼標緻的人！」溫翰事先來信要求老闆魏啓剛給一個女子找工作，但是魏啓剛並未想到默琴會是這樣標緻的美人兒。這老頭是個老實人，並不掩飾他的驚異。

默琴滿臉通紅。

「有這麼多書，不會寂寞的。」她在心裡極力說服自己。

# 5

對林則徐來說，該做的事情早已決定了，剩下的只是準備工作。

義律也作了種種部署，他一再向外交大臣巴麥尊建議對清政府採取強硬政策。查頓已經回國，他是義律政策最有力的支持者，正在開展支援活動。

義律在給巴麥尊的報告中，指責林則徐嚴禁鴉片的措施是違反正義的暴行，是侵犯英國人的生命財產、損害英國女皇尊嚴的行爲！主張對待中國最有效的辦法只有迅速果斷、一鼓作氣地給予沉重的打擊。說什麼「對於嚴禁鴉片這一卑劣的、強制性的強盜行爲，女皇陛下有要求賠償和得到今後保證的權利。……」

查頓連日訪問政府的大官，遊說義律的主張是正確的。查頓是在中國待過多年的實業家，他的言論是很有分量的。人道主義的主張逐漸被查頓的言論壓倒，被認爲不過是不合時宜的感傷主義。

穆彰阿也在一步一步地採取措施。首先展開了試圖取消已經任命林則徐爲兩江總督的活動。

前面已經說過，管轄中國最富庶的江蘇、江西、安徽三省的兩江總督，是與統治京畿三省的直隸總督並駕齊驅的最有實權之地方大員。

總督在形式上是與行政機構六部的尙書同一級別，但實質上總督的地位已在六部尙書之上。因爲總督擁有直接統治的土地，而且掌握兵權。六部的尙書是滿漢各一名，互相掣肘，彼此顧忌，這種職位往往不引人注意。從當時六部的尙書來看，如禮部的漢人尙書是龔子正（定庵的叔父），大多是學者式的人物。

相比之下，總督是實權人物，尤其以直隸與兩江更是雙璧。這種總督掌握實權的傾向以後愈來愈顯著；鴉片戰爭後，左右國家政治的實權人物，如曾國藩、左宗棠、李鴻章、張之洞和袁世凱等，不是直隸總督就是兩江總督。到了清朝末期，掌握兵權的總督和巡撫最終變成了軍閥。

把直隸或兩江總督的職位交給敵對的陣營，那就等於在決定勝負的棋局上，讓對方布下一記殺著。

林則徐雖已被任命爲兩江總督，但因鴉片問題尚未了結，實際上無法赴任，因此由江蘇巡撫陳鑾代理，而代理總督陳鑾於這一年的年底去世。

穆彰阿集團借此機會，按自己的意圖，一舉發起了人事調動活動。林則徐被取消了兩江總督的任命，改任爲兩廣總督。兩廣與兩江相比，級別就降低了一等。

穆黨找了一個巧妙的藉口說：「林則徐正在查辦廣東海口事件，當前看來還無法到江寧（南京）赴任，索性就讓他當兩廣總督吧！」皇帝也覺得言之有理。

關鍵的兩江總督一職一度曾任命鄧廷楨擔任，但擔心他受過林則徐的巨大影響，立即改變主意，派他當雲貴總督，接著又發生變化，最後讓他當閩浙（福建、浙江）總督。兩江總督決定由雲貴總督伊里布擔任。他是穆彰阿打了三個圓圈的人物。

各個陣營都在拼命地進行著部署。

# 穿鼻海戰

這次戰鬥被稱作「穿鼻海戰」。

窩拉疑號軍艦的船頭和帆檣受到很大的破壞，連旗子也被擊落了。黑雅辛斯號在窩拉疑號的後面，沒有受什麼損失。

清軍方面二十九艘兵船幾乎全都受到損傷，戰鬥結束後，勉強能開動的只有三艘。

## 1

湯姆士·葛號是一艘擁有船員百名、大炮八門的英國籍商船。這艘船於一八三九年八月五日從印度的孟買港啓航，開往廣州。船長瓦拉與貨主達尼爾在啓航前已經了解到林則徐嚴禁鴉片，以及義律撤出廣州，和對廣州貿易怠工等情況。

同樣是英國船，爲了區別從本國繞南非開往廣州的商船，人們把從印度開來的地方貿易船稱作「港腳船」（中國的譯音）。湯姆士·葛號就是屬於這種港腳船。

貨主達尼爾原來是東印度公司的職員，曾經在廣州當過大班。東印度公司的職員一般都有濃重的官僚習氣。達尼爾卻沒有這種習氣，相反，他極其討厭官僚。像義律這樣不懂商業的官僚，隨意停止貿易，達尼爾對此是非常惱火的。

「好吧，我偏要越過虎門，到廣州去。」達尼爾下了決心。

其實增強他這種決心的，還是因收到了墨慈的一封信。信中說：

……義律停止貿易，在英國的商人中輿論極壞。只是因爲懼怕這個專橫武斷的官僚，沒有人敢出來違抗他的意圖。大家都期待著有個勇敢的商人出來反抗他。不過，如果我是您，我想一定會不顧義律的反對，堅決禁行貿易。不知您是否願爲大家做一個榜樣，我想一定會有人跟上來的。因爲目前清國方面正希望英國船去廣州，只是義律在頑固地抗拒。如果英國船能進入廣州，一定會受到清國方面極大的歡迎。

看了這封信，達尼爾和瓦拉動了心，想要一決雌雄。不只是在商業上一決雌雄，也要同官僚義律一決雌雄。他們心想：「沒有必要給美國船付那麼多運費，由他們把貨物從香港運到廣州。光是省下這筆運費就夠賺一大筆錢了。」

表面上看來好像是墨慈唆使了達尼爾，其實是連維材在背後插了手。墨慈曾遭過海盜的襲擊，一度處境相當困難，救了他的正是來自金順記的各種情報。

這封信也不是連維材強迫墨慈寫的。他悄悄地同墨慈取得聯繫，由溫章翻譯，若無其事地說道：

「恐怕不會有敢於反抗義律的有骨氣的商人吧？」

墨慈想了一會兒，回答說：「要是達尼爾，也許會反抗的。不過，他現在身在印度。」

「對，要是達尼爾先生，他會反抗的。如果由他來打開一個突破口，會給同行們帶來好處的。」

「是嗎？」

「我認爲是這樣，起碼有試一試的價值。」

由於這次交談，墨慈才給達尼爾寫了信。

湯姆士·葛號裝載著棉花，從孟買啓航，途中在馬尼拉又購進了胡椒，於十月十一日到達澳門洋面。

從孟買出發的時候，達尼爾和瓦拉就已經決心要進入廣州。到達澳門洋面的第二天，他們向澳門同知領取去廣州的牌（許可證）。澳門的清國當局要瓦拉在保證書上簽字，保證書上說：……若查驗出有一丁點鴉片在遠商船上，遠商即甘願交出夾帶之犯，必依天朝正法處死，連遠商之船及貨物亦皆充公。

船長瓦拉毫不猶豫地簽了字。

交出保證書之後，立即發下了許可證。湯姆士·葛號於十月十五日進入了黃埔，根本不理睬義律。打破控制的事例終於出現了，義律擔心出現仿效者，又向英國船隊發出了嚴正的警告。

九龍事件之後，義律曾去澳門同清朝官員會談。經過種種交涉，總的來說，除了引渡殺害林維喜的犯人和提交保證書兩點外，其他並沒有什麼難解決的問題，甚至達成了妥協方案，簽訂了暫時在虎門外進行貿易的協定。

清國官員說，提交保證書後，到廣州來進行貿易，但英國不願交保證書，要求准許在澳門貿易。結果，採取折衷的辦法，決定暫時在虎門水道外進行貿易。於是海上的英國人也開始回到澳門。

可是到了十月中旬以後，清國方面突然否定了虎門外的貿易，仍然堅持如不提交保證書到廣州來，就不准許貿易。不僅如此，還要求剛剛回到澳門的英國人再一次撤走。

與此同時，不斷發生清兵向停泊在尖沙咀的英國船投擲火門火罐的小事件，接著又日益嚴禁向英國船提供食物。

義律拍著桌子大叫：「這是背信棄義！」

在湯姆士．葛號開進廣州不久，一度似乎軟化了的清朝官員一變而採取了強硬的態度。湯姆士．葛號開進廣州，實質上是踐踏了義律的權威。正如人們所說的那樣：「義律飛揚跋扈地不准英國商人寫保證書。可是現在瓦拉不是爽爽快快地簽了字嗎？」義律已遭到人們的輕視。

當時繼窩拉疑號之後，黑雅辛斯號軍艦也在艦長渥淪的率領下開到這裡。所以義律依仗這兩艘軍艦，態度也強硬起來。

## 2

義律連日召集頭面人物開會。有一天，會上討論了尖沙咀船隊提出的獲得食物困難的問題。

「在炮轟九龍後，食物一度容易獲得了，清國方面一定是忘掉了那一次的教訓。在什麼地方再轟它一炮吧！」窩拉疑號艦長斯密士按軍人的方式提出建議。

「也可以嘛！」義律也動了炮轟的念頭。

正在這時候，傳來了義律最害怕的消息，說是又出現了第二艘湯姆士．葛號。出問題的船叫羅依亞爾．撒克遜號，英國籍，是從爪哇裝大米來的船。船長名叫塔溫茲。

塔溫茲雖然勉勉強強地服從了義律的命令，但在某一次會上，也許是喝了點酒的原因，他罵罵咧咧地說道：「俺的船一向專運大米，做正正經經的買賣。俺叫靠鴉片發橫財的小子們給玩了，倒了楣啦！」

不做鴉片生意的商人，似乎都有一種固執勁兒；他們有一種不滿情緒，覺得自己未幹壞事，卻當了別人的犧牲品。正在這時候，湯姆士．葛號進入了廣州。

據說湯姆士．葛號在廣州受到歡迎，公行用高於時價的價格買下了它的貨物。塔溫茲一聽這話，手腕子就發起癢來。

「好吧，俺也來這麼一手！」塔溫茲終於下了決心。於是他也仿效達尼爾和瓦拉，瞞著義律在保證書上簽了字，從澳門同知那裡弄到了進入廣州的許可證。

事情是祕密進行的，他裝作從澳門洋面開往尖沙咀的樣子，揚起了船帆。可是，這件事被羅依亞爾·撒克遜號上的船員走漏了消息，剛一開船，就傳到正在開會的義律的耳朵裡。

「馬上行動還來得及。」義律說：「絕對不能讓羅依亞爾·撒克遜號進入虎門。用武力阻止這條船進廣州！」

放過了第二隻湯姆士·葛號——羅依亞爾·撒克遜號，很快就會出現第三、第四艘湯姆士·葛號。那就會大大損害女皇陛下的代表——義律的權威，使清國的態度更加強硬。

義律命令斯密士、渥淪兩位艦長出動，自己也登上了窩拉疑號。他們商量著在什麼地方開炮。

「這次不在九龍，在穿鼻附近開炮吧。」義律在窩拉疑號甲板上這麼說。穿鼻是虎門的入口。

「什麼地方都行，在您希望的地方開炮！」斯密士艦長毫無表情地回答說。

當窩拉疑、黑雅辛斯兩艘軍艦向虎門猛進的時候，林則徐正在虎門。

季節已是十月底，但廣東南部還很熱，身著一種名叫「給」的單衣，還汗流不止。根據通知，廣州從十月三十一日（陰曆九月二十五日）以後應戴冬帽。林則徐在日記裡寫道：「日來不能離給，如何戴領（冬帽）？」

義律是十月二十九日乘窩拉疑號從澳門洋面出發的。這一天提督關天培自沙角（虎門外穿鼻島的西端）來虎門會見林則徐。三十一日兩廣總督鄧廷楨從廣州來到這裡，三人難得一起在清談中度過。

這一天，林則徐從福州的家書中得知外甥中鄉試第三名，總算氣氛還不錯。

他們三人一向很投機，林則徐感慨地說：「自中秋以來，還沒有這麼悠然自在過。」道光十九年的中秋是陰曆九月二十二日。這天，林則徐收到義律透過澳門同知關於炮擊九龍的辯解信，從此以後就忙碌起來。

中秋晚上，他們三人曾在沙角炮臺上小飲。當時林則徐曾作《眺月》詩。詩中說：

今年此夕銷百憂，明年此夕相對不？

這看起來好似是一般的感傷詩，其實裡面包含著對時局緊張的實際感受。第二年的中秋正是鴉片戰爭的期間，鄧廷楨已去了福建，關天培忙於軍務，林則徐已處於下臺的前夕。

## 3

簡誼譚和林九思一起被趕上了窩拉疑號，準備在購買食物時讓他們同沿海村民交涉。

臨出發前，誼譚向澳門的密探緊急報告說：「看來他們準備像在九龍那次一樣，再打一仗。這次是去追趕羅依亞爾．撒克遜號的，可能會在虎門附近發生衝突。」

他裝作若無其事的樣子登上了軍艦，但他不能不注意林九思那雙沒有表情的眼睛。他甚至想：「是不是這小子已發現我是間諜呀？」

「你不信上帝嗎？」在廚房裡，林九思一邊切菜，一邊這麼問誼譚說。

「上帝！什麼上帝？」

「天上的上帝。」

「天？算了吧！」誼譚覺得林九思有點不好對付。他心裡想：「這小子搬出了上帝，是叫我不要當間諜嗎？」

「你應當得到拯救。」林九思莊嚴地說。

「可是，馬上就要打仗囉！這條船看來是要開去打仗的。」

「正因爲要打仗，更需要上帝的……」

「得啦，我不想聽什麼上帝。」

誼譚身在即將同清軍兵船交戰的英國軍艦上，卻是清朝方面的間諜，他覺得自己這樣的地位很有意思。

他對打仗幾乎一點也不覺得可怕。他心裡想：「清軍的炮臺和兵船是打不沉這艘軍艦的。」他甚至因爲一心期待著那驚險的場面而感到激動。

十一月二日，窩拉疑號和黑雅辛斯號兩艘軍艦趕上了羅依亞爾・撒克遜號，命令它：「返回尖沙咀！」

在羅依亞爾・撒克遜號的甲板上，船長塔溫茲氣得滿臉通紅，咬牙切齒。可是，叫人家追上了，也就沒有法子可想了。對方是軍艦呀！企圖打破控制的羅依亞爾・撒克遜號只好改變航向，沒精打采地往回開。

兩艘軍艦順利地追回羅依亞爾・撒克遜號之後，繼續向穿鼻靠近，放下了小艇，向清國的官員遞交了書信。

書信的內容是抗議清國海軍向尖沙咀的英國船隊投擲火鬥火罐等敵對行爲，要求讓英國商人及其家屬安心登陸居住。

清國官員不能同夷人對等地交換正式函件，英國人當然沒有得到回音。義律對這一點早就十分清楚。他是和九龍事件一樣，要找一個開炮的藉口。由於沒有得到有誠意的回答……

第二天，提督關天培率領二十九艘兵船來到海上。清軍兵船與英國軍艦交換了非正式函件的「備忘錄」。

斯密士艦長向關提督說：希望清國兵船撤退到沙角。

關提督回答斯密士艦長說：不交出殺害林維喜的兇犯，絕不撤退。

窩拉疑號和黑雅辛斯號分別裝備了二十八門和二十門大炮。按照預定計畫，兩艦開始了炮擊。提督關天培坐在兵船米字一號上，他早就預料到英艦會開炮。前一天他在虎門會見了林則徐。當時欽差大臣跟他說：「有這麼一個情報。」接著就把誼譚送來的緊急情報告訴了他。

關天培早就有準備，所以一聽到炮聲，立即拔出腰刀。他口才不佳，平時連在正式場合講幾句話都應付不了，往往結結巴巴說不好。可是一到戰場，簡直像換了一個人，說起話來非常流暢。他口齒清晰、乾脆俐落地下了命令，進行督戰。

林則徐在報告這次戰鬥的奏摺中說：「該提督親身挺立桅前，自拔腰刀，執持督陣，厲聲喝稱，敢退後者立斬。」

「怯陣者斬首！」他大聲地吼道。

窩拉疑號上打出的一發炮彈，折斷了提督身旁的桅杆。桅杆的碎木片打中了提督的手，手上冒出了血，但他毫不在意。

「瞄準大炮！」他大聲喊道。他從口袋中取出事先準備好的銀錠，放在身旁的桌子上，大聲說道：「擊中敵艦大炮者，當場賞銀兩錠！」

提督所乘的兵船上裝有葡萄牙製造的三千斤大炮。這座三千斤大炮噴出火舌，發出巨響，把兵船震得來回晃盪。接著一瞬間，在窩拉疑號前面十來米的地方，冒起了一道巨大的水柱。

「差一點！」關天培喊道。

三千斤炮再一次咆哮起來。

「打中啦！」關天培在灰白的鬍鬚中露出雪白的牙齒，高聲喊道。

炮彈在窩拉疑號的船頭上爆炸了。

4

「眞他媽倒楣！」誼譚吐出嘴裡的鹹海水，忿忿地罵道。他掉進大海裡。他很會游水，不過海水有點兒涼。

戰鬥是從中午前開始的。他本來想悠閒自在地看一場熱鬧，可是海戰一開始，連在廚房裡幫廚的人都被趕到甲板上去了。

帆船上需要人手，誼譚他們被拉到窩拉疑號的船頭上，幫忙拉前檣的帆繩。

「要我上船不是幹這個的呀！」誼譚喊叫了一番，可是英國的軍官拔出了軍刀，兩眼瞪著他。他只好抓住帆繩，做出拉的樣子，可是並不怎麼使勁。好在是好幾個人一塊兒拉，個把人不使勁，別人也不知道。

正在這時候，那座三千斤炮的一個炮彈落了下來，發出震耳欲聾的聲音並爆炸了。拉帆繩的人被氣浪掀了起來，好幾個人從軍艦上被震落到海裡。誼譚也是掉進海裡的人之一。

不過，好像並沒有怎麼受傷。他還能用雙手雙腳划水。右腿好像有點火辣辣地在發痛，但還能彎曲，可以活動，看來傷並不重。

「保住了性命，這就是萬幸了！」

他剛剛輕鬆地換了一口氣，只聽轟的一聲巨響，強勁的海浪劈頭蓋腦地朝他臉上打過來。那是落在附近海面上的炮彈掀起的水柱。

「太危險了！」

要不小心留神，說不定會叫流彈給報銷掉，現在最聰明的辦法是儘快逃到戰鬥海域外去。他對游水雖有信心，但要游到岸邊，還是相當困難的。他一邊游著，一邊朝四面張望。附近的海面上散亂地漂浮著許多木片。

「能抓住一塊合適的木板，游起來就不會太吃力了。……」

他在物色著適當的木片，可是木片太小了。

他一直向前游去，看見左邊漂著一塊相當結實的木板，有一個人死命地抓住它。近前一看，原來是林九思。

林九思和誼譚是同時被震到艦外去的。看來他的額頭什麼地方負傷了。他只要把臉露出水面一會兒，流下的鮮血便立即染紅了他的臉，而又被浪花一下子沖洗掉了。

誼譚游到這塊木板前，把手搭在木板上。

「大小正合適。不過，兩個人用有點兒勉強。」他高高興興地這麼說。

林九思只是嘴巴一張一合地動著，好像已經說不出話來了。可能是除了額頭上之外，其他什麼地方也負了傷。

「你不是說上帝會救你嗎？那就不需要這木頭板子來救你了囉！」誼譚說。

林九思的眼睛裡一下子充滿了恐怖的神情。他那剛被浪花洗淨的臉上，又開始流血了。

誼譚伸出手，揪住林九思抓著木板的手指頭。

「放開！上帝會救你的！」誼譚開始把林九思的手指頭一隻一隻地從木板上扳開。林九思死命地抓住木板不放，喉嚨裡發出哈哧、哈哧的聲音。

這時，他們的頭頂上掠過一顆炮彈，發出可怕的聲音。綢緞鋪掌櫃林九思隨著這聲音不覺手指上失去了力量。

「啊！」當他好不容易發出勉強算是聲音的時候，那已經晚了。木板脫離了他的手，已經被誼譚向前推出了好幾米遠。

林九思撲打著手腳，激起了一陣水花。

「去找拯救你的上帝吧！」譚誼這麼說。以後他連頭也沒有回，他抓住了木板，對游水也很有信心，又熟悉這一帶的水路，所以他十分悠閒地漂流著。

漂流了不多一會兒，他被一隻漁船給救了上來。說是搭救，其實是他先發現了漁船，使勁地揮著手，游了過去。

「負傷了嗎？」漁船上的老人並未停止手中編竹籠的活兒，這麼問道。在這一帶的漁村，男女都是差不多的打扮。老人戴著竹笠，下巴上布滿皺紋，沒有鬍子，最初分不清是男人還是女人。聽到他那粗大的破嗓門，才知道他是老頭。

誼譚經過長時間的漂流，已經相當疲憊了。但他還有餘力，只是嫌麻煩，所以裝作半死不活的樣子，有氣無力地說道：「右腿上……」

老頭俯身查看了他的右腿，說道：「這算不了什麼傷。」然後又編起他的竹籠。

「啊呀，這個人沒有穿軍隊的衣服呀！」一個十七、八歲的小夥子這麼說。小夥子好像是老頭的孫子。

「打仗也不只是軍隊打呀，也要帶伕子、伙夫去。從他的那張臉來看，一定是了不起的將軍大人的廚師吧！提督老爺命令我搭救從兵船上落海的人，並沒說只救軍隊呀。」老頭這麼說，連臉也沒有轉過來看一看。

中午的太陽把平靜的海面照得閃閃發光。遠處的炮聲好長時間才能聽到一次，那聲音也顯得從容不迫了。

看來這艘漁船是奉上頭的命令，開出來搭救漂流人員的。漁船停在遠離戰鬥海域的地方，老人在漁船上一心編他的竹籠。

「那就救他吧！」小夥子說。

「是呀！」老人一邊靈巧地編著細長的竹絲，一邊答話說。看來他並不那麼熱心搭救瀕死的漂流者。漁船是根據上頭的命令開出來的，不從海裡搭救一兩個人是不行的，碰巧有一個送上門來了。

誼譚一骨碌坐起來，精神抖擻地說：「能給我一杯熱茶喝嗎？」

老人這才停下手裡的活兒，奇怪地凝視著誼譚的臉。

# 5

這次戰鬥被稱作「穿鼻海戰」。

窩拉疑號軍艦的船頭和帆檣受到很大的破壞，連旗子也被擊落了。黑雅辛斯號在窩拉疑號的後面，沒有受什麼損失。

清軍方面二十九艘兵船幾乎全都受到損傷，戰鬥結束後，勉強能開動的只有三艘。

林則徐給皇帝的奏摺中說這次海戰打了勝仗。戰鬥持續了兩個小時左右，最後兩艘英國軍艦撤退了，因此也可以作這樣的解釋。不過，窩拉疑號和黑雅辛斯號是在達到威嚇的目的之後才撤退的。

林則徐的奏摺中也說，敵人的「船旁船底，皆整株番木所爲，且用銅包，雖炮擊亦不能遽透」。

清軍方面沒有軍官傷亡，只陣亡了十五名士兵，其中六人是米字二號兵船上的士兵，是在船上的火藥庫中彈時被燒死的。

提督關天培由於這次「戰勝」而獲得了「法福靈阿巴圖魯」的勳位。

在被雇傭的漁船搭救起來的士兵當中，負重傷的都收容在穿鼻島的沙角炮臺裡。誼譚也是被收容者之一，躺在炮臺內的一間屋子裡。

「怎麼辦？」他閉著眼睛思考著。

同一個房間裡躺著七、八個傷患，大多脫去了水淋淋的軍裝，換上了便衣。所以就服裝來說，他是不會受到懷疑的。

他擔心的是自己混血兒的外貌。不過，幸好他的頭髮是黑色的，加上又梳了辮子，看來不會被懷疑為敵人。可要是問起他所屬的部隊，那就無法回答了。

目前他裝作由於長時間漂流而處於昏迷的狀態，所以畫皮還沒有被戳穿。可是一到明天早晨，肯定會被認為是來歷不明的人。

「嗨，沒問題！」誼譚警惕地翻了個身。他想到一旦有事，就說出自己帶有欽差大臣的祕密使命，會萬事大吉的，於是心裡落下了一塊石頭。

旁邊的士兵不斷地小聲呻吟。他微微地睜開眼睛瞅了瞅，這人的半邊臉裹著白布，布上滲透著烏黑的血跡。

「哼、哼、哼……」也許過於痛苦，臉部沒有裹布的部分痙攣似的抽動著。

「傷得不輕啊！」誼譚這麼想，但他馬上就考慮起自己的問題，「不過，暴露了身分，那就太平淡了。」

他的眞正價値就在於始終隱瞞身分，從事充滿驚險的間諜工作。他對這種工作很滿意。

「逃走吧！」他得出了這樣的結論。他想先逃到尖沙咀，然後再鑽進英國船。

他偷偷地朝周圍瞅了瞅。這裡收容的是不能動彈的傷兵，當然不會有人警戒，只有醫生或護理人員不時地來看看情況。要想逃的話，那是很簡單的。

眞的被抓住了，還有欽差大臣這張王牌。逃跑肯定沒有什麼風險，簡直有點像做遊戲。

誼譚看準了護理人員在屋子裡轉了一圈出去後，悄悄地爬了起來。

同屋裡都是重傷患，他們用最大的努力在忍受自己的痛苦，沒有一個人還有餘力來管別人的閒事。

不過，誼譚躡手躡腳地剛邁出了房門，就和剛才走出去的護理人員碰了個對面。他錯誤地以為護理人員剛出去，不會馬上回來。其實是護理人員看到傷患傷勢惡化，趕忙去叫醫生，因此又回來了。

「糟啦！」誼譚吸了一口冷氣。而護理人員連一眼也沒有看他，就進屋去了。緊跟在護理人員身後的，是一個裝模作樣、蓄著鬍子、像是醫生的人，大模大樣地走了進來。

「唉，眞沒意思！」誼譚一下子洩了氣，同時一種很少有的感慨掠過了他的心頭，「誰也沒有注意我啊！……」

那些巡迴的護理人員當然不會熱心到記住傷患的面孔。即使剛才同誼譚迎面碰上，恐怕也只認為是軍營內的雜役，根本沒有放在眼裡。

出了營房一看，沙角炮臺的廣場已經快近黃昏了。他原來以為下一道難關是如何走出炮臺，可是看來也沒有什麼了不得的。因為正在加固炮臺的工事，大批伕子進進出出。

「這太沒勁了！」誼譚捧起一把土，把臉和衣服弄髒，夾在伕子裡，大搖大擺地走出了大門。

# 狂潮

「目前不過是小試身手啊！」連維材走出營牆，觀看了炮戰，自言自語地說。在不遠的將來，將會展開一場更爲慘烈的拼死決鬥。時機日益成熟，這不過是序曲。在黑暗的遠方，他的腦子裡描繪出一幅慘絕人寰的地獄圖景。

# 1

記載廈門連家的家塾飛鯨書院的《飛鯨書院志》上，輯錄了連維材的數十首詩。

連維材幼小時沒有受過正規教育，在以後漫長的歲月中，赤手空拳在商業界孤軍奮鬥，無暇享受風雅之道，在相當富裕之後才練習寫詩，所以詩寫得不太高明，詩篇的數量也不足以編成詩集，只能像附錄似的附在《飛鯨書院志》的末尾。

他的詩風格有點公式化，習作的氣味很濃，儘量避免艱澀的字句，只在語調上下工夫。每首詩都認眞地標註上寫作的日期和地點，《飛鯨書院志》中的第一首七言絕句的附記上寫道：「道光十九年九月二十九日，於官湧。」這一天是陽曆十一月四日，即穿鼻海戰的第二天。

官湧面臨香港北面約三十公里的銅鼓灣，對岸就是新安縣的縣城。詩曰：

官湧碧浪接天流，客路紅煙踏海收。
望盡孤雲斷崖影，峰頭覓得少陵愁。

這不過是一篇習作，並沒有什麼內容；從註明的日期來看，是他的詩作中最早的一篇，所以也可以稱之爲處女作吧！他說自己尋得了少陵（杜甫）愁，這表明當時連維材是急於要表現心中的一種風雅的詩情。他的一生中並沒有文學青年的時期，但在中年所經歷的這種文學思春還是充滿著清新的感覺。

他來到僻遠的官湧，是爲了視察夷情。石田時之助早就住在這附近，但連維材想親眼來看一看。義律在率領軍艦開赴穿鼻的同時，建議英國商船隊在銅鼓灣集結。

英國船隊的老巢原來是在尖沙咀。這裡處於香港島和九龍之間，風平浪靜，爲陸地與島嶼所環繞，是理想的船舶停泊地。不過，萬一打起仗來，香港和九龍這些屏障說不定會變爲清國方面的進攻基地，有受到夾擊的危險。就這一點來說，銅鼓灣比尖沙咀要開闊得多，即使遭到炮擊，也可以很快地逃到射程之外。

連維材在官湧的山峰上緬懷杜甫的哀愁，但他看到的卻是英國的船隻群集在他的眼下。

他作了這首詩後，再一次拿出望遠鏡，觀察了英國商船隊的情況。

「這說不定會……」連維材小聲地說。

他認出了甘米力治號。這艘武裝船看來是在進行不尋常的活動，船員們在甲板上匆忙的腳步顯得不尋常，而且好像還在不停地裝什麼東西。

這天晚上連維材住在兵營裡。這裡的駐軍首長是增城營的參將陳連陞，他接到了上司關天培的信，要求他照顧連維材。

連維材一回到營房，就跟陳將軍說：「今天夜裡對方可能要開炮。」

「是嗎？」陳連陞帶著懷疑的眼光看著連維材。只因爲有提督的介紹信，他才勉強地接見連維材。其實他內心想：「買賣人能懂得什麼！」這種心理也流露在他的態度上。

陳連陞以魯莽好鬥而聞名，是一個有勇無謀的軍人，在當時清朝的軍事界是一個罕見的人物。他是湖北省鶴峰人，行伍出身，曾鎭壓過四川、湖南、陝西的所謂的「教匪」（帶有宗教色彩的農民起義），在平定廣東瑤族之亂中有功，提升爲參將，是關天培最信任的武將之一。

「甘米力治號的船長是在九龍戰役中負傷的道格拉斯，這艘船看來是在準備進攻。對於道格拉斯這個傢伙應當提高警惕。」連維材這麼解釋說。

義律率領窩拉疑號和黑雅辛斯號兩艘軍艦開赴穿鼻去了，把臨時改裝爲巡洋艦的甘米力治號棄置在這兒。自從眞正的軍艦到來以後，道格拉斯和他的甘米力治號就這樣一下子身價大降。因此道格拉斯認爲有必要像九龍戰役那樣顯示一下自己。

陳將軍對敵人內部的這些情況不感興趣，尤其對商人口裡說出的話更是鄙視。他說：「剛才已接到穿鼻海戰的戰報，說是我方大捷。當然，銅鼓灣的英國船要報穿鼻之仇，有可能來進攻。這一點我們是充分了解的，已經做好了一切準備，你不必擔心。」言外之意是說連維材狗拿耗子多管閒事。

「這位武將實在可惜！」連維材心裡這麼想。他顯然遭到了輕視，但他並不怨恨陳將軍。

這天夜裡，海上果然開了炮。炮彈打到官湧營房的牆上，擊毀了幾處磚牆。清軍方面的炮臺也開了千斤炮回禮，炮彈在夜空中呼嘯著，飛向海面。

這天夜裡沒有月色，敵我雙方不過在黑暗中互放了一氣大炮，彼此所受的損失都微不足道。給北京的報告中說：「究竟轟斃幾人，因黑夜未能查數。」

「目前不過是小試身手啊！」連維材走出營牆，觀看了炮戰，自言自語地說。

在不遠的將來，將會展開一場更爲慘烈的拼死決鬥。時機日益成熟，這不過是序曲。在黑暗的遠方，他的腦子裡描繪出一幅慘絕人寰的地獄圖景。

炮戰結束後，他仍在夜風中呆立了好一會兒。這裡雖是南國的廣東，但夜間的秋涼還是滲透肌膚。不知是由於秋天的夜風，還是由於預感到即將到來的時代而害怕，他感到脊樑上冷颼颼地直打寒噤。連維材壓緊衣領，回到了營房。

陳連陞早就在屋子裡等著他。

「我想再一次恭聽您談談夷情！」陳連陞的言詞和態度都變了。

# 2

「他媽的！你們要幹什麼！」誼譚的兩隻手腕子被人按住，他一邊跺著雙腳，一邊叫罵著。

他從沙角炮臺輕而易舉地逃跑出來，簡直叫他感到有點掃興。他準備先到新安城，然後按預定計畫打進英國船隊。可是走到新安縣城前的一座竹林子前，突然跳出十來條漢子，不容分說就把他捉了起來。

「是劫路的強盜嗎？」可是，不會是強盜。誼譚是穿著從沙角炮臺逃跑時那身粗布破衣，赤著腳走來的，哪有強盜會愚蠢到看中他這副窮酸相。

「是追捕的人嗎？」他覺得從那種地方丟失個人，是不會這麼興師動眾的。

誼譚被帶進一座破廟。一位頭戴官帽的小官兒站在那兒，威嚴地問道：「你叫什麼名字？」

「連章。爲什麼要捉我？」誼譚把連維材的姓和溫章的名字，拼湊在一起，編了一個假名。他的兩手被扭住，只好用腳踢著沙土地。

「哦，蠻有精神哩！」小官兒一本正經地說，「從什麼地方來？」

「廣州。」

「上什麼地方去？」

「不知道。我來找工作。」

「有父母嗎？」

「我生下來就沒見過父母。」

「那很好！」小官兒滿意地點點頭說。

誼譚從破廟的後門被帶到外面的廣場上，那裡站著許多持著標槍和火槍的士兵，圍成一個圈圈。他被推進圈子裡。

他摔倒在地，朝四周看了看。周圍都是年輕的小夥子，大約有一百多人，皮膚黝黑，看來是漁村的青年。

其中一個小夥子問誼譚說：「你這副白嫩的面孔在附近是找不到的。我估計是城裡人，是嗎？」

「是的，我是從廣州來的。這到底是怎麼一回事呀？」

「要和英吉利打仗啦！現在徵集壯丁，看來你是莫名其妙地被抓來的吧？」

「是嗎？他媽的！」

當時，除了正規的軍隊外，當局還募集「近縣的壯丁」，給各個保甲強制分配人數。因爲會發一點薪餉，所以窮人家子弟都願意去當壯丁。稍微富裕一點的保甲，向官吏行賄，可以不出人。官吏方面必須湊足規定的人數，收了賄賂之後，就把當地的流浪漢或過路行人中的年輕人抓來，補齊不足的人數。

誼譚就是落進了這種爲湊足人數而抓人的圈套裡。他老實地說出了自己沒有父母，官吏聽了大爲高興。因爲抓了這樣的人去當壯丁，以後不會發生麻煩的事情。

「這仗要在什麼地方打呀？」誼譚問道。

「聽說在官湧。」

誼譚想起了義律曾命令英國船隊在銅鼓灣集結。官湧正處於可以俯視銅鼓灣的位置。

「又要打仗啦！」誼譚目睹了穿鼻海戰。聽說要打仗，又勾起了他的好奇心。他打定了主意：「暫且和這些渾身魚腥味的傢伙混在一起吧！」

十一月四日，提督關天培接到了官湧遭到英國船炮擊的報告，立即採取了措施，向官湧增派了軍隊。

由於英國船隊已由尖沙咀轉移到銅鼓灣，於是決定把駐守九龍的參將賴恩爵和都司洪名香調駐官湧。賴恩爵是九龍事件的指揮官，駐守宗王台的參將張斌也接到了同樣的命令。

十一月八日，英國船隊再次開炮，並派出一百多名水兵，分乘小艇登陸。增城營把總劉明輝迎擊。雙方均無死亡，英國兵很快又撤退到海上。

第二天——九日，官湧偏東的胡椒角遭到英國船的炮擊，駐守該地的游擊德連應戰。風雲突變。游擊班格爾馬辛和守備周國英等人，率軍趕去增援，關天培急忙送去了大炮。

清軍方面的部署是把官湧的軍隊分爲五個兵團。五個兵團的長官分別爲參將陳連陞、參將張斌、守備武通標、參將賴恩爵和游擊德連。

這一帶屬新安縣管轄。知縣梁星源接到命令，要徵募二百名鄉勇（民間的壯丁）。誼譚被抓去就是被編入了這些鄉勇的行列。

# 3

「又碰上了這個討厭的傢伙！」誼譚在官湧的兵營裡發現了連維材，趕快縮回脖子。他覺得金順記的老闆很不好對付。誼譚戴著斗笠，夾雜在壯丁隊裡運土，所以對方並沒有認出他。

連維材在同陳連陞談話。

十一月十一日的夜間又發生了炮戰。現在是兩天後的傍晚。

「今天晚上可能又要發生麻煩的事情。」連維材說。

「是嗎？那我還得小心留意，儘量做到萬無一失。」陳連陞現在已經對連維材言聽計從了。

眼底下的海灣裡，停著十幾隻大大小小的英國船，其中就有那艘甘米力治號。用望遠鏡一看，它和前次一樣，正在進行不祥的活動。

在兩天前的炮戰中，英國方面遭受到空前的損失，那是清軍分爲五個兵團之後的首次戰鬥。炮彈從意想不到的方向飛來，所以英國船已不像以前那樣得意了。

那天夜裡大部分英國船都開到灣外。現在甘米力治號及其僚船肖·阿拉姆號好像率領一群小舟艇似的又開進灣裡，而且耀武揚威地在測量水深。

陳連陞回到營房裡，與賴恩爵等人商量之後，五個兵團立即作了部署。

天黑之後，甘米力治號的十八磅炮向官湧開了第一炮。接著肖·阿拉姆號也開了炮。

這時，在銅鼓灣外停泊著墨慈商會所屬的一隻商船沙章．沙加號。在這艘商船的一間船艙裡，臥病在床的約翰．克羅斯微微地動了動嘴唇。最近幾天來，他的病情更加惡化了。

哈利．維多一直待在約翰的身旁。他的眼睛通紅，昨天晚上他幾乎一夜未眠。約翰的嘴唇每動一次，哈利都要把耳朵靠近前去。約翰好似在說什麼，但是聽不清楚。

這時傳來了炮聲。約翰的嘴唇又微微地顫動著，這次他用清晰的聲音說道：「再見了！哈利！」

「約翰！別胡說了！」哈利把手放在約翰的肩膀上，悲傷地搖了搖頭說，「振作起來！一定會好的！」後面的話變成了哭聲。

約翰閉上了眼睛，他的頭好似微微地搖了搖。他那張皮包骨頭的臉上沒有一絲血色。

這時，保爾．休茲吹著口哨走進來，問道：「約翰的情況怎麼樣？」

哈利沒有回答，低下了頭。

保爾一屁股坐在床邊的椅子上，說：「這個時期眞糟糕，連病人也不能上岸。」

「沒有辦法，這是欽差大臣的命令。」哈利說。

「欽差大臣是塊石頭，義律老兄也太頑固，眞要命！」保爾忿忿地把指關節捏得咯咯地響。

狹窄的船艙裡，兩人都沉默著，充滿著陰沉的氣氛。這時又傳來幾發炮彈聲。

「道格拉斯這小子亂放炮。現在他這麼蠻幹，是因爲軍艦來了，甘米力治號顯不出來了。」保爾這麼說後，吐了一口唾沫。對於飛揚跋扈、自稱司令官的道格拉斯，保爾一向沒有好感。眞正的司令官到來之後，道格拉斯的海盜鬍子的威嚴大大地降低了，保爾心裡感到很痛快。

「這種聲音對病人可不好啊！」哈利小聲地說。

「可不是嘛！眞糟糕啊！這樣下去，還不知道是怎樣的結局呢？」保爾用手中的帽子拍打了一下膝頭。

接著又響起了一陣炮聲。這響聲和剛才的炮聲不一樣。

「炮臺也開炮了！」保爾不耐煩地說道：「爲什麼不打得更厲害一些呀！道格拉斯這小子淨打小仗。這麼打法，沒完沒了。」

「保爾，叫醫生！」哈利一直屏住呼吸，彎腰俯在病人的身上。這時突然轉身衝著保爾，焦急地說道，「庫巴醫生在斯萊克號上。剛才去叫了，還不來……大概在下象棋吧。你坐小船去把他找來！」

「好，我這就去！」保爾一下子跳起來。他朝病人的臉上看了一眼——生命的火花就要從那張臉上消失了。

這位在曼徹斯特曾和約翰同住過一間屋子的保爾，用他粗壯的大手擦了擦自己的蒜頭鼻子，然後抓起帽子就走出了船艙。恰好傳來一陣炮聲，蓋住了他在走廊上的跑步聲。

哈利嘆了一口氣。爲了不讓氣息噴到病人的臉上，他輕輕地轉過臉去。他的肩頭上失去了重量。

# 4

沙粒打在面頰上。「他媽的！」誼譚揉了揉眼睛。眼睛裡也進了沙子。

英國船的炮彈落在堡壘旁邊的沙袋上，揚起了沙土。誼譚他們離得相當遠，身上也蒙上了一層沙土。

「呸！」旁邊的一個人吐了口唾沫。他大概是在傻乎乎地張著嘴巴的時候，沙子飛進了他的嘴裡。

「在這種地方負了傷，那太愚蠢了。」

這時夜幕已經降臨，人們把火把隱藏起來，免得變成大炮攻擊的目標。因爲正在戰鬥，炮臺的門衛警備森嚴，不可能像在沙角炮臺那樣輕而易舉地逃跑。不過，天很黑，離開戰鬥的行列，人們是不會發現的。誼譚拂掉面頰上的沙土，悄悄地離開了壯丁隊伍。

「這是愚蠢的戰鬥，簡直是浪費炮彈。」

雙方在勉強達到的射程距離內互相炮擊，英國的炮彈最多也不過擦傷堡壘的牆壁，第二天又驅使壯丁隊去把它修補好。官湧炮臺的炮彈也徒然地在海面上掀起水柱，偶爾勉強達到敵船，也只能擦傷一點船邊。

林則徐在奏摺中報告這一天的戰鬥說：「有兩炮連打多利船艙，擊倒數人，且多落海漂去者。」

多利是肖．阿拉姆號船長的名字。報告說兩發炮彈打中了，其實肖．阿拉姆號安然無恙，英國方面的記錄也未記載有戰死的人。所謂「擊倒」、「漂去」等，看來是守衛官湧的軍隊給上司報告時所使用的粉飾詞句。戰鬥是在夜間進行的，當時的情況不可能看出戰果。

壯丁隊發了竹紮槍。在這種炮臺與船隻的戰鬥中，竹紮槍當然不起任何作用。正規軍有人用鳥槍狙擊。但那正如俗語所說，黑夜放槍，勞而無功。總之，唯有大炮在活躍。

在這樣的炮戰中，除了炮手外，軍隊和壯丁不得不變成木偶。他們的存在不過是防備萬一敵人會登陸。

「我就少陪啦！」誼譚抱著竹紮槍，鑽進了後面的松林。

從誼譚躺著的地方向東約走三十米，松林就到了盡頭，通向崖下的廣場。那裡安放了一門一千斤大炮。

說英國船的十八磅炮等，那是指炮彈的重量。說清軍炮臺的一千斤炮或三千斤炮，那是指整個炮身的重量。

當時的大炮要發射一發炮彈，是很費事的。我們不能用現代戰爭的概念來硬套鴉片戰爭時期的戰鬥。大規模的戰鬥姑且不談，像官湧這次波狀進攻的小戰鬥，炮聲是稀稀落落的。因爲分爲五個兵團，分散在各處的大炮輪番地吐出火舌，總的看起來相當熱鬧。但就各個大炮來說，開炮的間隔長得幾乎叫人不敢相信。就好像節日的焰火，似好半天才想起來似的放一下。

戰鬥一開始，參將陳連陞就忙於指揮，不能陪連維材。參將的衛兵——一個名叫葉亢火的青年留在連維材身邊。難怪陳將軍很喜歡這個衛兵，這個青年確實很聰明，性格也開朗。

「我現在正在考試，就要當軍官了。」葉元火高高興興地這麼說。

連維材一下子就喜歡上了這個青年。他覺得看到這樣的年輕人，應當對國家的前途感到樂觀。

「葉君，今後的戰鬥就是那個囉！」連維材指著大炮說。

「是呀。」葉元火爽快地回答說：「那些拿刀拿槍的士兵，都傻頭傻腦地站在那兒。只有炮手在活躍著。」

「你與其練習舞刀，還不如研究大炮哩。」

「看到這次打仗，我也深深地感到了這一點。」

連維材心裡想：「這麼想的人愈來愈多就好啦。」

不知什麼地方突然亮了起來，過了一會兒就聽到一聲巨響，到處都發出亂糟糟的喊聲。

「有的人揮舞著竹紮槍亂嚷哩！」連維材說。

「那是傻瓜！」聰明的衛兵爽朗的說：「不過，那是爲了壯壯膽子吧！」

「出去走動走動嗎？」

「我奉陪。」

兩人從炮臺的廣場向松林那邊走去。

松林裡，誼譚把竹紮槍靠在樹上，自己頭枕著樹根，把斗笠蒙在臉上睡覺。最近的那門一千斤炮發出巨響，射出了炮彈。在松林裡都能感覺到地面在輕輕地顫動。

「這鬼大炮，吵死人啦！覺都睡不好！」誼譚氣忿忿地自言自語道。

# 5

沙章．沙加號上，庫巴醫生帶著沉重的神情，切著約翰．克羅斯的脈。他不時地吐一口氣，氣息中帶有一點酒氣。

哈利．維多的眼睛一眨也不眨地注視著。

約翰面如土色，每呼吸一次，肩頭都要顫抖一下。他那精疲力竭的身體，看來是用最後的一點氣力來維持這微弱的呼吸。他的眼睛平時就是渾濁的，現在更使人感到上面好像黏上了一層什麼膜似的，生命的火花已經從他的瞳孔中消失了。

庫巴醫生退到船艙的拐角上，打開醫療包。

「怎麼樣？」哈利小聲地問道。他的聲音顫抖著。

醫生咬了咬嘴唇，閉上了眼睛，然後微微地搖了搖頭說：「最多還能支援一兩個小時吧！」

哈利感到心頭一陣發熱，他輕輕地走出船艙。他把手伸進口袋，但口袋裡沒有手帕，他用手背擦了擦眼眶。保爾．休茲緊跟著哈利來到了走廊上。

「哈利，這是沒有辦法的事呀！約翰本來就不可能長壽。」

「是我把約翰帶到這裡來的啊！」哈利沮喪地說。

「約翰要是待在曼徹斯特，恐怕早就死了。我說哈利，你沒有這樣的感受，我跟他在一起，最清楚不過了。曼徹斯特的那個地窖，唉，那簡直不是人待的地方啊！你把他帶到這裡來，起碼使他多活了一兩年，我是這麼認爲的。」保爾的蒜頭鼻子湊到哈利面前，勸慰哈利說。

「只有一兩個小時了。」哈利好像沒有聽見保爾的勸慰，小聲地這麼說。

「眞叫人受不了呀！這炮聲能停一停也好啊！」保爾跟平常大不一樣，他縮著肩膀，悲傷地把他那小眼睛瞇得更小了。

「反正約翰也不會聽到了。」

炮聲還在響著。離得相當遠，但也許由於風向的關係，聽起來聲音相當大。

商船隊的大炮和官湧炮臺的大炮，響聲明顯不一樣。這兩種根本不同的炮聲交織在一起，衝擊著哈利的心。

「道格拉斯這小子，你算了吧！」保爾罵了起來。

確實如保爾所說的那樣，約翰如果一直待在曼徹斯特的那個骯汙的地窖裡，也許早就死了。英國工業的大發展，正是建立在無數犧牲者的屍骨上。鋼鐵、煤炭和棉花所掀起的旋風，使多少人喪失了性命啊！修改選舉法和憲章運動也未能遏止這股旋風。

約翰．克羅斯來到廣東以前，他的身體已經受到了很大的摧殘。他的死絕不是哈利．維多的責任。使哈利感到壓抑的並不是這種責任感，而是一種無法言說的深沉悲哀。

從澳門撤退的時候，約翰把一個沉重的口袋交給哈利說：「這裡有四千塊銀元，我沒有一個親人，所以我把它交給你，你好好地爲我處理吧！我想把它捐贈給廣州的醫院。如果可能，我希望能用作治療吸食鴉片者的費用。……」

光靠約翰的薪水是不可能積攢出四千塊錢的。「怎麼積攢了這麼多錢呢？」哈利曾經考慮過這個問題，但他沒有說出口。

哈利曾經發覺，約翰好像和簡誼譚合夥做過什麼買賣。因爲合夥人是誼譚，可以想像不會是什麼正經買賣。約翰希望把這筆錢用作治療吸食鴉片者的費用，從這句話裡也可大體猜測出那個買賣是什麼性質。

哈利走到甲板上。

在左舷的遠方，不時地閃過一道道亮光和一聲聲炮響。水手們靠在船欄杆上，一邊大聲地說著話，一邊觀看炮戰。

哈利回憶起曼徹斯特的那地窖似的房子——住在那種地方，只有死路一條。誰都想從那種地方掙脫出來，尋找一條活路。甲板上的水手們以及哈利本人都是屬於那種人。可是，要想活，似乎必須把別人當作犧牲品。在廣州、澳門的陋巷中遊遊蕩蕩的幽靈似的鴉片鬼形象，突然閃現在哈利眼前。

這時候，在沙章·沙加號的另一間船艙裡，船主人威廉·墨慈的禿腦袋反射著煤油燈的燈光，他正在查閱文件。船長戈爾德·斯密士在他的面前抽著煙斗。

墨慈抬起頭，帶著微笑說：「湯姆士·葛號幹了一件妙事。不過，這種妙事再也辦不到了，看來只有斷了這個念頭。跟義律打交道到如今，也應該散夥了。」

「你打算到哪兒去？」船長問道。

「麻六甲、新加坡、爪哇、馬尼拉……只要船能經常開動，暫時的困難是可以對付過去的。」

「你準備裝什麼貨？」

「我正在了解行情。藤子跌價了。我想統統買下來，囤積在什麼地方。廣州的貿易總不會永遠這麼停頓下去吧！」

「很可能要打仗啊！」

「打仗嘛，也不會永遠打下去，總有一天會結束的，打完仗以後的事也要考慮。拿藤子來說，根據目前的價格，存放兩年也不會虧本的。」

墨慈又開始翻閱檔，他在查閱各地物產的行情價格。在這裡，炮聲好像與他毫不相干。過了一會兒，他站了起來，興奮地侃侃而談：「當然會打仗囉！不可能進行貿易。那麼，怎麼辦？過去向清國出口的商品會因此而失去市場，價格會一落千丈。好，那我就先去麻六甲！由於打仗而落價的商品，在打完仗之後還會上漲的。再說，仗也不會打長的。對，這是一個機會！」

船長對墨慈的每句話都一一點頭。

一隻小艇划到了沙章·沙加號的旁邊。

哈利一看到爬上繩梯的那人的臉，不覺呆呆地愣住了。歐茲拉夫抱著《聖經》上了甲板。

「還趕得及嗎？」牧師問水手們說。

「啊呀，怎麼說呢？」一個水手道。

「眞是醫生之後來牧師呀！」後面傳來了這樣的說話聲。

哈利趕在歐茲拉夫的前面，跑到約翰的身邊。

這天晚上，約翰·克羅斯握著哈利·維多的手咽了氣。

約翰斷氣後五分鐘，墨慈帶著船長走進船艙，恭恭敬敬地劃了個十字，小聲地說：「來遲了一步！」

## 6

衛兵葉元火確實年輕。跟他走在一起，儘管四周一片漆黑，也令人感到有一種充滿生氣的氣氛。

這使連維材感到高興。他們談了許多話，連維材敏銳地感到，這位年輕軍人的精神暗示著新時代的到來。

「時代已經不同了，可是軍人的考試還是弓箭刀槍。說實在的，這個不改變可不行啊！」葉元火這麼說。話中雖有感慨，但絲毫沒有消極情緒。

「學習大炮、火藥對考試雖然沒有什麼好處，不過，我認爲將來一定會有用。」連維材一邊這麼說，一邊想起了自己的兒子們。

「我連大炮的邊也沒有靠近過，平時只是在遠處看看。」

「那邊就有一門大炮，去看一看開炮嗎？」

「好吧，去看看。」

兩人在松林裡一邊談著話，一邊從簡誼譚的身邊走過去。誼譚聽出是連維材的聲音，趕忙屏住了呼吸。

「發現了我怎麼辦？」誼譚心裡在琢磨。

連維材大概會爲他活動，把他從壯丁隊裡放出來，誼譚覺得要謝絕這麼做。現在他的心中已開始醞釀著新的冒險了，他要依靠自己的力量從這裡逃出去。

連維材和葉元火穿過松林，來到崖下一千斤炮的旁邊。這是一種短粗的煙捲型的舊式炮，士兵們戲稱它爲「雞巴」。就當時的大炮來說，這種炮並不算太大。關天培已經在各個炮臺配備五千斤以上的巨炮了。

崖下的這門炮由大鵬營的士兵負責。指揮開炮的小軍官和連維材認識。

「我們來參觀一下。」連維材跟小軍官搭話說。

「請吧。不過，有點暗。」

炮的左右兩邊點著燈籠。前面擋著一塊大木板，防止燈光透到海面上。

一千斤炮每發射一發炮彈，炮身就發熱，熱得能把手燙傷。要等它冷卻之後，把炮口清掃乾淨，才能打第二炮。

中國在明代已盛行火器的研究，當時已能製造不低於西方各國水準的火器。如可以稱之爲機關槍始祖的「八面轉百子連珠炮」，近似於現代迫擊炮的「神煙炮」、「神威大炮」，以及「飛火流星炮」、「萬人敵」等獨創性的火器，聽一聽名字也令人膽戰心驚。甚至還發明了被稱作「混江龍」的水雷。但是，到了清朝，軍事當局對火器完全沒有熱情，根本不研究新式武器。爲了準備和英國打仗，林則徐和關天培趕忙整頓炮臺，但靠本國製造明代以來的那種舊式大炮已經來不及了，只能由葡萄牙等國購買。迨鴉片戰爭後二十五年的同治五年（西元一八六六年）在上海創建江南製造局之後，中國才開始製造新式武器。

「這是第幾發啦？」連維材問小軍官。

「剛才打了三發，現在正準備打第四發。」

「那正好。這位年輕的葉君說他還沒有在近處看過開炮，讓他看看吧。」

「可以。不過，注意不要把耳朵震聾了。用這個把耳朵塞住就行了。」小軍官把兩塊像棉花團似的東西遞給了葉元火。青年把它塞好，蹲在大炮的旁邊。

葉元火的側臉映照著朦朧的燈籠光，顯得神采奕奕，簡直就像年輕的中國的象徵。他那明亮的眼睛注視著炮手們的一舉一動。

「還有點兒熱，我看可以了吧。」用水桶向炮身上澆水的士兵報告說。炮手們的臉已被火藥粉末弄得烏黑。

「裝炮彈！」發出了號令。

炮彈是從炮口裝填的。葉元火目不轉睛地看著炮手的操作。

手持引火棒的士兵彎下了腰。

「開炮！」手持腰刀的小軍官迅速地把手往下一揮。

引火棒伸出去，點著藥線。點燃的藥線發出嘶嘶的聲音。

連維材沒有塞耳塞，在離得稍遠的地方，兩手捂住耳朵等待著。

接著一瞬間，猛烈的爆炸聲震動了周圍。

「啊！」連維材條件反射似的趴在地上。

這不是一般的開炮，而是震耳欲聾的、帶著金屬聲音的巨響。

他抬起頭一看，眼前的那門煙捲型的一千斤大炮突然不見了蹤影。打落的燈籠在地上燃燒著。破裂的大炮殘骸，躺在地上冒著白煙。

「葉君！」連維材拼命地跑過去。可是，葉元火剛才所在的地方，只有一片散亂的鐵片。到處都發出呻吟聲。

指揮的小軍官拖著一隻腳，發狂似的在周圍跑來跑去。他指著左邊喊道：「連先生，那個士兵被打到那邊去了！」

在離燃燒著的燈籠三米來遠的地方，一個士兵倒在那裡。

連維材跑過去把他抱起來。他臉的下半部已被削去，連維材不禁把他的身子緊緊地摟住。

「啊，葉君！」連維材用自己的面頰貼著葉元火傷殘的臉。年輕人面頰上黏乎乎的血還是熱的，身子還留有餘溫。可是，年輕人豪放的靈魂已經脫離了軀體。

在松林中睡覺的另一個年輕人，被這一聲巨響嚇得跳了起來。他操起竹紮槍，一個勁地敲打著松樹。嘴裡嘟囔著：「太不像話了！」

英國船進攻官湧前後共六次，清軍方面的記錄說六次全部獲勝。

其實六次炮戰，清軍戰死二人。由於發生了大炮爆炸事故，用引火棒點火的炮手和在炮邊觀看的葉元火二人當場死亡。

林則徐在奏摺中寫道：「……（十月）初八日（陽曆十一月十三日）晚間，有大鵬營一千斤大炮，放至第四出，鐵熱火猛，偶一炸裂，致斃……兵丁二名。……」

十一月十三日的炮擊，是英國船向官湧發動的最後一次進攻。以後，英國船開始分散停泊於龍波、赤瀝角、長沙灣等地。

數天之後，漁船從海中打撈起一具夷人屍體，交給了官吏。當地官吏向上司報告說，這是英國方面遭到官湧炮臺反擊被打死的夷人。其實這具屍體並無外傷。這是水葬的約翰·克羅斯的屍體。

《飛鯨書院志》上搜載了連維材題爲《哭葉元火君》的兩首詩。一首爲五言絕句，一首爲七言絕句：

銅鼓麟兒在，桓桓粉骨功。
魂留襟帶固，南粵恨無窮。

五海狂潮滿虎河，三營凜冽健兒多。
斜暉忽覆雄圖碎，萬籟齊鳴是挽歌。

# 斷章之三

投票表決的結果是，贊成的二百七十一票，反對的二百六十二票，以九票之差通過了軍費支出案。最後的希望破滅了。

像塞維爾教授這些代表英國良心的人們，仰天長嘆：「英國的國旗終於遭到玷汙，今後我們看到它也不再熱血沸騰了。」

查頓和馬地臣之流舉杯慶賀：「爲英國的新領土香港和舟山乾杯！」

# 1

以一八三九年十一月三日的穿鼻海戰爲鴉片戰爭的開始，這幾乎已成定論。

英國政府決定出兵是第二年——一八四年二月。同年四月，國會通過了軍費支出案。不過，戰爭並不是從通過軍費支出案或決定出兵時開始的。

在穿鼻海戰的前兩個月，雖發生過九龍炮戰。但以後義律曾赴澳門，和清國官員接觸，進行辯解；清國方面的予厚庵也費盡心機，研究了解決的辦法。所以九龍炮戰並未導致兩國關係完全破裂，看來還是以穿鼻海戰作爲鴉片戰爭的開端較爲妥當。在穿鼻發生衝突之後，又在官湧發生了小規模的戰鬥，清英之間已經沒有商談的餘地了。

英國派駐清國的只有兩艘軍艦，他們等待著大規模遠征軍的到來；清國方面則在爲炮臺的建設和戰鬥人員的訓練爭取時間。兩個國家在等待時機和進行準備的這段期間，好像是暴風雨前夕的寂靜。《中國叢報》雜誌所說的清英兩國關係籠罩烏雲而無特別事件的時期，就是這一時期。

我們說兩國由於穿鼻海戰而斷絕了外交。不過，正如前面多次所說的那樣，清國的天朝意識使之並不承認所謂的「外交」，斷交的形式就是「永遠不准交易」。

十二月十三日，道光皇帝下達的停止同英國貿易的上諭說：「……所有該國船隻，盡行驅逐出口，不必取具甘結（保證書）。其毆斃華民（林維喜）兇犯，亦不值令其交出。……」保證書和引渡犯人都不值一提了，意思就是說斷交。

不過，當時從義律方面來說，雖然對貿易消極怠工，但還利用美國船等，繼續進行間接的貿易；甘米力治號也是這個時期轉賣給美國商人的。而清朝方面卻提出一種更爲極端的論調，主張英國和其他國家停止一切貿易，並禁止民船出海，企圖徹底閉關自守。

這種主張稱之爲「封關禁海議」。這種徹底閉關自守主張的代表人物是順天府尹（如今北京市長）曾望顏。曾爲廣東省香山縣人，他於道光十九年十二月十一日上奏了極端的封關禁海議。北京把曾望顏的這篇奏摺的抄本送往廣州，徵求林則徐等當地官員的意見。

廣州方面，總督林則徐、巡撫怡良、海關監督予厚庵、水師提督關天培和陸路提督郭繼昌五人進行了協商，決定奏答。

陸路提督郭繼昌，直隸省正定縣人，字厚庵。他主要在西北邊疆從事軍務，兩年前擔任現職，已是七十二歲高齡，這位提督在鴉片戰爭中因過度勞累而病死。

朝廷諮詢的是有關對外貿易的事項，所以五位官員中，予厚庵的意見最有分量。不過，林則徐也不贊成徹底閉關自守。他來到廣州之後，對外國的情況已相當精通。他絕不是頑固的攘夷論者。

五人協商得出的結論是反對曾望顏的極端主張。其理由是除英國外，其他都表示恭順，並在鴉片問題上提交了保證書；另外還說，應當優待外商，以期離間他們與英商的關係，採取「以夷制夷」的策略。

兩廣總督鄧廷楨這時已調任閩浙總督，林則徐接任兩廣總督。

林則徐早就被任命為兩江總督，只是因夷務不能離開廣州，無法去江寧（南京）赴任。而穆彰阿擔心授予林則徐兩江的要職，他的發言權會增強，因此積極策劃，結果林則徐改任兩廣總督，這些在前面已經說過。兩江的要職給了穆黨畫了三個圓圈的人物伊里布。

鄧廷楨離開廣州時，贈給林則徐等諸摯友的詩中說：

欲知高厚何由答，盡變蠻煙化瑞煙。

所謂「蠻煙」，當然是指鴉片。

## 2

清國方面理所當然地以懷疑的眼光來看待義律在這一時期的態度。

義律表面上命令英國商人繳出鴉片，以後又訓令英國商人不得從事鴉片貿易。但他的行動說明這不過是表面的粉飾。清國方面認爲：「義律爲什麼不准英國商人提交關於鴉片的保證書呢？爲什麼不讓裝載鴉片的船隻回國，而停在九龍洋面和銅鼓灣呢？」——產生這些疑問是十分自然的。因而難免產生這樣的猜測：「義律是在等待欽差大臣一離開廣州，立即恢復鴉片貿易。」再加上一再地開炮，所以林則徐等廣州當局要員愈來愈認爲義律的話毫不足信。英清間斷交，可以說其主要原因是對義律的不信任。

「義律是個頑固不講道理的傢伙，英國國內會有稍明事理的人吧。」林則徐這麼認爲，因此他想拋開義律，直接向英國呼籲。

道光十九年夏天，廣州一個姓翁的商人因刊售官方文件而受到懲罰。這個商人就曾獲得林則徐致維多利亞女皇信件的抄本，而把它印刷出售。

林則徐致維多利亞女皇的信有兩封。前面提到的市井間流傳的那封信上，寫的職銜是「欽差大臣湖廣總督」，可見是他在被任命爲兩江總督之前寫的，並註明這封信沒有發出。

另一封信是隔了好久之後寫的，並委託不顧義律的禁令、進入廣州的湯姆士·葛號船長瓦拉帶往倫敦。

信的開頭說：「洪惟我大皇帝撫綏中外，一視同仁，利則與天下公之，害則爲天下去之。蓋以天地之心爲心也。貴國王累世相傳，皆稱恭順……」接著譴責鴉片貿易「天怒神恫」，並詳細說明天朝的禁令，建議對罌粟「拔盡根株，盡鋤其地，改種五穀，……此眞興利除害之大仁政，天所佑而神所福……」最後結尾寫道：「王其詰奸除慝，以保爾有邦，益昭恭順之忱，共用太平之福，幸甚！幸甚！接到此文之後，即將杜絕鴉片緣由，速行移覆（回答），切勿諉延（藉口拖延）！……」

從信中可以看出，這種語氣不是一國的大臣給另一國國王的信函之語氣，像「爾」、「恭順」等完全是對待屬國土酋的命令語調。

林則徐對外國的情況很了解，他也知道這種書信從國際常識來看是失禮的。但要給英國女皇寫信，當然要得到北京的准許。如果按平行方式，以對等的態度寫信，不僅不會得到准許，僅憑起草這樣的信就會受到處罰。大清國的天朝意識就是這樣難以消除。

信的內容姑且不說，單憑對女皇缺少敬意這一點，不管瓦拉船長多麼勇敢，也不敢把這樣的信轉交給女皇。在英國方面的資料中，也未發現有關維多利亞女皇收到林則徐信件的記載。

瓦拉船長離開廣州時，說他確實收下了這封信，甚至還寫了收據。收據上的日期是一八四〇年一月十八日，保證要「小心謹愼帶之」。但他把這封信壓下了。對他來說，這麼做也是理所當然的。

瓦拉是因爲不聽義律的命令，而受到林則徐的賞識，因此才把這樣的重任委託給他。

一八三九年十二月二十二日，清國官員抓捕了英國人古里布爾。

由於耶誕節即將來臨，停泊在銅鼓灣的英國船隊比平常更爲頻繁地補充物品。因是高價收購，民間的商販絡繹不絕地乘小船來與英國船聯繫，英國人甚至用鴉片代替銀兩來付貨款。

清國的警備當局比平時更嚴。

這一天，古里布爾在銅鼓灣乘小船，碰上清軍的巡邏船。這傢伙是新來的，對情況不太了解。老的嚇唬新來的，誇耀自己怎麼冒險，把上次燒毀西班牙船畢爾巴羅號事件加以誇大，說給他聽。弄得古里布爾有點神經衰弱起來，以爲「被抓住就完蛋了！」

當清軍的兵船一靠近，他嚇得面色蒼白，手忙腳亂地放了一槍。由於對方突然抵上，巡邏的兵船認爲一定是在做鴉片走私買賣，便開到小船邊，逮捕了古里布爾。

審訊結果，證明古里布爾與鴉片走私並無關係，因此決定釋放。關於來廣州接領古里布爾的船隻，林則徐特別指定羅依亞爾．撒克遜號。

羅依亞爾．撒克遜號就是在穿鼻被義律趕回去的那艘英國船。它的船長塔溫茲要當湯姆士．葛號第二，在保證書上簽了字，企圖越過虎門。林則徐指定這艘船，當然是由於對反抗義律的塔溫茲船長抱有好感。

古里布爾於一月十四日獲釋。除了古里布爾外，在海南島近海遇難的十五名英國人也被清國方面救起，並立即送還；登岸被捕的印度水手，經訊問後也釋放了。

與英斷交後，林則徐對英國人仍然採取「不妄加刑戮」的方針。而義律卻經常誇大清國官吏的暴戾，向本國報告。

要是在現代，什麼地方發生了糾紛，世界各地的新聞記者都扛著設備跑去，進行報導活動。即使傳出的是性質不同的資訊，但加以綜合分析，仍可推測出接近於事實眞相的消息。可是，當時的通訊機構和情報蒐集的水準，可以說現場有關人員的發言就是一切，被掩蓋的事實往往長期不得以澄清。早到的英國人用可怕的話來嚇唬新來的古里布爾。同樣，爲了爭取本國的同情和支援，現場的英國人誇大地傳出了他們是在和多麼兇惡的對手作鬥爭。

廣州的清朝官吏也是這樣，他們經常向北京作粉飾事實的報告。具有決定權的兩端朝著相反的方向拉大距離。北京與倫敦的對立比現場的林則徐與義律的對立，擴大的速度更快得多。

## 3

就英國來說，鴉片戰爭顯然是不義之戰。被沒收了高達二百萬英鎊的英國臣民的財產——這是否能構成開戰的正當理由呢？而這些所謂的財產都是禁品鴉片。

有人會說，鴉片雖是禁品，但並不在清國的領土內，而是裝在停在外海的英國船上，所以沒收它是違反正義的。可是，儘管鴉片是在公海上，但是三歲兒童都知道，鴉片儲存在那兒是爲了向中國輸出。而且當時清國的形勢，在禁煙上已逼到不能不採取果斷措施的地步，這是眾所周知的事實。

爲了洗雪不義之戰的惡名，英國曾經流行過種種掩飾的說法。其先驅，恐怕要推約翰·馬禮遜以《給編輯的信》的形式，在《中國叢報》上刊載的文章。

馬禮遜認爲，清英兩國糾紛的實質原因不在鴉片貿易問題，而在於清國的中華思想、其傲慢無禮的態度與英國的「進步的自由精神」互不相容。意思說，這並不是爲了鴉片的戰爭，而是進步的自由精神親切地拍打了一下自高自大的中華思想和天朝意識。進步、自由——多麼美麗的詞彙啊！

爲鴉片戰爭辯護的論調，都高高地打起進步與自由的旗號。目的是想掩蓋鴉片戰爭的實質性問題。

九龍事件之後，予厚庵曾一度瞞著林則徐，企圖在澳門恢復貿易。伍紹榮等公行的成員曾大力支持這一活動。義律爲了對九龍事件進行辯解，也曾在澳門和清國當局作過非正式的接觸。這些活動以後雖都流產，但確實幾乎達成了在虎門進行貿易的協定。

可以看出，當時兩國之間的各種糾紛，除了提交保證書和引渡殺害林維喜的犯人這兩點外，其他還是可以設法解決的（即使是暫時性的）。

殺害林維喜是突然發生的事件。提交保證書是長期懸而未決的問題，義律堅決拒絕提交保證書。

穿鼻海戰應當說是鴉片戰爭的序幕。它起因於羅依亞爾·撒克遜號違抗命令，在保證書上簽了字，企圖開進廣州，義律率領軍艦去把它追回。

義律拒絕做出不從事鴉片貿易的保證——這就是戰爭的直接原因。

據說當時如果停止鴉片出口，一向靠此維持運作的孟加拉政廳就會垮臺。這會影響到英國對印度統治的問題。義律當然不會作出不從事鴉片貿易的保證。開戰的目的就是爲了維持鴉片貿易。

外交大臣巴麥尊列舉的出兵理由實在令人奇怪。

一曰：英國臣民生命財產的安全受到了威脅。

林則徐不過建議，在有關鴉片的保證書上簽字，就可以跟以前一樣在廣州進行貿易。當時湯姆士·葛號的船主和船員就是這麼做的，生命財產不但沒有受到威脅，反而受到盛情優待。禁止鴉片是清朝的方針和法律。對此予以尊重，乃是國際法的常識。

二曰：打破中華思想，開關廣州以外的各個港口，締結通商協定，把長江下游地區納入英國經濟的勢力圈。

這些對英國來說並不是特別緊急的問題。

關於門戶開放，在一定程度上可以期待世界形勢的發展和中國方面慢慢地覺醒。只要耐心地等待，是可以實現的。約翰牛[1]不是以耐心著稱嗎？

儘管如此，英國還是派出了遠征軍。燃眉之急的問題還是鴉片，順帶著想一舉達成上述的各種目的。爲鴉片戰爭辯解的論調，都是拉出這些「順帶著解決的問題」來頂替「鴉片問題」。

回到英國的鴉片商人查頓和馬地臣等人，大肆煽動開戰論：「這樣下去，連印度也危險了！」

「只要打，一定會勝利。」

阿美士德號的報告書從反面說明了這一情況。歐茲拉夫略帶誇張的警句——「英國的一艘護衛艦可以打垮清國一千隻兵船」——不脛而走，經常從主戰論者的口中說出。

在英國，也不是沒有站在人道立場上反對鴉片貿易的呼聲。

劍橋大學神學教授塞維爾於一八三九年寫了《在中國做鴉片貿易罪過論》，譴責對中國進行鴉片貿易玷汙了光榮的英國國旗。這篇論文曾刊載於《中國叢報》，由林則徐的幕僚譯成中文。

前面談過清朝官員曾送回遇難得救的英國人，這是穿鼻海戰前夕的事。當時遭難的一個英國人叫多庫特·喜爾，他的報告書中說林則徐讓他看了這篇論文，並說：「你看，你們的國家不也是在譴責鴉片貿易嗎？」

但是，英國政府早已打定了出兵的主意。

一八四〇年二月正式決定出兵。

印度總督俄庫蘭德下令動員四千陸軍。其中以駐錫蘭的愛爾蘭第十八團和駐加爾各答的第二十六團為主力，此外還有孟加拉工兵兩個連、志願軍幾個連和馬德拉斯炮兵兩個連等。接著又組成了艦隊，命令四月在新加坡集結。

印度的東方艦隊由以下各艦船組成（艦船名稱下的數字為裝備的大炮門數）：

威里士厘號　七十四　戰艦

康威號　二十八
鱷魚號　二十八　與窩拉疑號同型的輕巡洋艦
巡洋號　十八
阿勒琴號　十
阿塔蘭塔號
皇后號
馬達加斯加號
青春女神號　東印度公司武裝商船
從英國國內派出：
布朗底號　四十四　重巡洋艦
皋拉底士號　二十
從開普敦緊急開往新加坡的：
麥爾威里號　七十四　戰艦

摩底士底號　二十

哥倫拜恩號　十八

接著又派出：

伯蘭漢號　七十四　戰艦

進取號　十八

在廣東的水域已有窩拉疑號和黑雅辛斯號兩艘軍艦在遊弋。在遠征軍到達之前，約翰·邱吉爾艦長所指揮的重巡洋艦都魯壹號（配備四十四門炮）於三月二十四日開進銅鼓灣。

除以上艦船外，還有伊古爾號、人魚號、鳶號、約翰·阿達姆斯號、阿拉萊比號、庫利夫通號、埃爾納德號、拉罕馬尼號、斯利馬尼號等九艘運輸船開往中國。

4

當時英國是自由黨執政時期，首相是威廉．邁爾本。出兵已經決定。但軍費支付案如遭到國會的否決，實際還不能遠征。

四月，政府如履薄冰，迎來國會的召開。

在下院，保守黨成員、古雷內閣時期的海軍大臣詹姆士．古拉哈姆果然作了長達三小時慷慨激昂的演說，譴責這次戰爭說：「這種不義的戰爭，即使勝利也不會給我們帶來任何光榮！」

外交大臣巴麥尊抖動他的薄嘴唇，站起來答辯說：「……在清國的英國臣民被施加暴行，英國的財產被沒收，而且英國政府的代表遭到侮辱和監禁。這些不法行爲使英國不得不和清國開戰，一直到我們的要求被接受爲止。可是，反對者卻談論政府在鴉片貿易上應受到譴責，應負在穿鼻發起軍事行動、引起戰爭的責任等等。……」

執政黨的野心家湯瑪斯．巴賓古谷．馬科維列曾被《泰晤士報》揶揄爲「饒舌的馬科維列」。他爲開戰辯護，發表了下面的調子高昂的演說：「……義律先生命令在被包圍的商館陽臺上高高地懸掛起英國國旗。……看到這面國旗，瀕死的人們立即復甦了。因爲這使他們想起了自己是屬於不知道失敗、投降和屈辱的國家。……這個國家曾在普拉西原野上爲黑色大廈的犧牲者報仇雪恨。自從偉大的攝政宣誓要使英國人的名字，比過去的羅馬市民的名字更受人們尊敬以來，這個國家就從不知道後退！他們雖被敵人包圍，被大洋與大陸隔絕了一切援救，但他們知道，哪怕是自己的一根頭髮，如果有人敢對它施加危害，都不可能不受到懲罰。……」

對這位饒舌的馬科維列的開戰演說，反對派古拉德斯頓作了以下的反駁：「……其原因是我從不知道也不理解，如此不義的戰爭、如此遺臭萬年的戰爭。與我持不同意見的紳士，剛才談到在廣州光榮飄揚的英國國旗。其實這面旗子是爲了保護禁品的走私而飄揚的。如果現在這面旗子要像過去那樣在中國的沿海飄揚，我們看到它都不禁感到恐怖和戰慄。……」

投票表決的結果是，贊成的二百七十一票，反對的二百六十二票，以九票之差通過了軍費支出案。最後的希望破滅了。

像塞維爾教授這些代表英國良心的人們，仰天長嘆：「英國的國旗終於遭到玷汙，今後我們看到它也不再熱血沸騰了。」

查頓和馬地臣之流舉杯慶賀：「爲英國的新領土香港和舟山乾杯！」

喬治·義律以示和查理·義律區別，少將被委命爲遠征軍總司令兼全權大使。這位五十六歲的海軍軍官是商務監督官查理·義律的堂兄。查理·義律也被授予了全權副使的頭銜。三十九歲的堂弟義律跟他的堂兄的關係並不佳，兩人在鴉片戰爭中經常爭吵。

遠征軍的艦隊越過印度洋，開往新加坡。

五月三十日，集結在新加坡的主力向中國出發。道光十九年的除夕（陽曆二月二日），英國政府決定出兵。但廣州卻謠傳義律被解職，決定由前東印度公司大班、七十歲高齡的斯特溫頓（實際上斯特溫頓當時不過五十九歲）接任。這個謠傳來源於《廣州紀錄》上刊載的一段未署名的報導：「據倫敦的報紙報導，喬治．斯特溫頓將出任派往中國的特使。這消息令人遺憾。他是茶葉就是一切的時代的人物，眼中並無國家的榮譽。……」

從這篇稿子裡可以看出，在中國的英國人對斯特溫頓並無好感。原因爲他是「反對鴉片聯盟」的成員。

可是，一八四〇年四月他在下院所作的報告中卻充滿了矛盾。他說，我比任何議員都強烈反對鴉片貿易。但又說，這是正當而合理的戰爭，我支持政府。

斯特溫頓將接任義律的傳說，最後證實是一派謠言。

林則徐日記中記載，他聽到義律將解任的消息後，認爲是義律的不法行爲違反了女皇的意願。可以想見，他看了塞維爾的論文等資料，顯然過於看重了英國國內反對鴉片貿易的輿論。

陰曆十二月初，林則徐身體不適，頭痛、臂痛，曾請蘇州名醫杜某診治。這在他的日記中亦可散見。

十二月二十二日（陽曆一月二十六日），他接到調任兩廣總督的通知。雖未赴任，但他此前已被任命爲兩江總督。現在由兩江改調兩廣，等於是降格。拿薪俸來說，兩江總督的養廉爲一萬八千兩，而兩廣總督僅爲一萬五千兩。至於在政治舞臺上的地位，相差就更大了。

到了年底，他的身體似乎康復。大概是與前總督鄧廷楨交接事務，忙得顧不上身體有病了。這一年的除夕「大風微雨」，天氣不佳。日記的結尾寫道：「甚忙碌也。」可見公務十分繁忙。

林則徐就是這樣迎來了決定他命運的道光二十年。

林則徐日記缺這個重要一年的元旦至八月十四日（陽曆二月三日至九月十日）部分。估計不是沒寫，而是散佚了。

## 5

前面我經常提到一些大家不常聽到的官職名稱和不太熟悉的制度，所以不得不用很多篇幅作了說明，也許大家感到有點厭煩。不過，我還想利用這個機會，談一談當時的中國與日本相比的一些根本差異的地方，以免讀者把日本歷史背景，簡單地套用到這部小說上。

首先，中國不曾存在過世襲身分制度。

日本士農工商的身分是作爲世襲而固定下來的。武士的兒子一定成爲武士，農民的孩子不管其劍術多麼高超，也不可能成爲武士。

中國在制度上並沒有這樣的規定。雖出身於農民家庭，只要透過科舉，可以當官，也可以成爲軍人。當然，農民的孩子絕大多數還是務農。前面出現的駐守官湧的副將陳連陞，在鴉片戰爭中，他與兒子一起戰死在沙角炮臺。他們父子都是軍人。關天培的兒子也是軍人，林則徐的孩子們則都當了高級官吏。

這是環境自然形成的，而不是強制的。貧苦農民因爲很難有受教育的機會，所以很難當官。中國的通俗小說和戲劇中，很多故事都是說貧寒青年刻苦用功，科舉及第，當上大官，得到美妻。

也有人被剝奪了參加科舉考試的資格，如前面提到的疍民、樂戶和佃民等。但從全國的人口來看，他們只不過是九牛之一毛。

有人認爲，大致來說，過去的中國只存在士大夫和非士大夫兩個階層，即讀書人和非讀書人。但這絕不是世襲的階層。

日本有著嚴格的世襲身分制度，絕不能以此來類推當時的中國。

其次應當注意的是，中國在傳統上重文輕武。

日本是尙武的國家，武士統治國家的時期很長。中國恰恰相反，是尙文的國家，錄用官吏的考試也要求有詩文方面的文學修養。

小規模的戰爭姑且不說，凡是涉及國家命運的大戰爭，一般都任命文官爲總指揮。在中國的歷史上，由武官當大戰爭總司令的，恐怕只有宋代的岳飛和現代的蔣介石。辛亥革命的領導人是醫生出身的孫文；中國共產黨也是由文的毛澤東來總指揮，其地位在武的朱德之上。

這是徹底的文官控制，穿軍服的歷來受到冷遇。

在清代，同級的官吏，人們認爲武官要比文官低得多。文武官員的薪俸——「養廉費」，同級的武官只有文官的十分之一。

當然，文官要用它來養活許多幕客，而武官所指揮的士兵的薪餉另有費用支出。所以利用虛報士兵人數從中揩油的現象相當普遍，本來就受輕視的軍隊更加腐敗。

拿廣東來說，從一品的水師提督關天培，本來應在正二品的巡撫怡良之上，可是在聯名上奏時，武官關天培的名字一定要擺在怡良之後。

從二品的海關監督予厚庵的名字，一般當然擺在關天培之後，但有時卻相反。如道光皇帝下達褒獎廣東領導人沒收鴉片的上諭時，名字的順序是林則徐、鄧廷楨、怡良、予厚庵、關天培。武職就是如此受到輕視。

在這一點上，和同時代的日本的情況有著很大的差異。

# 火攻

後面的船退到上風三十來米的地方，火船發出轟隆轟隆的巨響。無數火球飛向空中，像天女散花似的紛紛降落到甲板上。船帆著了，桅杆著了。甲板上騰起了火焰。船員們亂跑亂竄，想把火撲滅，有的人慌忙跳入水中。

船上放下小艇，抛出帶鉤的繩子，鉤住火船，想把它從船腹上拉開。

## 1

飽含著溼氣的南風強勁地吹著。

廣東的六月已是盛夏，夜間溫度幾乎和白天一樣。

西玲在帆船上不停地揮動孔雀毛的羽扇。「你說到水上就會涼快些。可是……」她用一種抱怨的語氣，跟躺在旁邊的弟弟誼譚說。

「姐，你不能要求過高嘛！我看還是比岸上好一些。」

這裡是磨刀洋水面，地處銅鼓灣與澳門之間，面對著內伶仃島。不過，因爲是夜晚，島影隱沒在黑暗裡看不見。近處黑漆漆一片，那不是島，而是英國的軍艦。

都魯壹號重巡洋艦，自六月三日以來一直懸掛半旗，因爲艦長邱吉爾勳爵病死了。

英國的商船停泊在附近，像包圍這些船似的，許多小舟艇群集在它們的周圍。舟艇的樣子形形色色，主要是向英國船出售物品的民間的「辨艇」。出售鮮魚、蔬菜的小船稱作「蝦笴艇」，提供日用雜貨的叫「雜貨料仔艇」，賣點心的叫「糕餅扁艇」，其中也混雜著鴉片走私船。

「眞熱鬧呀！」西玲朝四面看了看，這麼說。

「是呀，向英國船出售東西可是好買賣啊！」

「叫巡邏船發現了怎麼辦呀？」

「沒什麼。磨石洋這麼大，老遠就能看到，大家四面散開，一溜煙就逃掉了。」

那些蒼蠅似的聚集在英國船周圍的「辨艇」，大大小小有三十餘艘。

西玲和誼譚所乘的帆船，艙內整潔乾淨，好像是遊覽船。他們姐弟倆是雇了船來乘涼的。

「也可能涼快點，眞無聊啊！」西玲躺了下來，把扇子蓋在臉上。對於她體內奔放的熱血來說，無聊是個大敵。由於無聊，她的心靈和肉體到處徘徊。

「姐姐的性格好像不適合過平靜的生活。」

「眞無聊啊！」西玲又說了一遍。由於張口說話，臉上的扇子滑落了下來。

「哪能每天都有驚天動地的事情呀！」誼譚雖然這麼說，但他自己也似乎感到無聊起來，「咱們回去吧。順便從軍艦旁邊過，看一看軍艦怎麼樣？」

「好吧。」西玲懶洋洋地坐起身子。

她已經三十歲了。人到了這樣的年紀，思想還動盪不定，連她自己也覺得該到穩定的時候了。她的每一天都過得令人惋惜，她覺得年輕時代奔放不羈的生活是美麗的，仍想這樣繼續下去。可是，一到三十歲，她感到生活中似乎夾雜著一些令人擔心的斑點。

無聊的時間是很難度過的。

姐弟倆的帆船划到了都魯壹號的旁邊。

「這艘巡洋艦有四十四門大炮，比窩拉疑號、黑雅辛斯號大得多。夠厲害的吧！」誼譚誇耀地說。

西玲對軍艦並無興趣。她用扇子掩著口。她又感到一陣無聊，打了一個呵欠。

其實一幅異常的情景馬上就要展現在她的眼前。

一隻又一隻的小舟艇，趁著黑夜，紛紛向英國船靠近。這些避開巡邏艇划來的小船是出售蔬菜的還是搞鴉片走私的呢？看到這些船，只能這麼想。這些船確實是民間的船，不過艙裡坐的卻是官兵。一部分船遠遠地包圍著英國船，停泊在一些重要的地方。幾隻小舟已經划到英國船的旁邊。

稍遠的水面上，不惹人注目地停泊著一艘帆船，船上有林則徐和關天培。他們兩人隔著一張小桌，對面而坐。桌上展開一張紙，紙上寫著「火攻計畫圖」。

圖上標著英國船的位置。關天培在這張圖上一會兒放上一個棋子，一會兒把棋子移動。他瞭望遠處的海面，放了一個新棋子說：「楊超雄的船已經到達了規定的位置。」林則徐點了點頭。這是火攻英國船的作戰計畫。

這天晚上動員了由副將李賢指揮的四百餘名官兵。游擊班格爾馬辛和守備黃琮、盧大鉞、林大光等軍官分擔著各種任務，他們都是大家已經熟悉的人物。

李賢兩年前曾與來抗議炮擊孟買號的馬伊特蘭進行過談判，當時盧大鉞把一份備忘錄遞交給英國軍艦。這兩個人在沒收鴉片時都擔任委員。

班格爾馬辛在英國船炮擊官湧時，曾率兵援助，指揮過五個兵團中的一隊人馬。

黃琮是把西班牙船誤作鴉片船燒毀時的指揮人。

## 2

一千二百噸的英國商船巴厘號，已經從乘黑而來的辦艇上購買了急需的生鮮食品。它已不需要辦艇，可是還有小船朝它划來。

在巴厘號的甲板上，幾個船員一邊看著靠近來的兩隻小船，一邊大聲地談著話：「這些利欲薰心的傢伙，簡直就像見了蜜的螞蟻，又來啦！」「咱們的東西已經買了呀。」「以後要降低點價。」

「對，就因爲是高價，所以才上船來。」

一個水手朝著海面用英語喊道：「回去！回去！我們什麼也不要了！」

海上的兩隻小船，像連在一起一樣，向巴厘號靠近。離巴厘號十來米的地方，前面小船上的兩條漢子，飛快地從船尾跳到後面的船上。後面小船的船頭上有幾個人影。

兩條船停了一下，接著後面的那條船迅猛地划起來。站在船頭上的人，好像在用竹竿推著前面的船前進。

這時，後面的船向空中拋起一個黑乎乎的東西，這東西發出微弱的響聲。

那東西在半空中發出青白色的光。

「啊呀！」在巴厘號甲板上納涼的人，不覺驚呼起來。

在空中飛舞的光團，很快就加速度往下落。落到巴厘號桅杆的半中腰，突然騰起通紅的火焰。四周一下子明亮起來。

「火攻！」水手們邊跑邊喊。

一大團火落在甲板上，向四面八方迸射小火焰。

「快！」「水！」「把大家叫起來！」

這時，第二個火罐又接著落下來。

不僅如此。那兩隻被認爲是辦艇的小舟當中，前面的那只是滿載著澆了油的柴禾和火藥粉末的

「火船」。後面的那艘船一邊發射火罐，一邊猛推前面的小船。前面的船一碰上巴厘號的船腹，後面的船趕忙往後退。退到十來米遠的地方，接連地向前面的火船放了五支火箭。

火船一撞到巴厘號的船腹上就開始噴火。

當時的船最怕火。不管多麼大的船，都是木頭造的。軍艦是在木頭外面包上一層銅，但商船大多不能防火。

後面的船退到上風三十來米的地方，火船發出轟隆轟隆的巨響。無數火球飛向空中，像天女散花似的紛紛降落到甲板上。船帆著了，桅杆著了。甲板上騰起了火焰。船員們亂跑亂竄，想把火撲滅，有的人慌忙跳入水中。

船上放下小艇，拋出帶鉤的繩子，鉤住火船，想把它從船腹上拉開。

就在這前後，磨刀洋上到處都閃現出火光，停泊在附近的幾艘英國船和巴厘號同樣遭到火攻，聚集在英國船周圍的私賣物品辦艇，也遭到了火箭進攻。

辦艇也燃燒了起來。小艇上，水手們使出渾身力氣，拼命地划著槳。火船慢慢地脫離巴厘號的船腹，但還向四面噴火。

巴厘號趕忙起錨。

烈火熊熊的火船，不時發出爆裂聲。每爆裂一次，火粉就紛紛落到小艇上。一個水手用鐵桶舀起海水，劈頭蓋腦地往那些身上落滿火粉的人們身上澆。

「加油！再鼓一把勁！」那個水手一邊吶喊鼓動，一邊澆水。可是，這艘火船剛被拉開，不知從什麼地方卻出現了另一艘船，朝小艇划來。

林則徐在報告這天火攻的奏摺中，特別提到一個名叫方亞早的人。其實他不過是一個水勇（志願水兵），可見他的功績是相當突出的。

「嗨——」方亞早狂吼一聲，揮舞著大刀，跳上了英國人的小艇。

小艇上的英國人也拔劍相迎。他們用互相聽不懂的語言吶喊著，交鋒起來。

方亞早閉著眼睛，揮舞著大刀，亂砍一氣。好幾次他感覺到砍中了什麼，不過他的左腕和胳膊也挨了劍。

他確實砍中了人，睜眼一看，對方已倒在小艇上。這時火船又發出爆裂聲，落下一陣火粉，借著火焰的光亮，只見倒下的那個人的白衣服上染了一片朱紅。他一看這情景，馬上又發狂似的揮舞起大刀。

另一個水手緊握著劍，彎著腰，正看著他的漏洞，準備撲上去。

「喂！我來支援你！」這是中國語，當然是自己人。

他回頭一看，只見外委（下級軍官）盧麟站在那裡，臉被火焰映照得通紅。

英國的水手們停止了划船，用手中的槳砍過來。方亞早用刀背撥開船槳。他感到手一陣發麻，不過大刀還緊握他手裡。

船槳這次朝他的下盤掃過來。由於激烈的混戰，小艇搖晃得很厲害，連腳跟也站不穩。方亞早終於招架不住帶著呼呼的風聲掃過來的木槳，小腿上狠狠地挨了一下。他倒了下來。就在這時候，小艇也大晃了一下整個兒翻了過來。

「扔掉大刀！」盧麟從水面上露出頭來，大聲地喊著。

掉在水裡的方亞早並沒有浮上來。

盧麟深深地吸了一口氣，一扭身子鑽進了水中。

## 3

「誼譚！」帆船上，西玲緊緊地抱住弟弟。

竹子編的船篷上紮進了幾支火箭，劈劈啪啪地燃燒著。連船幫也好像燒著了。已經無法挽救了。划船的人都慌忙跳水逃命了。

誼譚不知是傻大膽，還是破罐破摔，到了這種時候反而意外地沉著。他被姐姐抱著，一股脂粉的香氣鑽進鼻子，他甚至回想起摟抱女人的滋味。

「姐姐不會游泳吧？」他在姐姐的耳邊小聲地問道。

「這還用問嘛！」西玲雖然感到害怕，但她畢竟是個倔強的女人，她帶著斥責的語氣這麼回答。當時除了在水上生活的人外，不會有女人學游泳的。

「燒成這樣，火是撲不滅了。」

「所以船夫都跑了。把客人丟下不管，這也太不負責任了！」

「不要生氣嘛！姐。」誼譚笑了笑說。

「想個什麼辦法吧！」她搖著懷中弟弟的身子說。

「他媽的！」誼譚罵道：「被他們給當作鴉片走私船、辦艇了！」

姐弟倆爲了納涼而雇的帆船，被清兵誤認爲是走私船，因此遭到了火箭的攻擊。可是船是在英國船隊旁邊，被人家當成是走私船也是有原因的。

「事到如今，說這種話也沒有用了。怎麼辦啊？啊喲！好熱啊！」

「你離開一點。這麼抱著，我一點辦法也沒有。」誼譚掙脫了姐姐，開始卸船裡的木板。他說：「姐姐，你下到水裡之後，不要揪住我，緊緊抓住這塊板子。我抓住另一塊板子，就浮在姐姐的身旁。爲了防止萬一……」

「明白了！」西玲使勁地點了點頭。

火還沒有燒到船尾。誼譚從那裡把幾塊木板丟到海面上，風基本上停了，沒有浪。對進攻的一方來說，風停了會大失所望的。

「姐姐，你先慢慢下去，我隨後就跳下去。」

「好吧。」西玲雖然這麼答應，但還有點猶豫，好像是擔心著她衣服的下擺。

「快點！姐姐，火就燒過來了。有弟弟在你跟前，你不必擔心嘛！快！就是那塊板。」誼譚用手指了指。

「噯，我下去了。」西玲從船上輕輕地滑到水中。

她穿的那身高級絹綢的衣服，叫帆船上的火光一照，在水中像花瓣似的膨脹開來。誼譚低聲地說：「幸虧是夏天啊！」當他看到滑進水中的姐姐抓好了木板，他自己也準備跳水了。他吸了一口氣，凝視著眼前巨大的黑影，心裡想：「這麼大的軍艦，這時候竟然一點作用也沒有了。」

如果是隔開一段距離互相射擊，軍艦上的大炮將會發揮可怕的威力。可是現在是敵人迫近到面前，而且自己一方的小艇和敵人的舟艇在海面上混雜在一起，重巡洋艦都魯壹號引以爲豪的四十四門大炮也無用武之地了。

船舷的邊上排列著端著槍的水兵。但是，步槍也不能隨便射擊。海上有自己的小艇；清軍的水師乘的是民船，和那些出售食物的「友好」民船無法區別。

面對事先策劃好的火攻，都魯壹號只能像木頭人兒似的兀立在那兒。

由於整隊的狙擊兵排列在軍艦上，清軍的水師無法靠近。不過，有些小船不斷地朝著都魯壹號發射噴筒。只是因爲離得遠，打不到軍艦上。

一個噴筒落在誼譚的帆船後尾上。誼譚正準備跳水。不知什麼原因，這個噴筒沒有冒火苗，所以他一點也沒有覺察。

他把兩手擺向背後，做好跳水的架勢時，有個什麼東西發出微弱的聲音，落在他的腳跟前。他才發現了噴筒。

大概是由於落下的衝擊，噴筒終於恢復了機能，突然冒出了一股濃濃的黑煙。這煙發出一種怪氣味——臭中帶甜。

侵入鼻孔的煙把一種猛烈的酸性刺激，一下子傳到眼窩下面。誼譚的眼睛發黑了。就在這一瞬間，他的嗅覺也失靈了，以致他接連吸進了好幾股黑煙。

如果他不顧一切跳進海裡就好了。可是聰明的誼譚也有糊塗的時候，也許是他跳水之前還想到了必須要保護姐姐，因此特別愼重起來。他在船尾上站了一會兒。當他無意識地踢了一下那個噴筒，不僅是嗅覺，連全身都麻木了。毒氣侵入了它的神經中樞。他不是跳進水裡，簡直是跌倒入海裡去的。

「誼譚！」西玲抓住木板，發狂地喊叫著。

誼譚掉進海裡之後，並無游水的樣子。

西玲從下面往上看，只覺得誼譚在跳水時突然被一股黑煙纏繞起來。她想弟弟是不是中了炮彈，這樣，弟弟不是身負重傷就是當場死亡了。誼譚向海裡掉下時，看起來確實是這樣。

再也沒有人保護她了。如果弟弟眞的負傷了，她反而要保護弟弟。她忘記了在海上漂流的恐怖，她是那樣疼愛自己的弟弟。

她不會游泳，一邊使勁推動懷中的木板，一邊在水中撲打著兩隻腳，朝著弟弟掉下的地方游去。

誼譚爲了愼重，向水中投下好幾塊木板。當西玲一點一點向他靠近時，他的手終於攀上了一塊木板。在這之前，他簡直就像死屍，一動不動地漂在水面上。

西玲這才放了點心。既然手能動彈，抓住木板，那就說明弟弟還活著。

「誼譚！」她又叫了一聲。

誼譚並沒有轉臉看她，手放在木板上，眼睛呆呆地望著前方。

帆船熊熊地燃燒起來，海面上更加明亮了。

西玲不知什麼時候已漂到誼譚的面前，伸開胳膊就可碰到誼譚的身上，這時她又叫了一聲弟弟的名字。

誼譚不僅手扶著木板，連下巴也擱在木板上，他的臉上帶著笑容。

大概是姐姐的聲音並沒有傳進他的耳朵，西玲叫他的名字，他連眼睛也沒有動一動。他始終保持著那張露出雪白牙齒的笑顏，就好像貼在臉上的假面具。

西玲浸泡在水中的身子感到一陣戰慄。「你怎麼啦！」她的聲音中帶著哭聲了。

誼譚突然放開嗓門，大聲地唱起一支什麼歌子：

綢裙兒，飄呀飄，水中開了花一朵。

白腳兒，搖呀搖，那是水裡的海蜇兒。

我要吃海蜇的白腳兒，吃呀吃呀，味兒眞叫好啊！

## 4

「襲擊的關鍵在於掌握時機。我看就這麼收兵吧！」林則徐對關天培說。一般的突然襲擊，發起的一方最初不會有什麼傷亡；不過，當對方從慌亂的狀態中恢復過來之後，情況就不一定是這樣了。

林則徐一直擔心自己的一方會遭到損失。他心裡想：「不能損兵折將，武器也不應當浪費。」他已經獲得了英國遠征軍即將到來的情報。爲了眞正的戰鬥，一定要極力保存兵力。

關天培是軍人，他還想再打一會兒。但他往遠處一看，夜空中飛舞的發亮的弧線愈來愈少了，看來自己的火箭已經使盡了。他站起來說：「發出撤退信號！」

總督和提督乘坐的船很快就撤回沙角炮臺。

這天晚上的火攻完全按計畫進行的。如果風刮得更大一點，戰果會更加輝煌。回到沙角炮臺，各個戰鬥部隊都送來了報告。軍隊沒有一個死亡。有幾人被劍刺傷，但都無生命危險。奮戰的方亞早一度掉進海裡，但很快就被搭救起來。

英國方面不怕炮戰，他們有信心在炮戰中獲勝，但對這種「火攻」卻束手無策。清軍當時也只能採取這種戰術。如果敵人接近虎門，當然會是另外的情況。虎門水道的各個炮臺已經增強，跟以前大不一樣。

六年前，英國方面爲了救出律勞卑，兩艘巡洋艦就輕輕巧巧地突破了虎門。假定他們現在還要這樣幹的話，肯定要被擊沉的。英國方面也懂得這一點，所以不靠近虎門，而在廣闊的磨刀洋上等待時機。

清軍發起了幾次小規模的火攻。二月二十八日和五月九日進行的火攻規模較大。這天晚上——六月八日——是第三次大規模的火攻，燒了幾隻英國船，另外還燒毀了幾隻向英國船提供食物的辦艇，抓了十三名煙犯。

連維材早就在沙角等著林則徐。他帶來了從美國商人那裡獲得的情報：從印度和開普敦來的英國艦隊已從新加坡出發。除水兵外，還載有陸軍，其數約一萬五千人。

廣州的街頭巷尾早就流傳開了英國遠征軍即將到來的消息。可是，市民們——甚至政府當局還抱著半信半疑的態度。但是事實愈來愈明朗化了。

林則徐聽了連維材帶來的情報，望著遠處八千斤炮的炮列，低聲地說道：「這座炮臺該起作用了！」

「對方腿伸得很長，補給是個大問題。儘量把戰爭拖長，可能是上策。」連維材這麼建議說。不過，這並沒有觸及根本問題。他們彼此心裡都明白這一點，而且極力避免觸及根本問題。他們倆都預料到這次戰爭將會是悲劇性的結局，唯有他倆共有著這個誰也不知道的祕密。

天亮以後，林則徐檢閱了頭天晚上出擊的水勇。

一排排被海風吹黑了臉，年輕健壯的戰士排列在那兒。他們每一個人現在都有著自己的一個小小的生活天地，他們的身上都有著千絲萬縷的愛與憎。

年輕的士兵們一隊接一隊從他面前走過。每走過一隊士兵，他們那躍動的生命都在林則徐的心上投下影子。這些生命將要成爲英國可怕的武器的犧牲品。

「不過，還有山中之民！」林則徐又想起了王舉志。不，現在已無必要特別想到那些江南健兒。就在他的身旁也出現了「山中之民」。這些年輕的士兵犧牲後，還會有人組成第二道、第三道防線，來保衛山河。

他的腦海裡出現了最近去視察石井橋的社學訓練壯丁的情景。在那些壯丁背後，有綠色的森林和巍峨的群山。林則徐正是把這些帶著泥土香氣、堅定不移的群山當作自己精神的支柱。他用這群山的土塊堵住了從他心頭流過的感傷。

連維材在遠處望著閱兵。他心中有的不是山而是海。他把希望寄託在波濤洶湧的藍色的大海上。

「國家的門戶就要被打開，廣闊的大海無邊無涯……」

海潮的氣味洗滌著他的心胸。在連維材的眼中，這些列隊行進的士兵不過是即將潰決的堤防。堤防的潰決將把這個國家和大海連在一起。

# 5

「這就是不敬上帝的人可憐的下場！」在都魯壹號的甲板上，綢緞鋪的掌櫃久四郎鄙視地看著誼譚，冷冷地這麼說。

誼譚坐在甲板上，還在唱他那支「海蜇歌」。他的聲音已經嘶啞了，西玲蹲在他的身邊，渾身哆嗦。

林九思——久四郎把手放在她的肩上說道：「快去脫掉溼衣服，好好地把身子擦一擦。我們已經爲你特別準備了房間。」

她什麼也不能考慮了，睜著大眼睛，搖搖晃晃地站起身來。她只能照著林九思說的去做。她的嘴唇是烏紫的，渾身哆嗦不停。

他們姐弟倆是被英國的小艇打撈起來，送到都魯壹號上來的。西玲溼透的綢旗袍緊緊地吸在身上，露出胸部和腰部的線條。她已經顧不上注意水兵們投射在自己身上好色的眼光。

「那麼，請這邊走。」林九思故意用一種鄭重的語氣，催促著西玲。

西玲渾身往下滴水，跟在林九思的後面走去。她的腿腳也不靈了，好像馬上就倒下去。她被領進一間狹小的房間，那裡已經準備好毛巾、毯子和衣服。

她抓起一件粉紅色的女西服。由於太大的打擊，她幾乎失去了知覺。但是女性的本能似乎還沒有喪失。

她從來沒有穿過西服。不過，她在澳門的時候，經常看到西洋女人，她心裡曾經暗暗地想過，自己穿這樣的衣服也許很合適哩。

她拿起衣服之後，感到氣力慢慢地恢復了。衣服對於女人有可怕的魔力，當手摸到西服的裙子上，她低聲地說道：「可憐的誼譚啊，這孩子還能恢復正常嗎？」

她擔心精神失常的弟弟。不過，她手中拿著的粉紅色的西服，使得她對同樣顏色的世界產生了期待。她開始脫下溼衣服，她一絲不掛，用毛巾狠勁地擦著身子。她感到好似凍結在體內的血，慢慢地在融化，又開始流動了。她入神地俯視著自己的肉體、婀娜的腰肢。

接著她又低聲呼喚著誼譚的名字。在她那慢慢清醒的腦子裡，浮現出連維材、伍紹榮、李芳、錢江乃至逃跑的買辦鮑鵬——各種各樣男人的面孔。她心靈的船隻在各種奇形怪狀的波濤中沉沒。

不一會兒，門打開了，進來了一個西洋女人。當時遠洋航海的高級人員都帶著夫人同行，西玲趕忙用手中的衣服遮住身子。

西洋女人微笑著用英語跟她說些什麼。西玲雖然不懂英語，但她能夠理解對方要說的意思：這是我的衣服，我來幫助你穿吧！眼睛是心靈的窗戶。它能夠把意思比語言更快地傳到對方的心裡。西玲終於也露出了微笑。

關於這天晚上的火攻，林則徐在奏摺中報告說：「夷人……被煙毒迷斃者，不計其數。」

由此看來，這天晚上可能使用了毒焰噴筒，毒焰噴筒的火藥配方一向保密。當時的技術水平不可能造出火藥量均等的噴筒，其中一個一定雜染著毒性較弱和特強的噴筒。落在誼譚身邊的噴筒看來毒性特別劇烈，他的神經中樞受到了損害。

同一篇奏摺上還寫道：「……都魯壹號船上，帶兵之夷官贊卒治厘（約翰·邱吉爾），亦在該船病斃。」意思好似說，由於這一天的火攻，致使敵將死亡，其實邱吉爾艦長是五天前病死的。

在火攻磨刀洋兩周後，約翰·戈登·伯麥準將所率領的遠征艦隊的主力就到達了澳門。伯麥乘坐威里士厘號戰艦。這艘軍艦是老相識，三年前曾來廣州抗議炮擊孟買號，艦長也是當時的馬依特蘭。

4

# 艦隊北上

「繼封鎖廣州之後，奉命占領舟山群島。接著是封鎖長江和黃河，最後應到達的地點是逼近北京的北直隸灣的白河。在各地，要遞交巴麥尊外交大臣致清國宰相書，要求他們轉達。到達白河仍得不到回答時，要發出限期答覆的最後通牒，積極開始戰鬥。」喬治·義律首先就遠征軍要採取的行動，的說明。

## 1

伯麥準將率領的主力艦隊於六月二十一日到達澳門，第二天宣布封鎖廣州：自六月二十八日起，禁止一切船隻進入廣州。

六月二十五日發布了《告廣東人民》的布告。這個布告是以「大英國特命水師將帥」（即伯麥）的名義發布的。總司令喬治·義律少將因在開普敦補充兵員耽擱了時間，尚未到達。

伯麥在布告中譴責廣東大憲林（則徐）、鄧（廷楨）二人玩視聖諭，「捏詞假奏」，停止英國的貿易，損害中外千萬良民，並再一次警告要封鎖廣州。但不阻止漁船在白天進出；沿海船隻可以停靠英國船進行貿易；保護供給貨物者，並以公正的價格付款。

關於英艦封鎖廣州，林則徐與連維材的看法不一樣。

林則徐認爲：美國等並非英國的屬國，而且由於義律對廣州貿易消極怠工，美國商人獲得了巨大的利益，美國一定不會聽英國的話。

但是，連維材認爲這是一種天眞的想法，他以爲在中國的門戶開放問題上，英美兩國的利害在根本上是一致的。

「是嗎？不過，不論是哪種情況，我們已經做好了戰備。」林則徐說。

他預先知道英國遠征軍的到來，而且認眞做好了戰鬥準備。從葡萄牙購買來的大炮，已經配備在虎門水道的各個炮臺上。主力的沙角炮臺當然增強了，在靖遠還新建了炮臺，使其與威遠、鎭威兩炮臺相呼應。永安及鞏固的炮臺起著援護這些炮臺的作用，第三線上已有大虎山炮臺，廣州的前面圍起三重門戶。此外，四月還買下了道格拉斯船長的甘米力治號，供「進攻夷船」演習用。

林則徐雖然不認爲可以戰勝，但他有信心把仗打得很漂亮。

交給英國遠征軍的第一個任務，首先是封鎖廣州河（珠江）。

在西歐各國，歷來認爲封鎖海港是一次重大的行動。可是對閉關自守的大清帝國來說，並不產生多大效果。沿海的人民雖會發生困難，但當政的人卻仍感到無關痛癢，甚至還有像曾望顏那樣的人，早就主張要實行徹底的閉關自守。從這裡也可看出清英兩國在認識上的差異。

面對敵人的封鎖應當採取強烈的措施——這是作戰的常識。可是，清朝當局並沒有受到多大衝擊。最多只覺得：狂妄！連林則徐也認爲美國等國家的商船不會遵從封鎖令。

在封鎖的前一天，兩艘美國船獲得入境許可，開進了虎門。它們是巴拿馬號和哥斯休斯哥號。

「今後美國船大概還會這樣進來。」這種樂觀的估計占據了統治地位。

在開始封鎖的六月二十八日，由開普敦出發的各艦船終於到達了。

總司令兼特命全權大使喬治・義律乘坐在戰艦麥爾威厘號上。他的堂弟查理・義律以及英軍首腦都聚集在麥爾威厘號上，在那裡召開了會議。

「繼封鎖廣州之後，奉命占領舟山群島。接著是封鎖長江和黃河，最後應到達的地點是逼近北京的北直隸灣的白河。在各地，要遞交巴麥尊外交大臣致清國宰相書，要求他們轉達。到達白河仍得不到回答時，要發出限期答覆的最後通牒，積極開始戰鬥。」喬治・義律首先就遠征軍要採取的行動，作了簡單的說明。他接著說道：「封鎖廣州已從今天開始。本司令官認爲，應立即著手占領舟山群島。這裡留下少數必需的艦船，由都魯壹號斯密士艦長指揮。留下的艦船名單已發到諸位的手中。其他加緊準備，與本司令官一起向舟山進發。」

都魯壹號的艦長因邱吉爾勳爵病故，已由原窩拉疑號艦長斯密士接任。斯密士艦長因爲不能參加遠征軍，臉上露出不滿的神色。

會議一直開到傍晚，遠征的各艦船已經分別開始準備，出發的日期定在六月三十日。

## 2

「可以與英國船進行買賣。」大英國特命水師將帥張貼這張布告，一下子把沿海貪心的人們吸引到英國艦船的周圍。

這一次辦艇不必害怕「火攻」了。三十艘武裝的艦船一字兒排列在那兒，清軍方面當然不會突然襲擊了。

在英國的軍艦當中，人們最熟悉的是窩拉疑號。兜售東西的人們帶著各種各樣的商品，來到窩拉疑號的甲板上。石田時之助帶著辰吉，打扮成賣豬肉的，也來到這裡。

甲板的一角上，放著一桿秤。管後勤的軍官通過翻譯，購買人們帶來的商品。賣主很多，無法一一討價還價，因此貼出了一張價目表。從這個價目表來看，所有商品的價格都比時價高得多。對清朝當局來說，凡是向英國艦船提供物資的人都是「漢奸」。英國方面爲了誇耀漢奸之多，故意出高價把人們引到這裡來。

「漢奸就是反對林則徐暴政的人民。」——他們企圖用這樣的解釋來爲他們即將發動的不義戰爭塗脂抹粉。

石田時之助把他的全部注意力集中到耳朵上，他和辰吉都懂英語。他想從船員們片言隻語的談話中探聽英國方面的動向。

「人眞多呀！英國人看來要大批購買東西。」辰吉悄悄地用日語跟石田說。辰吉已經二十四歲了，完全像個商人，絲毫沒有當年漁家少年的痕跡。

「看來好像是要遠航。」石田回答說。他雖然動著嘴巴，耳朵仍然傾聽著周圍水兵們的談話。水兵這麼在談論著：「聽說對方炮臺的大炮根本打不到這兒。」「據說是一百年前的大炮嘛！」「打起仗來，那頂個屁用。」

其實虎門的炮臺現在已經面目一新。早已沒有什麼一百年前的大炮，都是新的八千斤炮。這些情況英國方面應當是很了解的。

「這麼說，仗恐怕是不會在廣東打了。……」石田心裡這麼想。購買這麼多物資，看來不單純是爲了討人的好，而是爲了準備航海用。

「據說這次仗很好打，對方沒法派援軍。」「爲什麼？」「是島子。大海是咱們的天地，派援軍也過不去。」

從相反的方向傳來了這樣的談話。

石田的左右兩邊耳朵都忙極了。也許是爲了把漢奸們都儘量集中在甲板上，物資的收購僅由一個後勤軍官辦理，讓賣主們排著長隊。那些來出售貨物的漢奸們，在等候的期間比比劃劃地找水兵們閒聊。

水兵們爲了解悶，也跟他們耍鬧，用聽不懂的話跟他們開玩笑。

「啊呀！這傢伙看得多清楚啊！」石田旁邊的一個漢奸，用水兵的望遠鏡朝四面一望，高興得尖叫起來，「哇——對面船上人的臉也看得清清楚楚哩！喂，你也來看一看吧！」

那人把望遠鏡塞給了石田。石田把它放到眼邊一看，心裡一驚：「啊呀！那艘軍艦是怎麼回事？」望遠鏡中看到的是都魯壹號。商船姑且不說，所有軍艦的甲板上都聚集著許多漢奸，堆著各種各樣的商品，唯有都魯壹號軍艦上人影稀少。

「那艘軍艦一定是留在這兒的。」

這時都魯壹號上出現了一個女人。

「啊？」石田把聽覺上的注意力，全部都轉移到視覺上來了。

當時高級軍官都是夫婦一起出來航海，軍艦上有女人並不奇怪，穿西服的女人在甲板上散步是常見的現象。

石田之所以緊張起來，是因爲這女人很面熟。這女人是西洋打扮，但不是西洋女人。「肯定是西玲！」但石田不明白她爲什麼穿著西洋女人的服裝，待在那樣的地方。

這時，聽到一個嘶啞的聲音喊道：「喂！」石田手中的望遠鏡被人飛快地奪走了。他的面前站著一個大鬍子水兵，惡狠狠地在咒罵著什麼。說的一定是方言土語，憑石田的英語能力還聽不懂。意思大概是快把望遠鏡還他。

望遠鏡被拿走了，但是，穿著西服的西玲的形象還留在石田的腦子裡。

這時，在附近溜達的辰吉回來了，他在石田的耳邊小聲說：「到處都可聽到zhōu—shān這個詞，可能就是到這個地方去。」

「zhōu—shān？」石田學著說了一遍。zhōu—shān一定是舟山。

「喂，下面輪到買豬肉了。帶豬肉的來吧！」

「輪到咱們了！」石田讓辰吉把裝在竹籃裡的豬肉搬到秤跟前。

「啊，這不是石田先生嗎！」石田突然聽到有人用日語跟他說話，吃了一驚。

「辰吉也一塊兒來了呀！」翻譯這麼說著，走到他們面前。

翻譯是綢緞鋪掌櫃久四郎——林九思。

## 3

連維材來到了金順記的澳門分店，最近他忙得不可開交。由於英國艦隊的到來，他要在自己力所能及的範圍內蒐集各種情報。和林則徐派遣的密探取得聯繫，也成了他的主要工作。

海上英國人的動靜，來自美國商人和葡萄牙人的情報以及密探送來的簡短報告——他把這些綜合在一起，已大體推測出英國艦隊的動向。

「英國艦隊將撇開廣州北上。」——現在他正要把這個預測報告用傳信鴿送往廣州。在報告的結尾，他還特別寫上一句：「我確信是這樣。」

乘辦艇去英國軍艦上賣豬肉的石田和辰吉，回到澳門所作的報告，也證實了連維材的判斷。

「哦，那個名叫林九思的日本人勸你們到船上去工作嗎？」連維材聽到綢緞店掌櫃久四郎的情況，很有興趣。

「是的，一再地勸我們。大概是翻譯不夠吧！」辰吉回答說。

「那麼，石先生，你看怎麼辦？」連維材問石田說。

「哦，我回答他，讓我考慮考慮。……嗯，怎麼辦呀？林大人跟我說，這個報告結束之後，讓我休息一下。是呀，任何事情都可以嘗試嘗試，我倒是想去看看。」

「互相摸底的時期已經告一段落，下面該打仗了。」

「看看打仗……」

「去嗎？」

「現在我想去。」石田回答說。

「辰吉怎麼樣？」連維材衝著辰吉問道。

「可是，店裡的事情……」

「這個不必擔心。」連維材說：「其實，如果可能，我倒是希望你們去見識見識這次戰爭。無數本國人民將被捲進戰火，我們將會透過這次戰爭獲得教訓，覺醒起來。英國很快也會向日本提出開放的要求。雖然有點兒冒險，不過，我的想法還是希望你們去看看。」

「如果石田先生去，我也想跟著一塊兒去看看。」辰吉的眼睛閃閃發亮。這位青年一向把石田當作兄長般敬重。

「好……」

「另外還有一件事情，」石田稍微放低一點聲音說：「我從窩拉疑號甲板上用望遠鏡朝四周看了看，看到西玲小姐在都魯壹號上。」

「什麼？西玲！」連維材揚起眉毛，望著石田。

「確實是西玲小姐，穿著西洋女人的服裝。」

「這個奇怪的女人！……」連維材好似自言自語地這麼說。接著說：「提起都魯壹號，可能是要留下來的那艘軍艦吧！」

連維材看了看桌上的一張紙，英國艦隊主力估計要北上。但從補給等情況來看，可能會有軍艦留下封鎖珠江。連維材已經列出了這些軍艦的名單。

「是的。」石田故意不看連維材的臉，這麼回答說。

「那麼，」連維材改換了話題，「如果軍艦雇用你，應當什麼時候上船，林九思說過嗎？」

「要快。久四郎說，最遲在明天中午之前要去。」石田回答說。

「石田先生，」連維材站起來說：「我已向店裡的人吩咐過了，你馬上去領盤纏，給辰吉發一年的薪水……我要趕回廣州。一段時間我們不能見面了，請保重！」

連維材當天就出發去廣州。

他急於去廣州，可是不能坐五十人划槳的快船，因爲英國艦隊已經封鎖了珠江。但是伯麥的布告中說：不阻止漁船在白天進出，所以只能坐小漁船。而且爲了愼重起見，還需要打扮成漁夫的模樣。連維材不僅雇了漁船，還特意把一張漁網放在膝頭上。沿途他一面眺望英國的各種艦船，一面思考著問題。

「溫翰曾經說過我是破浪前進的船頭，果眞是這樣嗎？」他反問自己。

即使眞是船頭吧，恐怕也不需要破浪前進了——因爲時代的急流會從後面推著船前進。他一向爲儘快推動時代前進而作努力，採取過種種措施。可是，即使他不這麼做，今天這樣的局面也會到來的。

「那都是無益的努力嗎？」他又反問自己。

但是，他並不後悔。不管有無效力，他畢竟是作了努力。總算有了一個覺醒的人，站在時代的前頭，想帶動時代前進，這說明並不是大家都在沉睡。

只是被潮流推著走的船和乘破浪前進的船，即使速度一樣，但還是有根本的區別。只有一艘船曾經破浪前進——連維材爲自己能是這樣的一艘船而感到滿意。

「由於這次戰爭，過去所有隨波逐流的船將會一齊破浪前進了。」他感到自己的使命即將結束。戰爭期間以及在戰爭以後，他都不會是孤獨的。起來破壞舊事物的將不會是他一個人，今後他將和群眾一起前進了。

面臨著即將到來的悲慘戰爭，他反而感到安心起來。安心解除了他精神的緊張，他的腦海裡浮現出西玲的面影。

「這裡能看到都魯壹號嗎？」連維材站起身來，用手搭著涼棚。

## 4

漁船的速度很慢。連維材到達廣州的時候，在他動身之後起飛的金順記澳門分店的傳信鴿，早已飛到了廣州。

信鴿的信筒裡裝著一份報告，上面寫著澳門洋面至香港洋面一帶的英國艦隊主力忽然無影無蹤。這個報告由金順記廣州分店迅速送到林則徐的手邊。

就在這時候，公行總商伍紹榮來拜訪海關監督予厚庵。伍紹榮帶來了居留廣州的美國商人以「稟」（請求書）的形式遞交的情報。

稟報中說：據云英國之兵船將赴浙江、江蘇，亦有人云還去天津。

「事情嚴重啦！……」予厚庵對伍紹榮說。

「但願不要出大事。不過……」伍紹榮答話。

「看來是林總督加強防禦的措施刺激了英國。」

「確實是挑釁性的措施。」

「應當加強炮臺。這一點是對的。」

「廣州是牢固的。可沿海其他地方幾乎沒有一點防禦能力，恐怕不堪一擊。」

「我也一直擔心這樣的事，極力避免它的發生。總督一再提出籌措軍費的要求，我煞費苦心，尋找藉口，儘量拖延，委婉回絕。弄得我和總督那麼親密的關係，最近也不正常了，我們是十多年的好友啊！」予厚庵認爲伍紹榮是自己陣營中的人，而且彼此都懂得經濟，因此放鬆了警惕，冒出了一點牢騷。

「儘管監督閣下費了苦心，總督還是把炮臺大大地充實了。」

「我對此也感到驚異。可花了不少錢啊！聽說都是募捐來的。」

「說是募捐，其實是募捐不到這麼多錢的，公行也只是捐獻了很少的一點錢。我們不能不這麼做，不過金額有限。總督有另外的大宗獻金，炮臺修建費基本上是靠這筆獻金。」

「我也聽說過有大宗的獻金，不知道是來自何處。」

「我知道。」

「什麼地方？」

「金順記的連維材。」

「哦，原來是這樣……是他呀！不過，他也是出自愛國心而捐獻私財的吧！他並不知道這反而會給國家帶來損害。有許多人就是不明事理啊！」

「您是說連維材不明事理嗎？這我不敢苟同。」

「我要趕快把美國人的這個稟報送到林總督那兒去。」予厚庵站起身來。他凝視著伍紹榮的臉，結結巴巴地說道：「你辛苦了。……今後恐怕還要辛苦。希望你能永遠跟我合作。」

連維材到達廣州，得到了鴿子帶來的情報，立即坐轎去總督官署。

「材翁，英國的兵船已經丟開廣州去了。」林則徐一見連維材，就用手中的扇子敲著桌子說。今年以來，林則徐叫連維材爲「材翁」了。當時年過五十，稱「翁」是很自然的。

「這兒留待以後吧！不過，虎門各個炮臺的大炮總有一天要噴火的。」連維材答話說。

「我也是這麼想。不過，叫人擔心的是舟山。那裡沒有一門像樣的大炮……嶰翁可要爲難了。」

林則徐閉上了眼睛。

前兩廣總督鄧廷楨（號嶰筠）和他是刎頸之交，現爲閩浙（福建、浙江）總督。英國艦隊即將襲擊的舟山群島屬浙江省管轄。

「這是令人擔心的。不過，更可怕的是英國軍艦從舟山繼續北上。」連維材說。

「是的……」林則徐仰首望著天花板。

這時正是盛夏。除非正式會見，官吏也穿著涼快的便衣辦公、會客。林則徐敞著白色長衫的領子，用扇子向胸前搧風。房子很通風，可是，即使坐著不動，也會渾身冒汗。再加上談的又是這樣的事情。

「眞熱呀！」林則徐不停地搖著扇子。扇子雖然可以把風送到肌膚上，但不能送進悶熱的心中。英國軍艦北上，逼近天津，北京就有動搖的危險！

現在林則徐的行動得到了道光皇帝的支援。也可以說，是道光皇帝的絕對信任使他採取了果斷的措施，林則徐最擔心的是皇帝的動搖。

他想起了紫禁城賜騎那些光榮的日子。當時皇帝的眉宇間充滿了禁絕鴉片的決心。這種決心如果消失，林則徐也就無能為力了。

「恐怕還是在奏摺中預先報告一下英國軍艦可能去天津為好。」連維材看著總督的眼睛這麼說。

「對，有道理。預報一下，到了萬一的時候，多少也可以防止一些動搖。」林則徐又用扇子敲了敲桌子。

三天後，林則徐與巡撫怡良聯名向北京送去的奏摺中說：

……若其徑達天津，求通貿易，諒必以為該國久受大皇帝怙冒之恩，不致遽遭屏斥。……可否仰懇天恩仍優以懷柔之禮，敕下直隸督臣，查照嘉慶二十一年間英國夷官羅爾·阿美士德等自北遣回成案……

# 5

「自從我跟隨律勞卑勳爵來到這個國家，轉眼已快六年了。」

總司令喬治．義律提督對他的堂弟遇事都要來這麼一段開場白，感到十分反感。他心裡想：「查理心裡可能是這麼想的：這個國家的事情都交給我，我那位堂兄什麼也不懂。」

這兩個堂兄弟向來不對勁兒。少將義律遇事都擺出「我是總司令，我是全權大使」的架子，表現出看不起大校義律的樣子。

艦隊於六月三十日從澳門洋面出發，朝著舟山群島前進。英國預定將來把舟山當作對清國滲透的中心地。

拿出中國地圖一看，舟山確實占據著誘人的位置。當時的《中國叢報》上寫道：「從舟山的定海出發，兩、三天內可以到達臺灣海峽至山東的所有河川、海港。清晨登船即可看到寧波的市場，早飯時可觀看杭州的運河，然後經乍浦及上海去南京，辦完當天的事情，黃昏或晚上即可回到定海。」

英國人不過是看著地圖認爲這裡是控制中國的中樞地區，他們實際上並沒有在這裡居住過，所以當時也並不知道當地環境的惡劣、瘧蚊的威脅，以及居民強烈的敵對心理。

他們想把舟山和南方的香港建成新的貿易基地，使兩地之間的廈門和福州成爲開放的港口——這就是英國對大清國滲透的藍圖。

「要在廈門遞交信件！」一出廣東海域，義律少將突然這麼說。

「遞交巴麥尊外交大臣信件的地點，訓令上不是規定在廣東、浙江、天津三個地方嗎？」堂弟義律質問說。

他詳細研究過本國的訓令，認爲自己和清國打過六年交道，有關清國的事務，除了自己之外，其他人都無法處理。這種自負心使他說出這樣的話。但在他的堂兄看來，完全是「僭越之至」。

提督冷冷地說道：「不，不是巴麥尊大人的信件，是本總司令我的信件。廈門應當有與我對等的水師提督。」

堂弟沉默不語，輕輕地轉過臉去，咬著嘴唇。

「派布朗底號去廈門。」提督說。

布朗底號是與都魯壹號同一類型的重巡洋艦。波爾查艦長被叫到麥爾威厘號上，接收一封公函。公函上寫道：「大英帝國特命水師提督致大清帝國特命水師提督，乞執奏清國皇帝。」

布朗底號停泊廈門，但對方拒絕接受公函。

翻譯羅伯聃和班長尼科爾遜等人，打著白旗，乘著快艇，行進到海邊，但被趕回。廈門當局根本不明白打白旗是什麼意思。廈門同知蔡覲龍和參將陳勝元等人反覆說：「不接受夷人書信。而且現在提督不在，趕快退走！」

快艇遭到一陣箭雨，空手而回。

猛將陳化成已調任江南，當時廈門的水師提督是陳階平。他因病療養，不在廈門。即使在也不會接受書信。

對夷艦到來的消息感到好奇的市民們，成群結隊地站在山崗上。布朗底號在眾目睽睽之下，對著城牆和兵船開炮。

布朗底號又派出兩隻武裝小艇向海岸開來，想把一張用中文寫的大告示——「如加害我們，則鏖殺清國人！」貼到城牆上。這一隊人雖登了岸，但遭到子彈和箭雨的襲擊，又折返回去。

海灘上遺棄一名英國兵的屍體。這屍體被割下首級，身子被拋入海中。

十天之後，閩浙總督鄧廷楨在泉州親自檢驗了這個首級。他在奏摺中寫道：「該屍白面卷髮。」

布朗底號無計可施，只好追隨大隊北上。廈門不是他們的目的地。

以上是七月三日發生的事情。

由於各艦船速度不同，所以沒有結隊航行。最早到達舟山的是懸掛著準將旗的威里士厘號。艦隊司令伯麥準將坐在這艘軍艦上，艦長是馬依特蘭大校。

七月四日，這只威里士厘號軍艦出現在舟山的定海縣洋面上。

在艦內的一個房間裡，辰吉正在磨墨。翻譯官馬禮遜把毛筆蘸滿了墨，用漂亮的筆跡開始寫道：

大英國特命水師將帥子爵伯麥、陸路統領總兵官布林利，敬啓定海縣主老爺知悉。

接著寫道：

……現我等奉大英國主之命，率領強大水陸軍師，到此登陸。占據定海及所屬各海島時，居民如不抵抗，大英國亦不欲加害彼等身家產業。廣東上憲林、鄧等，舊日行爲無道，凌辱大英國主之特命正領事義律及英國人民。顧不得不做此占據。我國之鑑船、兵員應當受到保護。閣下應立即率定海及所屬之海島、堡壘投降。因而本將帥和統領欲招閣下安然投降，以免受戮。但如不肯投降，我等將以戰鬥手段奪據。送書後一小時以內等候答覆。時限內閣下如不投降或答覆，立即開炮，轟擊島地及其堡，並率兵登陸。

馬禮遜喘了一口氣，又補充寫道：

特啓此。定海縣主老爺閱鑒！

一八四〇年七月四日，即道光二十年六月五日啓。

這是一封勸降書。

# 定海陷落

「夷艦太可怕了！……我多麼希望有更大威力的大炮啊！」張朝發說到這裡，昏迷了過去。以後說的盡是胡話。

希望有更多的大炮、更大的兵船——這表明他已經覺悟了，但已經太晚了。數天之後，總兵張朝發死去了。

## 1

「破船來啦！」

隨著這一聲叫喊，戰艦威里士厘號的甲板上一下子擠滿了人。

在風平浪靜的定海外海的道頭洋上，有一條船搖搖晃晃地朝這邊划來，那確實是一條破船。從它那威武飄揚的紅條旗，可以了解到它不是一般的漁船。那面長條旗上寫著三個字。

「喂，小王，那上面寫著什麼呀？」水兵問辰吉。

辰吉本來沒有姓，他挑選了這個威武的「王」字作爲自己的姓。正好馬禮遜寫完了勸降書，辰吉磨墨的工作已經結束，所以他也跑上了甲板。紅底上寫的黑字很難辨認，到了緊跟前，他才認了出來。

「啊，上面寫著『定海縣』三個字。」

馬禮遜給定海知縣寫的勸降書，不必用小艇送到對岸去了。知縣老爺——知縣——自己坐著破船來了。

清代地方行政單位的順序是省、道、府、州、縣。縣是最小的行政單位，相當於日本的郡，縣的長官知縣是七品官。

當時定海的知縣是姚懷祥。姚懷祥字斯征，號履堂。福建侯官人，和林則徐是同鄉。現年五十歲，肥肥胖胖，滿面紅光。他緊張地兩眼盯視著前方，清楚地露出雙下巴的線條。

在威里士厘號到達後不久，康威號、鱷魚號、巡洋號也先後到達了道頭洋。知縣乘坐的船朝著最大的威里士厘號划去。知縣一行人被很有禮貌地領上軍艦。

姚懷祥站在甲板上，朝四周掃視了一眼，大聲問道：「這艘船爲何開到此處？」

翻譯馬禮遜分開圍觀的水兵，走到他的面前說：「您是知縣大人吧？這邊請！」

知縣圓睜著兩眼，望著這個操著流利中國話的紅毛人的臉，年輕的馬禮遜滿臉笑容。

姚懷祥的官帽頂上鑲著素金頂的「頂戴」，這是七品官的標誌。不過，只有知縣這種七品官才能打著定海縣的長條旗而來，這對馬禮遜來說還是從未聽說過的新鮮事兒。

在知縣一行人被領進的艦內房間裡，伯麥準將坐在那裡。

「爲何跑到此處？」姚懷祥朝著這位佩戴著威嚴的金絲緞子肩章的對手，再一次提出了質問。

伯麥沒有答話。

馬禮遜從旁遞上一封書信說道：「請看看這個！」

打開一看，那是一封施加高壓的勸降書。知縣的大紅臉更加紅了。

「怎麼樣？時間還有富餘。不過，願意當場答覆也可以。」馬禮遜說。

知縣看了看馬禮遜的臉，又看了看伯麥的臉。

這時伯麥跟馬禮遜說了兩句什麼話。

「知縣大人，」馬禮遜的臉上更加堆滿了笑容，「看來立即答覆有困難，因爲您也要和其他人商量。大駕特意來了一趟，還是希望您看一看軍艦吧！」馬禮遜說後，鞠了一躬。

「好吧，看一看吧！」知縣帶了一個名叫羅建功的不愛說話軍官和三名部下。他們跟在馬禮遜的身後參觀軍艦。

當時的艦炮是從船樓上的方形炮眼中發射的。

知縣一行人了解到七十四門可怕的大炮已經做好了隨時開炮的準備，武器庫也看了。數百支新型的槍整齊地排列在那兒，彈藥也儲存無數，刀劍寒光閃閃。

回到原來的船艙，姚懷祥對伯麥說：「這只兵船的強大，我很清楚了。我們的軍隊習於太平，不習戰爭，非常弱。大炮、兵器都不行，戰必敗。不過，我們不會投降。」

「你們不會打明知必敗的仗吧！」伯麥透過馬禮遜的翻譯，這麼說。

「不過，還是要打。」

「是害怕皇帝的責罵嗎？」

「不，不是這樣。一仗不打而投降，在青史上將會留下汙名，我怕的是這個。」

「生命不是比寫在紙上的汙名更重要嗎！」

「我害怕汙名。汙名比這只兵船更可怕。」

「我們充分研究了定海的情況。炮臺有三座，沈家門、岑港、道頭。每個炮臺各有炮三門，士兵各五十人。不過，這也只是制度的規定，實際上恐怕還沒有五十人。定海大炮的陳舊是有名的，跟您剛才所看到的艦炮相比，您覺得怎麼樣？」

「您了解得十分清楚，根本無法相比。」

「您理解得很正確，無益的流血對雙方都是可悲的，請您再考慮一下。」

「不必考慮了。」姚懷祥挺著胸膛回答說：「問題十分簡單，三歲童子也會作出和我同樣的回答。」

「我十分遺憾。」

「這封信我暫且收下。不過，請不要期待答覆。」

「如果沒有答覆，我們的方針已經確定了。」

知縣臨回去的時候，看到留著辮子的辰吉。他向馬禮遜說：「請把那個人給我叫過來，我想問點事情。」

馬禮遜拉著辰吉的手，走到前面來說：「您找他有什麼事嗎？」

「我想問兩句話。」姚懷祥正面盯視著辰吉的臉，「你在夷國的兵船上供人差使，背叛祖國，你的良心何在？」

辰吉一言不發，視線也不避開。

馬禮遜代替他回答說：「這個人不是清國人，是日本人。」

「啊，太好了。」知縣這才露出爽朗的神情。接著說道：「你教我知道了大炮也有各種種類，而世界上除大清國外還有各國的人，看來我們知道的東西太少了……獲益匪淺！」

伯麥準將站在船舷的邊上，一直目送著知縣的船回到岸邊。

他低聲地說：「好漢子！……這次戰爭可能輕易取勝。不過，應當有好的對手。」

## 2

知縣姚懷祥把文武官員和地方豪紳，召集到定海縣城的城隍廟開會。會議主要討論作戰，沒有談論投降。

定海只有三營兵，約兩千人，指揮官是總兵張朝發。這裡是海防要地，曾經駐守過上萬守軍。後來裁減到兩千人，而且由於多年太平，沒有戰爭，軍隊都搞起了木工、瓦工等副業。

會議決定向對岸的鎮海水師營乞援，張朝發給浙江水師提督祝廷彪寫了一封求援信。

關於當前對待英國軍艦的策略，知縣姚懷祥極力主張退守，要把三營軍隊盡數撤入城內，準備依託城牆迎敵作戰。

定海縣城位於離道頭洋海岸三華里處，知縣親眼看到了夷艦上強有力的大炮，所以他認爲，應當儘量退到艦炮射程達不到的地方，以待援軍的到來。他說：「我方兵少，而且紀律鬆弛，出戰必敗。那時，縣城就會不堪一擊。與其如此，還不如利用堅固的城牆，等待援兵。」

但是，總兵張朝發主張出擊，要在海岸上同敵人決戰。他逼問知縣說：「你是說士兵還不如城牆可靠嗎？」

總之，爭論的焦點是，在堅持至援兵到來之前，是依靠軍隊還是依靠城牆。

儘管是文尊武卑，但總兵的官階和知縣比，有如今天的師長和村長，級別相差懸殊。而且這是打仗，最後還是通過了總兵的意見。

姚懷祥訪問威里士厘號是陽曆七月四日。看到知縣的態度，就知道不會對勸降書有什麼答覆，因此英國軍艦早就切實做好準備，決定在第二天——五日下午二時開始進攻。

張朝發率領中、左、右三營兩千士兵開赴海岸，他親自乘上帆船。他想在海邊把敵人擊退，應當說這是愚蠢透頂的作戰。

「那個破大炮能打到這兒嗎？」「打還是能打到，恐怕打不准。」「我認爲打不到。咱們賭兩個先令。」在威里士厘號的甲板上，水兵們在爲道頭炮臺大炮的射程距離打賭。

「那只帆船帶著什麼武器嗎？」「不過是火箭、大刀而已！」「憑它還想衝殺過來哩！可笑！」軍官和士兵們在取笑眼前的敵人。

石田時之助原來在比休恩艦長的康威號上，在進攻開始前調到威里士厘號。登陸時需要翻譯，先遣隊決定由威里士厘號派出。

「敵人的炮臺一旦沉默，停止抵抗，立即乘快艇登陸。」伯麥準將在向先遣隊訓話，石田和辰吉也夾在先遣隊當中。準將繼續說道：「舟山是大英帝國將要占領的第一塊清國領土，軍紀必須嚴明，這關係到大英帝國的榮譽。先遣隊登陸後要做的第一件事，就是把陸地上所有的酒罈通通打碎，不准軍隊喝酒。」

馬依特蘭艦長凝神地注視著錶。

下午兩點——威里士厘號的艦炮首先向海岸的炮臺發射了第一顆炮彈。

這是信號。與窩拉疑號同型的康威號、鱷魚號以及巡洋號三艘軍艦，一齊拉開了炮門。

這眞是無情的猛烈炮擊。道頭洋海岸大地震動，海岸邊一家民房一下子被掀到半空中。總兵張朝發乘坐的帆船也被打斷了桅杆，打碎了船頭。勝敗在一瞬間就決定了。

張朝發曾經長期在臺灣的水師中工作，自認爲是老練的海軍軍人。但他過去不過是到處追捕小股海盜和走私集團，這樣的海戰還是第一次經歷。他聽了姚懷祥的發言，雖然意識到敵人不好對付，但實際情況遠遠超過了他的預想。

震耳欲聾的巨響震撼著帆船。

「啊——喲！」張朝發哼了一聲。他感到左腿上一陣劇痛。用手一摸，黏了一手鮮血，劇痛很快就傳到腰部。

「骨頭碎了！」劇痛幾乎使他暈倒過去，一個軍官把他抱了起來。

「船上的士兵已死亡大半。趕快撤退吧！」那個軍官把嘴巴湊到總兵的耳朵邊，大聲地喊道。

帆船已經傾斜了。

「知道了……」總兵好不容易說出一句話，軍官抱著張朝發跳進海裡。

道頭洋炮臺上上個世紀的大炮發射的炮彈，還是打到了英國軍艦附近，而且還有幾發打中了。不過，那就像是將沙袋投擲在牆壁上，連桅杆也沒有打斷一根。

身負重傷的總兵張朝發，在海岸邊被人放在門板上，由部下護送著往後撤退。

三個營的指揮官——中軍游擊羅建功、左營游擊錢炳煥、右營游擊王萬年下令全軍撤退。而在撤退的命令發出之前，士兵已逃跑了一半。

殿後的部隊破壞了通往縣城的橋梁，沿途的居民把家中的財物裝在車上，扛在肩上，爭先恐後地逃跑。敗退下來的軍隊，一部分進入城內，大部分丟下即將陷落的縣城，跑到更遠的地方去了。知縣姚懷祥關閉了城門。

「我錯了，對不起。……」張朝發朝著來看他的知縣，無力地說。

「不要說這樣的話了。我們考慮一下善後的措施吧！」姚懷祥安慰總兵說。

「現在城也守不住了，鎮海也不會來援兵……不可能來，海是他們的天地。只要那些怪物似的兵船停在那裡，就別指望援兵了。事到如今，只有撤退，把軍隊散開……」張朝發痛苦地掙扎著說。

「把南門打開吧！」知縣說：「從那裡可以逃進山裡，也要勸居民們逃難。」

「夷艦太可怕了……我多麼希望有更大威力的大炮啊！」張朝發說到這裡，昏迷了過去。以後說的盡是胡話。

希望有更多的大炮、更大的兵船——這表明他已經覺悟了，但已經太晚了。數天之後，總兵張朝發死去了。

## 3

威里士厘號派出的先遣隊，登上了無人的海岸。到處橫陳著被遺棄的屍體，既沒有軍隊，也沒有居民。

因爲沒有人，所以派不上翻譯的用場。

「咱們準備設營和偵察。老石和小王，你們去找酒桶，把它打碎！」班長下令說。部隊很快就要登陸。伯麥準將命令，在部隊登陸之前，要把酒桶統統打碎。

石田和辰吉走進民房，吃了一驚。酒、酒、酒——到處是酒桶和酒缸。

除了農業和漁業外，舟山只有釀酒業。釀造大量的酒，用船運到對岸，換回日用雜貨，這就是舟山的經濟。而且在城外至海岸一帶，還有準備運出用的酒庫。

「這可了不得了！」石田回頭看了看辰吉說。

到其他的房子裡去看了看，到處也都是酒。辰吉看了看手中的斧子，苦笑著說：「眞的，光靠我們兩個人對付不了這兒的酒桶啊！」

「反正咱們照他們說的辦吧！把酒桶統統打碎——這樣的活兒今後恐怕還很難碰上哩！」

「可是，太多了呀！」

兩人走進了酒庫，那裡擺滿了酒罎。石田猛地揮起斧子，使勁地砸下。砰的一聲，罎子碎了，黃色的液體湧了出來，石田一腳踢倒了打碎的罎子。

「還是揭開蓋，倒出來快吧？」辰吉說。

「不行，封得太嚴了。還是打碎快，幹起來也痛快。」

「就這麼幹吧。」

伯麥下令要打碎酒桶，但他並不知道這兒是個大酒庫。當辰吉向手心裡吐唾沫時，石田說道：

「辰吉，你能不能去跟班長說說，這裡酒太多了，兩個人幹不了。」

「好吧。」辰吉走了出去。

只有石田一個人了。他揮起斧子，打破了第二個酒罈，兩手插進壇裡，捧起一捧酒，喝了下去。

「好喝！」石田邊說邊把罈子踢倒了。

接著他像發狂似的揮舞起斧子。酒罈子一個接一個被打碎、踢倒在地。流出的酒浸漫了地面。石田的布鞋溼透了，一不注意就要滑跌一下。

「嗨！呀！」他發出了擊劍時的喊聲。

打碎酒罈是英軍司令官的命令，是爲了維護軍紀。石田讓酒流到地上，是爲了居民免遭喝醉酒的軍隊的欺凌。他認爲這是自己對清國人民的友誼。

「可是，這不過是自我安慰吧！」他稍微休息了一會兒，這麼自言自語地說。仗已經打起來了，不管有酒沒酒，人民反正都要遭殃。

辰吉回來了。他吃驚地睜大眼睛說道：「啊呀，打碎了這麼多呀！」

三十多個酒罈子的殘骸散落滿地。

「小心！別叫破碎片劃破了腳！怎麼樣？班長怎麼說？」

「來支援的軍隊已進了隔壁的酒庫。」

「他們已開始幹了嗎？」

「沒有。剛才我順便瞅了一眼，他們沒有幹，反而先喝上了。」

「我想會是這樣的。」石田用手背擦了擦額頭上的汗。手在砸酒罐時濺上了酒，弄得黏呼呼的。他說：「咱們幹吧！」

石田懷著祈求的願望，舉起了斧子。

《廣州紀錄》上刊載的《舟山通訊》中寫道：「軍官們砸破了數千個大酒桶，酒在街上卷著浪花，嘩嘩地流過。」定海城外後來好幾個月都瀰漫著酒氣。

不過，少數的先遣隊並未能把所有的酒桶、酒罈統統都打碎。占領軍很快就登陸了，那時還留下許多完好無缺的酒桶、酒罈。

「有好酒呀！」士兵們一聽這喊聲，眼睛都變了顏色。他們從開普敦或印度出發，經過漫長的航行，終於登上了陸地。他們在廣州當然不可能登陸，已經好幾個月沒有踏上陸地了，酒正是他們渴望已久的好東西。

在登陸的部隊中，有臭名昭著的孟加拉志願軍，他們到處尋找酒。由於人數太多，軍官們已無法控制。不，軍官們也早就渴望著喝酒，伯麥準將也無法驅散圍在酒罈邊的士兵。

從海岸到縣城還不到兩公里。如果能一氣進軍，定海縣城會很快陷落的。可是，伯麥看到工兵都酩酊大醉，決定等一天。他說：「橋梁遭到破壞，工兵隊修好之後再正式進城。」

當天在可以俯瞰縣城的關山上升起了英國國旗。禮炮齊鳴，英國國旗沐浴著夏日傾斜的陽光，在藍空中飄揚。吹來的風中帶著酒氣。

「你看，龍旗被米字旗打落下來啦！」石田瞇著眼睛望著天空，這麼說。

「太簡單啦！」辰吉附和著說。

清朝把黃龍作爲國徽。米字旗是指英國國旗。

「如果就日本來說，等於是在對馬升起外國國旗。」石田說。

「這不只是清國的事啊！」

「日本也在沉睡，沒有軍艦開過去，看來是沒有辦法的。」

「應當大大地覺醒！」辰吉緊鎖著眉頭。他在日本已無棲身之地。但在他的腦海裡，還是浮現出故國的山河。

「要用大炮去轟醒！」石田鄙視地這麼說。

一個隨軍在舟山登陸的英國人，曾經誇耀地這麼寫道：「……一八四年七月五日，即道光二十年六月七日，大清帝國領土的一部分，就這樣最後落於外國之手。清國不屈膝投降就只有潰滅。」

# 4

恐怖的一夜過去了。

軍隊逃跑了，居民也基本上逃光了。留下未逃的，只有少數「豁出去」的居民。另外還有一些可憐的僕人，主人強制他們留下看守剩下的家財。不過，這些人都屏聲斂息地待在家中。定海縣城內的大街上空空如也。

「變成空城啦！……」知縣姚懷祥那張紅臉對著東方發白的天空，自言自語。

城的東、西、北三門都緊閉著，只有南門敞開著。有的人從這裡逃往山裡，有的人逃到海上。通過漁船的報告，了解到在出現於道頭洋上的四隻夷艦的後面，還有二十多隻後續艦船。道頭洋上的四隻夷艦，現在正忙於兵員登陸。要往海上逃，應當乘這個空隙，身負重傷的張朝發，也被人抬上轎子，逃到海上，奔赴鎮海。

不過，姚懷祥沒有逃，知縣是「守土之臣」。

「一箭不發，一彈不放，縣城就失守，而且一個吏臣也未死，這怎麼成呢？」他循著城牆徘徊，心裡在想著。

有些人大概是因收拾家財而耽擱了時間，到了清晨才出城逃走。

知縣在這些人當中看到了自己的幕友王慶莊，對方也發現了知縣。他們的視線碰在一起，但是誰也沒有開口說話。王慶莊拱手行禮，知縣也回了一禮。

人們都走了，再見吧！

「我應當死！」姚懷祥這麼想著。守土之臣的死可以抵得上一百人的死啊！他是文官，不會持刀去拼死。但是，死的方式是不成問題的，總之是要死。

「應當在什麼地方死呢？」他想起了城北普陀寺的「同歸城」，「對，那兒好！」那裡有座雪交亭。據說院內有一棵梅樹和一棵梨樹相對，開花時，兩樹的枝頭相接。那裡是埋葬爲明朝魯王殉難的妃嬪和文武大臣的地方，作爲殉難之地是最理想不過了。

「那兒有一個池子。因爲在梵宮祠旁邊，人們稱它爲梵宮池。」

傳來了猛烈的炮聲。英軍開始進攻了。

城裡的人幾乎都在夜間逃光了，軍隊和官吏逃起來比居民還要快。長年在這裡居住的人們，一旦要離家逃走，還有點猶猶豫豫，而且該收拾的東西也很多。而那些從外地來當官的官吏，相對的來說，就顯得沒有什麼負擔，定海縣監獄裡的官吏也早就逃跑了。

在清朝的官職名稱中，稱監獄長爲「典史」。這種官吏身分極低，比最下等的從九品還要低一級，稱作「未入流」。

定海縣的典史是一位名叫全福的大漢，他的臉經常也是紅的。知縣姚懷祥的大紅臉是天生的，全福是喝酒喝紅的。他的屋子裡擺著酒罈，想起來就用勺子舀著喝。他從早喝到晚，夜裡也是喝得爛醉才睡去。

這天晚上也和往常一樣，他灌足了老酒，呼嚕呼嚕地打著鼾聲，沉入夢鄉。他雖然也聽說英軍進攻的消息，但他滿不在乎地說道：「那是軍隊的事，我的責任是看囚犯。」

第二天早晨，一個姓董的忠僕把他搖醒了。

「眞討厭！讓我再睡一會兒！」全福揉著眼睛說。

「老爺，快逃吧！大家都逃了。」僕人說。

「我不逃，這裡是我的崗位。」

「看守和僕役都逃光了。犯人也在叫嚷哩！」

「什麼？犯人？」全福跳了起來。

他跑去一看，關在牢中的囚犯都在叫喊、咒罵：「放我們出來！」「獄吏想把我們丟下不管嗎？」「番鬼就要來了，會把我們統統殺死的。救救我們吧！」

全福站在牢房前，大喝一聲：「住嘴！」

可是，跟往常不一樣，囚犯們不聽他的話了。大家叫嚷得更加厲害。

全福回到屋子裡，穿上朝衣，戴上官帽，他從容不迫地用勺子舀起酒，接連飲了三杯。然後才拿了刀，回到牢房前，他拔出刀，大聲喊道：「逃跑者斬！」

囚犯們已經沒有心思聽他喊什麼了。他們用身子撞著鐵格子，睜著血紅的眼睛搖著鐵格子。有的人跪在地上哀乞，有的人一個勁地在哀哭。害怕喪命已經把他們變成瘋子，他們以爲英國番鬼打過來，一定會把他們殺死。

「不能讓番鬼看到這些敗類。一定會有人跪在番鬼的面前哀哭，夷鬼會以爲中國人都是這個樣子。」全福心裡這麼想。

「好吧！」他大聲地說：「放你們逃走。快快地跑吧！」

鐵鎖一打開，囚犯們都爭先恐後地逃開了，牢房一下子變得空空如也。

「老董，你也逃吧！」他跟他的忠僕說。

「可是，老爺您呢？」

「我還有點事未辦完。」他輕聲地說道：「我把公印交給你，你好好地帶著它去吧！遇上當官的就交給他。」

中國衙門裡的公印等於是軍隊的軍旗，歷來十分受重視。在遇到火災或其他緊急情況時，首先要保護公印。丟失了公印，要受革職的處分；落到敵人的手中，處分會更重。

全福把一個刻著「浙字第八十八號定海縣典史」的大印交給了僕人。

「嗳……」僕人帶著不安的神情，抬頭看了看主人。

「對了，你等一等，我馬上寫一封信。你把信和公印一起交給當官的。」全福提起筆，閉了一會兒眼睛，他想起了他的家人。

全福，甘肅省武威人，字疇五。他在新疆省長期工作過，是從那個被沙漠包圍的地方來到這個被大海包圍的島上的。現年三十八歲，家屬還在甘肅，他已派人去接，預定十月左右到達浙江。

他不停地眨巴著眼睛，放下了筆。

他的信上寫道：家屬如來浙江，人地生疏，舉目無親，希上司能發給路費和通行文書，送返甘肅。信的最後說：「難中乏紙筆，潦草具稟下情。」

全福把信加上封，交給了僕人。僕人還在猶豫。全福向他大聲斥責說：「還不快走！」炮聲比以前更大了。

英軍進城時候，留在定海縣未走的政府官吏只有知縣姚懷祥和這位典史全福。

## 5

駐紮在城外的英軍，決定在七月六日拂曉進攻定海縣城。

義律少將率領的二十幾隻軍艦將於六日到達道頭洋。但現有兵力已足夠攻克定海縣城，因此不必等待後援艦隊。

據斥候的偵察，縣城方面並無抵抗的樣子。

凌晨三點——石田悄悄地溜出了住宿的民房，辰吉似乎已經沉沉大睡。

石田朝四周瞅了瞅，避開了崗哨，彎著腰在黑暗中往前走去。他的手中拿著浸了油的破布，約莫過了一刻鐘，他又回到房裡，手中什麼也沒拿。

「啊呀？」原來睡在他身旁的辰吉不見了。石田正要點起燈籠尋找時，身後有一個低低的聲音說道：「先生，一切我都看到了。」

「辰吉？」石田轉過身來。

「噯，是我。我剛才緊跟著先生的後面出去了。」

「你怎麼不睡覺？」

「睡不著呀。」

不一會兒，外面突然一下子明亮起來。離天明還早。而且那種亮光帶有紅紅的火光。「燒起來啦！」辰吉說。

周圍突然人聲嘈雜。很多人從門外跑過去。傳來了這樣的喊聲：「失火啦！」「哪兒有水？」石田和辰吉也走到外面，那座像是倉庫的最大建築失火了，那裡住著很多軍隊。不到一小時，火就被撲滅了。

傳來了這樣的談話聲：「有沒有人受傷？」「幸好全體人員都平安無事。」「是嗎？我一再說，滅燈之後絕對不准點火。大概是不小心的人又點火抽煙了。」

「沒有什麼損失呀！」辰吉說。他是用日語說的，所以沒有壓低聲音。綢緞鋪掌櫃久四郎乘坐的麥爾威厘號還沒有到來。

「無所謂。」石田小聲說：「是我的感情使得我這麼做的。我不得不這麼做。」

「我理解。」辰吉安慰石田說。

兩人又鑽進了房裡。石田坐下來說道：「我所做的和金順記的連維材所做的相似，放把火對大局並無影響。不過，我不能不放火。」

「是呀。不過，連先生確實是個了不起的人。」

「所以我也會了不起的。」石田這麼說後，躺了下來。

「是了不起。看到先生放火，我佩服極了。」

「謝謝誇獎。」石田的聲音中帶有自嘲的味道。他接著說：「我是用浸著油的破布放火，連維材是在一個可以燒得更旺的東西上放火，還是他高明呀！」

「你所說的可以燒得更旺的東西是什麼呀？」

「林大人啊……那把火已經熊熊地燃起來了。」

火撲滅之後不久，響起全體起床的號聲，就要進攻縣城了。

爲了進行威嚇，發射了幾發榴彈。城內並未還擊。爲了愼重起見，接著又向城裡發射了無數的炮彈。可是城裡連一槍也沒放，幾名英國兵爬上了城牆，從裡面打開了城門。

當時的英軍官兵，可以說絲毫沒有感到「戰爭的恐怖」。在占領道頭洋炮臺的時候，他們已經看到那裡的黃銅大炮上刻鑄的製造年代和鑄造者的姓名。他們聽說是一百年前的大炮。實際一看，才知道比聽說的還要古老。那是一六一年由一個名叫理查．菲力浦的人鑄造的。炮齡整整二百四十年。

看到了這門大炮，把他們對清軍最後的一丁點兒恐懼心理也刮得一乾二淨了。從打開的城門口，英軍像潮水般湧進定海縣城。他們根本沒有打仗的感覺，他們一開始就爲了獲得戰利品，爭先恐後地專找那些高門大戶闖進去。

英國方面記載當時定海縣城的情況說：「街上飄溢著死一般的沉寂。」

## 6

入城之後，石田等人奉伯麥準將的命令，去向留下的居民宣讀安民告示。

最初他是挨家挨戶地進去，可是家家都是空的，只有地板上零亂地散放著一些破爛，大概是匆匆忙忙收拾箱籠細軟剩下的。

「對，有錢人家也許會留下僕人看家。」石田這麼想，以後他就有重點地專進大戶人家。有一家有著高大的門樓，他走了進去。

英國兵也專找那些財主人家。在這戶人家裡，石田看到士兵們正在一個朱漆大衣櫃裡尋找衣物。

兩個士兵正在爭奪一件粉紅色的綢子女衣。

「是我先看到的！」

「胡說，是我先拿到手的！給我！」

「咱們爭奪這個小東西，好東西會叫別人給拿光啦！」

「嗯，這還有點像話。」那個愚蠢的滿臉鬍子的大兵鬆了手，跑進另一個房間。

這座房子很大，有好多房間。石田一邊挨個地仔細地瞅著每個房間，一邊往裡走。所有的房間裡，除了英國兵之外，看不到別的人。

走進最後邊的一個房間，他才發現一個中國人。那是一個女人，從服裝上來看，好像是個女傭人。她緊緊地趴伏在地板上，三個英國兵圍著她。這三個兵都是白人，他們身上所有的口袋裡都裝得飽鼓鼓的。連劍鞘上都纏著紅的、黃的綢子。背囊和帽子放在一邊。

女人一動不動。她不能動。一個大兵把刺刀緊貼著她的臀部，動彈一下就會被刺傷。

石田的肩上斜系著白布帶，上面寫著「MILITARY SERVICE（軍務）」兩個紅字，這個標誌表明他是英軍方面的人。

「你要幹什麼？」紅毛大兵回過頭來問他。

「奉伯麥準將的命令，來向留下的居民宣讀告示。這兒有一個人，我要宣讀給她聽。」石田說。

「討厭！滾開！」

「不宣讀告示，就是違抗命令。這兒有留下的居民……」

「念吧！」大兵忿忿地說，轉過身去。

石田掏出告示，開始念起來：「告定海居民。大英帝國現在占領了定海。」

大兵們發出了一陣哄笑。女人稍一動彈，碰上刺刀，慘叫了一聲。另一個大兵用刺刀伸進女人的裙子，把裙子掀了起來。

「還穿著黑褲子哩！」「喂，脫下！」「你不脫，我們就給你扒下！」

「我們怎麼說，她也聽不懂呀。」一個大兵蹲下來扯女人的褲子。

「哎喲！」女人掙扎著。貼著臀部的刺刀這次紮進去相當深。鮮血染紅了白色的單裙。

石田繼續念告示：「必須服從大英帝國軍統領之命令，各自勤於家業。良民將受到保護。……」

大兵們又發出一陣哄笑聲。「扒下來啦！」一個大兵用刺刀尖挑著黑褲子，來回舞動。裙子已被撕破了，女人露出了下半身。

石田看到了兩個隆起的屁股尖。刺刀插在兩個屁股尖中間，寒光閃閃。

「與大英帝國合作者，將得到報償。……」石田大聲地念著。

大兵們忙著幹他們自己的勾當。

「把她翻過來！」一個大兵說。另外兩個大兵從兩邊把女人抱起來。

這時石田才看到了女人的臉。女人已經不年輕了，約莫四十歲左右。她圓睜著兩隻眼睛，那是一雙由於恐怖和恥辱而茫然失神的眼睛。她被抱起來時已經像死去一樣，而刺刀還在撕扯她的上衣。

「哇——！」英國兵發出了怪聲。女人的上衣被撕成兩半，露出乳房。

「對軍隊採取敵對行為者，將徹底鎮壓之！」石田念完了布告的最後一句。

女人又被扔在地板上。這一次是仰躺在那裡，身上一絲不掛。

「上去！」三個獸兵開始了爭奪女人肉體的競賽。一個兵把臉埋在乳房的中間，一個抱住腳，另一個想把他推開——白色的裸體在三個互相爭奪的獸兵之間搖來晃去。

「喂，停一停！」一個獸兵喊道，「好像是死了！」

另外兩個獸兵放下他們手中拿著的一隻腳，瞅著女人的臉。石田已經宣讀完了告示，也看了看女人的臉。一道鮮血從女人的唇邊順著面頰流下來。女人的眼睛還是圓睜著的。

「他媽的！把舌頭咬斷了！」

一個獸兵朝死去的女人的臉吐了一口唾沫。

當時《廣州紀錄》上的一篇《舟山通訊》寫道：「我沒有看到一個人遭到殺害。特別是歐洲的士兵態度極好，在定海縣發生的不幸事件均為孟加拉志願軍所為。」

可是，「紅毛夷」在定海的暴行和「黑夷」的掠奪同樣在居民中長期流傳著。福建林昌彝的《射鷹樓詩話》中說：……自海口之亂以來，定海、寧波婦女受害最慘。有的被帶往夷國，有的被賣給他人，有的被肆淫後扔入水中。

英國遠征軍是把全部主力都開往舟山的。據說在印度和開普敦集中的陸海軍人員約為一萬五千人。不過，占領定海縣城是由四隻先遣軍艦進行的，所以人數要少得多，主力於七月六日到達了道頭洋。

旗艦麥爾威厘號因躲開東印度公司的武裝商船阿塔蘭塔號，在逆行時觸了礁，因而兩個義律轉移到威里士厘號上，這時定海縣城已經陷落了。

占領縣城時，沒有發生戰鬥。只有一個高大的漢子，一邊用中國話喊叫著什麼，一邊揮舞著大刀。他在砍傷兩名印度兵和一名白人兵之後，被刺死了。如果這能稱之爲戰鬥的話，這就是占領定海縣城唯一的戰鬥。

受傷的白人兵報告說：「靠近他身邊的時候，酒氣沖天。那傢伙是不是個醉鬼呀？」

典史全福最後就是這樣犧牲的。

知縣姚懷祥在梵宮池投水自盡了。

西歐的史學家寫道：「這是那一系列長長的插曲中第一個插曲，它在英國人的心中引起了帶有尊敬與輕蔑的感嘆。」

由自殺或自殺性的反抗所譜寫的漫長的故事就是從這裡開始的。

# 開赴天津

道光皇帝對林則徐還有點留戀，覺得這樣大義凜然的官吏難得。但是，軍艦來到了天津洋面，已是不可忽視的事實。他決定在經過調查之後，那時也可以把林則徐拋出。在道光皇帝動搖的心裡，已經產生了這樣的想法。

## 1

龔定庵並不住在故鄉杭州，而是在蘇州與上海之間的昆山定居。

去年四月，他一度從北京出奔回鄉。當時他和默琴同道到蘇州，把家眷留在北京。接著在九月他又北上，這一次是去接家眷。不過，吳鐘世聽到他已到達北京附近的消息時，趕快跑去阻止他說：

「現在你可不能進北京！」

「爲什麼呀？」

「據說穆彰阿已經知道默琴是你帶走的，他正在大發雷霆，絕不會饒過你的。」

「韃虜要幹什麼！」

「可不能小看了那個傢伙。你只是來接家眷的，由我來安排，把你的家眷送到這裡，你暫且在這裡等著。跟那傢伙較勁兒，不值得嘛！」

吳鐘世說得十分誠懇認眞，定庵只好留在固安縣，在那裡等候家眷。這次他終於沒有踏上北京的土地就南下了，寄居在他家的連維材的小兒子理文，也跟著龔家的人同行。

定庵給昆山的住所起名爲「羽岑山莊」。昆山縣屬蘇州府，當天可以到達蘇州城或上海城，到故鄉杭州需要三天的旅程。他經常外出旅行，過著悠閒自在的生活。

「我要去蘇州一趟。」有一天，定庵這麼說後，就準備離開山莊。

「啊呀！這次怎麼不去上海呀？」他賢淑的妻子何吉雲說起了挖苦話，她早已知道定庵過去的情人默琴現在在上海。

「以前是去見溫翰的，這次是去看看理文。」定庵不高興地說後，坐上了轎子。

定庵去上海見溫翰，溫翰並沒有告訴他默琴在什麼地方，他也沒有過問。定庵常在上海的街上散步。他心裡曾經想，說不定在哪個街角突然碰到默琴。不過，從來沒有碰上過。

他只好命令自己：斷了念吧！

溫翰每次也只是跟他說：「默琴小姐很好，過著新的生活，你不用擔心。」

清琴在溫翰那兒，所以也不能在她面前隨便談默琴的事情。

連維材把理文寄託在定庵家。理文在羽岑山莊讀書，有時去蘇州哲文哥哥那裡。現在理文在蘇州。

定庵來訪的時候，哲文正在畫英國軍艦的畫兒，英艦入侵的消息早已傳到了這一帶。理文在旁邊看哥哥畫畫，哲文仿照弟弟英文書中的插圖在畫畫。

「老師，您聽到定海的事情了吧？」理文一見定庵的面，就這麼問。

「嗯，聽說了，據說沒打像樣的仗。」

「根本就沒打仗。」

「看來新時代就要來啦！」定庵今年四十九歲。最近一年來，他好像一下子蒼老了。他說：「那可是你們的時代啊！不過，你們比我們這一輩人可能還要不幸啊！……」

「老師，那該怎麼辦呀？」年剛二十的理文，一個勁地要打破砂鍋問到底。他說：「打，肯定會敗。可是，對方要來挑戰呀！」

「如今只有保護中國的精神。戰敗了，只要不丟掉精神，日後還有希望。」定庵壓低了聲音，接著說道：「垮掉一兩個王朝也不打緊。」

理文把他緊攥著的拳頭放在膝頭上，而哲文一直在揮動他的畫筆。

這時來了一位稀客，他是王舉志。王舉志和定庵是初次見面，但他們彼此都久仰大名。定庵——龔自珍是詩人、公羊學的泰斗，普天下的讀書人都知道他的名字。大俠王舉志在江南也赫赫有名。

「久聞壯士神出鬼沒，不知這次要去何方？」定庵問道。

王舉志指著哲文所畫的夷艦回答說：「到那個兵船停泊的地方去。」

「是定海嗎？」

「是的。」

「已經叫英軍占領了呀！」

「聽說縣城失陷時，殉難的只有知縣和典史兩人。」

「兩人都是文官……武官早就逃了。」

「這太不像話了。我國當然有腐敗的一面，但也有健全的一面。這次送到英軍面前的果子都是腐爛的，只有兩個還有點咬頭的柿子。這樣不行呀！這對後世是不利的，今後我想讓他們看一看這個國家也還有未腐爛的新鮮水果。」

「新鮮的水果？……是山中之民嗎？」

「是的。還有海邊之民。」

「他們會受您調遣，這是值得慶賀的事，願您好自爲之。」定庵低頭行了一個禮，他是難得向別人低頭的。

「慚愧慚愧！」王舉志也慌忙低頭行禮。

「人的才能各不一樣，您有著團結民眾力量的非凡才能，現在該是您發揮的時候了。」定庵指著哲文說，「比如說，他也有才能。但是，現在還不是他出場的時候。」

哲文仍然在揮動畫筆。

「是這樣。今天我來就不是求哲文君，而是求理文君。」王舉志這麼說後，坐端正了姿勢。

「求我？是什麼事呀？」理文那雙明亮的眼睛直視著江南大俠的臉。

「聽說連家的子弟都擅長英語，據說理文君最具有這方面的才幹。」

「我？不，哪有……」

「不，現在這樣的時候，希望你不用謙虛了。我已和上海的翰翁商量過，據說你在北京一直跟欽天監（天文臺）的學者學習英語，造詣很深。因此，我想請你跟我一塊兒去浙江，不知你能否同意？」

「去浙江？」

「是的，去浙東的海濱。舟山有英國佬，我希望有會英語的年輕人協助。」

這時，定庵簡直用命令的口氣從旁說道：「理文，去吧！」

理文一聽這話，挺直了腰板回答說：「是！」

哲文這時也終於擱下畫筆，慢慢地說道：「我也去吧！」

「不是說過了嗎，現在還不是哲文君出場的時候。」定庵帶著訓導的語氣說。

「我並不是想去協助王老師，我想畫畫，我要看更美的景色，要見各種各樣的人……」哲文拿起了另一支畫筆。

這支畫筆蘸飽著紅顏料，哲文伸開手臂，把這支筆直落在剛才畫的夷艦圖上，使勁地向上猛勾了一筆，黑色的夷艦看起來好似噴出了火柱。

## 2

定海縣城陷落的報告，立即送到了對岸的鎭海。在這之前，浙江巡撫烏爾恭額已獲得英國艦隊逼近的情報，急忙趕往鎭海。

前面已經說過，定海當局曾向對岸求援。浙江水師提督祝廷彪接到求援文書，立即撥給參將胡得耀和游擊周士法八百軍隊，準備讓他們去定海。但是，援軍尚未到達，定海已落入敵人的手中。

現在的問題是加強鎭海的防禦，鎭海營約有水師兩千人駐守，提督又命令湖州、金華、嚴州、紹興、處州、衢州三千五百名士兵趕赴鎭海。

但是，趕來的只有紹興的三百名士兵，各營的兵力都不足定額。武官的養廉（薪俸）雖少，但部下的供給均由國庫支付。所以實際兵員都少於規定的數額，上級武官專門從中揩油。而且拼湊來的兵士，大多是廢物，不少是根本不能打仗的鴉片鬼。

英軍占領定海縣城後，喬治·義律少將宣布「舟山是維多利亞女皇領有的土地」，任命巴賴爾準將爲這塊新領地的總督。傳教士歐茲拉夫在總督的領導下就任司政官，主要擔任民政工作。石田時之助、辰吉、久四郎三名日本人以及從廣東跟來的二十幾名中國人，分配到歐茲拉夫的衙門，從事跟居民打交道的工作。

英艦立即實行海上封鎖，斷絕大陸與舟山的聯繫。但允許持有英軍頒發的「通行證」的船隻出入。封鎖主要以對岸的商港寧波爲對象，一直延伸到長江口。後來對福州也實行封鎖。可是，封鎖對中國是不會產生任何效果的。中國的經濟原則一向是自給自足，不用說對外貿易，甚至通過水路的國內貿易，政府也不予以鼓勵。他們首先是害怕人民和外國人接觸。

英國的軍艦鱷魚號去封鎖福建省省會福州的海面，其實不過是一幕滑稽劇。因爲福建當局爲了避免人民勾結外國人作亂，早就自己封鎖了海港，禁止船舶出入。

但是清朝的海軍力量薄弱，不可能徹底阻止民船悄悄地出入。鱷魚號等於是被派遣去協助清朝官員實行海上封鎖，借助於英國軍艦的力量，福建當局才成功地實現了自我封鎖。

義律少將在定海待了二十五天後，朝著訓令所指定的最終目的地——白河口出發了。白河的河口即天津洋面，皇城北京就在它的眼前。

北上艦隊由五隻軍艦組成，旗艦是威里士厘號，其他是赴舟山途中曾經炮擊廈門的布郎底號，廣州的老對手窩拉疑號以及卑拉底士號和摩底士底號，另外還帶了輪船馬達加斯加號、運輸船阿塔蘭塔號和達維德·瑪律科姆號。

隨軍翻譯用抽籤的辦法選定，結果辰吉和久四郎留在舟山，石田參加了北上艦隊。

舟山洋面部分夷艦繼續北上的消息，迅速傳到各地。報告送到了北京，也傳到廣州。

連維材比廣州當局更早接到這一情報，英國艦隊北上早就是他預料中的事。他心裡想：「林則徐的命運將會怎樣呀？」

林則徐的命運如何將由北京動搖的程度來決定。

放棄定海縣城、逃到對岸鎭海的武官羅建功等人，在那裡向水師提督報告了定海陷落的經過。古今中外的敗將所說的話都大體相似。他們報告說：「該做的都做了，敵人過於強大。」他們誇張地報告了敵軍的力量，企圖以此減輕打敗仗的責任。義律的艦隊確實是強大的。但是，傳到北京的情況遠遠超過了實際。

浙江巡撫烏爾恭額和提督祝廷彪聯名上奏的報告中說：

……英逆之夷船，又來五艘，合爲三十一艘。四面裝炮，大者三層，次者二層，小者一層。其中有二艘船旁裝有輪盤，旋駛如風，往來甚速，是爲前導。……

## 3

聽說夷艦要開往天津，直隸總督琦善慌了手腳。

「林則徐這傢伙！」他攥著茶杯，憤憤地說。

琦善任兩江總督時，林則徐是江蘇按察使。由於這個老部下在廣東採取了不必要的強硬政策，眼看就要牽累自己了。如果皇帝嚴令擊退夷艦，那將怎麼辦？戰勝是不可能的。天津的守兵僅有八百，其中除去看守倉庫、監獄、城池的衛兵和傳令、雜役外，實際的戰鬥兵力不過六百人，靠這麼一點兵力怎麼也打不了勝仗。

總督是該地區的軍事和行政的最高負責人，而且直隸省（現在的河北省）不設巡撫。也就是說，可供推卸一半責任的物件也沒有。

琦善心裡想：「要是在天津打仗，那一切都完了。」

他一向不把軍備放在心上，如果說有覬覦天津的外敵，只有朝鮮或日本。而朝鮮是進貢國，日本在實行閉關自守，不可能進攻。討厭的西洋夷人則專門由廣東去應付——他是這麼想的，所以幾乎毫無準備。

而現在得到了敵艦即將到來的緊急報告，琦善急忙到北京去找穆彰阿。

「你無論如何一定要把宮廷內的主戰主張壓下去！」琦善向穆彰阿提出了強烈的要求。

穆彰阿閉著小眼睛說道：「放林則徐到廣東去，本來就是不合適的。」

「現在不是翻老帳的時候。如果這麼說，那早就應該把嚴禁鴉片的主張壓下去。」

琦善爲正黃旗人，出生於世襲一等侯爵的名門。在當河南按察使時期，雖曾因斷錯了案子而被降職，但在官場廝混總算還沒有出什麼大的差錯。他的哲學是避開麻煩的事情；實在避不了，就裝糊塗。他看起來還比較年輕，氣色也不錯，一看他那張臉，就知道他沒有經歷過什麼勞苦。他一帆風順爬上了直隸總督的寶座，但碰上逆境就難以應付。平常人們說他是冷靜沉著的長者，可是，一旦面臨困難局面，立即暴露出他的弱點，變得極不冷靜。

「弛禁鴉片的問題，我不是盡了最大的努力了嗎？」穆彰阿帶著辯解的語氣說。

「過去的事情就不用提了，還是談眼前的問題吧！」

「首先要讓皇上認識英夷的可怕。」

「定海的陷落，應當明白這一點了。」

「其次，要了解英夷的意圖。他們想得到的東西，恐怕要給他們一些。」

「會不會出無理的難題呢？」

「他們會有各種要求。不過，他們講價，咱們可以還價。」

「恐怕會要林則徐和鄧廷楨的腦袋吧！」琦善這麼說後，掏出了一張紙。

那是英國人給浙江巡撫的「夷書」，其中極力譴責林、鄧二人的暴虐。因此，我大英「國主震怒，起仁義之兵六百萬」。

「要腦袋太便宜了，要多少都會給他們。」穆彰阿嗓子眼裡發出咯咯的笑聲。

「可是，皇上現在信任他呀！」琦善面色蒼白。

「這話只能小聲說。」穆彰阿湊到琦善的跟前說，「皇上可不是把一個信念堅持到底的人，這一點你也會很清楚。形勢一變，皇上的情緒也會變的。」

「能坐等形勢的變化嗎？說不定未等到變化，我們的腦袋已經搬家了。」

「這個我早考慮到了——連彈劾林則徐的奏摺也早已準備好了。我想該是一點一點端出來的時候了。」

「該打的牌就打吧！英國的艦隊馬上就要到天津洋面了。」

琦善早就心急如焚，緊攥著的拳頭不知道往哪兒放好，不停地搖晃著肩膀，心裡七上八下。

穆彰阿裝出一副同情的樣子，安慰他說：「不要太擔心嘛！有伊里布在那兒，他當上了欽差大臣，會很好地和定海的英國人打交道的。他是我們陣營中最可信賴的人啊！」

兩江總督伊里布於七月二十九日得到了欽差大臣的關防，被委任全權處理有關浙江的夷務。

穆彰阿一看琦善那驚慌失措的樣子，心裡想：「比起琦善來，伊里布是多麼可靠啊！」

琦善回去之後，軍機大臣走到院子裡。他一邊用他那皮底的布鞋踐踏著院子裡帶著露水的草叢，一邊仰望著天空，心裡想：「這傢伙已經慌了神了，有什麼可慌的呀，皇上是跟我們站在一邊嘛！」

他早就有了信心，要保持天下太平，搜羅財寶，享受富裕的生活，那就不能打仗，就應當避免改變世道的事情發生。在這一點上，皇帝、大臣以及所有滿族統治階層的利害關係是一致的。

「皇上現在爲高燒弄昏了腦袋，總有一天會退燒的。」

他正想到這裡，僕人走了進來，向他稟報昌安藥鋪的老闆在另外的房間裡等他。一看藩耕時的臉，就能知道事情的大概。

「還沒弄清楚嗎？」穆彰阿這麼說後，斜坐在紫檀的大椅子上。

「是的。默琴小姐的去向怎麼也查不出來，肯定不在定庵那裡。」

「盯住定庵，不就可以弄清楚了嗎？」

「定庵現在來往於蘇州、杭州和上海、江寧之間。」

「默琴肯定會在這其中什麼地方。」

「也請清琴小姐協助。不過，目前，還……實在沒臉面見您。」

「得啦！」穆彰阿厭煩地閉上了眼睛。他在極力使自己的心情平靜下來，太陽穴上的青筋又暴了起來。過了一會兒，他說：「無論如何一定要把默琴找到，我穆彰阿不能讓一個女人白白地逃掉了！」

「是，明白了。我一定盡力去辦。」藩耕時低下了頭。

「廣州那邊有什麼消息嗎？」穆彰阿改變了話題。

「據說廣州的水師十分強大。根據予厚庵大人方面的情報，連維材拿出自己的財產，增強了海口的炮臺和軍隊力量，那裡已固若金湯了。」

「所以夷人才避開廣東，出現在舟山。要在廣東打起來就好啦。」

由於那裡加強了防守，敵人才避開它，去衝擊其他薄弱的地方。如果全國沿海都像廣東那樣加強防守，外夷也就沒有空子可鑽了。

穆彰阿並不是沒有想過這個道理。但他認爲：「那需要一筆很大的錢。這筆巨大的支出將會動搖國家的財政，說不定還會使清朝的統治產生裂縫。」穆彰阿輕輕地搖了搖頭，「只有妥協。不能『戰』，只能『撫』；把夷人想要的東西給他……最好是要林則徐的頭！」

「大人您說什麼？」聽到穆彰阿的低語，藩耕時伸出腦袋問道。

「我什麼也沒說。」軍機大臣這麼說後，轉過臉去。

## 4

七月二十九日，英國北上艦隊的八艘艦船從舟山的定海出發。

石田最初被分配在威里士厘號上。航行期間不太需要翻譯，讓他在廚房裡幹活。在海上如遇到帆船，則開炮威嚇，迫使其停船，掠走船內的糧食；如是漁船，則沒收其捕獲的魚蝦。只有在這樣的時候，石田才被叫去當翻譯。

「英國人說，要統統沒收。」他這麼一說，帆船上的人就哀求說：「但求饒了性命，東西都送給你們。」

軍艦卑拉底士號一出舟山就襲擊並燒毀了一艘帆船，艦長後來還因此受到義律少將的表揚，說他「打退了海盜」。

當這艘帆船上的烈火熄滅後，石田曾和其他船員乘小艇去查看。甲板上躺著十幾具燒焦了的屍體。搜查船艙，兩個倖存者躺在船艙的角落裡，一被發現，立即跪在英國水兵的面前叩頭。他們黝黑的臉上滿是淚水，哀聲呼喊：「救命！救命！」

八月一日遇上特大暴風雨。但是，這次暴風對艦隊來說是順風，航行反而比預想的還快。艦船是分散進入黃海的。水兵們一看到這泥土色的海水，紛紛說道：「黃色的海！果然名不虛傳！」

八月五日，西邊可看到山東半島的陸地。

六日，進入了渤海——即直隸灣。

七日，開炮威嚇一隻航行的帆船，搜查了船內。這只帆船上掛著一面「進貢」的長條旗，他們以爲一定有什麼貴重的東西，其實裝的都是綠豆。綠豆不能作爲英國人的食品，因此沒有沒收，放了過去。

進貢船上有一個小官兒。帆船上的船員們害怕喪命，朝著登船的英國水兵合掌求饒，齊呼：「救命！救命！」唯有那個小官兒傲慢地大聲喊道：「要幹什麼！」一個英國兵用槍托子橫掃了這個小官兒一個耳光，小官兒被打倒在甲板上。他那充滿著仇恨的血紅眼睛，好久都印在石田的腦海裡。

八月八日，全部艦船在洋面上集中在一起，九日到達了目的地白河口洋面。

由於海圖不完備，逐漸接近陸地時，艦船都謹慎地緩慢前進。旗艦前面的船不停地測量著水深，用信號傳達給各個艦船。

「終於到達目的地啦！……」義律少將把望遠鏡對準陸地，感慨殊深地小聲說道。

陸地向海上伸出兩座方形的建築物。那可能是炮臺。

第二天，輪船馬達加斯加號進入了白河。由於水深的關係，特別選定這只輪船打前站。義律大校坐在這艘船上，不用說，這艘船帶著與清朝官員接觸的任務。石田等翻譯人員大多也奉命乘上了這艘船。

輪船溯河而上，沙洲很多，當然需要引水。英國艦隊在附近扣住一隻帆船，強迫帆船上的船員擔任引水。條件是：「如果能平安到達，退還扣押的帆船。」

英國船到這裡來的目的，是把外交大臣巴麥尊的書信交給清國的大官兒，並領取回信。

巴麥尊的書信已由馬禮遜譯成中文。這封信相當長，主要內容是這樣：賠償欽差大臣在廣東沒收銷毀的鴉片款項；對英國商務監督官施加的侮辱賠禮道歉，並保證今後不再發生此類事情；指定沿海一個或數個島嶼作爲英國臣民居住和進行商業活動的地方；清算公行商人對英國商人的負債。信上還寫道：應當認爲，英國全權代表團對清國政府的要求，即我英國政府的要求。細節問題全部委託於全權代表團。

不過，坐在馬達加斯加號上的查理·義律的心情很不舒暢。他跟他的堂兄喬治怎麼也合不來。

查理長期待在中國，深受居留在中國的英國商人的影響。他認爲，不管怎麼說，貿易是首要的。他從一開始就是主戰派。但是，戰爭的目的是爲了貿易。他希望儘快獲得體面的條件，重新開展貿易。

但是，從開普敦來的喬治·義律不了解清國的情況和英國僑民的意圖。他腦子裡只有本國政府的命令。他只考慮「打擊清國」，經常駁斥他的堂弟說：「你開口閉口都是什麼貿易、通商。最主要的應是大英帝國的榮譽！」

直隸總督琦善早就來到大沽，等待英國艦隊。他首先派出千總白含章，給艦隊送去了牛羊等食品。

白含章後來在太平天國戰爭中被打死。這位白長官於八月十六日接受了巴麥尊外交大臣的書信。琦善通過白含章，保證十天後答覆。

## 5

「一切都是廣東發生的事件所產生的後果。」穆彰阿跪伏在地上說道。如果沒有軍機大臣王鼎瞪著兩顆大眼珠子站在旁邊，他肯定會把「廣東」說成「林則徐」。

「是呀……」道光皇帝皺著眉，點了點頭。皇帝已經動搖了。

穆彰阿偷看著皇帝的臉色，繼續上奏說：「賠償沒收的鴉片也好，向受侮辱的商務監督官賠禮道歉或清算公行的負債也好，這些都應該在廣東當地解決。在當地解決不了，他們才跑到這兒來了。」確實是這樣。但穆彰阿的意思是，天津是無辜地為廣東發生的事件擦屁股。

「割讓海島，絕對不行！」道光皇帝突然大聲地說。這話聽起來也可以理解為除此以外還可以考慮。

「是的，臣也這麼認為。」

「他們的軍艦果然是那麼堅固，大炮果然是那麼強大，準確嗎？」道光皇帝垂問說。

「誠惶誠恐，確實是這樣的！」穆彰阿這麼說後，把額頭蹭在地上。他早已利用內廷的親信，大肆向皇帝灌輸了敵人「船堅炮利」的可怕。

「林則徐有點短慮了。」皇帝把手放在下巴上。

穆彰阿側眼看了看王鼎。

王鼎露出不服的神色。他是林則徐的狂熱支持者。他抬起頭上奏道：「英夷的船堅炮利，林則徐早已了解，而且上奏過。禁絕鴉片，那只是忠實地執行了皇上的意圖；關於銷毀鴉片，還獲得了皇上的嘉賞。至於公行的負債，那應當是管轄公行的廣東海關監督的責任，海關不屬於總督管轄，如果要追究責任，恐怕要追究隆文和卓秉恬兩位尚書。」

海關不屬地方總督所管，直屬於中央戶部（財政部）。當時戶部的長官，滿人尚書是隆文，漢人尚書是卓秉恬。

「現在不是追究責任的時候。當前英國軍艦已來到眼跟前的天津洋面，首先要研究採取什麼對策。」穆彰阿提高嗓門說道，好像是要抵消王鼎的發言。

接著討論了各種「對策」。

賠償鴉片貨款，這關係到大清國的面子，根本不能接受。於是提出了免除英國商人今後的進口稅來代替賠償的方案。

對於兩國的官吏以對等的地位進行接觸的要求，議論的結果認為不能突然改變。但過去接觸的途徑是按「英國官吏——公行——海關監督——政府」的順序，現在可以去掉公行這一級，承認英國官吏與海關監督處於對等地位。

割讓海島絕不允許。但鑒於澳門已經部分委託葡萄牙管理，有人認為可以此地代替，也向英國人開放。

不管怎麼說，英國對林則徐是恨之入骨的。如果拿出「處分林則徐」的方案，英國的態度很可能軟化。

穆彰阿使盡一切手段，煽動皇帝處分林則徐。軍機大臣王鼎雖然反對，但他這個人只會感情用事，缺乏謀略。

道光皇帝對林則徐還有點留戀，覺得這樣大義凜然的官吏難得。但是，軍艦來到了天津洋面，已是不可忽視的事實。他決定在經過調查之後，那時也可以把林則徐拋出。在道光皇帝動搖的心裡，已經產生了這樣的想法。

穆彰阿終於取得了勝利，准許向英國全權代表團作這樣的說明：「林則徐的禁煙措施有失當之處，已經上達天聽。一定仔細調查，將治其重罪。」

「如何答覆總算有了眉目啦！……」琦善聽了穆彰阿說的情況，心裡落下了一塊石頭。十天的期限很快就到了。

在這十天期間，英國的艦船方面也不是悠閒自在地度過的。通過這次航行，了解到過去的海圖很不完備，誤訛很多。因此各個艦船分別測量了附近一帶的水深。威里士厘號去了山東登州的砣磯島，布郎底號和摩底士底號去了複州灣的長與島，卑拉底士號去了潤河，各個艦船都順便補充了食物。

各艦船於二十七日再次在白河口洋面集結，商定的十天期限已經過了。琦善早就在等待英國艦隊的出現，會談決定於八月三十日在大沽舉行。

# 革職

在北京，穆彰阿正爲他的同志——直隸總督琦善擔任欽差大臣赴任廣東舉行餞別宴會。他帶著滿意的神情，舉著酒杯：「兩江有伊節相（伊里布），廣東有琦中堂（琦善），邦家安泰無疑。……」

宿敵林則徐已失去皇帝的信任，即將革職查辦。唯一讓他擔心的是，庇護林則徐的軍機大臣王鼎跟皇帝說：「林則徐頗有人望，如強行處分，人心動搖。」而皇帝似乎也微微地點了點頭。

## 1

辰吉坐在海灘的沙子上修補漁網，他曾在城市的店鋪裡工作了八年。但在這以前他當過漁夫，幹過水手，漁網是可以修補得很好的。

海邊的氣味使他十分懷念，這不是廣州或澳門的碼頭上的氣味，這裡的空氣可以放心地一直吸到心的深處。

「王先生的手眞靈巧啊！」劉婆張開她那掉了門牙的嘴巴，笑著這麼說。

不過，在她旁邊的孫女香月，不僅臉上沒有一絲笑容，而且用充滿敵意的眼睛瞪著辰吉。辰吉的肩上掛著「軍務」的帶子，他知道島上的居民把自己這類人稱作漢奸。

「你要小心啊！」劉婆說。

「小心什麼呀？」辰吉並沒有停止手中補網的活兒，這麼反問說。

「昨天又有一個黑兵被鋤頭砍死了。」

「是嗎？」辰吉又朝香月那邊瞅了一眼，說：「反正是要挨敲的，我倒希望能讓像香月姑娘這樣漂亮的人兒狠狠地敲一下。」

「這可不是開玩笑啊！這一帶的人都知道你不是壞人，可是，最近外面來了許多人，你可眞的要小心啊！」

最近用小船送來了許多恐怖份子，辰吉早已聽說了這件事情。如果是本地人，比如說像香月那樣的，最多也不過瞪他一眼，不會施加危害。在這一點上，他是很有信心的，因爲他幫本地人做了很多好事。

定海的英軍司令兼總督巴賴爾準將，命令部下上繳戰利品。據英國國會的藍皮書報告，這次上繳給國庫的戰利品價值五萬八千六百英鎊。

毫無疑問，沒有上繳的戰利品更多。好不容易獲得的財物，不在萬不得已的情況下，才不會拿出來，軍官和士兵們一般都把它藏匿在某些地方。

辰吉曾經多次偷偷地把這些藏匿財物的地點告訴附近的居民，居民們因此取回了許多財物。

辰吉也知道有人這麼說：「他幹這樣的事，可能是想讓咱們放鬆對他的警惕，咱們是不會輕易上當的。要注意，他是英國的間諜，想打進來。」

不過，他最近淨給居民辦好事，從未帶來損害。比如說，他曾救出好幾個被抓到英軍司令部的居民。劉婆隔壁的一個小夥子，只因爲不賣雞給軍隊，就被抓走了，是辰吉說情才把他放出來的。

民政官是歐茲拉夫，辰吉過去曾在歐茲拉夫那裡待過，有過一段關係，這給他爲居民調解點什麼事情提供了有利的條件。

不過，本地人姑且不說，從大陸來的恐怖組織一定會把他這個掛著洋文帶子的傢伙當作敵人看待的，所以一定要小心。

辰吉爲劉婆能爲他擔心而感到高興，如果香月能爲他而憂慮，那他會更高興了。可是香月仍然用一種冷冷的眼光看他，用譴責的表情對待祖母。

歐茲拉夫把民政部的辦公室設在知縣的衙門裡。辰吉到那兒一看，只見一個渾身血跡的白人兵在向歐茲拉夫控訴著什麼。

「應當把北門一帶的居民統統綁起來！」那傢伙擦了擦額頭上滴下來的血，大聲叫著。他說他在北門外走路時，突然被十來個暴徒圍住，挨了一頓亂棍。據說這是一剎那間發生的事，還未等到巡察隊過來，那些人已經飛快地撤退了。

「你能認出那些暴徒嗎？」歐茲拉夫問道。

「他們都在下半張臉那兒蒙著一塊布。」

「那是有計畫的行動！」

「管他什麼有計畫沒什麼，你給我把那裡的傢伙都抓起來！」

「暴徒恐怕不是那一帶的居民，我認為這種有計畫的行動是大陸潛來的人幹的。你被他們搶去了什麼東西嗎？」歐茲拉夫眨了眨眼睛。

「嗯……對了，用繩子綁著的三隻雞不見了。」

「那是買的嗎？」

「不，那是……那些傢伙不賣呀！」

「就是說，是搶來的囉。」

「沒有辦法呀！」

「幹這樣的事是很危險的。不過，這可是麻煩的事啊！」歐茲拉夫抱起了胳膊。恐怖組織早就使他感到棘手。據說，長江下游一個很有勢力的祕密結社，其首領名叫王舉志，它的成員最近進入了舟山。

「你暫且到醫院去吧！暴徒的事，等我跟司令官商量之後再採取措施。」

「醫院？醫院已經滿員了，不會給我什麼治療的。」那個兵嘟嘟囔囔地走了出去。野戰醫院的住院病人已經超過千人，瘟疫正在侵蝕著占領軍官兵的肉體，最多的是壞血病。

「辰吉，你有什麼辦法能分辨出大陸來的人嗎？」歐茲拉夫問道。

「沒有。可以問當地的人，但是他們絕不會說的。」辰吉搖了搖頭說。

「瘟病是可怕的，但更可怕的還是居民的敵對情緒。」歐茲拉夫仰首望著天花板，這麼自言自語地說。

## 2

「不給你上鎖了！」連維材臨出房間時，這麼說。

二兒子承文好像看什麼耀眼的東西似的，仰視著父親的臉，點了點頭。這句話意味著監禁的結束。

這裡不是牢房，而是普通的房間。在廣州金順記店鋪後面的一間屋子裡，床上躺著簡誼譚。被毒煙傷害了中樞神經的誼譚，不時地說著胡話。但是，一旦沉默起來，可以兩、三天不說話。醫生剛才搖著腦袋回去了。連維材解除了承文的監禁，讓他看護誼譚。

承文好似變了一個人，是長期的監禁生活把他改變了。儘管這是強制性的，但是解決了一個大難題——斷了他的鴉片癮。不過，過去沒有的一種「陰影」，現在卻深深地刻印在他臉上。

他的身旁是他過去的朋友誼譚。誼譚也變了，他躺在床上，劈劈啪啪地拍著手。「好啦，稍等一會兒！」承文拿來了一個前端彎彎的粗竹筒。誼譚要小便的時候就拍手，要大便的時候就挺起身子，把腰彎得像一隻龍蝦。

承文揭開夾被，誼譚光著身子躺在那兒。「好啦，尿吧！」承文把竹筒對準誼譚的下身，猛地朝誼譚肚臍上拍了一掌。這是一種信號，誼譚向竹筒裡嘩嘩地撒起尿來。

誼譚咯咯地笑著，他拉屎撒尿的時候總要笑，大概是感到痛快吧！

「得啦得啦，完了沒有？」儘管這麼問，誼譚並不回答。

「當年那個聰明伶俐的簡誼譚就是這個下場嗎？」承文想到這裡，不覺感傷起來。他到外面處理了尿便，在走廊碰上了彩蘭。彩蘭的父親溫章經常往來於廣州和澳門之間，但她最近一直待在廣州。她已經十九歲了，正是妙齡姑娘。她跟承文打招呼說：「夠你受的吧？」

「不，沒什麼。因爲是誼譚，爲他做點事也是應該的。」父親使承文感到頭暈目眩，彩蘭也使他有同樣的感覺。

「誼譚竟變成那個樣子，以前在澳門見到他的時候，非常精神啊！」彩蘭低下了頭。

「人會變成什麼樣子，很難預料啊！」

「承文哥也變啦！」

「是這樣的吧。關在那樣的地方，怎麼能不變呢？」承文苦笑了一下。

「我希望你笑得更痛快些。」

「笑得更痛快些？……我現在辦不到啦！如果能得到人們的尊重，那還……」

「我尊重你呀！」

「怎麼尊重？」

「承文哥說的話，我都聽，什麼事我都爲你辦。」

承文咽了一口唾沫，說：「你了解我這個人嗎？」

「當然了解。」

「那你還是不要說這樣危險的話吧。」

彩蘭向前跨了一步，說：「我不在乎！」接著又跨了一步。他們的臉快貼在一起了，呼出的氣息已碰在一起。

不過，彩蘭的頭頂只到承文的眼睛那兒，姑娘呼出的氣息撩得承文的脖子發癢。

「現在你笑吧！」

承文往後退了一步，好像是爲了讓對方看清楚，露出了潔白的牙齒。

「不行！那完全是假笑。」

「不行嗎？」

「而且，還拿著那個東西，出不來氣氛。」彩蘭猛地轉過身，撒腿跑開了。

承文低頭看了看手中的竹筒，趕快沖著彩蘭的背影，大聲說道：「已經用水洗涮得乾乾淨淨的啦！」

接著他笑了。他心裡想：「這次笑得也許及格了。」

不過，彩蘭連頭也沒回，已經轉過了走廊。承文感到自己面前的世界好像明朗起來。

回到屋子裡，誼譚正在唱著什麼莫名其妙的歌。

「悲慘呀！儘管邁出一步，外面就有著歡樂！難道這就是人生嗎？」他在監禁期間讀過大量的書籍，書中的詞句一個接一個地湧上他的心頭。可是，好像沒有一個詞句能夠完全表達他現在的心情。

在另一個房間裡，連維材正與西玲面對面談話。

「爲什麼要把我們帶出來？待在那條船上很舒服，而且還有醫生給誼譚治病。」西玲冷冰冰地說。

「廣州也有醫生呀。」

「那條船上的醫生好，還有女看護。爲什麼要……」西玲雖然嘴硬，但她的眼睛好似儘量避免和連維材的視線接觸。

連維材是托墨慈商會的哈利．維多把西玲和誼譚從都魯壹號上帶出來的。墨慈商會的大老闆墨慈已在廝六甲、馬尼拉等地收購商品。由於廣州被封鎖，面向中國的各種物資失去了市場，正在當地大幅度落價。哈利這時在澳門洋面的商船上看家。

「我並不想束縛你的自由。只是想誼譚由我們來照顧，你可以放心到你喜歡的任何地方去。」連維材說。

「到什麼地方都可以嗎？」

「可以，什麼地方都行。你要到什麼地方去？是去伍紹榮那兒？還是石井橋？」

「我正在考慮。」她確實一時決定不了要去什麼地方，不幸的女人！

「我看還是石井橋李芳先生那兒最恰當吧。」連維材建議說。

「現在還想不出個頭緒，我誰也不想見。誼譚弄成那個樣子……」她說著說著，突然兩手捂著臉，肩頭激烈地聳動起來，接著發出了嗚咽的聲音。

她痛哭著，連維材還是頭一次看到她痛哭。他把手放到西玲的肩上說：「你應當生孩子！」

「生孩子？」西玲仰起頭。

「對，生了孩子，也許能得到新的幸福。」

「生誰的孩子？」

「跟你要去的地方一樣，生你所喜歡的人的孩子。」

「這……」西玲第一次凝神地看著連維材的眼睛。

「生我的孩子！」連維材這麼說著，突然抱住她的身子。

西玲渾身無力地躺在連維材的懷中，低聲說：「一到你的面前，就感到渾身無力了，我眞想在都魯壹號上待些時候……」

「西玲，我把你帶出來不好嗎？你待的地方是軍艦啊！也許馬上就要打仗了。」連維材把嘴唇放在還想說什麼的西玲的嘴唇上。

連維材已經知道最近要發生戰爭。

劍橋大學的畢業生——士當東牧師，於八月六日被清國官吏抓進了監獄。留在廣東的都魯壹號艦長斯密士透過葡萄牙當局，要求釋放士當東，遭到林則徐的拒絕。斯密士採取報復行爲，炮擊了澳門與香山交界的關閘。

關天培提督顯然也會對這種行動採取報復性的出擊。在西玲姐弟離開後不久，副將陳連陞果然率領五隻兵船和三千水勇，在磨刀洋上襲擊了都魯壹號。

這次海戰十分激烈，廣東的水師和定海可大不一樣。都魯壹號雖然奮力應戰，但最後彈藥打盡，放著空炮逃跑了。

這次海戰發生在八月十七日。第二天，到達天津洋面的英國全權代表團，通過白含章，向清國遞交了巴麥尊的書信。接著各個艦船利用等候答覆的時間，測量了附近海域的水深。

## 3

英國全權代表團的副使義律大校，作爲英方代表出席了八月三十日的大沽會談。

少將義律是特命全權大使，還不清楚清國代表琦善究竟是否受了北京皇帝的全權委託。因此他們認爲，在未弄清對方的身分之前，全權大使不應出面。

海岸上拉開了兩頂帳篷，一頂是清國代表團的，另一頂是英國代表團的。會談長達六個小時，是在清國方面的帳篷裡舉行的。

「你方的要求過高了，太大了。」琦善突然開始還價了，這是遵照跟穆彰阿一塊兒商定的方針。

這次會談只限於極少數人參加，英國代表團的翻譯是馬禮遜，像石田那樣的生活翻譯當然不能參加。

「我們認爲要求是極爲妥當的。」馬禮遜表達了義律大校的意圖。

「不，有點太過了。如果是其中的一部分，還有可能……」琦善好像是在測試，看了看義律的臉，又看了看馬禮遜的臉。他一開始就暴露了手中的牌：接受全部要求是困難的，部分還可以考慮。

「我們在廣東受到了貴國官員的嚴重虐待。」

「這個我們了解，我們坦率地承認。林則徐的言行，北京早就有所議論。」

這一天琦善始終是玩弄拖延戰術，對任何問題都回答說：「我沒有這個許可權。必須徵詢皇帝的意見。」他的態度很鄭重。不，已經超過了鄭重。他的姿態很低，簡直可以說是卑屈。

義律看慣了廣東官員的妄自尊大，所以他以奇怪的眼光看這位大官兒。琦善說話轉彎抹角，但義律已經大體覺察出清國方面的意圖——起因是廣東發生的事件，因此希望在廣東解決。

義律長期待在中國，他很了解這種心情。夷人來到皇城跟前談判，接受其種種要求，這有損皇帝的面子。同樣是讓步，如果是在遠離皇城的廣東，丟了面子也不會引人注目。

義律大校對琦善說：「您是一個通情達理的人。將來如果能在廣東會談，我也希望能有像您這樣的對手。怎麼樣？您能去嗎？跟林則徐那樣的人是談不起來的。」

「當然，林則徐是不會出場的。我希望您不要對外講，林則徐可能要受到處分。」琦善這麼說後，察看著義律的臉色。他認爲處分林則徐是使英國態度軟化的最大資本。

林則徐當然是義律的宿敵。對英國來說，像林則徐這樣剛直的人也是不好對付的。但是，作爲一個人來說，他是傑出的。連義律也承認這一點。

「是嗎？」義律冷冷地回答說。

不過，馬禮遜畢竟年紀輕，不禁面露喜色。琦善一看這情況，感到滿足了。

義律說希望能在廣東跟他這樣的人談判，這是因爲義律覺得像他這樣的談判對手好對付，絕不是對他的尊敬。相反，義律在內心對他很輕蔑，覺得：「跟林則徐相比，這傢伙多麼沒骨氣啊！」

「林則徐已經不行了，他失去了皇帝的信任。」琦善又把這兩句話反覆說了好幾遍，前面當然還加上一句：「希望您不要對外講。」

道光皇帝正爲英國軍艦北上而感到頭痛的時候，廣東的林則徐送來了奏摺，報告繼續逮捕鴉片犯。

「現在還搞這個，有什麼用！」道光皇帝大發脾氣，在這篇奏摺上加了以下朱批：「外而斷絕通商，並未斷絕；內而查拿犯法，亦不能淨，無非空言搪塞，不但終無實濟，反生出許多波瀾，思之曷勝憤懣，看汝以何詞對朕也！」

這個激烈的朱批是八月十九日寫的。琦善知道這一情況，確信林則徐會受處分，認爲可以利用這個同英國討價還價。

由於凡事都要請示北京，決定再等待六天。這六天是向北京請示所需的時間。臨分手的時候，義律一再地說：「歡迎您去廣東！」

義律大校會談回來後，在威里士厘號的船室裡和堂哥義律少將爭吵了一通。這個新聞立即傳遍了整個艦隊。他們的爭吵在船室外面都能聽到，可見相當激烈。

石田在馬達加斯加號的甲板上，聽著那些喜歡說長道短的水兵們在擺龍門陣：「聽說少將是想在這裡就結束，而大校要在廣東解決。」「彼此都很頑固！」「廣東是大校的根據地，他想在那兒露一手吧！」「讓自高自大的堂弟在他的老巢廣東得手，少將哥哥當然不樂意啊！」「堂兄弟共事反而麻煩。要是一般的上下級關係，服從命令就簡單了。」「不過，大頭頭吵架有點不像話呀！」

如果是在廣東，石田會把這樣的情報馬上報告林則徐。可是在天津的洋面上他毫無辦法。

「聽說廣東的林欽差給解雇了！」「嗐！有這樣的事嗎？那個頑固的傢伙……」

石田一聽這話，心裡一驚：「這是怎麼搞的？」這本來是一場有趣的戲，但他的旁觀者的立場慢慢動搖了。他開始感到自己也好像變成了戲中的一個人物。

六天的等待時間過去了，又開始了會談。臨出席會談之前，義律大校跟少將堂哥說：「這裡靠近皇城，對方從面子考慮，是絕對不會讓步的。如果你非要在這兒簽字不可，我看還是你親自去試試吧！」

「正因爲靠近皇城，不是更方便嗎？即使說要請示皇帝，最多幾天就解決了。要是在廣東，恐怕要拖延兩個月。」少將反駁說。

果然如大校說的那樣，清國方面堅決要求在廣州解決，在現實面前，少將也無法固執己見了。

他們也曾考慮過用武力威嚇，但僅靠六艘艦船是無濟於事的。命令舟山的艦隊北上，時機也不好。北方已經是秋天，海面一旦結冰，是很難進行軍事行動的。

「林則徐總算革職了，北上已收到了一定的效果。」義律少將也斷了念，小聲說。

「在廣東談判的對手是琦善。這傢伙和林則徐不一樣，很好對付，我覺得對我們有利。」義律大校好似安慰他那個滿臉不高興的堂哥。

艦隊開始揚帆南下了。道光皇帝正式任命琦善爲欽差大臣，決定讓他去廣東。一切都在廣東解決。

## 4

義律的艦隊於九月十五日離開天津洋面，第二天停靠山東的登州。在登州，原來在顛地商會當買辦的鮑鵬，跑來接待英國人。

這傢伙在禁煙運動的高潮中逃離廣州，投靠他在山東當官的同鄉招子庸。聽說英國軍艦要在登州停靠，山東巡撫托渾布招募會英語的人，招子庸推薦了鮑鵬，認爲他條件適合，決定帶他去登州。

鮑鵬在英國艦隊裡有翻譯馬禮遜等好幾個熟人。他向這些英國老朋友大發了一通牢騷，說他在廣州被當官的敲去七萬元的竹槓。

這傢伙能說會道，但從英國人所寫的航海記中可以看出，英國方面對他並沒有多少好感。

同一天，在舟山的定海，一位名叫安突德的英國海軍軍官，帶著七名印度兵去城外測量。臨出兵營的時候，同事們跟他開玩笑說：「喂，小心別叫人家給抓走了！」占領軍經常遭人暗算，最近很多人被活活捉走，印度兵常被捉去送到對岸的鎮海。據說活捉了夷兵，可以得到賞錢。

「那些拐子算什麼！」安突德付之一笑。

他是炮長，三十二歲，體格健壯。可是，正在測量的時候，十幾個漢子突然襲擊。他們的下半張臉都用布包住。

他們不追逃跑的印度兵，沖著安突德一個人圍上來。安突德進行抵抗，但是沒有用。他被捆起來，抬著走了。以前也捉走過士兵和漢奸（在英軍中做事的中國人），而捉走軍官，安突德是第一個。

逃回的印度兵報告了情況，定海的駐軍幾乎全部出動了。定海約有白人兵二千五百人，印度兵一千人。其中一千五百人因病住院，病死的已達三百人。士兵不是在戰鬥中戰死的，而是得了壞血病病死的。

英軍傾巢出動尋找，也找不到安突德，大概已經被送到對岸的鎮海去了。

「辰吉，可要小心啊！」歐茲拉夫面色陰沉，對辰吉這麼說。

「小心什麼呀？是壞血病還是綁架？」

「都要小心。連軍官也綁走啦！辰吉，有點事跟你商量。」

「什麼事呀？」

「你和居民們的關係很好，他們也許不會提防你。」

「不一定吧！」

「一看就知道，你能不能爲我暗暗地打探從大陸來的那些綁架者。我們區別不出來，居民們一眼就能看出外鄉人。」

「島上的人對他們有好感，絕不會說的。」

「這就要看你的本領啦！」歐茲拉夫眨巴著眼睛說。

第二天，辰吉上劉婆家去。劉婆正拿著一個粗竹筒，準備出去買菜。

「最近菜市場上連蔬菜也不容易買到了。」老婆婆發牢騷。

舟山島上的居民們已經停止種蔬菜，地上一長蔬菜，就被英國兵揪走了。居民吃的蔬菜是從大陸偷偷運來、偷偷出售的。買菜的人就像劉婆這樣，把菜塞進打通竹節的竹筒裡。

當時英軍爲了獲得生鮮食品，曾多次發生衝突，如柯靈吞少校率領十三名士兵組成的採購隊在崇明島遇到居民和守軍的抵抗，一名見習士官和一名水兵被殺。

「你給我看家吧！」老婆婆說。

「我要睡午覺，小偷進來我也不知道呀！」辰吉回答說。

「不要緊，不要緊。」老婆婆搖著手說：「小偷來了，也沒有什麼東西可偷的。早就叫英國鬼子搶光啦！」

辰吉躺在竹床上，眞的迷迷糊糊地打起盹來。歐茲拉夫要他蒐集恐怖組織的情報，辰吉壓根兒就不想幹這種事。他準備馬馬虎虎地回報說：「我想盡一切辦法打聽了，可是居民口緊，誰也不說。」

正當他舒舒服服地睡覺時，腰上突然被踢了一腳，辰吉跳了起來。十來個人把他團團圍住。這些人都戴著斗笠，下半張臉用布遮住。看來就是聽說的捉人的恐怖份子。

只有一個人沒有遮臉——是個女的。劉婆的孫女兒香月指著辰吉說：「這傢伙是漢奸。一定是英國軍隊雇用的間諜！」香月的話還未落音，辰吉就被人從左右兩邊抓住胳膊，嘴巴被堵住，繩子很快就纏到他的身上。

就在同時，三百噸的武裝運輸船鳶號，在測量水域時觸礁沉沒。這只運輸船上有航海長努布的妻子和孩子，努布爲救他快要溺死的孩子而丟了性命。

達古拉斯大尉成了清國的俘虜，努布夫人和另外幾名水手曾轉移到小艇上，但小艇碰上了清國的帆船，上面的人都被帶到大陸去了。

## 5

王舉志已來到舟山群島的對岸鎮海。他站在海灘上，他那豪爽的臉迎著海風。

幾個人把被繩索綁著的辰吉送到他的面前，其中一個人說道：「抓來了一個漢奸！」辰吉抬起頭，趕快閉上眼睛。他在漆黑的船艙裡關了好長時間，太陽光刺得頭暈目眩。

「叫什麼名字？」王舉志問道。

「我叫王辰吉。」辰吉老實地回答說。

王舉志的眼睛一亮，說道：「這個人交給我吧！你們可以走了。」

辰吉被帶進一座民房。這房子相當大，好像沒有別人，房間寬敞空曠。王舉志把兩手放在背後，嚴肅地說：「坐在那兒！」

辰吉想往椅子上坐，但上半身被繩子綁著，坐不好。王舉志走到辰吉的身邊，爲他解開了繩子。

「你怎麼到定海來啦？金順記的工作不幹了嗎？」

「啊？」辰吉吃了一驚，望著對方的臉。現在屋子裡，光線已不那麼耀眼。辰吉定神地看著看著，終於回憶起來了，說：「啊，您是廣州的客人……王老師吧？」

「你到底想起來了。」王舉志笑著說。

辰吉有一段時期經常由金順記的澳門分店派往廣州辦事。當時住在廣州分店裡的一位客人，現在就在他的眼前。他心裡想：「這個人一定姓王，當時人們都叫他王老師。」

「金順記的工作停掉不幹了嗎？」王舉志又問道。

「不，沒有停。」繩子雖然解了，被捆綁過的胳膊還在發痛。辰吉一邊揉著胳膊，一邊說：「老闆勸我來看看打仗，提供些情況供他參考。」

「到底還是連先生呀！你是日本的漂流民吧？」

「是的。您很了解呀。」

「在廣州的時候，金順記店裡的人曾經告訴過我，我對你很感興趣。你也學過英語吧？」

「學過一點兒。」

「想回舟山嗎？」

「啊呀……」

「想回就送你回去，我已跟部下說過是抓錯了人。我還可以跟他們說，漢奸王辰吉實際上是我方打進英軍裡的密探，要他們以後注意。這樣就可以把事情對付過去。」

「是嗎？……」辰吉感到爲難起來。

他希望能儘量地擴大眼界，在舟山已經待了兩個半月。他記得連維材什麼時候說過這樣的話：「英國瞅著舟山，其實是估計錯了，舟山不可能成爲貿易基地，將來上海的地位要在舟山之上。」

辰吉想到上海去。那兒有金順記的分店，還有溫翰老人。

但他考慮了一會兒說道：「還是請您放我回舟山吧！」他要回舟山有兩個原因：跟隨義律北上的

石田時之助終究會回來，他希望能和石田在一起；另外舟山有香月……

「好吧，我們用船送你。你會游泳嗎？」

「當然會囉，我當過船夫嘛。」

「那到定海的附近，你跳海游回去。跟英人就說你被抓住後半路逃回來了。」王舉志當天命令部下把辰吉送回舟山，他自己去了寧波。到處走動已成爲他多年的習慣。

在途中一個小鎭的市場上，圍攏著許多人。他朝裡面瞅了瞅。

一個檯子上擺著三個高約一米的結實的木籠子。王舉志朝其中的一個籠子一看，裡面坐著一個紅毛漢子，眼睛瞪著看熱鬧的人。他那滿臉鬍子的臉上閃動著兩個藍眼珠子，顯然是俘虜的英國兵。他的襯衫已破爛不堪，褲子也遮不住形體，沒有穿外衣。

群眾一邊看熱鬧，一邊嚷叫著：「完全像個大猴子呀！」「是呀，聽說夷人跟猴子差不了多少。」「咱們看看女的去！」

最後的籠子裡裝著一個女夷人，她是鳶號的船長努布的妻子，努布爲救孩子淹死了。乘小艇逃命的努布夫人就這麼被裝進籠中，變成了供人們觀賞的丑角。她當時二十六歲。

「聽說她是英國皇后的妹妹哩！」「這可是好人質啊！可以跟英國人說嘛，他們要不從舟山滾出去，咱們就把皇后的妹妹砍頭示眾。」看熱鬧的人互相談論著。

籠子高僅一米，當然不能直立。寬度僅有高度的一半，所以也無法躺下。只能坐著或蹲著，否則只得四肢朝下弓著了。

兩個男夷人戴著腳鐐，腰上繫著鎖鏈。努布夫人僅繫鎖鏈，未戴腳鐐。她的裙子已被撕碎，僅能蓋到膝頭，且破碎不堪，上衣也被撕裂。她併著兩膝，伸出雙腳，背靠在籠子上，兩手緊捂乳房，把長髮垂到前面，好似不讓人看到她的臉。

「好大的腳呀！」「那個大腳板有幾寸呀？」「頭髮也不短啊，還是棕色的哩！」「那女的渾身發抖哩。活該！誰叫他們跟天朝打仗呢！」

有的人還說些下流話：「乾脆把她脫光吧！」「把腿打開！」

王舉志從努布夫人垂到前面的頭髮中間，看到她失神的褐色眼睛。他心想：打仗不必帶女人嘛！說她是皇后的妹妹，恐怕是瞎說，很可能和戰爭毫無關係。舟山有許多中國的婦女遭到英國兵的凌辱，也難怪大家很痛恨她。

王舉志分開人群，從籠子邊走開。他一到寧波，就去寧紹道台的衙門，留下一套女服說：「夷人並不是猴子。尤其是婦女，並不是戰鬥人員。能不能還他們的原形呀？」

江南地方的官吏一向害怕這位「無冠帝王」王舉志。當時的道台李紹昉說：「知道了。夷婦送到之後，我們將妥善處理。」

努布夫人到達寧波之後，收到了一套華麗的中國服裝。後來刊載在《中國叢報》上的努布夫人的《幽囚通訊》中，也談到這件事情。

# 6

寧波是浙江最大的商港。因「寧」字觸道光皇帝的名字「旻寧」的諱，當時寫作「甯波」。

王舉志在這裡得到林則徐被革職的情報。「這消息確實嗎？」他問了送情報的人一句。

「是從可靠的管道聽來的，不會有錯。」

「是嗎？……」王舉志的大眼珠子不停地轉動。他心想：「今後可要忙了！」

如果林則徐革職是事實，那就意味著主戰派失敗，朝廷已經決定和平談判。官兵不打，但是中國必須要抵抗。

王舉志想到了自己組織的民眾。可是，英國究竟採取什麼態度呢？他巡視了廣東，向連維材請教了許多外國的情況，但他還估計不出目前的形勢將會怎樣變化。

「我到上海去一趟。」他跟部下這麼說後，當天就離開了寧波。

上海有溫翰在那兒。他到金順記的上海分店一看，溫翰不在家。

李清琴儼然以女主人的樣子出來告訴他說：「溫先生叫水師提督請去了。」

「哦，是上蓮峰翁那兒去了。」八年前阿美士德號開到廈門時，廈門的水師提督是陳化成，號蓮峰。去年年底（陽曆是今年的年初），他調任江南水師提督。英軍襲擊舟山時，他立即趕赴吳淞口，整頓軍備，他已年過七十。

王舉志立即來到陳化成的住地。他可以自由出入任何場所，會見任何人。

陳化成正把溫翰請來商談時局。

「聽說少穆（林則徐）先生被革職了，是眞的嗎？」王舉志一進屋就問道。

「我們正在談這件事哩！」溫翰帶著沉痛的神情回答說。

「果然是眞的呀。那麼該怎麼辦？」王舉志緊接著問道。

「這太不像話了！我剛才也在徵詢翰翁的意見。翰翁說，不管北京如何希望和平，英國最後還是要使用武力的。」陳化成回答說。他走到窗前，使勁地朝院子裡吐了一口唾沫。

「既然帶著軍隊來了，那就是準備打仗的。我們不作全面讓步，他們一定會向我們開火的。」溫翰向王舉志這麼解釋說。

「不過，北京不是準備讓步嗎？」

「那是有限度的。英國已提出了要割讓領土，皇帝在這一點上是絕不會准許的。」

「有道理，皇帝是個吝嗇鬼嘛。」王舉志當著提督的面竟說出了這樣毫無顧忌的話。

「所以要打仗。」溫翰肯定地說。

「英國是明明知道這種情況而提出和平談判的嗎？」

「是的。他們打算把最堅固的廣東防禦搞垮之後才開戰。」

這時，陳化成已吐了好幾口唾沫，回過頭來，嘿嘿地笑著說：「廣東？他們以爲收拾了廣東，其他人都是呆鳥嗎？哼！他們還未領教三吳的強大哩！」三吳的海防當然是由他這位江南水師提督指揮的。

陳化成把兩手攏到背後，慢慢地踱步回到兩人的面前。他雖然意志剛強，但畢竟上了年紀。也許是爲了掩蓋他那開始彎曲的腰背，他挺起胸膛說道：「王老師，請不必擔心。北京雖然沒給錢，但是剛才我們已經接到金順記修建炮臺的捐獻。」

「我出不了錢，但我將把人組織起來爲您效力！」王舉志拱了拱手回答說。他向別人拱手是很少見的。

在北京，穆彰阿正爲他的同志——直隸總督琦善擔任欽差大臣赴任廣東舉行餞別宴會。他帶著滿意的神情，舉著酒杯：「兩江有伊節相（伊里布），廣東有琦中堂（琦善），邦家安泰無疑。……」

宿敵林則徐已失去皇帝的信任，即將革職查辦。唯一讓他擔心的是，庇護林則徐的軍機大臣王鼎跟皇帝說：「林則徐頗有人望，如強行處分，人心動搖。」而皇帝似乎也微微地點了點頭。

九月二十八日，道光皇帝發出了下面的上諭：

前因鴉片煙流毒海內，特派林則徐馳往廣東海口，會同鄧廷楨查辦，原期肅清內地，斷絕來源，隨地隨時，妥爲辦理。自查辦以來，內而奸民犯法，不能淨盡，外而興販來源，並未斷絕。甚至本年英夷船隻，沿海遊弋，福建、浙江、江蘇、山東、直隸、盛京等省，紛紛徵調，糜餉勞師，此皆林則徐等辦理不善之所致。林則徐、鄧廷楨等交部分別嚴加議處，林則徐即行來京聽候部議。兩廣總督著琦善署理，琦善未到任以前，著怡良暫行護理。此次英夷各處投遞稟帖，訴稱冤抑，朕洞悉各情，斷不爲其所動。惟該督等以特派會辦大員，辦理終無實濟，轉致別生事端，誤國病民，莫此爲甚，是以特加懲處。並非因該夷稟訴，遽予嚴議也。

上諭中辯解處分林則徐並非由於英國的強硬要求。應當說，這種托詞是此地無銀三百兩，反而露出了馬腳。

# 舟山通訊

清國命令人民停止對英軍的反抗，英軍留下一半，其餘開赴廣東。伊里布可以此向北京邀功。

英軍當時早已對領有舟山斷念，因爲舟山沒有作爲貿易基地的價值已日益明顯。兩個義律離開舟山期間，英軍病死者達四百人，據說「光榮的蘇格蘭團」的官兵已瘦得皮包骨頭。

# 1

林則徐十月一日獲悉琦善以欽差大臣身分來廣東。林則徐早已解除了欽差大臣的兼職，僅任兩廣總督。十月三日，朝廷決定革除其總督職務，等候處理。大約二十天後，他從吏部的檔中知道了這一消息。新派欽差大臣來廣東，意味著皇帝已對林則徐失去了信任。

林則徐早已有了思想準備。他上奏陳述自己最後的意見：「……夷性無厭，得一步又進一步，若使威不在克，即恐患無已時。且他國效尤，更不可不慮。（道光皇帝在這裡加朱批說：『汝云英夷試其恫嚇，是汝亦效英夷恫嚇於朕也，無理！可惡！』）……自道光元年至今，粵海關已徵銀三千余萬兩，收其利者，必須預防其害。若前此以關稅十分之一，製炮造船，則制夷亦可裕如……（道光皇帝在這裡加朱批說：『一片胡言！』）」

林則徐管理廣東的時期就這麼結束了。

十月十三日，巡撫怡良接到北京來的檔案，封面上寫著「護兩廣總督怡」（代理兩廣總督怡）的字樣。正式通知雖未下來，林則徐由此已經知道自己被革職了。

十月二十日，終於收到了吏部的公文，命令他上京等候處分。他立即把總督的大印送交給怡良。因爲欽差大臣琦善已兼任兩廣總督，在他到任之前，由巡撫怡良代理。

第二天，林則徐開始收拾什物，他必須立即退出總督衙門。「想幹的事堆積如山啊！」林則徐這麼想著。他認爲應盡的責任已經盡到了，但還有許多事情使他放心不下。

北京的穆黨勝利了。北京雖然也有許多林則徐的支持者，但他們不過像王鼎那樣，在精神上給予支持，並沒有組成一個支持集團，不像穆黨那樣形成一個實際左右局面的幫夥。

而且皇帝的動搖也大出林則徐的意料。穆黨當然在皇帝的耳邊灌輸了許多東西，而皇帝本人也確實對天津洋面上的夷艦感到害怕了。

林則徐一邊整理著書籍，一邊不時地嘆氣。這時，幕客招網忠走進來說：「來了許多老百姓，把大街都擠滿了。」

「他們來幹什麼？」

「說是要慰問林大人。」

「我感到高興。不過，我現在是獲罪反省期間，不能見他們。」

「有的人是來贈送餞別物品的，您看怎麼辦？」

「送的是什麼東西？」

「鞋匠送靴子，茶商送茶葉，還有香爐、鏡子，另外還送來了許多頌牌。」頌牌是一種匾額，上面寫著稱頌該人功德的詞句。

「只把頌牌收下吧！那是不能賣錢的東西，要他們帶回去也沒有用。其他東西都婉言謝絕。」

「明白了。」招綱忠走出了房間。

當時廣州的人們送了林則徐五十二面頌牌，林則徐把這些頌牌放進了天后宮。頌牌上寫著「仁風共沐，明鑒高懸」、「勳留東粵，澤遍南天」、「清明仁恕，廉潔威嚴」等等。

十月二十五日的晚上，林則徐把連維材召到官署。

「我明天就要出發去北京，承蒙你給了許多協助。可是，結果是事與願違。」林則徐的臉色確實不佳，但他說話的樣子仍和平常一樣。

「我說不出什麼話來安慰您！」連維材低下了頭。

「不過，由於得到您的協助，炮臺總算面目一新了。能把它留下來，也可聊以自慰了。」林則徐說。

連維材朝屋子掃視了一眼。行李已經收拾好，分成三堆放在那兒。林則徐指著行李，淡淡地說道：「行李已分成三份。一份我帶走，一份送回福州的老家，剩下的一份準備寄放在予厚庵處。」

連維材的情報快，早已知道取消了林則徐上京查處的決定，改爲留在廣東等候查處。但他未告訴林則徐，因爲這消息他遲早會知道。

北京方面也擔心苛刻對待頗有聲望的林則徐，會造成很大波動。那麼多的民眾聚集在官署前，就眞實地反映了林則徐的聲望。他是個嚴厲的官吏，但人們還是敬慕他。因爲他清廉，當時清廉的官吏是很少的。

連維材離開官署來到街上，他感到心裡好像失去了平衡。因爲林則徐太冷靜了。時局當然會有起伏。現在正處於低潮時期，而林則徐表面上卻顯得異常冷靜沉著。連維材心裡想：「爲什麼不能發出更爲壯烈的衝擊巨岩的浪濤聲呢？」他突然想起了自由奔放的西玲。

當天晚上他回到家裡，緊緊地摟抱著西玲。

連維材回去之後，林則徐接到了吏部的公文——在廣東等候查處。預定第二天去北京的日程，雖然不得不匆忙取消，但他必須離開官署。

第二天，他和連維材商談的結果，決定借住高第街的連陽鹽務公所。鹽商們欣然同意作爲林則徐的寓所。在他搬進行李，剛安頓下來後，連維材又來了，他是來讓林則徐看兒子哲文寄來的信。

「哦，是在蘇州的公子嗎？」

「他不知什麼時候跑到舟山去了。信是十月十五日（陰曆九月二十日）在鎭海投寄的，報告了舟山的情況。」

「是嗎？……」林則徐打開了信。當時民間傳遞情報比政府的公文還要快，哲文的信應當說是寶貴的消息。

## 2

舟山群島約由大小六十個島嶼組成，最大的舟山島長三十公里，寬十公里，島中央南岸有縣城定海，這個島主要由頁岩構成。

哲文握著畫筆在爲關山寫生。關山就是英軍在登陸後升起英國國旗的那個小山崗。「毫無生氣！」哲文感覺。一看這兒的景色，就可以大體了解居住在這兒的人們的生活。被占領土地上的居民情緒低沉，這是自不待言的，就連占領軍方面也毫無生氣。

舟山的氣候給英軍帶來了種種疾病，最多的是壞血病，其次是瘧疾和赤痢等，而且很難獲得食物。清國方面的紀錄說：英人占據定海後，不和居民同住，無法買到食物，而且水土不服，患病甚多。

當時在舟山的英國人給澳門的朋友的信中這麼寫道：……

領有這兒究竟能起什麼作用呢？舟山並不是什麼重要的地方，廈門比它還要強得多。而廣州長期是對外貿易的中心，市場能得到保證，居民也熟悉我們的語言、性格和愛好等。你還是打消把公司轉移到舟山的念頭爲好。如果放棄澳門的事業轉移到這兒來，你一定會後悔的。

哲文正在寫生，一個十六、七歲的姑娘走到他的背後看著。哲文畫好一幅素描，回過頭來說道：「你喜歡的話，就送給你吧。」

「可以給我嗎？」姑娘的兩隻雙眼皮的大眼睛滴溜溜地轉動著。

「這姑娘比這山崗子還有吸引力啊！」哲文心裡這麼想著，他回憶起蘇州那個划船的姑娘。

哲文凝視著姑娘。姑娘用手摸了摸面頰說：「我的臉上沾了什麼東西嗎？」

「不，沒有。你能告訴我你叫什麼名字嗎？」

「香月。」

「好名字！」

「人家都說我這個名字太高雅了，跟漁家姑娘不相稱。」

「沒有的事，非常相稱。」

「你問了人家的名字，爲什麼不說自己的名字呀？」

哲文叫姑娘這麼一說，趕快在關山素描畫的拐角上簽上名字，遞給她看。

姑娘接過了畫，害臊地說道：「我不認識字。」

「我教你念，好嗎？」

「不用了。」香月轉過身跑開了。

「小心啊！別叫英國人給抓住了！」哲文衝著姑娘的背影大聲地喊道。

「我還要抓英國鬼子呢！」香月停了一下腳步，回頭這麼喊了一句，又撒腿一溜煙跑了。

哲文望著她的背影，開心地笑了。他是和弟弟理文一起被王舉志帶到舟山來的。他畫完了寫生，回到定海縣城東南郊的祕密住處。

王舉志就住在這裡。居民們都掩護來自對岸的支援者，占領軍控制的只有縣城。《中國叢報》上的《舟山通訊》中說：「我們在舟山的統治只能達到城牆。」所以，說是祕密住所，也並不是那麼戒備森嚴。

「去畫畫了？」王舉志親切地問哲文。

「畫了。不過，送給村裡的姑娘了。」

「你眞是個好畫家呀。」王舉志笑了笑。但他馬上就皺起眉頭。

王舉志正在苦惱。他向民眾宣傳民族的榮譽，綁架英國兵，抓捕漢奸，對英國明確地表示了人民的反抗，但他覺得只是這樣不行。

他無法把英國軍隊趕出舟山。舟山的洋面上停泊著英國的軍艦，兵營裡有英國武裝的士兵。王舉志還沒有力量同他們正面碰撞。

集結的力量還不夠，而且組織得也很不好。抵抗不過是綁架、放火。他想設法把鬥爭向前推動一步。要做到這一點，必須回到對岸，重新計畫，加強組織。

「在這裡也沒有什麼辦法，我準備明天回去一趟。」他突然這麼說。

這時理文已從縣城回來，他是裝作賣雞蛋的進城去的。他懂英語，一邊向英國軍隊賣雞蛋，一邊注意聽他們的談話，蒐集敵情。他當然裝作不懂英語的樣子，英國兵在他的面前毫無顧忌地談了許多情況。

「怎麼樣？」哲文問弟弟說。

「看來他們是受不了了。病號多，居民不合作，弄得他們焦頭爛額。營房好像也停止建造了，停止了重要設施的建造，我想說不定是準備放棄這個島。」

「軍隊的士氣怎樣？」王舉志問道。

「非常害怕疾病。壞血病、赤痢……他們中間好像都在談論著馬上就要撤退的消息。」

「是嗎？」王舉志點了點頭，他的臉上露出一種懊惱的神情。英軍也許要撤離這裡，但這不是他們的抵抗取得了成功，而是舟山的水土氣候把他們趕走的。

「也不只是由於氣候、疾病的原因。」理文看出了王舉志的表情，安慰他說，「居民的敵對情緒也挫傷了他們的士氣。」

「是嗎？……」

「是的。老師的宣傳也起了作用，剛才我在街上就挨了一個漁家姑娘的好罵。她說，又去賣雞蛋給英國鬼子吧，你是漢奸、賣國賊！」

「哦……」哲文露出高興的神情。

「哥哥也了不起呀！那姑娘還拿著你畫的畫兒！」

「啊，原來是那個活潑的姑娘！」哲文苦笑了笑。

「據說和伊總督的談判很有進展。」理文坐到椅子上，開始詳細地報告。從天津洋面回來的義律已開始同兩江總督伊里布會談，理文詳細地向王舉志報告了英軍官兵中傳說的會談情況。

## 3

從天津洋面返航的途中，兩位義律之間的鴻溝更加深了。同意在廣州談判當然是貫徹了查理・義律的主張，是年輕的義律頑強地說服了堂哥。

「這麼一來，我眞不明白我們爲什麼要去天津洋面一趟。」喬治・義律不高興地說。

「不是白跑。正因爲去了一趟天津洋面，才能夠在廣州談判。以前連談判也辦不到呀！」堂弟義律反駁說。

由於六年的商務監督生活，查理的腦子裡已經深深刻印著「要保護貿易」。喬治是首次到中國來，他只有一個念頭：「要使清國屈服！」由於想法根本不同，所以怎麼也談不到一塊。

北上艦隊一旦撤回到舟山，本來應當立即開赴談判的地點廣州。但在舟山還有一些必須解決的問題，最大的問題是釋放俘虜的談判。

在測量時被綁架的安突德，以及在海上被抓住的努布夫人等，約三十名英國人，已成爲清國方面的俘虜。在兩個義律北上的期間，伯麥準將和後來在鴉片戰爭中病死的聖荷斯準將已經多次要求清國方面釋放俘虜。當時兩江總督伊里布反覆強調：「英軍如撤出舟山，立即交還俘虜。」

查理．義律回到定海後，於十月三日帶著翻譯馬禮遜赴鎭海，原在寧波的伊里布這時恰好也來到了鎭海。「他們這樣堅持要求釋放俘虜，特別是要求釋放安突德。其中一定有什麼原委。」伊里布是這麼想的。

據《夷寇雜錄》中說，清國方面相信了一般的流言，以爲安突德原來是荷蘭的大將，是英國女皇從其丈夫的國家借來的，因此一定要求釋放。

這和把努布夫人說成維多利亞女皇的妹妹，同樣都是出於猜測。「奇貨」可居，應當高價出售。伊里布再次提出釋放的條件是英軍退出定海。

「俘虜和撤退是兩個問題。是否歸還定海，將同琦善大人在廣州商談。」義律拒絕了這個條件。他表示，如果伊里布堅持把歸還定海作爲條件，那麼，俘虜問題擱起來也不妨。

伊里布大失所望。安突德並不是他所想像的「奇貨」。他決定降低價格：「英軍如全部撤退，立即就地釋放俘虜；如撤退一半，則在廣東交還。」

但是英國方面仍然堅持這是兩個性質不同的問題。在僵持不下的情況下，僅就在定海停戰達成了協定。

清國命令人民停止對英軍的反抗，英軍留下一半，其餘開赴廣東，伊里布可以此向北京邀功。

英軍當時早已對領有舟山斷念，因爲舟山沒有作爲貿易基地的價值已日益明顯。兩個義律離開舟山期間，英軍病死者達四百人，據說「光榮的蘇格蘭團」的官兵已瘦得皮包骨頭。

在談判期間，伊里布曾派自己家的執事張喜和軍官謝輔升向英軍贈送了牛羊肉等。張喜告訴伯麥準將，關於兩廣總督林則徐和閩浙總督鄧廷楨被革職的消息，並說：「慶賀之至！」

他本來是想討好對方，而伯麥卻搖了搖頭，鄭重地說：「林則徐先生是一位有傑出才能和勇氣的總督，可惜的只是不懂外國的情況。鴉片是不好的，但斷絕貿易太過分了。貿易是我國的生命，我們不能不戰，並不是由於憎恨林先生。」

由此可見，林則徐在英軍中也受到很高的評價。對英國人阿諛奉承的人雖然容易打交道，對他們有利，但也受到英國方面的蔑視。

十月二十三日，喬治·義律要求伊里布出告示，不准定海縣人民襲擊英國人。伊里布照辦了。於是達成了停戰協定。

十一月十五日，兩個義律率領三千英軍離開舟山出發，其數恰好爲整個兵力的一半。留下的陸海部隊由巴賴爾準將，和曾經襲擊廈門的布郎底號艦長波爾查分別指揮。

# 4

伊里布的停戰告示原文如下：

爲曉諭事：照得本年六月間，英吉利國夷船，駛入浙洋，占據定海縣城，前撫部院烏[1]，調集師徒，力籌堵剿，並須給賞格，令爾等士民，協拿夷眾，分別給賞。嗣本大臣奉旨來浙，正在相度機宜，酌量籌辦，適該國統帥義律等，前往天津投遞稟詞，經直隸爵閣部堂琦[2]，代爲轉奏皇上。因該國率兵赴浙，系屬有激而成，且並無滋擾之志。其在天津，所遞稟詞，又極恭順，情屬可原，並因定邑士民，皆屬國家赤子，今該國兵船，聚集定洋，與爾等相距咫尺，一經彼此相拒，恐爾等不免震驚之患。是以特命本大臣，不得複行攻擊，此正聖主息事愛民，樂天保世之至意。凡我臣民，皆當感戴者也。今本大臣已約定該統帥等，分船赴粵，聽候查辦。一俟粵東辦理完竣，該國即將兵船全行撤退，並不久據定城。本大臣又令其約束所屬，不得向爾等擾害。惟爾等不知原委，或因前撫部院出有賞格，仍將該夷查拿，致起釁端。用是出示曉諭，爲此示仰定海縣士民等知悉，務須各安耕讀，自保身家，如果夷人並不向爾等擾害，爾等不得複行查拿也。各宜凜遵，切切特示。

王舉志看到這個告示後，臉色陰沉。他這個人一般是不輕信官僚的，但那是因爲他深信官府是錯的，而這次他弄不明白了。

「遵從兩江總督的告示，果眞對國家、人民有利嗎？」他對這個問題感到懷疑。但他又沒有作出決定的把握。

他曾接受林則徐的建議，到廣東去了解外國情況。但那次時間有限，不可能了解很多。他的廣東之行，不過得出了這樣的結論：「外國的事情不能以我們過去的常識來判斷。」

王舉志抱著胳膊。如果有把握，不管是欽差大臣還是總督，他都不會盲目服從他們的命令。「可是，這件事弄不明白呀，服從告示可能對民眾有利吧！」他打不定主意，心裡十分焦急。

過去他經常在江南各地閒遊，他眞後悔沒有利用這些時間更多地研究一些外國的情況，現在連一個商量的人也沒有。「金順記的連維材也許會明白！」他想到了連維材，可是這位可以請教的人卻遠在廣州。

「理文君，你對這個問題怎麼看？」理文讀過一些外國書，因此王舉志這麼問他。

「我感到停戰有點兒可疑……」理文的回答也含糊其辭。他年紀輕，還不能很好地理解這樣的問題。至於哲文，一開始就找了個遁詞說：「要說畫畫，我還可以說說。這樣重大的問題……」

「這可不好辦了！」王舉志是善於行動的人，可是，無法判斷是非的行動，是不能採取的。燃眉之急是了解外國的情況，王舉志痛感問題之麻煩。他十分煩惱，而哲文仍然若無其事地畫畫。

「好悠閒自在啊！」王舉志心裡這麼想。不過，聽說哲文正在研究泰西的繪畫技巧，那也是一種了解外國的方法吧！他想到這裡，也就沒有生氣了。他受到許多人的信賴，而自己卻這樣優柔寡斷。要憤恨的話，倒應當憤恨自己。

「該怎麼辦？」他的部下一見到他，就這麼問他。他的一句話就可以決定是繼續綁架或放火，可是他很難下這樣的決斷。

「在沒有我的命令之前，暫時靜觀等待。」他只能這麼說。他一個人回到自己的房間裡後，就提起筆來給廣州的連維材寫信：

維材兄：握別以來，倏忽二星霜，遙祝起居安吉。愚生碌碌如恒，惟賤軀頑健，每撫寸心，僅自聊慰。此地伊中堂（伊里布）忽下停戰布告。愚生不敏，難測天之晴雨，不知示眾徒之方策，汗顏之至，即奉詢仁兄。……

義律一行於十一月十五日離開定海，開赴廣東。

義律在臨走前發布了以下停戰命令：

總司令官現在通知全體遠征軍：目前英清兩國仍在談判中，但本司令官已與清國欽差大臣伊里布之間達成了停戰協定。協定的要點是，兩國均不得侵犯已規定之界限，不阻撓人民之往來。英國的界限爲舟山島及鄰接的各小島——即摘葉島、螺頭島、冊子山、黃星山、普陀山和桃影山線內的各島。

因而提醒各遠征軍注意：不得越過這些界限，不得以任何方式與清國人尋事，否則將會受到對方追究不履行停戰協定之責任。目前我方與清國人民之間正產生一種友誼，面對這一事實，本司令官借此機會表示滿意。鑒於遠征軍之安適與方便有賴於這種友好關係甚大，希各遠征軍努力協助建立同人民之間的親善關係。

海軍少將喬治・義律

一八四年十一月六日於麥爾威厘號

## 5

在從舟山開往廣東的麥爾威厘號的船室裡，兩個義律又爭吵起來。兩人對和兩江總督伊里布締結的停戰協定的解釋，意見並不一致。

清英兩國的戰鬥並不只在舟山地區進行。在廣東的水域，留守艦隊的都魯壹號艦長斯密士，封鎖了珠江，不斷地同清國方面發生衝突。

總司令官義律少將解釋停戰協定只限於舟山地區，而堂弟義律大校卻想擴大解釋，認爲停戰也包括廣東。

「到廣東去是爲了同琦善談判的。一邊打仗一邊談判，那怎麼談判呢？廣東的戰鬥應當斷然停止！」年輕的義律說。

「那麼，遠征軍是幹什麼來的？」少將勃然變色，反問說。

「是爲了施加威壓。」

「英國的艦隊不是裝飾品！」

「追根究柢，不是讓對方屈服就行了嗎？」

「你的腦袋瓜子裡想的盡是貿易。你的鬼點子是想在廣東停戰，讓那些貪婪的商人在虎門外做買賣吧！」

「做買賣有什麼不對？」查理・義律忘記了上下級關係，頂撞堂兄。

他們翻來覆去地爭論著。查理有在當地工作六年的經驗，滔滔不絕地大談清國問題。而喬治剛從開普敦來，對清國問題一無所知，無法進行正面爭論。

「這種事情不是我了解的範圍！」喬治只好採取蠻不講理的態度。這更加刺激了年輕的堂弟。

「這次遠征的原因就是貿易！」

「我應當執行倫敦的命令。」

「哥哥的想法並不是高明的執行辦法。」

「那只是你那麼認爲。」

查理深信不必訴諸戰鬥行爲，琦善遲早也會屈服，但堂兄喬治卻想開炮。好不容易被任命爲遠征軍總司令，不打仗那還算什麼遠征艦隊！

從舟山開往廣東的軍艦除麥爾威厘號外，還有威里士厘號、伯蘭漢號、拉呢號、加略普號、黑雅辛斯號、摩底士底號和哥倫拜恩號，另外還有武裝商船進取號、皇后號、復仇神號和馬達加斯加號。這支艦隊十一月二十日出現在澳門洋面。

在南下艦隊到達之前，頑固的留守艦隊司令斯密士大校在廣東水域大耍威風。十一月九日襲擊從福州開來的官糧船；第二天又奪走陽江右營的大米船，綁走了三十名清兵；另外還掠奪了近十艘鹽船。斯密士大校認爲這是忠實地執行封鎖任務。而那些渴望恢復貿易的商人看到這種情況，感到惴惴不安。

「查理．義律來了會給我們想點辦法的。」商人在底下這麼議論著。

查理雖是軍人出身的貿易監督官，但畢竟有過六年的交往，容易理解商人的心情。事實確是這樣。查理．義律拼命地跟上司爭論，要把停戰區域從舟山擴大到廣東。

到達澳門洋面的英國艦隊，與留守艦隊會合，開進了銅鼓灣。第二天——二十一日，輪船皇后號懸掛白旗，開赴虎門。其意圖是表明英國全權代表團已到來會談。當船上放下的小艇即將靠岸時，穿鼻新炮臺的大炮一齊開炮。皇后號撤回小艇，發射六十八磅炮彈，當即返回銅鼓灣。

以前在廈門也是這樣，廣東的官員也不知道懸掛白旗是什麼意思。英國方面憤慨地說：「連世界共同的信號都不知道。簡直是些不可救藥的傢伙！」而清國方面卻抱著這樣的態度：什麼白旗標誌，那是夷狄隨意規定的，跟我們沒有關係。

從英國方面來看，認爲清國是處於世界之外。而從清國方面來看，認爲中國就是一個世界，白旗只不過是這個世界之外的信號標誌。

喬治．義律當晚在澳門登陸，把致琦善的書信交給清國官員，要求轉遞。其實談判的對手琦善還未到達廣州。琦善從北京出發，由陸路南下。他進入廣州城是陰曆十一月六日——陽曆十一月二十九日，即義律到達後的第九天。

廣東在琦善到達之前等於是沒有首腦。兩廣總督林則徐已被革職，廣東巡撫怡良是代理總督，當地負責對外關係的海關監督予厚庵因父親去世在服喪。英國艦隊閒極無聊，不時地朝著炮臺開炮，進行威嚇。這當然是喬治．義律的命令。

# 主角替換

第二天——三十日，琦善來高第街拜訪林則徐，這是禮節性的訪問。林則徐有意不見他，琦善在完成了拜訪前總督這一形式後，也匆匆地離去。

他們倆都意識到彼此的立場有著明顯的分歧。如果他們以直隸總督和兩廣總督的身分會見，當然會歡談一番。而現在是在同一個地方來交接同一件工作——「夷務」，並且琦善要以同林則徐完全相反的辦法來進行這一工作，所以彼此都不願意見面。有時巡撫怡良來訪，林則徐也不見。

# 1

談的都是一些閒話，但伍紹榮感到西玲的話中似乎有什麼難言之隱。西玲很久沒有來了，他不清楚西玲是帶著什麼打算來到怡和行的。

「是想重修舊好？」伍紹榮心裡這麼想。

西玲跟各種各樣的男人好過，她是不是要在這些男人的身上再一次尋找什麼東西，伍紹榮突然感覺到西玲的眼光好似想要從男人的心中挖出什麼東西來。

「西玲，你到這兒來是想檢驗一下究竟哪個男人好吧？」

西玲的眉頭動了動。伍紹榮凝視著她，等待她的回答。

「猜錯了一點兒。」她壓低了聲音回答說。

「一點兒？」伍紹榮笑了起來，「哪兒錯了？」

「哪個男人適合做我的孩子的父親……」

「哦，是猜錯了一點兒。」

「我也不年輕啦！」

「哈哈哈！」

緊張的情緒消除了，伍紹榮大笑起來。這時僕役走了進來，問道：「鮑鵬先生來訪，請老爺吩咐。」

「讓他進來吧。」伍紹榮說後，回頭問西玲說，「你知道鮑鵬嗎？」

「嗯，非常了解。」

「聽說他威風凜凜地回來了。你見他嗎？反正不過說點客套話，沒有什麼了不起的事。」

「不，我不想見他。」

「那麼，你到隔壁去吧。」伍紹榮指了指布幔。

所謂隔壁，並沒有牆壁，而是用一塊布幔隔開的地方。西玲撩起布幔，走進了那個西式的房間。那兒有椅子，另外在葡萄花紋的地毯上還放了一個紅色的大坐墊和一個閃緞的睡墊，西玲躺在那兒。

不一會兒，鮑鵬和伍紹榮談敘闊別的聲音從鄰室傳進她的耳裡。鮑鵬的聲音比他在顛地商會當買辦時神氣多了。

「我到義律那兒去了。」鮑鵬裝腔作勢地說。

「工作辛苦啦！」伍紹榮回答。他的聲音仍和平常一樣。

「是去通知新欽差大臣到任，回來又去報告了琦善大人。剛好有點空，就拜訪拜訪過去的老朋友。從明天起就要忙起來了，我想乘現在還有點兒空……」

「這、這太感謝了！」

衣錦還鄉本是男兒的素願，鮑鵬現在正是春風得意的時候。他過去在顛地商會當買辦。在嚴禁鴉片的高潮中，他因一向在顛地商會辦理鴉片券，害怕被當作鴉片犯判處死刑，逃到了北方。

他在山東當官的同鄉招子庸那兒當食客的時候，開赴天津洋面的義律艦隊歸途中路過山東的登州。山東巡撫爲了接待英國人，正在尋找會英語的翻譯，這時招子庸推薦了鮑鵬。

鮑鵬因此走了紅運。在登州，有老相識馬禮遜，跟副使查理·義律也很熟，他們在一起暢談往事。清朝的官員們看到這情景，十分欽羨，覺得「這傢伙在夷人中很有人緣」。

琦善將以欽差大臣的身分去廣東，很希望有精通夷語的人，山東當局自然向他推薦了鮑鵬。北方會英語的人不多。鮑鵬當年幾乎像黑夜潛逃似的溜出了廣州，如今當上了欽差大臣的隨員，大搖大擺地回到廣州。他擔任的工作當然是與夷人辦交涉，因此給了他八品官的待遇，他當然洋洋得意。

伍紹榮和鮑鵬——一方是公行的總商，廣州首屈一指的大富商；另一方不過是同伍紹榮有買賣關係的顛地商會的雇員。以前鮑鵬見到伍紹榮，簡直像僕人對主人那樣謙卑。而現在他經常提醒自己：「如今和過去不一樣了。我是官，是欽差大臣琦善大人的心腹！」

現在他說話時清嗓子的次數增多了，語調顯得很不自然。西玲隔著布幔，聽著兩人談話，不覺撇了撇嘴：「裝腔作勢！」

## 2

「鮑鵬先生，你出人頭地啦！恭賀恭賀！」伍紹榮說。

鮑鵬就愛聽這樣的話。這話終於從對方的口中說出來，答話當然早已準備好了，早就在心裡複習了好多遍。

「謝謝你。沒什麼，我不過是幸運，慶幸的是欽差大臣大人對我十分滿意。」鮑鵬不等對方詢問，就洋洋得意地談起他和新欽差大臣琦善相遇之後如何得寵：「第一次見面的時候，琦善大人就詢問夷人的情況，特別詢問了義律的情況。你也知道，義律在澳門的時候我就認識，所以我就談了我的感覺。我的感覺和琦善大人在天津會見義律的感覺完全一樣。啊！這也可以說是一種機緣吧！」

對他的這種自吹自擂，連伍紹榮也不覺皺起了眉頭。不過，鮑鵬並未注意。他大概是想起當時的情況，好像陶醉了似的閉上眼睛。接著說道：「琦善大人這麼跟我說：……你很了解夷人，而且觀察也很準確，你跟我到廣州去工作吧！」

琦善一行人從北京出發，六十來天才到達廣州。這和前欽差大臣林則徐上任所花的時間大體差不多。不過，林則徐是在一月的嚴冬季節從北京出發的，一路上又爲風雪所阻；而且基本沒帶隨從，旅途十分簡樸。琦善的情況正好相反，他是在十月上旬最好的季節南下，而且一路上大講排場。

據鮑鵬說，旅途中琦善經常把他叫到身邊，詢問了許多事情。「這太好了！」伍紹榮隨便地爲他幫一兩句腔。

「說起來眞有點誠惶誠恐，我跟琦善大人還談得很投機哩！」他翻來覆去地這麼說。但並未具體地談出一個欽差大臣和一個前買辦究竟怎樣談得投機，所以鮑鵬的話聽起來叫人感到肉麻。

「同樣是欽差大臣，可不一樣啊！」鮑鵬說：「以前的林大人太不像話了。伍先生也吃了不少苦頭吧！我也算是被他趕出廣州的。不過，你看，現在我伴隨著新欽差大臣一塊兒回來了。人的命運眞帶有點諷刺的味兒，而且我說的伴隨可不是一般的伴隨啊！」

總之，他的意思就是說自己是如何得到琦善的重用，因而和當買辦時的他已經大不一樣了，應當正確地看待他。伍紹榮故意裝作未聽懂他的意思，這一來，鮑鵬就更加想顯示他的實力了。

「把我趕走的林大人怎麼樣？現在他觸怒了天子，老老實實地在待罪。琦善大人是欽差大臣，他將代替天子來審訊林大人。這就是世道的迴圈報應。林大人當然要由琦善大人來處理。其他的一些小人物，憑我的權力就可以給予處分。我可是不久前被他們趕出廣州的！」

「啊，眞了不起！」伍紹榮的話，一聽就會明白帶有揶揄的意思。而腦袋發熱的鮑鵬卻一點也聽不出來。

「是呀。譬如像金順記的連維材，馬上就要把他抓起來。他跟著林大人幹了些什麼事情，我已經調查清楚了。」鮑鵬瞅了瞅伍紹榮的臉。連維材怎樣使公行難以應付，鮑鵬當然是十分清楚的。而且在公行利用承文僞造鴉片，企圖陷害連維材的陰謀中，他還充當過一個角色。

以公行的力量無法對付的連維材，現在憑自己的力量就能輕輕巧巧地把他收拾掉。你看我怎麼樣？

鮑鵬是個大圓臉。他的額頭和面頰由於得意而油光閃亮。

「哦，要抓連維材……」

「對，那傢伙應當抓。不，就要抓他。」

「能那麼簡單嗎？」

「沒什麼！形勢不一樣了，林大人的盾牌沒有了，連維材也變成折斷了翅膀的老鷹啦！」

「逮捕令……？」

「就在這一兩天內。」

「眞厲害呀！」

「那當然囉。林大人的過錯是惹怒了夷人，沒收鴉片姑且不說，還建造炮臺，製造兵船，搜羅流氓無賴充當鄉勇。這些錢是從哪兒來的？我早就清楚是連維材出的。連維材幫助林大人幹壞事，就是對天子的不忠，當然免不了懲罰。」

「公行也捐獻了一點錢……」

「那是沒有辦法，是被迫的。這種事就睜一眼閉一眼了。」

鮑鵬眞的閉上了眼睛，那樣子好似說一切都由他來決定。對伍紹榮來說，連維材可以說是宿敵。但他尊敬這個敵人，他不希望連維材落到鮑鵬這種人的手裡。

「另外還有許多人也將受到懲罰。」鮑鵬得意地說。

伍紹榮擔心起來。他立即聯想到公行，會員中有沒有人跟鮑鵬結過仇呢？「公行的人怎麼樣？」

「那沒問題。」鮑鵬拍著大肚子，露出會心的微笑，「不管我怎麼出人頭地，待我好的人，我是不會忘記他們的恩德的。公行的各位對我都很好，你放心吧。不過，事到如今，叫我吃過苦頭的人，我是不會放過他的。」

「鮑鵬先生跟人的關係一般都不錯嘛！」

「不，不，有時我想對人家好，而人家卻給我安下陷阱。比如說，以前我就曾經被人告密過。」

「哦，有這樣的事嗎？」

「以前我跟誰都未說過，有個傢伙把鴉片暗暗地放進我的家中，同時向衙門投告密信。這一手可眞厲害啊！幸好那是韓肇慶當權的時期，給我把這件事暗暗地了結了。」

「花了不少錢吧？」

「那就不用說了——我知道那個想陷害我的人。老韓把告密信讓我看了。一看筆跡我就知道了。」

「不能饒恕這個人嗎？」

「那當然。不過，請放心，這個人與公行毫無關係，甚至可以說是公行的敵人。你就等著瞧吧，我要叫他們喊爹叫媽地告饒。」

鮑鵬到這兒來，除了顯示他衣錦還鄉之外，看來好像還有另外的目的。臨走之前，他終於說了出來：「林大人的後面有個連維材給他大批地出錢。琦善大人的後面如果也能有這樣一個人，事情就好辦多了，這個問題我希望你能考慮一下。」

意思就是要伍紹榮拿錢，伍紹榮一開始在思想上就有所準備，誰來都要在他身上拔毛，這就是商人的命運——但他想作一點抵抗。

「聽說琦善大人是個大財主呀……」

「多大的財主，錢也是放在北京呀！」

「是嗎？不過，林大人是要造炮臺、造船，所以才要錢。琦善大人並不打算造這些東西，爲什麼要錢呀？」

「這個嘛……搞政治這種玩意兒，往往在眼睛看不到的地方需要很大的開銷。」

「這事我放在心上吧！」

「拜託你啦！」

裝模作樣而來的前買辦，邁著裝模作樣的步伐回去了。

## 3

西玲猛地掀開布幔，走進了房間。

「你都聽到了吧？西玲小姐，怎麼辦？這可是關係到連先生的一件大事啊！」伍紹榮說。

他看到西玲蒼白的臉，心裡想：「這女人到底還是連維材的人呀！」他曾經感覺過西玲是自己的人，那是在發生林則徐包圍夷館事件的時候。唯有那一次他感到自己戰勝了連維材，但他付出了披枷戴鎖的代價。

「你勸老連暫時避避難，落在這種人的手裡不值得！」他說。

「好吧。」西玲點了點頭。

「老連是我的情敵，眞的被抓起來，對我倒是有利呀。」伍紹榮半開玩笑地說：「不過，對手太下流了，我不希望老連落在他的手裡。你看怎麼辦？這傢伙很記仇，連過去告密的人，也想乘這機會整一整。這可和工作毫無關係啊！」

「那是我！」西玲說。

「啊？」

「告密的就是我！」

「哦……」伍紹榮看著西玲的臉，就好似看著什麼稀奇的東西。

「可是，要說告密，是鮑鵬先告的。把我弟弟連同老連的兒子一起告了，為鴉片的事情。我知道了這情況，只是報復一下。」

「是這樣呀……」

西玲轉身出了房間，簡直像一隻牝豹。

「小豹子的父親看來已經選定了！」伍紹榮閉上眼睛，坐在椅子上。

林則徐雖是待罪之身，但罪名並沒有判定。所以他並沒有繫身囹圄，而是蟄居在高第街鹽商的家中。

跟他同罪的鄧廷楨現為閩浙總督，同樣取消了押送北京的決定，奉命赴廣州等候查問。鄧廷楨於十一月二十一日到達廣州，和義律艦隊由定海到達澳門洋面幾乎是同時，琦善還沒有到任。

他們倆都是待罪之身，久別重逢，交杯暢飲。自包圍夷館、銷毀鴉片以來，他們是苦樂與共的同志，幾乎每天都互相訪問。

林則徐雖於待罪之中，但來訪的客人仍然不少。尤其是巡撫怡良，經常來徵詢林則徐對時局的意見，但正式的場合必須回避。十一月二十九日新欽差大臣兼兩廣總督琦善到達廣州時，他沒有出迎，只派了代表。

第二天——三十日，琦善來高第街拜訪林則徐，這是禮節性的訪問。林則徐有意不見他，琦善在完成了拜訪前總督這一形式後，也匆匆地離去。

他們倆都意識到彼此的立場有著明顯的分歧。如果他們以直隸總督和兩廣總督的身分會見，當然會歡談一番。而現在是在同一個地方來交接同一件工作——「夷務」，並且琦善要以同林則徐完全相反的辦法來進行這一工作，所以彼此都不願意見面。有時巡撫怡良來訪，林則徐也不見。

可以放心會見的是，同遭革職處分的老友鄧廷楨和民間人士連維材。

林則徐走下政治舞臺之後，寫詩作文，飲酒下棋，做一些自己所喜愛的事情，等待定罪的日子到來。和鄧廷楨一起可以寫詩唱和，飲酒暢談。可惜鄧翁不會下棋，下棋的對手是連維材。

十二月的一個陰雨日子，林則徐整理出過去英國人以稟（請求書）的形式遞交來的二十五份公文，送交了琦善，然後就和來訪的連維材下棋。

連維材的棋和他的詩一樣，都沒有經過正式學習，下得不太高明，經常輸。

「材翁的棋有點兒怪，」林則徐笑著說：「你太過於只看大局。棋不強，不過很難得。」初學棋的人往往只注意小局，而連維材恰好相反。

「這是我自己獨特的下法。」

「棋如其人。」林則徐凝視著連維材說：「從下棋來看，我感到你可能會在微不足道的小事上摔跤。」

「謝謝你的忠告，我記在心上。」

林則徐投下一個子，說：「你看，這個地方你又有點小損失。」

「啊呀呀！我疏忽了！」

「小事情上疏忽，有時也會致命的。」

連維材又輸了。回到金順記，西玲臉色蒼白，突然緊偎著他說：「聽說鮑鵬要害你哩！」

「鮑鵬？」

鮑鵬是個小人物。要注意小事情——林則徐剛才對他進行了忠告。

## 4

艦隊到達澳門洋面，等待琦善到來的期間，英軍司令部裡的堂兄弟——兩個義律的衝突，在感情上已經發展到不可收拾的地步。

英國的商人們感到迷惑不解。由於司令部裡意見分歧，流傳出各種各樣的消息，他們不知道相信哪個好。

顛地、貝爾等幾家英國商會聯名給喬治．義律寫信詢問說：自宣布六月二十日封鎖珠江的命令以來，我們沒有接到任何關於英國政府方針的通知。封鎖是否要等到協定成立才解除？舟山的停戰是否也適用於廣東？將來的貿易是在虎門外進行，還是可以進入虎門，或通過澳門進行？貨物存放海上，由於停泊時間過長，費用增多；卸到岸上，存放澳門，必須向葡萄牙納稅，而且需付倉庫費。我們究竟該怎麼辦？

十一月二十六日，義律少將回信說：停戰協定與舟山以外的地方無關。關於商業上的問題，本司令官也希望能儘快通知諸位。但目前由於清國政府的意圖不明，我只能說，但願不久能解除諸位的擔心。

兩個義律的意見分歧，是在於如何考慮貿易問題。但爲了使清國門戶開放，繼續進行鴉片貿易，他們都認爲必須給對方狠狠一擊，使其屈服。在這一點上他們並沒有多大分歧。兩人的不和主要還是由於性格原因而產生的感情不睦。

意見的分歧還可以透過討論研究得到一定程度的接近，感情上鬧彆扭是無法修補的。兩人之間經常罵罵咧咧地爭吵。每當這時，都是年輕的義律占強。

堂哥義律終於不幹了。他渾身哆嗦，臉色蒼白，大聲喊道：「隨你的便吧！」

他藉口「急病」，眞的踏上了回國的歸途。這事發生在十一月二十九日。

恰好這一天琦善到達了廣州。他立即派出直隸的守備張殿之、白含章兩個軍官和鮑鵬三人，去虎門外通知欽差大臣已經到任。

當時義律少將親自接見了這三名清國的委員。

「我方懸掛白旗前去，貴國的炮臺卻開了炮，這實在令人遺憾。在浙江會見伊里布總督，聽說清國大皇帝已有和平的恩旨，爲什麼要開炮？我們要求正式賠禮道歉，並保證今後不對懸掛白旗的船隻進行攻擊。」義律少將突然採取強硬態度，對三名委員提出了抗議。

三名清國委員回去不久，兩個義律之間就發生了大衝突，結果一方辭職。

三人回到廣州，在鮑鵬去怡和行訪問伍紹榮的時候，英國方面緊跟著送來一個通知：特命全權大使義律少將因急病回國，提升副使義律大校接任。

清國當局看到這個通知，大爲驚訝。尤其是剛剛見到精神抖擻的少將的三名委員，更是感到莫名其妙。

「怪不得他的臉色好像有點兒發黃。」鮑鵬出於他的本性，迎合琦善的詢問，這麼回答說。

不過，張殿元和白含章卻歪著腦袋，老實地回答說：「臉上氣色很好，根本看不出是病人。」

「說是得了急病……」欽差大臣琦善帶著警惕的神情，低聲地說，「是不是什麼策略呢？」

琦善的方針早已決定——不戰、求和。條件要盡量地殺價，最後一定要達到「和」的目的。因此，他的做法當然跟前任林則徐背道而馳。這一方針他跟北京的盟友——軍機大臣穆彰阿早就仔細商量過。

來到廣州之後，他首先感到不快的是林則徐的影響極其深遠。爲了走走形式，他到任後立即聽取了廣州高級官員的意見，巡撫怡良的意見跟他在北京聽到的林則徐的主張完全一樣；水師提督關天培也是如此。

他心裡想：「除掉一個林則徐，還有第二、第三個林則徐啊！……」他感到很不高興，於是琦善決定不信任當地的人。

同英國人的談判只使用他的心腹張、白、鮑三人，把當地官員排除在外。在給北京的奏摺中也插進去一些影射當地人的話，說什麼廣東省城遍地是漢奸等。

他覺得賠禮道歉可能太輕了。

琦善最擔心的是惹怒皇帝的「割讓海島」。爲了降低這個條件，其他的方面應當放寬。「處分參將級的軍官也可以！」他這麼考慮。

鮑鵬已經沒有工夫去逮捕連維材和曾經告密的西玲。他被琦善叫去，和張、白一起再次上英國人那兒去。

琦善命令他們三人向英方轉達下述意思：向懸掛白旗的皇后號開炮是士兵的錯誤，現在正在嚴厲調查中。已經命令有關方面，今後不得亂加攻擊。希望貴方艦船儘量停泊於伶仃洋，不要太靠近虎門，書信聯繫今後希望通過澳門同知。

琦善特別附在張殿元的耳邊說道：「你跟他們明確地說，開炮的負責人一定要處分；我們說調查中，絕不是藉口拖延。」

同時他還命令廣州知府及幾名高級軍官去虎門。

琦善的奏摺中說：……夷情仍不可測，虎門乃近省之要地，不宜沒有防備，因此命廣州知府余保純、副將慶宇、游擊多隆武等人，赴該處嚴加防備。

餘保純等人曾經鎮壓花園事件，保護過英國人。琦善命令他們的實際上並不是奏摺中所說的「嚴加防備」。

琦善的眞正意圖是：監視我方軍隊不得對英國艦船亂加攻擊。

## 5

連維材把西玲送到了石井橋。

「你逃吧！」當西玲跟他這麼說的時候，他感到高興。她那眞誠的表情，說明她是在爲自己擔心。

石井橋有西玲以前住過的房子。但鮑鵬知道那個地方，住在那裡有危險。李芳就住在附近。他體弱多病，是地方名門，頗有聲望。西玲對李芳似乎也動情。這一點連維材也知道，讓西玲寄居在李芳家中，等於是把西玲交到情敵的手中。

李芳是個半病人。看到他那幾乎馬上就倒下的身體，連維材不覺放心了。可是，交談了一會兒之後，他又勾起一陣不安。

連維材本來是一個婢女所生的孩子，他一向把自己看作是一隻野狼——一隻出沒無常、露出獠牙、遍身缺點的野獸。而現在在他眼前的是一個面色蒼白、出身於地方名門的家主——一個繼承了悠久的傳統、完美無缺的人物。

「這傢伙的身上有一種可以壓垮我的東西！」連維材心裡這麼想。不過，李芳並不使他產生敵意。而且他和伍紹榮等公行裡的人不一樣，在事業上同連維材幾乎沒有任何關係。但是，他確實是連維材應當撕成碎片的物件。

他正是懷著這樣複雜的感情面對著李芳。

「看來你也很危險吧？」李芳說。

「我不想因鮑鵬這樣的人而逃出廣州。」連維材這麼回答說。不過，連他自己也意識到這話裡有點虛張聲勢。他補充說道：「當然，爲了避免不必要的麻煩，我打算暫時不回金順記，先到廣州城內找個避難的地方。」

「連先生的事情，你不必擔心。」李芳不是對連維材，而是對西玲這麼說。他的態度和聲音都有所抑制，但還是明顯地表現出一種關懷。

李芳拄著拐杖，把連維材送到門口：「今天身體疲勞，下石階有點困難，失禮了。」

「請回吧，不必客氣。」連維材低頭行了個禮，「她住你這兒，我想還是不讓錢江先生或何大庚先生知道爲好。」

「我也是這麼認爲。」

這些慷慨激昂的處士，腦袋一發熱，不知道會在什麼地方說出去。

連維材從石階上走下。西玲和李芳在他背後的談話聲傳進他的耳裡。

「以前不是在你家前面的廣場上訓練壯丁嗎？」

「是的。以前從連先生那兒借來了余太玄先生訓練壯丁，現在停了。」

「爲什麼？」

「昨天琦善總督下了通知，不准民間進行武裝活動。」

「果然跟以前的林總督所做的一切都正好相反。」

「是的。太明顯了，簡直是大變了。」

這個曾經訓練壯丁的廣場，現在空無人影。連維材從那裡穿過，踏上了歸途。

他想起了西玲曾告訴他李芳說過的話——財主們爲了保護自己的生命財產，教給貧苦農民武藝。有一天農民活不下去了，將會用這種武藝對付財主們。

李芳心裡十分明白，有些東西正在崩潰。他好似用自己多病的肉體來象徵這一正在崩潰的東西。

李芳的眼睛叫人感到好似在說這樣的話：沒落是要沒落的，但不必借助於他人的武器。我要靠我自己和自己的武器垮掉！

這個國家要想獲得新生，新興的山中之民和海濱之民一定要有力量——連維材是這麼深信的。因此，必須有破壞。在他的腦子裡，一直認爲破壞的過程將是直線的。但是，見到李芳之後，他感到有可能採取較爲曲折的方式。

即將崩潰的事物，在一定的時期可能成爲時代的主人公，發揮著粉碎自己的作用。看到李芳孱弱的身體，連維材反而感到他的身上蘊藏著一股巨大的力量。

走到廣州城的前面，他坐上轎子，他不去金順記，而讓轎夫抬往高第街。他選擇的避難地點是高第街的鹽務公所。

林則徐雖然已被革職，但這裡畢竟是前總督的寓所。儘管鮑鵬是八品官，又能依仗琦善的權勢，但還不敢隨便闖進來。

林則徐事先已得到通知。他笑著迎接連維材說：「你被一個破棋子給趕來啦！」

「破棋子尖利，會刺傷手指。」

「最好不要無謂地負傷。不過，這個破棋子大概又被扔到虎門去了，目前恐怕還沒有空閒來傷害材翁的手指頭。」

# 避戰

琦善也和義律一樣，並不知道自己的命運。

皇帝是個愛錢如命的人，在英國艦隊離開天津洋面之後，他的態度又強硬起來。北京的氣氛正轉向主戰論，這些情況還沒有傳到廣州琦善的耳裡。

琦善一直深信：我的任務是不論付出任何犧牲也要避免武力衝突；皇上之所以起用我，都是爲了希望和平。

## 1

琦善預想關天培會滿臉通紅，大發脾氣。不過，在廣東文武首腦的協商會上，關天培面色煞白。唯有他那不停抖動的灰鬍子，表明他極其憤怒。

琦善在協商會上發言說：「副將陳連陞是向懸掛白旗的英國船皇后號開炮的禍首，我認爲要斬了他向英國賠禮道歉。」

關天培感到全身的血液停止了流動，緊攥著拳頭，大聲地說道：「要斬陳連陞，先斬了我！只要我活著，絕不准斬他！炮擊英國船的最高負責人，是我水師提督！」關天培說後，搖搖晃晃地坐下來。他感到渾身無力，眼睛發眩。

「軍門，這可不好，說這樣的話可不好。」琦善爲難地說。

但琦善的話並沒有進入關天培的耳裡。他一坐下來，又反覆地說道：「不斬我，絕不准斬陳連陞！」

在座的官員全都屏聲斂息。在這樣的寂靜中，琦善清楚地感到對自己的敵意。過了一會兒，巡撫怡良站起來說道：「英夷不是只要求登船道歉嗎？」

關於炮擊懸掛白旗的英國船的問題，義律只提出高級官員正式賠禮道歉的要求，並未說要斬負責人。

「登船道歉有損國家的體面。」琦善回答說。天朝的大官怎麼能向夷人低頭道歉呢？與其幹這種叩頭下拜的事，還不如斬個人，以保全面子——琦善吐吐吞吞地作了這樣的解釋。

廣州將軍阿精阿終於站起來說道：「我也反對處分陳連陞。當然，制軍（總督）帶有欽差大臣的關防，儘管我們反對，仍可強制處分。不過，要是那樣的話，我要求把我堅決反對的意見明確地寫在紀錄上，並向北京報告。」

未等阿精阿落座，陸路提督郭繼昌挺起老軀說道：「在我任職期間，無法忍受作出這樣的處分。如果非斬陳連陞不可，老夫希望在斬他之前辭退。」七十三歲的郭繼昌這麼說後，連喘帶咳地坐了下來。

「這些傢伙怎麼全都這麼不明事理呀！」琦善心裡咒罵著，心情煩躁起來。他是欽差大臣，可以獨斷專行，不顧任何反對。但是，沒有一個人贊成處分陳連陞。只要把一名副將當犧牲品，在和英國的談判中將會得到多少好處啊！他多麼希望透過這個辦法在割讓海島的問題上殺價，從而求得和平啊！可是……

「能不顧一切反對嗎？」他心裡這麼琢磨著。

可是，在目前這樣的狀態下，要斬陳連陞，就必須斬關天培。處死一個副將，還不那麼引人注目。要是斬了水師提督，這個問題可就太大了。而且陸路提督提出辭職，廣州將軍要把他的反對意見寫在紀錄上。這些情況怎麼向北京奏報呢？

從許可權上來說，他是可以這麼幹的，但是實際上行不通。

當時的廣東政界已經死氣沉沉，只有琦善從北方帶來的幾名官員在工作，以前在廣州擔任政務的人幾乎全部被排擠在外。因爲琦善不信任他們，他認爲這些人都有點「林則徐氣味」。

「廣州的這些傢伙都受了林則徐的影響，都偏袒林則徐，跟我作對！」琦善心裡這麼想。

當布政使梁寶常站起來的時候，琦善心裡產生了希望，覺得他也許會支持自己。梁寶常是新來的布政使，幾乎跟琦善同時到任，以前一直在北京，所以他不可能受林則徐的影響。

可是，這位梁寶常一開口也表示不贊成處分陳副將。

「我想當時各營的指揮官都接到了命令，夷船一靠岸就立即開炮。白旗雖是軍使的標誌，但我國軍隊中並沒有這樣的規定，不知道這一情況，所以不能構成罪狀。恐怕應該說陳連陞是忠於職守的，應當給予嘉獎。把這樣的人處斬，恐怕不是天朝的正道。」梁寶常到底是文官，表示反對還能說出一套道理。他就座之前，又補充了幾句：「新任按察使王廷蘭大人至今尚未到任，在此期間由小官代理。我作爲代理司法刑獄的按察使，陳述反對的意見，認爲這種不合情理的處罰會擾亂天朝的法度。」

琦善一聽這話，站起來說：「這個問題，再考慮考慮吧！」

他顯得很不高興，踢起波浪花紋的朝服，退出了會場。他心裡已暗下決定：「會議這種玩意兒，今後把它弄成形式，做做樣子算了！」

「廣東的兵心，這時已經瓦解。」——歷史學家這麼寫著。

這種解釋是正確的。沒有打仗，軍心就已經崩潰了。處分陳連陞的事，遭到官員們的激烈反對，琦善終於也不得不死了心。但是，這次會議的情況很快就透露出去，傳到軍隊裡。

忠實執行命令，反而要割腦袋；而且對方並未提出這樣的要求，顯然是欽差大臣想取得對方的歡心，而要獻上副將的首級。

軍隊知道了這種情況，怎麼會拚出性命去打仗呢！

## 2

這時鮑鵬正在磨刀洋上的英國軍艦上再次拜訪義律。

「鮑先生，你穿的衣服眞漂亮呀！」看到鮑鵬穿著八品官的禮服，義律笑著說。這笑裡帶著侮蔑的味道，而鮑鵬卻一點兒也不在意，他已經習慣於外國人的嘲笑。他從小就在外國人的公司裡當僕役，後來慢慢地「出人頭地」，當上了顚地商會的買辦。對顚地來說，鮑鵬是他過去的雇用人；從義律來看，不過是他管轄的英國商人手下的一個使喚人。儘管鮑鵬現在穿著威嚴的官服，也不會引起他的尊敬。因爲這個對手從來就是一個低頭哈腰、阿諛奉承的傢伙。

「琦善也只能派這樣的傢伙吧！」義律心裡這麼想。

他對一國的代表所說的話，實在太不禮貌了。而鮑鵬由於衣服受到誇獎，他那胖臉上笑開了花。

他用手摸著自己的雙下巴說：「現在我當上官了嘛！」

他對伍紹榮等人故意擺架子，以顯示「官」的威嚴，讓別人感到他已不是舊日的買辦，但他對英國人的態度仍和當年當僕役時一樣。

而且琦善曾吩咐他說：「要儘量微詞謙卑，不要惹對方不高興。」鮑鵬忠實地執行了這個吩咐，他完全實現了琦善的意圖。

「琦善閣下是爲了和平談判而到廣州來的吧？」義律說。

「是的，是這樣的。」鮑鵬畢恭畢敬地回答說。

「既然這樣，爲什麼廣東的海域遍布了兵船和軍隊呀？」

「那都是前總督林大人留下來的。琦善大人馬上就要裁減兵船和軍隊。」

「啊，眞是這樣嗎？」

「是這樣的，沒有錯。」鮑鵬充滿自信地回答說。

從北方來廣州的兩個月旅途中，鮑鵬確實多次聽到琦善說過這樣的話：「增加兵船和軍隊，夷人會生氣的。我去了，首先就裁減軍備。」

「不僅是兵船和軍隊，」義律俯視著鮑鵬說：「水路上還放置了木材、石頭、沉船等各種各樣障礙物。說要進行和平談判，這不完全是準備打仗嗎？」

「是。這也是前總督林大人搞的。我回去後，立即轉告總督，儘快把障礙物拆除。」

「那就請你轉告吧！總之，我們是希望進行和平談判的。忘記了這一點，那就……」義律輕輕巧巧地操縱著鮑鵬。鮑鵬也好，鮑鵬上面的總督琦善也好，都是非常容易對付的。如果是有點骨氣的對手，馬上會回敬說：「誠然，在和平談判期間，炫耀軍隊和兵船確實不好。貴國方面是否也把滿載戰鬥人員和大炮的艦隊撤回本國呀？」

不必擔心鮑鵬會作這樣的反駁。

「我告訴你……」鮑鵬摸了摸他那油光閃亮的腦門，愼重地拿出了那張王牌，「炮擊皇后號的負責人將要處以斬刑，那可是一個將官級的軍人啊！這是絕對可靠的消息。琦善大人已經明確地作了保證，他準備用將官的腦袋來爲皇后號事件賠禮道歉。」

「腦袋？」義律聳了聳肩膀，鄙視地說道：「不要這樣的東西。我們的要求是正式地賠禮道歉。」

「所以嘛，帶有賠罪的意思，才用腦袋……」

「沒有必要！」義律大聲說道：「與其這樣，還不如把軍隊、兵船、水路上的障礙物給我設法搞掉！」

「是，是。」鮑鵬用手背擦著腦門上的汗。

這張滿有信心的王牌，看來沒有一點果效。不過，他並沒有感到多大驚異。「不知道夷人在想什麼。」這是他長年在夷館工作，多次得出的經驗。

鮑鵬不斷地說前總督林則徐的壞話：「廣州的一切糾紛都是林則徐引起的……」

義律聽著，頻頻地點頭。但沒有跟鮑鵬一起指責林則徐，他心裡反而想：「如果我是清國人，我也會像林則徐那樣幹的。」

義律沒有跟著罵林則徐，這種態度也使鮑鵬感到意外，因爲義律吃過林則徐那麼多的苦頭。鮑鵬又套用了那個「不知道夷人在想什麼」的法則，打消了他的意外。不管怎麼說，對方是頻頻地點頭。他自認爲把一切罪過都推到林則徐身上了，而且英國方面也了解這一點。

# 3

「是嗎?和在天津提出的要求還是一樣嗎?……那麼,割讓海島的條件有可能收回嗎?」鮑鵬從義律那兒回來,琦善焦急地問他說。

鮑鵬得意極了。一想到欽差大臣兼兩廣總督這樣一個天朝大官兒,現在也膽怯心驚,他不由得心花怒放。

他一本正經地回答說:「當然,這要靠今後的談判。我們不正是爲這個而來的嗎?對方也絕不會一開始就讓步的呀!」

「話是這麼說,可是……」琦善在鮑鵬的面前並不掩飾他不安的表情。鮑鵬看到對方赤裸裸地暴露出來的弱點,更加充滿了自信。

「義律雖是軍人,但他當過六年貿易監督官,圓滑老練多了,還是要施展一些手腕呀!」

「跟夷人施展手腕,我不太擅長。」

「這種事就交給小人辦吧!不過,要使對方讓步,我們也要表示一定的誠意。」

「我早就考慮過了要削減兵員。」

「夷人們都痛恨林大人,應當儘快處分。」

「不過,他畢竟是前欽差、前兩廣總督。輕易地處分,我在北京會受到彈劾的。沒有證據,是不能輕易下手的……英國女皇的親筆信的問題，仍然只是傳說嗎？」

「看來是這樣的。」鮑鵬好似認爲這是自己的責任，搔了搔腦袋說：「義律說沒有這麼一回事。」

當時廣州的街頭巷尾都流傳一種謠言，說英國女皇給北京的皇帝發出了一封懇求通商的信，這封信被林則徐壓下了。

如果是東印度公司的大班或貿易監督官的信，壓下來關係還不大；要是英國女皇的親筆信，那可是一個大問題了。至於向不向皇帝轉達，那是另外的問題，但是接到這樣的信，必須向北京奏報。如果是隨意壓下這封信，不向北京報告，結果引起了麻煩的戰爭，這就構成了嚴懲的最重要的根據。爲了搞倒林則徐，討得夷人的歡心，琦善一直希望這是事實。可是，義律作了否定。

「這可不好辦了。」琦善抱起了胳膊。

他來到廣州之後，主要的工作就是在紀錄中尋找林則徐的措施有什麼疏忽漏洞。但是沒有，從接收的資料中沒有發現一點措施不當的痕跡，而且廣州的高級官員遇事都袒護林則徐。

琦善爲了乞求和平，不要說一個副將的首級，甚至認爲把林則徐的腦袋獻給夷人也未嘗不可。他所擔心的只是會受到彈劾，如果沒有這種擔心，他恐怕會隨意捏造個證據，迅速處分林則徐，以討得夷人的歡心。

琦善歪著腦袋在沉思，他的腦子裡浮現出禦史們的面孔。

在這些有彈劾資格的人當中，盟友穆彰阿能掌握幾個人呢？只要有一個人不受拉攏，那都是冒險的，而且在軍機大臣中還有王鼎那個林則徐的狂熱支持者。不能隨便下手！

「先從他的周圍下手吧！」他低聲說。

「要搞官員，恐怕會有許多問題。可不可以先從林大人親信中的民間人士開刀呢？」

「有什麼人嗎？」

「連維材。」

「哦，是金順記呀，很有名嘛！」

「這件事就委託小人去辦吧！」

「好吧，你去幹吧，可要小心啊！」

鮑鵬從琦善那裡退出來後，立即準備逮捕連維材和西玲。連維材的罪名是：煽動前總督，提供金錢，亂招無賴之徒當水勇，引起海口的糾紛。

其實不過是鮑鵬報私仇。據說連維材是嚴禁鴉片的後臺，暗中十分活躍。鮑鵬因此而不得不遠逃山東。這樣的人他當然不會饒過。

至於西玲，是因爲她告密而使他吃了很大的苦頭。

他走進金順記，溫章迎了出來。溫章一看鮑鵬身後跟著五名官兵，頓時大驚失色。不過，他已聽連維材說過，早已有所預料。

「我是這裡的負責人，請問有何貴幹？」溫章問道。

「連維材在嗎？」鮑鵬指名道姓地說。

「他因事回廈門去了。」

「什麼？回廈門？」鮑鵬一開始就遭到了挫折。

溫章的閨女彩蘭從父親的身後走出來。她一直不放心地看著父親在答話，終於忍不住走出來說道：「我父親經常在澳門，廣州店裡的事情不太了解。我一直待在這裡，維材伯父的事情我很了解。有什麼事情，您就請說吧。」

彩蘭說後，盯視著鮑鵬的眼睛，她的態度威武堂堂。

鮑鵬的氣焰被壓了下去，他的威嚴很快就露了餡兒，結結巴巴地說道：「這、這……這是有關公事……家裡要搜查一下。」

「那就請您隨便地搜查吧。不過，家裡有病人，希望不要太驚動他。」

鮑鵬裝作身不由己的樣子，督促著官兵，開始搜查。

承文站在走廊上，瞪著兩眼盯視著鮑鵬。不過，承文已戒了鴉片，人徹底變了，連容貌也端莊了，幾乎沒有一點過去的影子。

鮑鵬沒有覺察到是承文，從他的身旁走過去。他提心吊膽，形式地到各個房間去看了看。

「這間屋子裡有病人。」彩蘭在門前說。

「不過，這是有關公務……」

「那就請輕一點吧！」彩蘭說後，自己推開了門。

鮑鵬進了屋子。屋子裡有一張床，床上的西洋毛毯下隆起了一塊，病人連腦袋都鑽在毛毯裡。

「請看看裡面吧！」彩蘭說。這話好像是一道命令，鮑鵬彎下腰，戰戰兢兢地揭開了毛毯。

「哇——！」隨著一聲輕叫，一個年輕的小夥子張開雙臂，從床上跳了起來。

「阿呀！」鮑鵬險些跌倒在地，向後倒退了兩三步，好容易才站穩了腳跟。

床上的男人一絲不掛。他不是別人，正是簡誼譚。

「嘻嘻嘻！」誼譚又發出了怪叫聲，同時把上身微微地挺了挺。不知什麼原因，精神失常的誼譚突然朝著鮑鵬撒起尿來了。好像早就瞄準了似的，尿正好射中鮑鵬的鼻子下面。

「呸！呸！」鮑鵬一邊吐口水，一邊用袖子擦臉，趕忙往後退。噴射出的尿落在磚地上，濺起的尿打溼了鮑鵬引以爲榮的漂亮官服。

「他神經不正常，請您不要見罪！」彩蘭十分恭敬地行禮道歉說。

另一組人同時跨進了離金順記不遠的西玲住宅。不過，他們在那兒只找到一個看家洗衣服的老太太。

老太太耳背，費了好大勁只問出這麼兩句話：「說是坐船上福建去，暫時不回家。」

「坐船上福建？那肯定是去廈門囉！」鮑鵬苦眉皺臉地這麼猜想著。

福建不是兩廣總督管轄的地方。現在林則徐尚未定罪，要求福建協助逮捕連維材是沒有多大希望的。

「說不定是事前得知了消息而逃跑了吧！」

要逮捕這兩個人，只對伍紹榮說過。是伍紹榮透露出去的嗎？不，這不會的！連維材是公行的宿敵，這一點鮑鵬是非常清楚的。

「金順記的總店是在廈門，是因爲什麼事情回去的吧！」鮑鵬只好這麼猜想。

## 4

鮑鵬闖進金順記的情況，當然立即傳到隱藏在林則徐寓所裡的連維材那裡。

「雖說是衰世，可是愈來愈臭氣熏天了。」連維材說。

「東西腐爛了，就會發出臭氣的。」林則徐也搖了搖頭說。

兩人對這件事只說了這麼幾句話。除了這一幕醜劇之外，還有許多事情更加使他們擔憂，話題自然轉向這些令人擔憂的事情。

首先是削減兵員的消息。巡撫怡良來報告了情況，他們十分氣憤。

琦善已把一萬軍隊削減到八千，而且把大部分軍隊撤到廣州附近，派駐虎門等第一線要地炮臺的兵力僅有兩千人。不僅如此，林則徐和關天培苦心組織和訓練的志願軍已全部解散，這支志願軍就是依靠連維材的經濟援助組織起來的。

琦善解散這支軍隊是必然的，首先他沒有養活這支志願軍的財源。他本人是個大財主，但他絕不會拿出自己的財產來養活這些人。

後來琦善因割讓香港而被問罪，沒收了家產。根據當時的清單，他的家產有洋銀一千萬元、黃金四百餘兩、寶珠一千顆、田地三十四頃（一頃為六一四點四平方米）、當鋪六處、商店倉庫八十一處……。

一名水勇每月薪餉爲十二元，包括訓練費用在內，每月只要拿出十萬元就可以養活五千水勇。從琦善的財產來看，這個數字是微不足道的。

這樣的費用本來應該由國庫支付。但是，吝嗇鬼道光皇帝從來不批准任何額外的支出。以前林則徐沒收外國商人的鴉片時，每箱鴉片給茶葉五斤。這筆錢也是靠連維材以及廣州的公行、茶商和鹽商等捐獻的，從葡萄牙購進的大炮的款子也是如此。

政府的高級官員都處心積慮地只想著不讓皇帝增加財政負擔，政治當然不會有生氣。琦善也極力不使皇帝的財產減少，但他更重視自己財產的增加。

「看來總督是想在義律的面前脫得光光的讓他欣賞吧！」林則徐仰首望著天花板說。

「女人脫得光光的，男人會高興；沿海的防禦搞得光光的，義律會高興。」連維材說。他的腦海裡浮現出義律急不可待地盯視裸露的珠江河口的形象。

「我擔心那些解散了的水勇！」林則徐低下了頭。

建立志願軍的目的不單是爲了海防。沿海的漁村以及生活在水上的人，人口已經過剩。多餘的人想謀求正當的職業，但沒有這麼多的工作可做，有的人因此去幫著搞鴉片走私，建立志願軍也帶有使這些人得到一個職業的目的。

志願軍是一種非常時期的職業，也許不能說是長久的正當的職業，但它解決了當前的問題。他們又被解散了。他們將向何處去呢？眞叫人擔心啊！

「戰爭就要來臨了！」林則徐又沒頭沒腦地這麼說。已經脫得光光的，對方不會只是看看開開心就了事。英國一直在看著，一定會像襲擊舟山那樣襲擊這裡。

英國艦隊當時之所以放過廣州，原因是在林則徐和關天培的配合下，珠江河口的守備十分堅固。現在琦善把堅固的守備搞掉了，英國當然不會放過通商要地——廣州。

「是這樣的，戰爭也許來得非常快。」連維材答話說。

這時水師副將陳連陞來訪，這位將軍險些被砍了腦袋。他自己也知道了這一情況，所以心情有些煩躁。

「我是因事到廣州來的，馬上還要回虎門去。」他說。

「你跟虎門結下了不解之緣，夠辛苦的啊！」林則徐安慰他說。

「虎門是我的墳地，這次我把兒子也帶去。」陳連陞的話中滲透著悲憤的感情。

「希望您保重！」連維材插話說。

「連先生，我們相處不長，但我覺得我得到了一位良友。」陳連陞的話聲中帶有一種淒涼的情緒。

以前他們在官湧炮臺初次相識的時候，這位將軍對多嘴多舌的商人連維材並無多大好感。但當他一旦佩服連維材預見的準確，立即成了終生的知己。

「古人說，士爲知己者死。我即使死了，請你們相信，我絕不是爲琦善總督而死的，我是爲林尚書而死的。」

林則徐已經離官，早已不是尙書。但陳將軍仍不改這個稱呼。

「到底不愧是軍人，他已經感覺到戰爭就要來了！」陳連陞回去後，林則徐嘆了一口氣，這麼說道。

跟政治、外交毫無關係的一介武夫已經感覺到戰爭就要來臨，而總督琦善卻還在做和平夢。沿海的軍備迅速撤走了，水路上的障礙物也清除了，這是爲和平付出的代價。

甚至當鮑鵬來報告義律提出的苛刻的條件時，琦善仍不放棄妥協的希望。他心裡想：「要價高，這是理所當然的，以後還可以還價嘛！」

他把廣州的高級官員放在一邊，遇事只和鮑鵬商量。

義律提出的要求如下：

1. 對英國人所受的侮辱賠禮道歉，並保證將來不再有此行爲。

2. 賠償沒收的鴉片價款及遠征費用。
3. 由官憲保證公行還清債款。
4. 不得因外洋的鴉片走私而連累英國人及英國船隻。
5. 規定進出口稅銀，不得隨意增減。
6. 減輕課加貿易船繁重的經費。
7. 英國人的請求書可以不經地方官憲，直接封呈北京的皇帝。
8. 爲英國人在福建、浙江、江蘇、直隸等處開放六處以上商港。
9. 在北京開設使館，在各開放港口派駐領事。
10. 在開放港口，按澳門的方式，開闢外國人居住區。
11. 英國人的家屬也可住居住區。
12. 英國人在開放港口犯罪，由英國官吏審判，清國官憲不得干預。
13. 在開放港口可以設立教會。
14. 廢除公行制度，如不能廢除，所屬商人不能增減。
15. 割讓海島或海港，英國在此地區擁有特別司法權。

# 5

賠償鴉片的價款為兩千萬元。在義律所提出的條件中，唯有這一項是用數字表示的。

鮑鵬首先從這一條談起。「不管怎麼說，這個價錢太高了，在印度的原價我是知道的。」

「商人是希望獲得利潤才運到這裡來的，損失當然也包括利潤。」義律回答說。

「即使這樣，那也是按照禁煙初期不正常的市場價格計算的呀！」

「精神上所受的痛苦也算進去。」

「太高了！太高了！這有點不像話了。」

「那就按標準的市場價格算吧！」義律似乎對這種討價還價很感興趣，「讓你一點，算一千六百萬元吧！」最上等的公班土的標準市場價格為每箱八百元，二萬箱恰好是一千六百萬元。

「不行。我早就聽說了，二萬箱並不都是公班土，據說裡面有瑪律瓦產的鴉片，還有不少是土耳其、波斯的便宜的鴉片。」

「好吧，那我就說說到家的價格吧——一千二百萬元。」義律冷笑了一聲。

「太貴了！按印度的原價，再加上運費，這樣行不行？」鮑鵬擦著腦門上的汗，想纏住義律不放。

義律巧妙地甩開鮑鵬的糾纏說：「不管怎麼說，先決條件是有沒有賠償沒收鴉片的想法，我想先問一問這個問題。」

「那是有的。因爲有，所以才還價嘛！」

「這麼說，只是金額的問題囉！我們把這個問題往後放一放。其他條件，你們有全部接受的意思嗎？」

「這個嘛……」鮑鵬的臉紅了。那些要求都是難以接受的，特別可怕的是「割讓領土」的要求。「如果原則上接受，細節可以另外商談。現在的問題是貴國有沒有這個意思，然後我們再具體解決。」

「是全部要求嗎？」

「當然是全部。」

「其中有一、兩項不好辦。」

「不，必須要全部接受。」義律毫不客氣地說：「少一項也不行！」

「如果拒絕一、兩項呢？」

「老辦法，我們艦隊的大炮隨時都可以噴火。」

「那我先回去，跟總督大人商量商量。」鮑鵬慌慌忙忙地回去了。

琦善最怕的是開戰，這一點義律是知道的。當然他也並不指望對方會爽爽快快地把全部要求都接受下來。

那麼，琦善會耍什麼花招呢？也是老辦法——磨來磨去，企圖拖延時間。

「我對清國官吏的拖延戰術膩透了，咱們快點收拾吧！」義律跟艦隊司令伯麥準將這麼說。意思是先打擊一下，這樣會加快解決。

「艦隊是處於一有命令即可開始行動的狀態。」伯麥回答說。

「時機也不錯呀！……」義律露出會心的一笑。

他十分得意，時機確實是不錯。對方的戰備已經基本搞垮，發動的是一場不費吹灰之力的戰爭。要是堂哥義律少將的話，恐怕會一開始就發動戰爭。那樣一來，跟定海可不一樣，要搞掉林則徐在虎門的防禦力量，恐怕就要付出相當大的犧牲。

他選擇了琦善作爲談判的對手，也應該說他有先見之明。琦善爲他撤回了軍隊和兵船，解散了水勇。一部分失業的水勇已被義律收羅起來，讓他們製造登陸用的小艇。一旦開戰，還可以利用他們代替英國兵去打仗。

「一切都十分順利！」義律沉入自我陶醉之中。

可是，被他排擠走的堂哥義律少將，在歸國的途中會見了印度總督，極力指責堂弟義律大校的軟弱無能。「義律大校手軟」的呼聲，很快也傳到了英國本國，最後他也被革職。不過，這時他做夢也沒有想到。

琦善向皇帝奏報說：沒收的鴉片的價款可能壓到六百萬元。這筆款子有可能先付一百萬元，餘額分七年償還。當然，這些錢均由公行負擔，不給國庫添麻煩。英國的戰鬥力是可怕的，水師提督也認爲我方很難敵過他們。戰爭對我不利，臣認爲應當絕對避免，廈門和福州是否可以開闢商港。

琦善也和義律一樣，並不知道自己的命運。

皇帝是個愛錢如命的人，在英國艦隊離開天津洋面之後，他的態度又強硬起來。北京的氣氛正轉向主戰論。這些情況還沒有傳到廣州琦善的耳裡。

琦善一直深信：我的任務是不論付出任何犧牲也要避免武力衝突；皇上之所以起用我，都是爲了希望和平。

他把鮑鵬悄悄地叫來，面授機宜說：「根據情況，也可以答應義律的全部條件。只是有的條款讓皇上知道了不好，譬如割讓領土。這個問題能不能搞成事實上是割讓，而表面上似乎並不是那樣。義律會爲我們考慮的。」

琦善說的意思是「暗割」，總之能瞞住皇帝就行了。鮑鵬就這件事苦苦哀求了義律。可是，全權大使義律的回答是冷冰冰的。

他堅持要「明割」。他說：「如果不以條約的形式明確表示割讓，本國是不會同意的。」

義律早已決定使用武力威嚇，他心中暗暗地嗤笑琦善之流枉費心機。

# 一月七日

「不管掛不掛白旗，只要敵人不開炮……」陳連陞說了一半停住了，緊咬著嘴唇。
微暗的司令部的房間裡，籠罩著沉悶的氣氛。這個沙角要塞僅有六百名士兵，司令官是副將陳連陞。以前這裡擁有兩千多兵力，琦善把其中大部分兵力撤到廣州附近去了。

## 1

一八四一年一月七日，陰曆是道光二十年十二月十五日。
北京王府井丁守存的住宅，主人丁守存兩手烏黑，正在製造一種烏黑的怪東西。
「你在造什麼呀？」來訪的不定庵主人吳鐘世瞅了瞅，問道。
「地雷呀。」丁守存摸了摸長下巴回答說，沾著黑粉的手指頭把下巴也弄黑了。
「哦，這可是個稀奇的東西！」
「這傢伙可有趣呢！」主人好像很高興，露出潔白的牙齒笑了笑。
「對實戰會起作用嗎？」

「會起作用吧！」丁守存像談別人的事情似的回答說。

「聽說在舟山登陸的英國軍隊，沒有損失一兵一卒，輕輕巧巧地打進定海縣城。如果能用上這種地雷，一定會給英國人造成很大的損失。」

「嗯，會吧。」丁守存含含糊糊地回答說，繼續做他的工作。

這位正熱衷於試製地雷的丁守存，字心齋，是天文曆算的泰斗，據說他「善制器」。

當西方由於產業革命而洋溢出來的精力，像怒濤般湧向東方的時候，中國不得不一敗塗地，長期痛苦呻吟。與中國相反，日本由於明治維新，總算衝破了困難的局面，就市場來說，中國較大，因此日本被放在後面來收拾，幸運地獲得了時間，可以看到中國的前車之鑒。

除了這個重要的原因之外，恐怕還應該舉出兩國洋學家氣質的差異。日本的洋學家幾乎都是學習醫術的，醫生這種職業同社會有著密切的聯繫。日本的洋學家了解了西方的情況，爲一種急迫的情緒所驅使，向社會敲起了「這樣下去不行」的警鐘。

可是在中國，中醫的力量過於強大，幾乎沒有人學習西方醫學。當時中國學習西方學問的人主要是天文曆算的學生，即觀測天象、研究高等數學的人，跟社會並無多少交往，大多像超凡出俗的神仙。他們雖然了解西方的實力，但是沒有向世人敲響警鐘的精神。

丁守存就是這樣的一個人。

吳鐘世站在他的身旁，看著他幹活，好奇地望著架子上的稀奇古怪的工具。他的心中也想過：

「在定海的戰鬥中能有這種武器該多好啊！」

可是，製造這種武器的丁守存卻沒有這樣的念頭，研究與製造本身就是一種最大的愉快。至於製造出來由誰去使用——這種庸俗的事情與他並無關係。

「好啦，告一段落了。」丁守存拍打拍打雙手，這才好像注意到吳鐘世站在旁邊。他說：「啊呀，讓你久等了，我洗洗手去。」說完走出了房間。

丁守存由戶部主事升任軍機章京。吳鐘世到這裡來，是爲了從他口中獲取宮廷內部的情報。

不一會兒，丁守存回來了。他手是洗了，看來並未洗臉，下巴上還黏著黑粉。

「我說，今天皇上召見的情況怎麼樣呀？」吳鐘世趕忙問道。

「哦，這個嘛……今天太有趣了，看來會愈來愈有趣的。」丁守存笑嘻嘻地說。

「發生了什麼事嗎？」吳鐘世急不可待地催促說。

「發生了大事啦！琦善大人叫皇上狠狠地訓斥了一頓。」

「有這樣的事嗎？」

「廣州送來了奏文，琦善大人在奏文上寫著戰爭必須設法避免，應當向英國讓步。皇上一看奏文，火冒三丈。」

「哦！……」吳鐘世的臉上露出了笑容。

琦善一反林則徐的方針，搞的是完全相反的一套。現在皇帝對此表示不滿意，那就意味著可能爲一度遭到否定的林則徐翻案。

「皇上這次說話的聲音可大著哩！」丁守存說。

軍機章京是軍機大臣的輔佐。雖然不能像大臣那樣到皇帝的身邊，但因傳遞資料等各種事務，可以出入乾清宮，了解皇帝召見的詳情。而且丁守存有一種特殊的才能，凡是聽過一次的事情，看過一遍的文章，他都能原原本本地記住。

琦善的奏摺中提到英國要求割讓香港，奏摺中雖然寫著拒絕了這一要求，但英夷的這種狂妄的要求本身就使得道光皇帝大發雷霆。

其次，鴉片的賠款六百萬元這個龐大的數字也刺激了皇帝，而琦善竟然在誇耀自己把兩千萬元壓到六百萬元。

關於除廣州外，能否開放福州和廈門兩個港口，皇帝提起朱筆，親自批了八個字：「憤恨之外，無可再諭。」意思是說，英國人太豈有此理，已經不值得跟他們說什麼，不必理睬他們。

「中斷談判，不就意味著戰爭嗎？」聽了丁守存的話，吳鐘世問了一句。

「是呀。皇上性子急，已經下令湖南、四川、貴州出動四千軍隊。」丁守存若無其事地回答說。

戰爭！吳鐘世渾身打了一個哆嗦。

「那麼，關於處分林大人的事呢？」吳鐘世最擔心的是這件事。

「目前的形勢應當說對林大人有利。」丁守存回答說：「不過，這只是就目前而言。琦善總督已經威信掃地。皇上已經向總督下了上諭，今後任何事情都要和林則徐、鄧廷楨二人商量。」

「是嗎？……」吳鐘世解開了愁眉。當然，這是爲了林則徐。

不過，廣州肯定要發生戰事的。他必須馬上回到不定庵，立即給林則徐寫報告。他的腦子裡已經開始爲這個報告打腹稿了。

「愈來愈有趣啦！」丁守存又自言自語地說。對他來說，廣州即將發生的戰爭，同他發明器具、向吳鐘世出賣宮廷的情報，以及幫助龔定庵的情人逃跑一樣，只不過是無關緊要的「有趣」事情。

他那張笑嘻嘻的臉，看起來眞有點像神仙。

## 2

「難道在英國軍艦來到天津的時候就解決了更好嗎？」軍機大臣穆彰阿坐在紫檀桌前，兩手托腮，陷入沉思。

那時候皇帝非常動搖。不過，因有割讓領土的條件，不管道光皇帝怎麼動搖，恐怕也不會接受英國的全部要求。還是在遠離皇城的廣州談判這方針正確，在廣州可以根據情況採取非常手段，瞞著皇帝締結密約。

在琦善赴任之前，他們就這個問題曾仔細商談過。不過，琦善是在北京的政界爲英國艦隊所嚇倒、籠罩著一片妥協的氣氛時出發的。後來儘管穆彰阿拼命地活動，對英妥協的言論並未抬頭。北京的對外政策已經發生了變化，而身在廣州的琦善還不知道這些變化。

「什麼時候人都迎合占上風的輿論啊！」穆彰阿想到這裡，不覺嘆了一口氣。皇帝的情緒也變了。英國艦隊一離開天津，他立即精神起來。皇帝的情緒會感染群臣，不斷地出現了強硬的論調。

琦善到任不久，廣州的消息就不斷地傳到北京，這消息來自南方的旅行者、商人和調到北京來的官吏們的口中，傳遍了街頭巷尾。對琦善的評價愈來愈不佳。

穆彰阿的同僚——軍機大臣王鼎把這些不佳的評價一一地轉告了皇帝。

「聽說使用了一個名叫鮑鵬的來歷不明的傢伙跟英國人交涉，據說這傢伙只知道向夷人點頭哈腰。」王鼎斜著眼睛瞪了穆彰阿一眼，跟皇帝這麼說。

「這麼個膿包！是琦善的幕客嗎？」皇帝問道。

「原來是夷人使喚的一個傭人。」

「這樣，夷人會看不起吧！」

「那當然囉！」

王鼎的目的是想爲林則徐翻案，所以極力使皇帝對琦善留下一個軟弱無能的印象。

陰曆十二月八日吃「臘八粥」的時候，形勢對穆黨愈來愈不利，強硬派又占了上風。臘八粥是用糯米、菱角米、紅豆、栗子、棗、花生、糖等做的粥。陰曆十二月八日早晨習慣用這種粥贈送親戚朋友。

這一天穆彰阿給廣州的琦善寫了一封信。信中說：……北京情況和您出發時已大不一樣，實在令人可嘆。那些嚇唬人的空洞強硬言論又再度橫行，皇上也傾向於這種言論。因此，今後在奏文中要避免使用軟弱的言辭。重要的是務實，表面上要裝作強硬。這也是一種策略。對英交涉的妥協和讓步，希能儘量隱蔽，不要露於表面，爲此需要當地官員們的協助。從當地傳來的情報判斷，您和廣州官員之間的關係似乎不太融洽。此事至爲重要，務請留意。……

儘管這是一封快信，路上也需要二十天左右。吃臘八粥那天發出的這封信，不到陰曆除夕前後是到不了廣州的。一月七日（陰曆十二月十五日）到達北京的琦善奏文，當然是在接到穆彰阿的忠告之前寫的，所以還未來得及耍花招，沒有用強硬的言辭來掩飾妥協讓步。

穆彰阿所擔心的事終於發生了。皇帝大發雷霆，命令其他省派四千軍隊去廣東，下了不同英國談判的上諭。

不僅如此，還取消了琦善的獨斷專行的權力，命令一切事情均要同林則徐、鄧廷楨二人商量。這道上諭也使穆彰阿大傷腦筋。

「強硬派統帥林則徐會不會東山再起呢？」

穆彰阿正想到這裡，僕人進來稟告說：「藩耕時先生在那間屋子裡等您。」

昌安藥鋪老闆、和平派祕密活動的聯絡員藩耕時，因走進房間來的穆彰阿臉色難看而猛吃了一驚。他心裡想：「一定是發生了糟糕的事情！」

軍機大臣一進房間，果然大聲地叱責說：「廣州的那些傢伙究竟在於什麼？他們知道不知道他們的任務是什麼呀？」

「是！」藥鋪老闆縮著脖子說，「廣州的人當然要協助和平運動，搞掉林大人的威信……」

「現在聲望降低了的不是林則徐，而是琦善！」

「是！林大人的聲望很……」

受穆彰阿派遣、由藩耕時聯繫的廣州祕密工作人員，雖然大力開展了降低林則徐聲望的活動，但是很不順利。

他們在廣州一帶散布了種種流言：「沒收的鴉片一部分叫林大人私吞了！」「林則徐私蓄美妓！」「用修建炮臺費的名義，從民間徵收來的資金，大部分落進了林大人的私囊！」

可是，這些流言傳播不出去，聽到的人都付之一笑。市民們親眼看到了林則徐的清廉，他們壓根兒就不相信，認爲這是「胡說」。

「我花了大量的經費，他們在幹些什麼！」穆彰阿向藩耕時亂發了一頓脾氣。

藥鋪老闆只是諾諾連聲地說：「是！是！……」

穆彰阿畢竟是穆彰阿，儘管他大發脾氣，腦子裡還在冷靜地盤算。

在廣州進行破壞林則徐聲望的活動，目的還是希望能傳到北京，進入皇帝的耳朵裡。何不採取正攻法呢？現在情況緊急，花不起那麼多的時間，應當在北京製造林則徐的壞名聲，然後直接灌到皇帝的耳朵裡去。

「得啦，改變方針！」穆彰阿對低著頭的藩耕時說，「林則徐的工作暫時停下。從今以後，廣州那些人的工作改爲提高琦善的聲望，要盡一切力量去做！要到處宣傳！要把他說成一個菩薩！明白了嗎？」

「小人明白了！」藩耕時小聲地回答說。

正當藥鋪老闆要走的時候，軍機大臣銜著背後問道：「默琴的消息？」

「實在對不起！」藩耕時轉回身，耷拉著腦袋。

「得啦！」穆彰阿的太陽穴上又暴起了青筋。

只剩下穆彰阿一個人的時候，他回想起了當天皇帝召見的情況。

「什麼賠償沒收的鴉片！賠償這個字眼不遜之極！」皇帝尖著嗓門大聲喊道。

「這六百萬元並不是由國庫支出。」穆彰阿膽戰心驚地奏道。

「那讓沒收鴉片的林則徐去負擔嗎？他沒有這麼多財產。王鼎跟我說過，他是清廉的，沒有錢。」皇帝說。英國艦隊來到天津洋面的時候，皇帝認爲原因是林則徐造成的，對他感到氣憤，但在內心裡還是信任林則徐的。

「不能讓林則徐負擔，可以讓公行的商人負擔。他們是可以負擔得起，絕不會讓國庫遭受損失。」

穆彰阿爲琦善，不，爲和平運動拼命地辯解。但是皇帝的怒氣並未消。皇帝說：「公行的商人能負擔這麼多的錢嗎？好吧，就算能負擔得起，有這麼多錢白白地送給英夷，他們何不把這些錢獻納給國庫呢？歸根結底，還是損失了應該進國庫的錢。」

這完全是歪理，他認爲天下多餘的錢都應當歸皇帝所有，道光皇帝有著貪財的劣根性。

穆彰阿想起了召見時皇帝的話，拍著大腿說：「對！是那個理！……」

兵船、炮臺、水勇等所花的大批軍費，是林則徐從民間徵集來的，沒有讓國庫負擔。但是，民間的這些富裕的資金，本來也是可以進國庫的。也就是說，林則徐也給國庫造成了損失。

根據道光皇帝的歪理，也可以這麼來控告林則徐。由於決定了該採取的手段，穆彰阿的臉上才恢復了一點血色。

## 3

天還微暗，東邊的天空只露出一點黎明的曙光。

風很涼，廣州金順記的院子裡，彩蘭已和平常一樣在練拳了，承文坐在院角的籐椅上看著彩蘭練拳。他要是像往日那樣抽鴉片，是不會起這麼早的。吸進清晨新鮮的空氣，他感到肺腑像被清洗了一遍似的。

彩蘭身穿深藍衣服，她那白色的面孔和白色的鞋子在拂曉的微暗中飛舞。

飛落下另一個白色的東西，那是一隻白鴿。

「是澳門飛來的鴿子！」彩蘭停住伸出的拳頭，這麼說。

「帶著信筒！」承文走到鴿籠的前面，抱起那隻鴿子。

他從信筒中取出一張紙片。紙上寫道：

英軍決定今天進攻我方，戰鬥將在穿鼻附近。我方防禦薄弱，不勝憂慮。希善處！石

「是石先生來的。」彩蘭走到承文身邊，承文把信遞給她，這麼說。

「承文哥，怎麼辦呀？」彩蘭把信看了一遍，問承文說。

占領定海的一部分英軍開赴廣東海域時，石田時之助跟隨英軍回來，辰吉還留在定海。石田經常通過澳門的金順記分店，把英軍的情報送往廣州。

「爸爸不讓我們去他的住處。」

「女人去不要緊吧？我去怎麼樣？」

「你能去嗎？」

「當然能！」

「這可是一件大事，愈快愈好。彩蘭，全靠你啦！」

彩蘭快步走到微暗的街上。當她來到高第街鹽務公所的後門時，天空才開始發白。

連維材從彩蘭手中接過石田的來信，立即同林則徐商量。

「按正常的辦法，要請求總督派援兵。」林則徐說。

「琦善大人會派兵嗎？」

「不知道。不過，應當求援，陳連陞指揮的穿鼻的兵力很少。」

「要求援的話，由誰去呢？」

「我是待罪之身。」林則徐低下頭，「即使我能見到總督，恐怕也會得到相反的效果。」林則徐閉上了眼睛。不知道總督是否會向穿鼻派援兵。可是，既然接到了石田的緊急報告，那就應當考慮措施。首先由誰去向總督請求好呢？

「如果予厚庵在就好了！」林則徐心裡想。

現在能夠對琦善施加影響的，只有穩健派人物，主戰派的人說什麼琦善也不會聽的。海關監督予厚庵被人視爲穩健派，又和琦善同爲滿洲旗人。由他去請求是最適合不過了。

可是，予厚庵已經辭了官。在當時的中國，父母如果不幸去世，官吏必須立即辭職，回原籍服喪。予厚庵因父親去世，現在正「回旗穿孝」，三天前林則徐剛剛送他登船回原籍。

「巡撫、將軍恐怕都不能說動總督。」連維材說。琦善說他們有「林則徐氣味」，十分厭煩他們。

「看來沒有適當的人。」林則徐低聲說。琦善不信任當地任何官吏，他不信任的人去求他，說破了嘴也不會聽的。

「伍紹榮怎麼樣？」連維材說。

「哦，他去的話，也許比巡撫去更有希望。」

伍紹榮是一個商人，但是爲公行的總商；他作爲一個貿易家，當然支持穩健派。他有可能說通琦善。

「不過，伍紹榮是避戰派。他會向總督轉達派援兵的事嗎？」林則徐感到懷疑。

「會轉達的！」連維材幾乎是斬釘截鐵地回答說：「我來寫封信吧！」

連維材提筆寫了一封短信。

「不署名嗎？」林則徐在一旁問道。

「不要，他認得我的筆跡。」

「他一定以爲您已經回了福建。突然接到信，會感到吃驚吧？」

「不，伍紹榮絕不會認爲我會被鮑鵬之流嚇得逃跑的。」

兩個宿敵相互都非常了解。

彩蘭在屋角一直緊張地等到連維材封好信。

「彩蘭，你再辛苦一下，到十三行街的怡和行去一趟，把這封信親自交給伍紹榮先生。」

「好！」彩蘭緊張地點了點頭。

# 4

伍紹榮當著彩蘭的面打開信。信中寫道：

澳門緊急情報，英軍決定今天向穿鼻方面發動進攻。希速謁總督，懇求向該方面派遣援兵。……

信沒有署名，但伍紹榮已從字裡行間感到了連維材熱烈的氣息。

「好吧。」他對彩蘭說：「你可以回去了。我不敢保證總督能不能接受，但我伍紹榮一定會向他轉達。」

彩蘭是從清晨的街上跑來的。她的臉上泛著紅暈，帶著健康的光澤。伍紹榮看到她，產生一種安心的感覺，覺得她是下一代有爲青年的象徵。

來到總督府的門前，伍紹榮突然想起了林則徐當政的時期。像這樣的清晨，炎熱的中午，或者是深更半夜，他隨時都會被林則徐叫去，接受詢問。儘管對方跟自己觀點不同，但他們接觸多麼頻繁啊！可是，自從穩健派琦善當總督以來，儘管琦善跟自己的立場相近，但他們見面的次數卻寥寥可數。想起來眞有點奇怪。

總督府的門衛稟報了幕客。

「你說有緊急公事，是什麼事呀？」一個蓄著鬍子的幕客，邊擦眼睛邊走出來，審視地看著伍紹榮問道。

伍紹榮想起了林則徐的幕客們十分謙虛的態度。「關於夷情，我希望立即報告總督大人。」伍紹榮回答說。

「是嗎？在那兒等著！」幕客慢吞吞地轉過身子，朝裡面走去。

伍紹榮預感到總督不會見他。

過了一會兒，幕客走了出來，果然搖了搖頭說：「我原原本本地傳達總督大人的話，你聽著。『我和林則徐不一樣，我身為總督，不能把夷情都一一地裝進腦袋裡』——總督大人就是這麼說的。」

伍紹榮靜靜地垂下頭，事情很明顯，即使再次懇求，結果也會是同樣。當然，縱然派出援兵，也不會戰勝。不過，如不表示我方是不好對付的對手，在將來的談判中將會受到鄙視，招致極其不利的後果。

「那麼，我希望您能傳稟幾句話：有情報說，英軍今天將進攻虎門水道的我方陣地，如可能，懇求派出援兵。」伍紹榮說。

幕客皺著眉頭，歪著腦袋。

「乞援不成，意味著流更多的血！」——伍紹榮產生了這樣的想法。

冬日早晨的太陽，靜靜地照著廣州的街道。彩蘭那張焦急的面孔，仍然縈繞在伍紹榮的腦際。伍紹榮在心裡唯有對她感到歉意。一月七日上午八時，伍紹榮垂頭喪氣地離開總督府的大門。這時，伯麥準將率領的英國艦隊，在離虎門水道三英里的停泊地，準備一齊起錨出動。

虎門的第一個關口是夾著水道的兩個陣地——東面的大角島和西面的穿鼻島尖端的沙角。

伯麥準將早已做好了準備，準備同時進攻扼虎門水道的大角和沙角兩陣地。對大角陣地，由薩馬蘭號、都魯壹號、摩底士底號和哥倫拜恩號炮擊，由斯哥德大校指揮。

穿鼻島的沙角，高地和低地上分別築有要塞。由加略普號、黑雅辛斯號和拉呢號進攻低地要塞，皇后號和復仇神號進攻高地要塞。指揮是荷伯特大校。

以戰艦威里士厘號爲首的各主力艦，彙集虎門水道的中央，援護戰鬥部隊。

登陸戰鬥部隊的兵力如下：

皇家炮兵隊，三十六人，由諾爾斯大尉指揮。

水兵隊（從威里士厘號、伯蘭漢號、麥爾威厘號水兵中挑選的），一百三十七人，由威爾遜中尉指揮。

第二十六及第四十九團的支隊，一百零四人，由約翰斯頓少校指揮。

陸戰大隊，五百人，由愛利斯大尉指揮。

第三十七馬德拉斯團（印度人部隊），六百零七人，由達夫大尉指揮。

孟加拉志願軍支隊，七十六人，由波爾頓大尉指揮。

總兵力爲一千四百六十一人，第二十六團的伯拉特少校任總指揮。

此外，隨軍行動的還有數百名從失業水勇中募集來的中國人。說是輜重部隊，其實伯麥準將準備把他們推上戰鬥的第一線，以減少英軍的傷亡。這些人從義律那兒領了錢，被趕到同胞互相殘殺的戰場。

威里士厘號上的西蒙斯中尉擔任部隊登陸的指揮。上午八點剛過，西蒙斯中尉高高地舉起了右手。

登陸用的舢板群，朝著穿鼻的沙角南面二英里處的預定登陸地點划去。

## 5

「副將，不開炮嗎？」千總張清齡問沙角司令陳連陞說。張清齡年紀很輕，而且面色蒼白，不像一個軍人。他的一雙明亮的眼睛焦急地盯著陳副將。

「琦善大人不准我們比敵人先開炮！」陳副將回答說，聲音中帶著怒氣。

「可是，這次他們沒有懸掛白旗呀！」

「不管掛不掛白旗，只要敵人不開炮……」陳連陞說了一半停住了，緊咬著嘴唇。

微暗的司令部的房間裡，籠罩著沉悶的氣氛。這個沙角要塞僅有六百名士兵，司令官是副將陳連陞。以前這裡擁有兩千多兵力，琦善把其中大部分兵力撤到廣州附近去了。

「登陸的夷兵估計有一千人到一千五百人，這顯然是要打仗嘛！」張清齡緊逼著陳副將。

「他們還沒有開炮……」陳副將生硬地說後，閉上了眼睛。

英軍沒有遭到任何抵抗就登了陸，整理好隊伍，正向要塞衝過來。洋面上的各個艦船已分別開到最有利於炮擊的地點，待命進攻。

「戰爭馬上就要開始啦！」張清齡激動得渾身顫抖。

「清齡，」陳副將睜開閉著的眼睛，慢慢地說道：「這當然是戰爭，應當報告提督大人。清齡，你趕快到靖遠去一趟！」

水師提督關天培這時在靖遠的要塞。

張清齡平常是忠實服從陳副將的模範軍官，可是現在他毅然地搖搖頭說：「有必要到靖遠去報告嗎？關提督從靖遠要塞看到這邊的情況，應當知道了。」

比要塞兵力多一倍的敵人已經登陸，正向要塞逼近，艦船正在等待開炮的命令。戰鬥一開始，沙角要塞就面臨絕望的命運。要塞不僅兵力少，而且從琦善到任以來，又停止了彈藥的補給。

張清齡是個年輕有爲的軍官，陳副將平時對他特別關懷，他覺得這樣一個有爲的青年死在這裡太可惜了。他想找個藉口，讓張清齡去報告提督，離開這個死地。張清齡不願去，他很理解副將的心情。「唯有這一次我不能服從命令！」年輕的張清齡的臉上帶有一種不可侵犯的驕傲。

「眞拿你沒辦法！」副將寂寞地笑了笑，年輕的千總張清齡也回報了一笑。

陳連陞走出了營房，要塞的胸牆聳立在深溝的前面，炮臺的後面挖著深深的壕溝，炮手們隱身在那兒。

第三堡壘是圓形的，陳副將在那裡發現兒子長鵬在指揮士兵。陳連陞由於炮擊懸掛白旗的皇后號事件，幾乎處了斬刑。他已暗下了決心，要把虎門的門戶當作自己的墳墓。他還把兒子帶來了，準備一起戰死在這裡。

在早晨的陽光的照耀下，陳長鵬年輕的臉上的汗毛閃閃發光。

父親的心中突然湧起一股憐憫之情：「這樣一個年輕有爲的青年，雖說是自己的兒子，難道做父親的應該帶著他一起去死嗎？」

青年軍官的臉上重疊地現出幼年時代的面影。陳連陞回想起兒子牙牙學語，初次上學時的種種情景。

陳副將感到難過起來。「長鵬！」他叫了一聲兒子的名字。

「唉，爸爸……」長鵬露出雪白的牙齒，爽朗地笑了。

「給我辦一件事情。」

「什麼事呀？」

「新總督到任以來，壓縮了經費，將士們沒有飽飽地吃過一頓飯。我想叫他們痛快地吃一頓肉，你給我到鎮上跑一趟，去買些肉來。」

「爸爸，這種跑腿的差使，讓士兵去就行了嘛！」長鵬不自然地露出微笑回答說。陳長鵬是武舉人出身，是正規的軍官。

「不願去嗎？」

「不去！」

「好吧。」陳連陞轉過臉，命令衛兵說：「帶馬！」

他給自己的愛馬起了名字叫「神駿」，那確實是一匹名副其實的駿馬。

他一跨上神駿，立即圓睜雙眼，發出命令：「向各個堡壘傳令，立即懸掛戰旗，準備戰鬥！」

# 沙角要塞

英軍以爲這次仗會像打定海時那樣容易，而沙角和大角的猛烈抵抗卻大出他們的意外。如果兵力能多一倍，彈藥更加豐富些，是不會這麼容易陷落的。

儘管遭到這麼猛烈的炮擊，炮臺始終在噴火，一直到彈藥斷絕。

當漢奸部隊在英軍的驅使下，用竹梯子從沙角要塞背後爬上來，蜂擁而入的時候，可以說戰鬥已經告終了。由於炮擊，要塞已經損失了半數以上的兵力。

# 1

「道地的漢奸部隊！」石田時之助望著一群拖著英軍大炮，走在山道上的中國人，低聲地說。在他們當中，很多人不久前還是志願軍，受過「打倒洋鬼子」的訓練。他們都是海邊的貧民。

一個矮個子男人，擰了腳，在路旁休息。石田問他說：「馬上就要同官軍作戰了，你是什麼心情呀？」

「沒有辦法呀！」這漢子皺巴著臉，回答說。

「也是呀！」

「咱們要活下去也不能不吃飯呀！現在洋鬼子的頭頭給咱們飯吃啊！」

登陸部隊把一部分陸戰隊作爲先遣隊，正朝著沙角要塞前進。先遣隊的後面跟著一門曲射炮和二門野炮，拖炮的是印度兵和中國的雇傭兵，中國人約有二百人。

部隊在山道上前進，來到了一條可以看到要塞的山梁上，炮兵隊把曲射炮和野炮安放在那裡。

要塞裡飄揚著各色各樣的戰旗，經歷過定海戰鬥的水兵們指著那些旗子嗤笑說：「那是要逃跑的信號！」

不一會兒，軍艦上的大炮開始射擊了。首先是皇后號和復仇神號向高地要塞發射了一陣炮彈。爬上山梁的部隊稍事休息後，把炮兵留在那兒，立即轉入攻堅戰。這時也給漢奸部隊分發了帶刺刀的槍，這些渣滓們是懂得槍的用法的。於是他們紛紛議論起來：「不參加戰鬥不行嗎？」「事前不是這麼說的呀！」「我以爲只是造船哩！」「硬叫洋鬼給拉來啦！」

有的人逼著石田說：「喂，翻譯，給頭頭說說，咱們不幹！」可是，他們已處在端著刺刀的一千四百名軍隊的包圍之中，只好拿著槍前進。

「走吧！」漢奸部隊中一個獨眼龍的漢子啞著嗓門說：「咱們已經叫當兵的兔崽子欺侮夠了，咱們要報仇！」

所謂當兵的兔崽子是指中國的官兵，當時一般的民眾和官兵的關係不好。官兵的待遇低，他們當中不少人欺壓農民和漁民。

「你很精神呀！」石田跟獨眼龍說。

「咱的一隻眼睛就是叫當兵的兔崽子給弄瞎的。」

「哦……」石田看到這傢伙的眼裡燃燒著仇恨的火焰。

「幹吧！」獨眼龍端著槍走在前頭。

他們已經不需要翻譯，只要端著槍衝鋒就行了。石田留在炮兵隊裡，當他坐到石頭上，剛才那個擰了腳的矮子，一瘸一拐地走過來。

「行嗎？」石田跟他搭話說。

矮子好像還感到痛，不時地皺著眉頭。扁平的鼻子、厚嘴唇、像受驚似的圓睜著的大眼珠子——他臉上的五官都很大，而身子卻非常矮小，叫人感到這漢子長得不均衡。

「愈來愈痛了，實在有點受不了。」

矮子一屁股坐在石田的旁邊，伸開兩腿。這時，近旁的野炮發出轟隆巨響，開始開炮了。

「啊呀！」矮子兩手捂著耳朵。

「馬上就會習慣的。」石田安慰他說。

「我這個人對什麼都不太容易習慣。」矮子露出可憐的表情。

這時另一門野炮和曲射炮也開炮了，周圍是一片炮聲，說話對方也很難聽見。矮子在石田的身旁嚇成一團，石田不停地拍著他的肩膀，給他壯膽。

「你說什麼？」矮子好像說了什麼，石田問他。

矮子把兩手攏在嘴邊，大聲地說：「你讓開！」

「你要幹什麼？」石田也大聲地喊道。

「那塊石頭……」後面的話被炮聲掩蓋了，沒有聽見。

要塞的牆壁被轟得東倒西塌，裡面的營房也開始燃燒起來。一根戰旗的旗杆好似被炮彈擊中了，像風幡似的帶著長長穗子的紅旗被掀到半空中，然後又飄飄蕩蕩地落到噴著火苗的營房上。

「石頭怎麼啦？」石田站起來問矮子說。

矮子沒有答話，而去抱起剛才石田坐的那塊石頭。這是一塊扁平的橢圓形的石頭，看起來似乎並不太沉。

「你用它幹什麼？」

矮子沒有回答石田的話。他抱石頭向左右揮動了兩三下，突然拔腿跑了起來。

「啊呀！這傢伙是假裝摔壞了腳嗎？」石田望著矮子的背影，心裡想著。

最近的一門野炮離他們只有十幾步遠，剛剛裝進一發炮彈，矮子跑到這門野炮的炮口前。

「危險！」炮手站起身來，大聲地吼道。

矮子把石頭高舉過頭，對著炮口使勁地扔下去。矮子的力氣有限，石頭本身也沒有多大威力，鐵的炮口好像嘲笑似的把石頭彈開。

「他媽的！他媽的！」矮子彎下腰，還想拾起落在地上的石頭。

石田呆呆地看著這一幕情景。排列在那兒的野炮和曲射炮不斷地發射出炮彈，發出轟隆轟隆的巨響。在這樣的狀況下，用多大的聲音去制止矮子，他也不會聽到的。

「渾蛋！」炮手們大聲地叱罵著矮子。

矮子也在不斷地大聲叫喊著什麼，但是聽不清楚。「你們敢……我的兄弟同胞……」石田好不容易才聽到這樣的片言隻語。

這時，在後面指揮的皇家炮兵隊長諾爾斯大尉走到前面來，他滿面怒氣，大聲地喊道：「不用管他！放！」

炮手毫不猶豫地點了火。矮子籠罩在硝煙裡，叉開雙腿站在炮口前，正舉起石頭。

啊呀！……在炮聲轟響的同時，石田閉上了眼睛。

當他睜開眼睛時，矮子已在炮身前消失了蹤影。石田感到自己的右肩上黏著一塊什麼黏乎乎的東西，他用左手試著摸了摸，一團鮮血淋淋的肉塊附在他的手心裡。這肉塊恰好有拳頭大小，石田悄悄地把它放在胸前。

## 2

水師提督關天培在靖遠要塞，他懊恨得直咬牙。

虎門各營的總兵力已被削減到兩千人，遭到襲擊的沙角和大角，是虎門的咽喉、第一道關卡，特別在那裡多放了兵力，但兩個要塞合在一起也不足一千人。

至於第二個、第三個關卡，守兵的人數就更少了。關天培所在的靖遠要塞，兵力僅有二百人。威遠要塞和橫檔，分別由總兵李廷鈺和游擊班格爾馬辛駐守，他們麾下的兵力也不過二、三百人。

威里士厘號、麥爾威厘號和伯蘭漢號等英國戰艦群集虎門水道的中央，虎視眈眈地睨視著四方。各要塞自身都難保，哪裡還有力量向沙角、大角派援兵。據說當時的情況是「相向而哭」。

關天培立即派威遠要塞的李廷鈺去廣州，向總督琦善告急，乞求援軍。

「又是陳連陞……」琦善厭煩地說。

巡撫怡良、布政使梁寶常、按察使王廷蘭等廣州的高級官員也聞變趕來，齊聲要求琦善派兵援救。

「省城的守禦怎麼辦呀？」琦善不答應派兵。藉口是把廣州城附近的兵力派往虎門，省城的守禦才削弱的。

「虎門是廣州的咽喉，那裡丟了，省城也難守！」按察使王廷蘭要求派兵的態度尤其強烈。

「不行。下棋也主要是保將帥，當然必須保廣東的省城。」琦善堅持不同意派援兵。

他還不知道北京宮廷裡的氣氛已經傾向於強硬派。就在這一天北京發出了上諭，命令停止同英國的談判，把其他省四千軍隊調往廣東。但上諭到達廣州還需二十來天。穆彰阿勸告他同廣東官員搞好關係的建議是在吃臘八粥那天寄出的，也沒有到達。

琦善還以爲道光皇帝的意圖是避戰。他心中不勝感嘆：「廣州的文武官員還是受林則徐的影響啊！」

他口頭上強調保衛省城的重要，實際上是擔心向虎門增兵會刺激英方。他認爲可以對陳連陞見死不救，但對禦史的彈劾還是有點害怕。

琦善突然想起了這天早晨怡和行的伍紹榮來傳送英方開始軍事行動的情報，要求派援兵。英軍攻入已爲眾人所知，派援兵在任何人的眼裡都是普通常識。在這種事上疏忽了而受到彈劾，那太不值得了。

「好吧，派五百兵吧。不過，要儘量把人數分散，黑夜分乘小艇去虎門。」從琦善來說，分散派兵是讓敵人理解這不是增兵，沒有軍事意義，目的是不願刺激對方。

官員們退出之後，琦善把鮑鵬叫來說道：「大家纏住不放，我只好派了五百兵。」

「這可不行呀！」鮑鵬裝模作樣地搖晃著肩膀。

「但是，這不是我的眞意，你給我向英方這麼轉達。」

「應該應該。不過，大人帶有欽差的關防，爲什麼對這些人這麼顧忌呀？」

「有人早就等在那兒要陷害我，不能讓他們有空子可鑽。我本來不打算增兵，但是，遭到進攻而不派兵，以後可能會有人就這件事做文章。」

「大人想的這麼多，小人覺得似乎有點太過慮了。」

「不過，一再催促派援兵的，不僅是軍人和巡撫、按察使呀……今天早晨伍紹榮也來了。」

「哦，是怡和行嗎？」

「對。我沒有見他，他好像預先知道了英軍的進攻，跑來要求我派援兵。」

「連他也……」

「是呀。其他的人還可以理解，公行的人是最希望跟英國和平的，連他們也認爲應當派援兵，看來一百個人當中有九十九人都是這麼想的。」

「一百人當中唯有一個人是正確的，這種情況也是有的。」

「對，我相信自己的方針是正確的。不過，九十九人當中，說不定有誰會出來彈劾的。派五百名援軍，就是爲了我不致受到彈劾，可以繼續進行和平談判。像王廷蘭就要求派五千兵，五百是最低的數字了。這一點應當讓義律充分地理解。」

「大人的苦衷，小人是理解的。」鮑鵬畢恭畢敬地低下頭。

「我這就寫信，你趕快給我送到義律那兒去。」

琦善一面下令派五百名援軍，一面送去要求停戰的書信。

林則徐被革職以後，在廣州的官員中仍然很有威望。

怡良和王廷蘭等人帶著不滿的情緒，離開總督府，來到林則徐的寓所，把琦善的言行告訴他。他們來找林則徐是爲了傾訴心中的憤懣。

過後林則徐把這些情況告訴了連維材，林則徐定神地看著連維材的眼睛說道：「材翁，我們國家今後將會怎樣地發展，你恐怕比我更清楚吧？」

「怎麼發展？大體的方向是可以預料的。不過，我們究竟怎麼戰鬥，將會有很大的不同。」連維材回答說。

「要求我們流血呀！」

「虎門現在就在流血了！」

## 3

諾爾斯大尉命令炮兵隊停止炮擊。看來要塞內已經要進行白刃戰了，洋面上的艦炮也差不多同時沉默了。

來自洋面和山梁上的炮擊只不過持續了二十分鐘。在這短促的時間內，清國的軍隊經歷了過去從來沒有經歷過的戰鬥。

還沒看到敵人的影子，炮彈卻像雹子般傾注下來，破壞了牆堡，炸毀了炮臺，殺傷了大批的將士。一座座營房騰起了火焰，火藥庫隨著巨響聲被掀到半空中，虎門的上空升起一股股濃煙。

「竟然有這樣可怕的戰爭！……」被火海包圍的士兵們，由於極度的恐怖而喪失了鬥志。他們對這場從未經歷過的戰鬥感到恐懼，不知道下面將會出現什麼情況。不，即使不是這種情況，這支部隊也由於處分陳連陞之事早已軍心渙散了。

「爸爸，已經有人逃跑，開槍打死他們嗎？」陳長鵬滿臉怒氣，問父親說。

「隨他們吧！」陳連陞回答說。

他跨在神駿上，緊貼著營房的牆壁，盯視著要塞的下面。

到處都有負傷的人在呻吟。傷亡的人太多，早已沒有收容的地方。千總張清齡的右腕也負了傷，半個身子血跡斑斑，仍在拼命地督戰。

如果是揮舞著利刃衝過來的敵人，還有應戰的辦法。可是，飛來的是炮彈。

「敵人從背後的山上衝過來了，是漢奸部隊。」防守要塞背面的守備程步韓派來的傳令兵報告。可是出現的敵人卻是這麼罕見的部隊。

「來啦！……」陳連陞露出一副好似獲救的神情。

可是盼待的敵兵卻是同胞，那個獨眼龍衝在部隊的前頭。他們是一群自暴自棄的烏合之眾，盲目地衝了上來。他們的背後是武裝的英國兵，如果有人想逃跑的話，就會挨英軍的子彈。

他們不停地大聲吶喊，簡直像野獸的咆哮。他們沒有任何目的，好像是荒野上的一群野牛。

在進攻之前，英軍指揮官命令漢奸部隊儘量向橫裡散開，英軍早已偵察出沙角要塞的附近埋有地雷。為了減少正規軍的傷亡，他們要漢奸部隊在前面踏出進攻的道路。

不時地發出不太強烈的爆炸聲，掀起一道道塵煙。塵煙消失後，留下一兩具屍體和呻吟的負傷者。每出現一次這樣的情況，這個集團就更加瘋狂地向前狂奔。他們的身上布滿了塵土，每一張臉都是烏黑的。不僅是地雷，有的人還被要塞裡射出的子彈擊斃。

獨眼龍首先從炸開的木柵外跳進要塞，胡亂地揮舞著上了刺刀的槍。他用刺刀和槍托打倒了好幾個迎上去的清兵，向前猛衝猛闖。

「當兵的兔崽子！當兵的兔崽子！」他就像念咒似的喊著。

「打倒這小子，剩下的都是烏合之眾，對準他！」指揮官程步韓雖然下了命令，可是對獨眼龍卻毫無辦法，連地雷和子彈都好像避開他似的。

「好吧，我來收拾他！」程步韓按捺不住，拔出刀。

獨眼龍瘋狂地衝過來，程步韓掄起大刀，迎面擋住他的去路。

「喂！」「殺！」當他們擦身而過的一瞬間，一人揮下大刀，一人捅出刺刀。

兩人就勢向前竄出了五、六步遠，幾乎同時趴倒在地上。但是，沒過一會兒，雙方又幾乎同時爬了起來，搖搖晃晃地邁開腳步。

程步韓腹部挨了一刺刀，獨眼龍的左肩被砍了一刀。幾個清兵立刻跑到程步韓的身邊，把他抱回了要塞。

「大勢已去！」陳連陞朝四周看了看，自言自語地說。到處是一片廢墟，士兵已經傷亡過半，逃跑的人也不少，就要在這樣的狀況下迎戰敵兵。

「戰爭才剛剛開始，還有以後哩！命令士兵退卻吧！」陳連陞指示身邊的張清齡說。

張清齡猶豫了一下，向傳令兵傳達副將的話。

這時陳連陞已從馬上跳下來。他撫摸著神駿的鬃毛說道：「多年來讓你辛苦了。我不能讓你也死掉。」他在馬屁股上打了一鞭，神駿揚起前蹄，長嘶了一聲。

他目送著神駿朝原野上跑去，慢慢地拔出刀。這時張清齡傳達了退卻命令跑回來，看到陳連陞在拔刀，抓住他的袖子問道：「將軍爲什麼不退？」

「要逃恐怕也不可能了。我軍指揮官還不乏人，沒有我也可以打仗。沙角要塞雖然失守了，如果司令官能夠戰死，將會振奮軍心！」

「是嗎？……我不勸阻將軍。不過，我不退，也請將軍不要阻止我。」

「你既然這麼說，我也不說什麼了！」陳連陞微微一笑。

# 4

英軍以爲這次仗會像打定海時那樣容易，而沙角和大角的猛烈抵抗卻大出他們的意外。如果兵力能多一倍，彈藥更加豐富些，是不會這麼容易陷落的。

儘管遭到這麼猛烈的炮擊，炮臺始終在噴火，一直到彈藥斷絕。

當漢奸部隊在英軍的驅使下，用竹梯子從沙角要塞背後爬上來，蜂擁而入的時候，可以說戰鬥已經告終了。由於炮擊，要塞已經損失了半數以上的兵力。

陳連陞握著刀，注目凝視著遭到破壞的要塞的荒涼情景。他是湖北人，行伍出身，身經百戰，輾轉於湖北、四川、陝西，同所謂「教匪」作戰，在湖南、廣東平定瑤族之亂中建立了功勳。他是一位從未打過敗仗的猛將。

可是，現在他不得不承認是打敗了。從左邊滾過來一個大火團，滾到他的身邊停下不動了。他用一隻手向這個火團拜了拜，那是一個全身著火的士兵。

在這次炮擊的戰鬥中，很多士兵都是這麼死去的。士兵的制服都是棉的，怕的是火，落上火星，全身立即燃起熊熊的火焰，身上裹著彈藥盒的士兵立即「爆死」。

「要退卻的士兵轉告關提督，軍服應當改……棉服容易著火。」陳連陞回頭對張清齡說。

「明白了。這事很重要，我這就去向他們傳達。」

張清齡剛離開，一個漢子踉踉蹌蹌地走過來，端著刺刀對著陳連陞喊道：「你是當兵的頭頭，叫你嘗嘗我的厲害！」

「漢奸！」陳連陞呸地吐了一口唾沫，迎上前去。

「兔崽子！」那漢子還未來得及捅出刺刀，早就向前打了個趔趄，險些栽倒在地上。

只見陳連陞的軍刀一閃，迸出一股鮮血，那漢子的腦袋已掉了下來。那顆圓睜著一隻怪眼的黑腦袋滾落在剛才燒死的士兵的身邊。那士兵身上的軍裝還在燃燒，火燒著了獨眼龍的辮子，一眨眼的工夫把辮髮燒成灰燼。

不一會兒，傳來了槍聲，跟在漢奸部隊後面爬上要塞的印度兵開始射擊了。子彈毫不客氣地打在跑在前頭的漢奸部隊的背上，那些闖過地雷區的漢奸們，卻遭到了理應是「自己人」的英國兵、印度兵的盲目射擊，躺倒下來。

堅持留在要塞不走的士兵們，殺進蜂擁而來的漢奸部隊。這是一場悲慘的同胞相殘的廝殺，而英軍的子彈卻不加區別地打進這亂鬥的人群。

陳連陞連斬了三人。他畢竟不年輕了，感到有點氣力不支，拄著軍刀喘一口氣。這時，一顆子彈貫穿了他的胸膛，鮮血汩汩地流出來，跟他渾身濺滿的血立即混合在一起，他當場倒下陣亡了。

張清齡傳達了希望改換軍服的建議跑回來，抱起司令官，帶著哭聲喊道：「完了！」

他扛著司令官的屍體向後退去，他知道陳連陞的兒子長鵬在臨海的一座堡壘裡。他來到這裡，大聲地喊道：「長鵬！將軍戰死了！」

陳長鵬帶著可怕的神情跑了過來，張清齡恭恭敬敬地把陳連陞的屍體放在地上，說道：「戰場上無暇悼念，而且……」說後立即返轉身去，他的手中握著一把利劍。

「爸爸！現在無法保護您的遺體了！……」陳長鵬用手背擦了擦眼淚，拾起落在地上的一面戰旗，蓋在父親的臉上。

回到戰場上的張清齡，幾分鐘之後也追隨司令官陣亡了。

沙角要塞就這樣落入了英軍的手中，要塞上高高地升起了英國國旗。

要塞裡死屍累累，英國兵把每個角落都搜尋遍了。這裡是軍事要塞，沒有居民，跟定海縣城不一樣，沒有什麼值錢的東西可供掠奪。他們雖然不高興地咂著嘴巴罵娘，仍然在尚未完全倒塌的營房裡到處尋找。

沒來得及逃走的士兵躲藏在各個角落裡，英國兵一旦發現了他們，立即拖出來用刺刀捅死。他們大多是身負重傷、無法退卻的傷兵。

陳連陞的屍體從服裝上被看出可能是指揮官。

「這傢伙給我們增添了許多麻煩！」一個英國軍官用軍刀砍在屍體上。戰場的血腥氣使得這個軍官的心狂亂了，他一邊狂叫著：「這傢伙！這傢伙！」一邊不停地揮著軍刀猛砍著屍體。

手腕子被砍了下來，大腿被砍斷了。

這時陳長鵬正屏息斂聲地躲藏在旁邊的一個破堡壘裡，他看到了父親的屍體在自己的眼前被敵人肢解。

「洋鬼！」他跳到堡壘頂上，大喝一聲，將手中的軍刀朝著對自己父親施加暴行的那個軍官擲去。

他看到軍刀紮進那軍官的肩頭，轉身朝著堡壘外躍身跳下。絕壁下是虎門滔滔的大海，他爲父親殉身死去。

不過，那個肩上被紮了一刀的軍官，雖然倒在地上，但被士兵們扶起來送去治療。這傢伙雖然受了重傷，但並沒有死。

在這次戰鬥中，英軍沒有一人戰死。進攻的一方雖然死了一百來人，但全部都是漢奸部隊的中國人。他們被當作英國正規軍的盾牌——從背後挨英國兵子彈的可憐盾牌。

## 5

大角要塞也同時陷落了。

大角守軍千總黎志安看到大勢已去，在命令退卻之前，把十四門還未遭到破壞的大炮全部推落海中。

這裡的退路只有後山，而且沒有下山的路，必須爬到山腰上然後翻過山崗。撤退的將士恰好成了英軍的狙擊目標，傷亡極其慘重。

這裡也和沙角一樣，漢奸部隊被趕上第一線，死傷了很多人。英軍沒有人戰死，連負傷的也很少。

據報告，進攻兩要塞的英軍只傷了三十八人，而且其中大半是在沙角低地的火藥庫爆炸時被火燒傷的。清國方面戰死二百二十九人，負傷四百六十三人，其中軍官有四十四人。

在進攻要塞的同時，英國艦船還在海上進攻了清國的兵船，約擊毀十艘。各兵船安裝的大炮一般爲七八門，所以清軍除了損失兵船外，還損失了大炮約八十門。

復仇神號深入虎門水道上游，捕獲了兩艘停在岸邊的中國帆船。這一收穫受到嘉獎，認爲是這一天戰鬥中第一大功。

實際的戰鬥大約兩個小時就結束了。但是，戰艦群以後仍然停在虎門水道裡，繼續牽制橫檔、靖遠、威遠各要塞。

接到戰鬥結果的報告後，義律在澳門洋面的商船上對本國的商人們說：「道路正在打開，也許還需要一、兩次小規模的戰鬥，但是最後琦善將會接受我們的全部要求。」

貿易就要恢復了！消沉的商人們也爲這個消息而感到心情激動。對方一旦屈服，不但正規的貿易可以恢復，就連鴉片的輸入也比過去更爲保險。巨大的利潤正在等待著他們，這簡直像投射進來一道玫瑰色的亮光。

聽了義律的話，大家都喜形於色，唯有墨慈感到擔心。他剛從麻六甲觀察商情回到澳門，而且透過金順記，聽到了北京的態度變硬和琦善的地位不穩的情報。

「義律大校，」墨慈猶猶豫豫地說道：「搞兩、三次威嚇，琦善也許會屈服。不過，他不過是受皇帝的指派，暫時到這個地方來的一個官吏。他被革職，另外任命一位更爲強硬的欽差大臣，這種可能性也是有的。敲得太重了，會不會出現琦善被追究責任、革職查辦的情況呢？」

「我正在考慮這個問題。」義律好像早已胸有成竹，挺著胸脯說道，「我早就爲琦善準備了一個在皇帝面前保全面子的條件。」

對英國來說，琦善是一個再理想不過的談判對手。從義律來說，他希望琦善永遠留在廣州。因此，絕不能讓他垮臺，需要給琦善一點什麼禮物，使得他能在皇帝的面前搪塞過去。

義律所考慮的禮物就是「歸還舟山」。根據停戰協定，定海兵力雖撤走了一半，但英軍仍占領那裡。不過，由於瘟疫流行、風土惡劣、糧食困難以及居民的敵對情緒等等不利條件，英國早已丟棄了把舟山作爲貿易基地的打算。反正遲早都要從那裡撤軍，何不把它贈給琦善作爲禮品呢？這眞是一條錦囊妙計。

「聽了您的想法，我這才放心了。」墨慈說。

義律當然沒談詳細情況，但他的表情充滿了自信。義律回到自己的房間裡，祕書官告訴他琦善送來了密信。

「我想它該來了！」義律笑著說。他預料琦善會在信中表示願作大幅度的讓步，哀求停止戰鬥和恢復談判。

一切都是按照義律的計畫進行。在這次戰鬥中，英國沒有損失一兵一卒，這使義律大爲得意。軍事行動是爲了迫使恢復貿易和開放門戶的威嚇手段，因此戰鬥的規模應當儘量縮小，既要避免損失，又要有效果。

這些他都做到了。如果是堂哥喬治．義律，那將會是怎樣呢？

他一定會突然發動要付出很大犧牲的正式戰爭，攻取廣州城；就連那個毫無作用的舟山小島，他也要堅持在那裡永遠飄揚英國的國旗；即使撤軍，他那個死腦袋瓜子恐怕也不會想出把它當作談判工具的妙計。

義律跟堂哥一比，深感自己有著高超的外交手腕。

他打開了琦善的密信，信上果然懇求停戰。

「一分不差地按照我的想法在進行。」他感到很滿意。

祕書官等義律看完信，問道：「送這封信來的鮑先生想見您，說有機密的事要轉告您。我讓他在另外的房間裡等著，您見他嗎？」

「是他呀。」義律考慮了一會兒，滿意地笑著說：「好吧，見他。」

他一向蔑視鮑鵬。不過，在目前的形勢下，鮑鵬這傢伙是一顆重要的棋子，對他按計畫行事具有利用價值。

「要是喬治的話，他不喜歡的人是不會接見的。而我……」義律站起身來，心裡這麼想著。他在一切問題上都把自己同堂哥相比較，而且深感自己要比堂哥高明得多。在遠離本國的土地上，擔任六年最高負責人，一般的人恐怕都會陷入自我陶醉，最後變成不可救藥的獨裁者。

當時的清英談判實際上不過是琦善與義律的個人談判，他們誰也沒有正確代表北京和倫敦的意圖。

# 註釋

## 第三部

### 上任

【1】即長辛店。

### 諭帖

【1】耶路撒冷的別稱。

### 屈服

【1】據雲原題爲《夷氛聞記》。《夷氛記聞》是後人篡改的。

### 皇城初夏

【1】江户城（現在的東京）亦稱爲千代田城。吉原爲當時江户的妓院區。

### 甘米力治號

【1】甘米力治是當時的譯法，原文即「Cambridge」，後來一般譯爲「劍橋」。劍橋是英國的學術中心，著名的劍橋大學就坐落在這裡，故下文說「帶有一點學院的味道」。

### 斷章之三

【1】英國人的綽號。

## 第四部

### 舟山通訊

【1】指前浙江巡撫烏爾恭額。

【2】指琦善。

# 鴉片戰爭(中)——發端信號的引爆

作　　者　陳舜臣
譯　　者　卞立強
發 行 人　楊榮川
總 編 輯　王翠華
主　　編　陳姿穎
編　　輯　邱紫綾
封面設計　吳雅惠
出 版 者　五南圖書出版股份有限公司
地　　址　106台北市大安區和平東路二段339號4樓
電　　話　(02)2705-5066
傳　　真　(02)2706-6100
網　　址　http://www.wunan.com.tw
電子郵件　wunan@wunan.com.tw
劃撥帳號　01068953
法律顧問　林勝安律師事務所　林勝安律師
出版日期　2015年3月初版一刷
定　　價　新臺幣520元

國家圖書館出版品預行編目資料

鴉片戰爭/陳舜臣著. 卞立強譯. -- 初版. --
臺北市 : 五南, 2015.03
冊 ;　公分
ISBN 978-957-11-7973-5(上冊 : 平裝)
ISBN 978-957-11-8014-4(中冊 : 平裝)
ISBN 978-957-11-8015-1(下冊 : 平裝)

861.57　　103027110